8인의 사육사

김남겸 장편소설

8인의 사육사

아프로스
미디어

차례

※ 소설에 서술된 인물과 배경은 사실과 무관함을 밝힙니다.

프롤로그

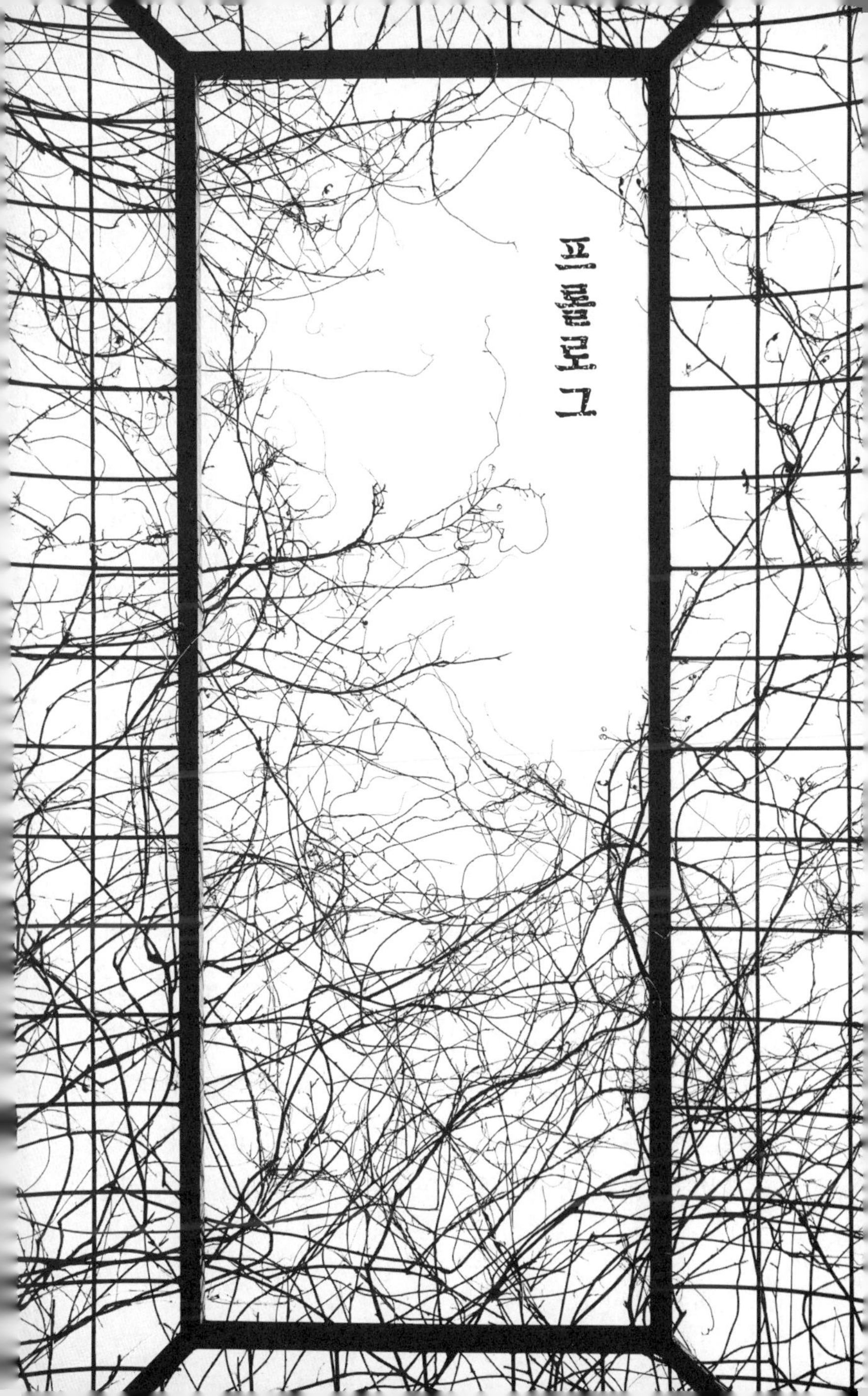

2017년 5월 8일

시내버스의 출구 문이 열렸다. 한 여자가 버스에서 하차했다. 여자는 길가의 인도를 가로질렀다. 적색 벽돌과 녹색 벽돌을 번갈아 착좌한 보도블록 위로 무릎을 교차하며 나아갔다. 걸음을 보태다 보니 경로가 한층 넓어졌다. 보도블록의 종류도 달라졌다. 화강암 재질의 정사각형 보도블록이 줄지어 모여 있었다. 진한 회색 돌 중간에 일정 비율로 백색 돌이 박혀 있었다. 통로 양옆으론 내림 경계석이 비스듬히 올라타 있었다. 경계석 너머론 황록색의 잔디가 고르게 자라 있었다. 잔디밭과 하늘 사이엔 연보라색 꽃이 핀 오동나무가 오와 열을 맞추고 있었다. 여자는 통로를 지나 원형 광장 위를 밟았다. 걸음걸이는 느릿했지만 망설임은 없었다.

광장 중심가에는 여러 색상의 보도블록들이 밀집해 있었다. 한가운데엔 보도블록의 색깔들을 응용해 호랑이 캐릭터를 그려 놓았다. 아이스크림 가게, 기념품 가게, 우동집. 높낮이가 낮은 상가 건물들이 광장 주위를 둥글게 감싸고 있었다. 상가 건물들은 알록달록한 봄꽃처럼 화려하게 치장돼 있었다. 서로 돋보이려는 듯 각자 개성 있는 색감을 뽐냈다. 색을 입힌 동상 등 야외 소품과 포토존도 눈에 띄었다. 하지만 여자는 조형물 쪽으론 눈길조차 주지 않았다. 그녀의 시선 속 초점은 오로지 정면을 향해 있었다. 광장에 사람은 없었다. 상가 건물에도 인기척은 느껴지지 않았다. 광장의 넓은 면적이 무안하게, 냉랭한 분위기만 감돌았다.

여자는 광장 중앙에 그려진 호랑이 캐릭터의 얼굴을 가로질러 걸었다. 그녀의 눈앞에 버팀나무와 유사한, 두 기둥이 보였다. 두 기둥은 말발굽 형태로, 상단이 연결돼 있었다. 높이는 여자의 키 두 배를 훌쩍 넘었고 두께는 두툼했다. 담쟁이넝쿨이 기둥의 외면을 타고 꼭대기까지 솟아 있었다. 두 짝의 기둥은 동물원의 입구 통로 역할을 하고 있었다. 양 기둥 단면엔 철문이 달려 있었고 안쪽으로 젖혀서 열려 있었다. 오른쪽 기둥 우측에 매표소가 위치해 있었다. 기둥과 매표소 사이에는 널따란 관람 안내도 간판이 세워져 있었다. 안내도엔 동물원의 지도가 간략히 스케치돼 있었다.

접이식 바리케이드가 동물원 입구를 막고 있었다. 바리케이드에는 흡사 현수막 크기의 플래카드가 가로로 길쭉하게 달려 있었다. '저희 동물원에 오신 걸 환영합니다. 입장, 관람은 [오전 10시]부터 가능합니다.'라고 적혀 있었다. 현재 시각은 오전 10시를 넘기지 못했다. 하나 여자의 발걸음은 거기서 멈추지 않았다. 그녀는 앞길을 가로막는 플래카드를 한 손으로 뜯어서 내동댕이쳤다. '드르륵' 삼두근의 힘을 모아

바리케이드도 시원스레 밀어젖혔다. 그리고 동물원 안으로 발걸음을 옮겼다.

경사가 무딘 오르막길과 내리막길을 연이어 걸었다. 한 갈래였던 길이 두 갈래 길로 나뉘었다. 여러 개의 간판이 보였다. 하나의 나무 기둥에 여러 간판들이 줄줄이 꽂혀 있었다. 동물 명칭과 화살표 방향이 적힌 간판이었다.

"좋은 아침입니다. 어쩐 일로 이리 일찍 오셨대요. 아직 출근 시간 전이라, 바리케이드도 안 열었는데."

나이가 지긋한 경비 직원이 푸근한 인상을 풍기며 여자에게 말을 걸어 왔다.

"……."

하지만 여자는 아무런 말도 돌려주지 않았다. 무음과 무표정, 무관심으로 일관했다. 그와 눈도 마주치지 않았다. 경비 직원은 오만상을 찌푸렸다. 그는 멀어져 가는 여자의 뒷모습을 보며 애꿎은 머리만 긁적였다.

여자는 여우, 독수리, 얼룩말, 코뿔소, 열대 조류관 간판들의 화살표 방향 쪽으로 걸었다. 스무 차례쯤 발을 교차했을까, 독수리와 닭이 한 야외 철장 우리에 함께 갇혀 있는 광경이 보였다. 그 요상한 광경을 시작으로, 유리관에 갇힌 여우와 미어캣, 풀을 뜯는 그랜트 얼룩말의 풍덩한 엉덩이, 여러 마리가 따다닥 붙어 있는 두루미를 지나쳤다. 걷다 보니 다시 두 갈래 길이 나왔다. 그녀는 열대 조류관 화살표 방향으로 걸었다.

이번엔 자태가 고운 새들의 모습이 연달아 이어졌다. 왕관앵무새, 청금강앵무새, 푸른 찌르레기가 순서대로 지나갔다. 새들은 다채로운 색감을 뽐내며 목청껏 노랫소리를 내뿜고 있었다. 역동적인 날갯짓과 생기 깃든 외양이 여자의 시야 주변으로 아른거렸다. 몇몇 새들은 나뭇가지에 앉아 앙증맞은 눈알로 여자를 주시했다. 하지만 그녀는 새들의 눈길도 외면했다.

몇 걸음 더 걸으니 열대 조류관이 보였다. 아담하지만 세련되고 깔끔한 신식 건물이었다. 여자는 조류관을 지나쳐 전방에 나 있는 길을 따라 걸었다. 다음으로 공간이 트인 장소가 펼쳐졌다.

바닥은 미끄럼 방지 도색이 덧칠된 아스콘 재질이었다. 넓고 평평했다. 평지 중앙은 휀히 비어 있었다. 오른쪽에는 몇몇 점포가 위치해 있었다. 동물원에서 돈가스를 파는 아이러니한 식당, 솜사탕 · 추로스 · 커피를 테이크아웃으로 판매하는 카페, 상점들은 서로 경쟁이라도 하듯 야외에 각기 다른 이국적인 양식의 테이블을 줄지어 배치해 두었다. 상점들의 맞은편에서는 높다란 철제 담장을 사이에 두고 기린 두 마리가 어슬렁거리고 있었다. 철제 담장 아랫부분에는 커다란 구멍이 몇 개 나 있었다. 구멍 아래 바닥엔 버려진 사료가 흩어져 있었다.

여자는 연이어 앞만 보고 걸었다. 이번엔 세 갈래 길이 나왔다. 두 길은 사람들의 통행이 잦은 통로로 깔끔히 정돈돼 있었다. 주변은 나무와 꽃들로 꾸며져 있었다. 나머지 길은 꾸불꾸불한 흙길이었다. 군데군데 잡초가 자라 있었다. '관계자 외 출입 금지'라는 글귀가 적힌 팻말이 꽂혀 있었다. 여자가 향한 곳은 흙길이었다.

2분 남짓 걸었을까, 여자의 발걸음이 서서히 무뎌지기 시작했다. 보폭도 좁아지고 다리도 멈칫멈칫했다. 사형 집행소에 끌려가는 사형수처럼 느려진 발걸음에선 두려움이 묻어났다. 그런 걸음걸이로 여자는 한 건물의 입구 앞에까지 다다랐다. 그리고 걸음을 멈추었다. 그녀는 묵념이라도 하듯 눈을 아래로 내리깔고 잠자코 서 있었다. 심적 갈등이라도 하듯 골똘히 고민하는 모양새였다.

건물의 외벽은 철제로 제작돼 있었다. 컨테이너 박스 열 개 정도를 쌓고 이어붙인 형체와 흡사하게 느껴졌다. 건물 출입구에 걸려 있는 팻말에는 '맹수 격리실 1구역, 2구역. 관계자 외 출입 금지. 사육사 전용'이라는 경고성 알림 말이 빨간색 글씨로 적혀 있었다. 문 상단에는 금지 표식과 'Stop'이라고 적힌 문패가 부착형 스티커로 붙어 있었다.

여자는 콧바람을 길게 늘어뜨렸다. 그리고 단단히 각오했다는 듯이 고개를 쳐들고 눈을 동그랗게 떴다. 그녀는 곧장 핸드백에서 열쇠고리를 꺼내 들었다.

여자가 문고리 구멍에 열쇠를 끼워 맞췄을 때였다. 강풍 소리와 같은 울부짖음이 들려왔다. 이 울림은 사자가 아플 때 내는 울음소리다. 여자는 멈칫했지만 감정의 동요를 다잡듯이 손아귀에 압력을 가했다. 그녀는 미세하게 고개를 끄덕임과 동시에 열쇠를 쥔 손을 돌렸다. 문손잡이를 움켜잡은 그녀의 손은 자신도 모르게 떨리고 있었다. 하나 이번엔 지체하지 않았다. 그녀는 맹수 격리실 안으로 들어섰다.

두꺼운 철문을 열고 발을 들임과 동시에, 사이렌 소리가 울려 퍼졌다. 맹수의 위험성을 사전에 알려 주기 위한 일종의 경고음이다. 여자는 소독 발판에 왼발을 찍었다가 오른발은 지나쳤다. 오늘은 발바닥을 소독할 필요가 없는 날이니까.

철장으로 제작된 맹수 우리가 여럿 보였다. 동물 특유의 냄새가 후각을 파고들었다. 시큼하면서도 톡 쏘는 구린내. 동물의 배변 냄새와 니글거리는 호르몬 냄새가 난잡하게 뒤섞인 냄새다.

여자는 철장 우리 다섯 군데를 차례로 둘러보았다. 철장 우리는 두 우리씩 짝지어 마주 보고 있는 구조였다. 나머지 홀수로 떨어지는 우리는 몇 보 떨어진 곳에 위치해 있었다.

지금 이곳엔 사자 한 마리만이 감옥살이 중이다. 수컷이지만 아직 갈기가 없었다. 덩치도 덜 자랐다. 사자의 목덜미에는 핏빛 서린 상처가 나 있었다. 상처를 중심으로 그 주위에 털이 깎여 있었다. 드러난 속살에까지 검붉은 피가 물감처럼 번져 있었다. 상처의 크기로 봤을 땐 필시 당시에는 목숨을 위협했을 정도로 치명상이었을 것이다.

여자가 한발 다가섰다. 사자가 목 끓는 소리를 냈다. 내 구역에서 나가라고 으름장을 놓는 것이다. 하지만 당장은 소리가 시원찮다. 사자는 야행성이다. 다친 건 둘째치고, 지금은 하루를 마무리하는 휴식을 취해야 할 시간대였다. 부상당한 몸뚱이에 피곤한 정신, 인간이라는 영장류의 침입으로 경계의 날을 세워야 하는 처지, 그것이 현재 이 사자의 형편이었다. 그러나 아무리 그래도 맹수는 맹수다. 철장 문이 열리는 순간, 선처 없이 물고 늘어질 것이다.

물론 동물도 방어 기제라는 기질을 지닌다. 게다가 이 사자는 심한 상처를 입은 상태다. 이방인의 침입, 상처 입은 몸, 피곤한 정신 상태. 지금의 심리 상태라면 '자기방어'라는 공격성을 표출하는 데 완벽한 조건이었다.

여자가 한 발 더 다가섰다. 사자가 소리를 낮추더니 송곳니를 드러내며 발톱을 세웠다. 건장한 남성의 주먹만 한 코를 쭈그러뜨리고, 눈 아래에 살기의 주름살을 만들고, 사백안으로 노려본다. 이쯤에서 경고는 그만두고 공격 태세를 갖추는 것이다. 녀석은 지금, 머릿속에 이런 상상도를 그리고 있을 것이다. '내가 철장에서 벗어나거든, 저 얄팍하고 가련한 모가지에다 내 송곳니를 찍어 넣어 줄 것이다. 기꺼이 목뼈를 조각조각 으스러뜨려 줄 것이다.'

하지만 여자는 의연했다. 죽음의 두려움 앞에서 떨지 않았다. 빤한 눈으로 사자를 응시할 뿐이었다. 여자가 한 발 더 다가섰다. 이제 사자 우리와의 거리는 한 뼘 남짓이었다. 여자가 다가서자 사자는 도리어 뒤로 한발 물러섰다. 그렇다고 공격 태세를 무른 건 아니었다. 여자의 얼굴은 '무'에 가까웠다. 그런 표정을 하고서 불쑥 이런 말을 꺼내 들었다.

"내 마지막, 잘 부탁해."

여자의 목소리는 침착했다. 그녀의 음성이 닿자 사자는 고개를 갸웃했다. 여자의 말뜻을 이해하지는 못하지만 해석을 시도하는 눈치였다. 여자는 사자의 몸통을 아래위로 훑었다. 그리고 얼굴에 인위적인 미소를 그리며 말했다.

"너, 누나 알지? 겁먹을 거 없어, 난 준비됐으니까."

말을 끝낸 그녀의 얼굴에서 다시 한번 어중간한 미소가 새어 나왔다. 철장 출입구의 낡은 자물쇠는 이미 바닥에 나뒹굴고 있었다. 발치 앞에 보이는 빗장 고리만 풀면 그녀는 사자와 정면으로 맞닥뜨릴 것이다. 발에 달린 열 개의 칼끝이, 돌출된 주둥이가, 한 치의 망설임 없이 눈 깜빡할 새에 목숨을 앗아 갈 것이다.

여자는 사육사의 마지막 보루를 뜻하는 빗장 고리를 천천히 이동시켰다. 그리고 철문을 잡아당겼다. 여자는 출입구 반대편에 위치한 제2구역 문을 향해 걸었다. 사자에게 뒤를 내주고 있었지만 걸음걸이에 주저함이나 조급함은 없었다. 사자는 경계의 눈초리를 거두지 않고 차츰 여자에게로 다가가고 있었다.

여자가 2구역 철문에 등을 기댔다. 사자가 그르렁거리며 여자에게로 대가리를 들이밀더니 냄새를 맡기 시작했다. 여자의 시시한 움직임에도 흠칫 놀라며 한동안 콧구멍을 벌렁거리던 사자. 그런데 예상 밖의 상황이 펼쳐졌다. 사자가 어쩔 줄 몰라 하며 몸을 내빼는 것이다. 여자는 이해한다는 듯이 유하게 미소를 띠었다.

"그 인간 냄새 때문에 그래? 어느새 내 몸에 그런 하찮은 게 배었구나. 괜찮아, 어서 이리 와."

여자의 말에도 사자는 일정 거리를 유지하며 다가오지 않았다. 그녀는 포옹을 맞이하는 자세처럼 두 팔을 벌렸다. 그리고 밀어붙이듯 사자에게로 한 걸음씩 다가섰다.

"사자면 사자답게 굴어. 자, 어서."

사자의 뒷걸음질은 끝끝내 출입구의 소독 발판까지 다다랐다. 사자의 울음소리가 점점 격해졌다.

"어서!"

여자의 고함에 맞받아치듯 이어서 들려오는 사자의 포효.

여자는 턱을 치켜들고 천장을 바라봤다. 사자에게 목을 내어 준 것이다. 여자의 가냘픈 목덜미가 사자의 시야에 포착됐다. 그리고 사자는 그 찰나의 충동을 억제하지 못했다. 끓어오르는 DNA 천성 앞에선 의지력이라는 소모품은, 밀려오는 해일을 막아서는 개미와도 같았다.

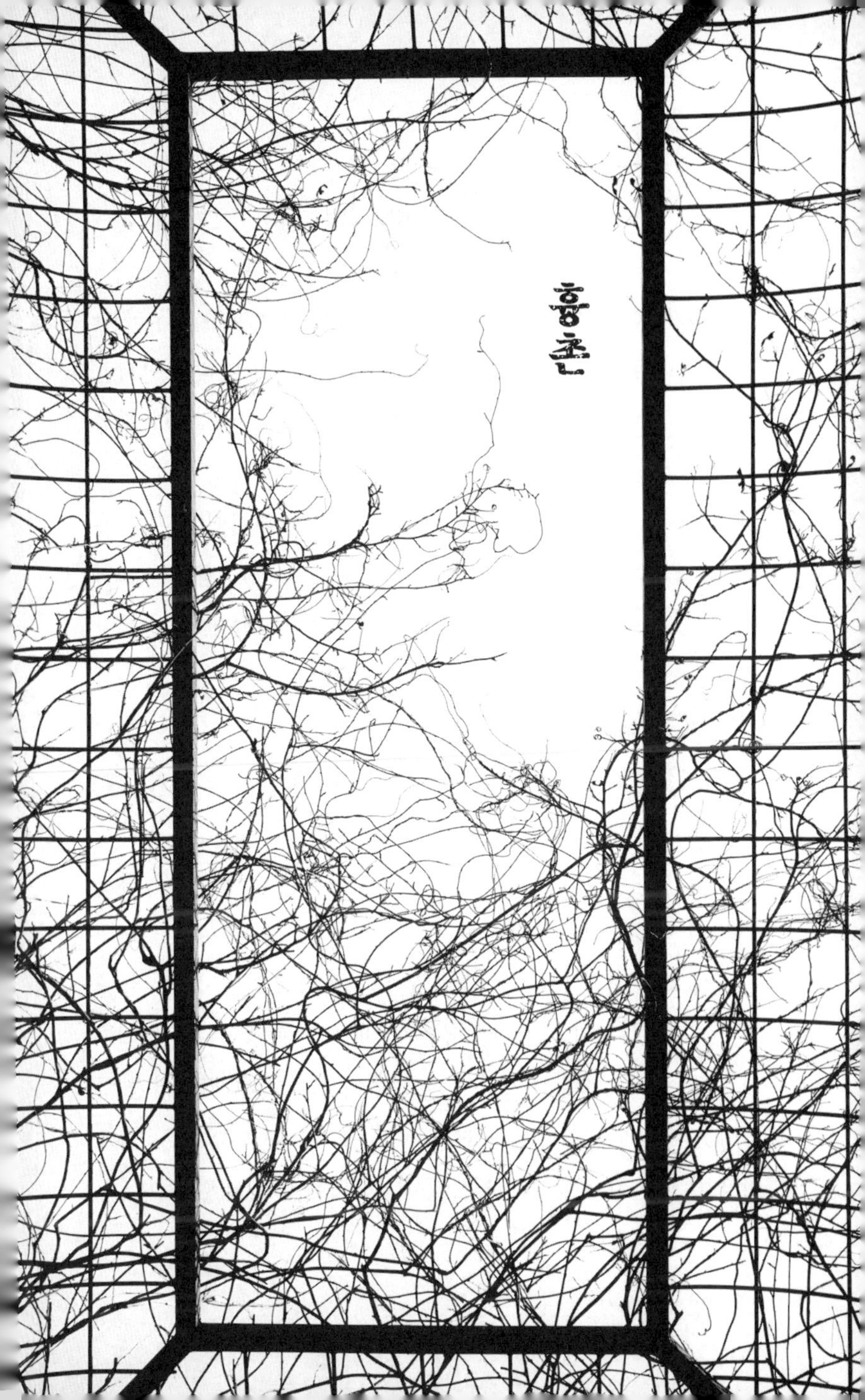
흉촌

2017년 4월 7일

도수가 생닭 꾸러미를 등에 지고 야외에 위치한 사자 우리 담장 위로 향했다. 그는 철장 난간 앞에 서서 수십 마리의 생닭을 난간 너머로 던졌다. 껍질을 일일이 제거한 후, 배를 갈라 약을 쟁여 둔 생닭이었다.

사자들은 우렁찬 포효로 이리로 닭을 던지라 위협했다. 그중 유독 한 덩치 하는 녀석이 도수를 향해 이를 드러내며 몸집을 세웠다. 하지만 생닭이 전부 동나자 모두 합죽이가 되었다. 각자 생닭 몇 마리씩을 챙겨서 구석진 곳에 자리 잡기 바쁜 모양이었다.

"이제 곧 퇴근 시간이네."

도수는 절로 한숨이 나왔다. 오늘은 작업량이 많은 날이었다. 오전만 치더라도 이곳저곳을 돌아다니며 쉴 틈 없이 세 시간을 일했다. 게다가 대부분 현장 일이었다. 동물들의 배설물을 청소하고 다친 호랑이를 격리시켰다.

점심 식사 후론 격리된 호랑이를 일시적으로 마취시키는 일을 했다. 또 수의사가 호랑이를 진찰할 때 보조를 맡았다. 진찰 중인 호랑이가 고개를 쳐들었을 땐 간담이 서늘했다. 하마터면 수의사를 내팽개치고 줄행랑을 칠 뻔도 했다. 천만다행으로, 진찰이 끝날 때까지 호랑이가 마취에서 깨어나는 일은 없었다.

바쁜 일과 중에도 소확행은 있었다. 드라군과 영웅이에게 새로운 보금자리를 소개해 줬을 때였다. 두 녀석은 새끼 때부터 도수가 애지중지 키워 왔던 사자들이다. 사자 우리를 옮겨 준 후로도 집들이를 핑계 삼아 한동안 녀석들과 뒹굴며 놀았다.

원칙대로라면 두 녀석 모두 성장기 후반으로 접어들었기에 같은 공간에 머무는 건 금지돼 있다. 만약 다른 누군가가 이를 목격하고 보고할 시에는 징계를 피할 수 없을 터였다. 실제로도 '사육사가 늑대 우리 안으로 들어가서 사료를 주고 있어요!', '아무리 사육사라고 해도, 짐승하고 친하다고 해도, 이건 너무 위험한 거 아닌가요?' 사육사의 안위를 지레 걱정해 주시는, 아주 친절하신 관광객의 민원이 매일같이 들어오고 있었다.

'요즘 사람들이 민감한 거지.'

하지만 도수는 거기에 크게 신경 쓰지 않았다. 드라군과 영웅이는 착한 녀석들이고, 자신을 공격할 이유 같은 건 어디에도 없을 테니까.

드라군은 태어났을 때부터 허약했다. 몸을 가누지 못하고 비틀거리기 일쑤였다. 하도 그래서 도수가 녀석의 이름을 '드라군'이라 지었던 것이다. 어느 RTS게임 속에 '드라군'이라는 유닛이 있다. 그 유닛은 가끔 자신의 몸을 가누지 못하거나 여러 오작동을 하곤 한다. 덕분에 플레이어의 울분을 사는 일이 잦다.

반대로 영웅이는 새끼 때부터 건강했다. 드라군보다 활동량도 배로 많았다. 장난도 걸핏하면 걸어 왔다. 왕성한 식욕 탓에 먹는 것도 가리지 않았다. 게다가 한술 더 떠서 사교성까지 좋았다. 사육사들에게도 거리감 없이 친밀감을 표현하곤 했다. 그리고 무엇이든 형제인 드라군과 함께하려 했다. 드라군이 자기보다 약하다고 해서 괴롭히는 일도 없었다.

도수가 발걸음을 옮겼다. 다음으로 향한 곳은 맹수 격리실이었다. 그곳에 들어선 도수는 먼저 손바닥과 발바닥을 소독했다. 그리고 1구역을 지나쳐 끄트머리에 있는 철문을 열고 들어갔다. 2구역 안에도 다섯 군데의 철장 우리가 있었다. 도수가 구석에 첩첩이 쌓여 있는 플라스틱 의자 중 하나를 끌고 와 한 철장 우리를 마주 보며 앉았다.

성체 하이에나가 어슬렁거리며 빤한 눈으로 도수를 주시하고 있었다. 도수는 바지 호주머니에서 커피 캔 하나를 꺼내 잡았다. 반대편 바지 호주머니에서 담배를 꺼내 불을 붙였다.

"좀 어때? 아직도 쑤시고 그래?"

캔 커피를 시원하게 들이켠 도수가 하이에나를 보며 말했다. 그의 시선은 하이에나의 귀에 꽂혀 있었다. 왼쪽 귀가 반 토막이었다. 상처에는 파란색의 약이 덕지덕지 발라 있었다.

"어서 나아야지. 그래야 무리 생활도 다시 하고 그러지."

도수가 그렇게 말하자 하이에나가 넌지시 다가와서는 코를 킁킁거렸다. 도수는 커피 캔 구멍에 담배꽁초를 넣었다. 그리고 가슴팍 호주머니에서 손바닥만 한 메모장을 꺼내더니 이렇게 적었다.

아직 상처가 완전히 아물지 않음. 1주일 정도 지켜봐야 할 것 같음. 심리 상태는 양호해 보임. 조만간 수의사를 불러서 물어봐야 할 것 같음. 내일 약을 다시 발라 줘야 할 것 같긴 함. 진통제는 노 필요.

메모를 끝마친 도수는 자리에서 일어났다.

"형 간다. 몸조리 잘하고 있어라. 내일은 네가 그토록 죽고 못 사는 소원이가 올 거다."

퇴근 시간이 가까워진 무렵, 도수는 사무실에서 일일 보고 서류를 작성 중이었다. 근무 중 특이 사항과 업무 내용에 대해서는 작성을 마쳤다. 이제 담당 동물 기록 일지만을 남겨 두고 있었다.

"어이."

불현듯 들려오는 목소리에 도수가 고개를 돌려 응시했다. 운택이 담뱃갑을 들고 서 있었다. 도수가 "예, 부장님." 하자 그가 고개를 까딱거렸다. 같이 담배나 피우러 가자는 뜻이다.

도수가 흡연 구역으로 다가가자 먼발치에 낯선 남자가 보였다. 앞머리가 벗겨진 중년의 남자였다. 그는 스탠드형 재떨이 근처에서 담배를 물고 서 있었다. 도수는 몇 걸음 더 다가갔다. 그의 외형이 조금 더 뚜렷해졌다. 50대쯤으로 보였고 땅딸막한 키의 소유자였다. 배꼽 부분에서는 은색 광이 번쩍이고 있었다. 명품 벨트를 허리 위까지 잡아 올린 것이다. 그는 거만한 자세로 한 손을 바지 호주머니에 넣고 있었다. 회색 면바지와 반팔 와이셔츠는 잘 다림질돼 있었지만 첫인상이 깔끔해 보이진 않았다.

도수가 멈춰 서서 '누구지? 여기 함부로 들어오면 안 되는데.' 속생각을 하고 있던 중이었다. 운택이 잰걸음으로 부리나케 남자에게 다가섰다.

"아이고, 오셨습니까. 미리 말씀이라도 하셨으면 커피라도 한 잔 사 들고 오는 건데."

운택이 겉치레식 미소를 만들며 남자에게 인사했다. 도수가 상황 파악을 하느라 멍하니 서 있는 사이, 두 사람은 악수를 나누었다. 운택이 목소리 톤을 한 가닥 높이며 말했다. 도수더러 들으라는 식이었다.

"아참, 이사님. 저번에 말씀드렸던 그 친구 있지 않습니까. 저 친굽니다."

운택이 고개를 돌려 도수를 봤다. 이사의 시선도 덩달아 도수에게로 주목됐다.

"어이! 도수 씨, 얼른 이리 와 보세요."

도수는 주인의 부름을 받은 애완견처럼 날랜 걸음으로 다가갔다. 운택이 이사에게 도수를 소개시켜 주었다.

"이 친굽니다. 일 시작한 지 얼마 되지도 않았는데, 일도 곧잘 하고 아주 빠릿빠릿합니다. 우리 동물원 최고의 일꾼입니다, 아주. 도수 씨, 인사드려. 이분은 이번에 새로 취임하신 이사님이셔.”

“안녕하십니까. 사육사 여도수입니다. 몰라뵀습니다.”

“괜찮아요. 반갑습니다.”

도수가 허리를 90도로 굽혀 인사했다. 이사가 멋쩍은 웃음소리를 내더니 손을 내밀었다. 도수는 손아래 팔목을 받쳐 들며 공손하게 악수했다.

“그래요, 도수 씨. 뭐 하다 오셨어요?”

이사가 물었다.

“사무실에서 기록 일지를 작성하던 중이었습니다.”

“퇴근 시간도 곧 다가오는데 열심이시네요. 어떻게, 일은 좀 할 만하신가.”

“예, 일이 저랑 잘 맞아서 그런지 몰라도, 일하면서 시간 가는 줄 모르고 있습니다.”

“일이 적성에 맞다니, 일복이 많으시네. 그래도 쉬엄쉬엄하도록 하세요.”

남자의 얼굴에 갸륵한 웃음꽃이 피어났다.

“예, 걱정해 주셔서 감사합니다.”

도수의 대답이 나오자 운택의 얼굴에도 가식적인 미소가 번졌다.

“바쁠 텐데 이제 그만 들어가 보도록 하세요.”

운택이 눈신호를 주며 말했다. 도수는 이사에게 다시 허리를 굽혀 인사하곤 사무실로 발걸음을 옮겼다.

며칠 전부터 동료 사육사들 사이에 오르내리던 말이 있었다. 동물원 경영진이 대대적으로 교체된다는 입소문이었다. 그때는 그저 설레발 식의 낭설이라 치부해 버렸지만, 지금 보니 그 말이 사실인 것 같았다.

방금 보았던 그 이사는 이전에 동물원에 자주 들르곤 했었던 대표 이사와는 첫인상부터가 딴판이었다. 생김새부터 키, 말투, 서 있는 포즈까지 말이다. 새로 온 이사가 어떤 성향인지는 아직 미지수지만 한눈에 봐도 전 대표와는 하나부터 열까지 다를 것이라는 확신이 들었다. 이전 대표는 마치 로봇 같았다. 공적으로 철두철미한 사람이었다. 반면 이번에 새로 취임한 저 이사는 얼굴에서부터 능글능글함이 묻어났다. 속으로 '변태'라는 단어가 떠오를 정도였다.

그나저나 담배를 피우러 나갔는데 담배를 못 피우고 돌아왔다. 도수는 속으로 짜증 섞인 말을 내뱉었다.

'이 큰 데에 흡연 구역이 어째 한 군데밖에 없냐.'

도수는 때늦은 퇴근길에 올랐다. 그가 퇴근 준비를 하던 도중에 운택이 이와 같은 말을 '툭' 던졌기 때문이다.

"자물쇠, 안전장치, 덮개 다시 확인해. 밤에 이사가 사람을 보내서 불시로 점검할지도 모르니까. 원래 막 취임한 이사들은 꼬

투리 잡아서 집합 한번 꼭 시키려 들거든. 혼또는 나다. 이런 걸 보여 주고 싶어서겠지. 어쨌든, 초창기 때만 조심하면 되니까 요 한두 달 신경 좀 써."

퇴근 직전, '부장'인 운택이 던진 당부의 말 덕분에 '일개 사원'인 도수의 퇴근이 약 한 시간이나 늦어진 셈이다.

도수는 운택이 시킨 대로 철장 관리 등을 전체적으로 다시 체크했다. 이미 전에 한차례 확인했었다. 시간만 때우다 가도 됐지만 그냥 한 번 더 했다. 귀찮아도 꾸역꾸역 움직였다. 자주 한다고 손해 보는 건 아니니까. 그리고 나중에 야간 조로 바뀌었을 때 괜한 욕 먹지 않으려면 완전무결한 철장 관리를 해야만 한다. 이 부분에서만큼은 아주 사소한 실수라도 범해서는 안 되니까.

철장 관리는 곧 안전과 직결된다. 동물원에서의 안전은 곧 목숨과 직행된다. 경찰의 경우 총기 관리가 생명이고, 건설업자들은 폭발물 관리가 생명이다. 그것과 마찬가지다. 사육사들에겐 철장 관리가 생명이다. 이 부분에서 어떠한 흠이 생긴다면 큰 사고로 이어질 수도 있다. 그건 용납할 수 없는 실수다. 실제로 사육사들이 가장 민감하게 여기는 부분이기도 하다.

최근 들어서 주간 조에서 야간 조로 근무 시간이 바뀐 초보 사육사가 있다. 그 사육사가 빗장 고리를 닫지 않고 퇴근한 일이 있었다. 그것도 맹수 우리의 빗장 고리를 말이다. 그 사육사는 "분명 빗장 고리를 닫았어요."라는 주장을 펼쳤지만 그건 중요치 않았다. 그 사육사의 기억이 어떻든 무슨 말을 하든 부질없었다. 그건 병기를 잃어버린 군인이 "분명 머리맡에 병기를 두고 잤어요."라고 변명하는 것과 다름없는 행실이었다.

어쨌든 덕분에 한 사육사가 산 채로 호랑이의 별미 간식으로 전락할 뻔했다. 간식이 될 뻔한 사육사는 주간 조에서 일하던 사육사였다. 사육사가 호랑이를 복도로 빼낼 요량으로 격리실 철장 자물쇠를 풀고 빗장을 봤는데, 식겁하고선 재빨리 자물쇠를 다시 잠근 일이 벌어진 것이다. 본래 규칙은 이랬다. 철장 자물쇠를 먼저 푼 후 그 위층으로 올라가 그물처럼 생긴 철조망 바닥 아래로 기다란 갈고리를 내려 아래층의 빗장 고리를 당겨서 여는 것. 그런데 그 빗장 고리가 앞서 풀려 있었던 것이다.

말 그대로, 그 사육사는 안전장치가 풀린 철장을 사이에 두고 호랑이와 마주 보고 있었던 거다. 만약 그때 호랑이가 코끝으로 철장을 '툭' 하고만 쳤어도 상상도 하기조차 싫은 대참사가 벌어지고 말았을 것이다.

자물쇠를 풀기 전에 빗장 고리를 재확인하지 않았던 것도 문제라면 문제였다. 사육사란 늘 안일함을 견제해야 하는 직업인데 안일함을 가져 버린 것이다. 하지만 빗장 고리를 제때 확인하지 않고 퇴근했던 그 사육사의 안일함에 비할 바는 아니었다.

도수가 버스에 올랐다. 퇴근 시간은 늦었지만 버스 시간에는 운이 좋았다. 그의 원룸으로 향하는 마을버스는 고작 한 대뿐이다. 45분 간격으로 동물원 앞 정류소를 지나친다. 5분 기다리고 탑승했으니 이번 주 통틀어 가장 적은 시간을 기다린 셈이었다.

버스가 출발하고 10분쯤 흘렀을까, 꾸벅꾸벅 졸던 도수의 눈이 갑자기 번뜩 커지는 순간이 찾아왔다. 턱과 목에는 자신도 모르게 힘이 들어가 있었다. 어깨 승모근이 경련을 일으키듯 욱신거렸다. 오늘도 역시, 그 트라우마가 다시 눈을 떴다.

도수는 버스 앞 유리로 멀찌감치 보이는 광경을 피해 눈을 질끈 감았다. 심리적 압박감이 들이닥쳤다. 그는 팔짱을 끼고 손아귀와 눈꺼풀에 바득바득 힘을 주었다.

오래된 아스콘이 올곧게 이어진 길바닥, 그리고 오른쪽에는 흙과 나무, 왼쪽에는 가드레일이 보였다. 가드레일 너머로는 낭떠러지라 불러도 무방할 만큼 급경사진 내리막이 보였다. 그 아래로는 계곡물과 큼직한 바위들이 위치해 있었다. 다른 사람들 눈에는 시골길 어디에서나 볼 수 있는 흔한 광경일 것이다. 하지만 도수에게는 달랐다. 그는 보이는 대로 그 길을 해석할 수 없었다.

도수는 그 길을 지나고 나서도 한동안 눈을 감고 있었다. 마침내 커브 길에서 벗어나 그 길이 완전히 멀어지자 이윽고 잡념이 들이닥쳤다.

'언제까지 이러고 살아야 되는 거지. 이놈의 기분 나쁜 동네를 떠나는 수밖에는 없는 건가.'

기분 나쁜 동네, 도수는 그렇게 여기고 있었다. 이 동네에 처음 발을 들여놨을 때부터 뭔가 불길한 기운이 감돌았다. 그러나 이제 와서 훨훨 털어 버리듯 떠날 수는 없었다. 몇 년 전과 달리, 지금은 그럴 수 있는 상황이 아니었다. 다시 만난 어머니하며, 직장, 친구, 그리고 여자 친구까지. 이곳과 몸이 멀어지면 그 모든 것들을 지켜 낼 수 없을 것 같았다.

이 지역 부근은 일제 강점기 때 일본군들이 육군 무기를 제조 및 수리하기 위해 몰려들었던 곳이다. 그래서 지역 곳곳에 봉쇄된 무기 공장과 조병창이 들어차 있다. 어떤 구역에는 일본인들의 거주 흔적이 아직도 남아 있었다. 듣기로는, 일제 강점기 당시만 해도 지역 산골에 호랑이가 살았다고 한다. 그래서 이곳에 정착한 일본인들의 급선무는 호랑이를 말살시키는 일이었다고 한다.

나이가 지긋하신 어르신들은 아직도 이곳을 '흉촌'이라 부른다. 과거에는 날이 어두침침해지기 시작할 때면 호랑이에게 물려 죽는 일이 비일비재했다고 한다. 당시의 사람들은 호랑이를 '인간보다 강한 존재'로 인식했을 것이다. 그래서인지 옛 동네 사람들은 호랑이를 증오하는 사람과 떠받드는 사람으로 나뉘었다고 한다. 물론 두 부류의 사람들 모두 여간해선 밤거리를 걷지 않았을 것이다. 그 때문에 동네가 밤만 되면 인기척도 없이 흉흉하게 보였던 것이다. 덕분에 '흉촌'이라는 불명예스러운 별명이

붙은 것이고.

약 10년 전만 해도 이 지역 부근은 말 그대로 촌구석 그 자체였다. 이 촌구석이 사람들의 주목을 받기 시작한 건 한 다큐멘터리가 TV에 방송된 직후였다. 그 다큐멘터리의 주제는 '생과 사' 또는 '죽음과 영혼'이었다. 얼핏 들으면 그 주제와 이 동네가 무슨 연관이겠냐마는 언뜻 그럴 만한 이유가 있었다. 계곡 근처 어느 동굴에서 신원 불명의 사람 뼈가 무더기로 발견되는가 하면, 오래전에 호랑이가 잡아먹은 사람의 머리뼈와 옷가지가 한 인터넷 방송인에 의해서 발견되기도 했고, 일본의 패전 이후 일본군의 가족들이 버리고 간 가택들이 흉가처럼 보여서 흉흉한 소문들이 떠돌았기 때문이다.

그중 대중들의 관심을 한몸에 받는 집터가 있었는데 '국내 5대 흉가'로 선정되기도 했다. 다큐멘터리에서는 유명한 무속인을 불러 동굴 안과 산속을 체험하기도 했는데, 그 무속인이 제작진 몰래 차를 타고 줄행랑을 치는 일이 벌어지기도 했다.

그 다큐멘터리는 인기몰이에 성공했고, 도시 사람들의 관심이 쏠리기 시작했다. 덕분에 흉가 체험을 한다느니, 호랑이의 영혼과 호랑이에게 살해당한 사람들의 영혼을 달랜다느니 하며 한동안 극성 관광객들이 몰려들었다.

그다음은 어떻게 보면 당연한 수순이었다. 사람들의 주목을 받다 보니 투자자가 늘어났고, 동물원이 생기면서 관광 명소로서 구색이 맞춰졌다. 또 그것에 힘입어 시내 부근에 위치한 주택 단지에 주민수가 점차 늘어나고, 이런저런 사업이 흥하기 시작했다. 버섯 공장이 생기고, 호수 외곽에 또 다른 주택 단지가 개발되고, 도매 대형 마트도 들어섰다. 시내의 상가 건물들도 키가 곱절로 증축됐다. 건물 사이의 빈틈은 어느새 틈새 시장으로 메워져 있었다.

도수가 처음 이곳에 이사를 오게 된 건 순전히 일자리 때문이었다. 도수가 고아원에 있을 때부터 연줄이 있던 '똑띠'라는 형이 있었다. 5년 전쯤 그 형이 이곳에서 사업을 시작한다고, 도수에게 도우러 오라고 한 것이다. 당시 도수는 백수 신세였다. 지갑이 늘 홀쭉해서 하루 세 끼니를 챙기기도 벅찬 상황이었다. 앞날에 대한 계획도 꾀하지 않았다. 도시에 대한 미련도 없었다. 도수는 절벽에 매달린 하루하루에서 벗어나 당장 입에 풀칠이라도 할 요량으로 무작정 이곳으로 왔다. 심지어 그 당시 똑띠 형이 무슨 사업을 목적으로 이런 촌구석을 택했는지조차 알지 못했다. 똑띠 형의 사업에 대해서 알게 된 건 이곳에 도착한 다음이었다.

똑띠 형의 사업은 애견 분양업이었다. 사업명만 들어서는 일반적인 사업 같지만 실체는 달랐다. 대형견들을 억지로 교배시켜서 의뢰인이 원하는 믹스견을 만들어 내는 게 주 업무였다. 대형견 암거래로 한탕 돈을 벌어 보려는 게 사업의 목적이었던 것이다. 의뢰인이 돈만 준다면 사냥개부터 투견까지, 마치 DNA로 요리를 하듯이 닥치는 대로 번식시켰다. 개가 어느 정도 자라면 어떤 비윤리적인 방법을 감행해서라도 순종을 훈련시켰다.

똑띠 형은 그래도 명목상은 사업이라고 뻐기곤 했지만 그것조차 듣고 있기 민망했다. 촌에서 융통성 있게 운영되곤 하는 '주먹구구'식의 구닥다리 장사도 못 됐기 때문이다. 눈속임용 사업자 등록증 하나 달랑 있었을 뿐이다. 실질적으로는 '동물 학대'로 돈을 버는 '죄악', 그 이상 그 이하도 아니었던 것이다.

결국, 근 1년을 못 버티고 마을 주민에게 신고를 당하고 말았다. 마을 이장과 청년회장을 비롯한 수십 명의 주민들이 사업장으로 들이닥쳤다. 그들 중 한 사람은 똑띠 형의 따귀를 갈기기도 했다. 그리고 기어이 경찰까지 출동하는 난리 통이 벌어졌다. 소동 이후 당연히도 도수의 돈줄은 끊기게 됐다. 똑띠 형의 사업도 막을 내렸다.

똑띠 형은 서울로 올라갔지만 도수는 그러지 않았다. 어차피 서울에 가 봤자 똑같은 백수 신세일 테고, 가족이 있는 것도 아니었으니까. 서울에서나 이곳에서나 같은 신세라면 한 푼이라도 굳히는 게 실용적인 판단이라 여겼다. 굳이 힘을 들여 새로운 집을 구하고 돈을 들여서까지 이사할 필요성을 느끼지 못한 것이다.

도수가 도어 록 비밀번호를 누르고 현관문을 열었다. 바바가 도어 록 기계음을 들은 모양이었다. '좌좌좌' 강아지 발톱과 마룻바닥이 맞부딪치는 소리가 들렸다. 바바는 선 자세로 현관 새시 문의 유리를 긁으며 꼬리를 흔들고 있었다. 그리고 도수가 새시 문을 열자 격한 몸짓으로 그를 반겼다.

"어이구, 우리 바바 집 잘 지키고 있었어요? 어디 보자, 오늘 밥을 좀 많이 남겼네? 어찌 된 거야? 밥상머리 앞에서 투정하더니만 배가 덜 고픈가 보네? 간식을 좀 줄여 줄까나?"

도수가 침대에 걸터앉았다. 바바가 기다렸다는 듯이 그의 어깨에 앞발을 얹곤 얼굴을 핥아 댔다.

바바는 도수가 키우는 한 살배기 미니어처 푸들이다. 흰색 털을 가지고 있으며, 다른 푸들에 비해 다리 길이가 짧은 편이다. 도수는 친구인 경철에게 바바를 분양받았다. 도수가 바바의 이름을 '바바'라고 지어 준 이유는 이랬다. 바바가 새끼였을 당시, 작고 연약해 보여서 걱정됐던 도수가 튼튼하게 성장해 달라고 그렇게 이름을 붙여 준 것이다. 유명 RPG게임 캐릭터 중에 바바리안이라는 전투 캐릭터가 있다. 그 캐릭터의 단단하고 튼튼한 이미지가 떠오른 것이다.

도수가 오리 날갯살로 된 간식을 던져 주었다. 바바는 간식을 물고서 도수의 무릎 위로 올라타 똬리를 틀듯 허리를 둥글게 말았다. 도수는 담배에 불을 붙였다. "하……." 김새는 한숨이 연기와 섞여 나왔다.

늦게 퇴근한다는 건, 역시나 힘 빠지는 일이다. 도수는 새어 나가는 기운을 애써 다시금 붙잡았다. 신경을 돌리기 위해 바바의 머리를 쓰다듬었다.

"우리 바바, 형 많이 보고 싶었어? 미안하다. 형이 먹고살려다 보니 어쩔 수가 없다. 형이 일을 해서 돈을 벌어야 너도 밥도 먹고 간식도 먹고 그러는 거야. 형은 너처럼 귀엽지가 않아서 애교부리는 것으론 쌀 한 톨 나오지 않는단다?"

도수가 푸념했지만 바바는 간식에만 정신이 팔려 있었다. 도수는 주인의 말을 듣는 둥 마는 둥 하는 바바의 두 겨드랑이를 잡고 들어 올렸다. 바바가 그르렁거렸다. 도수는 '도리도리' 바바의 배에다 공기 바람을 불며 얼굴을 차지게 비볐다. 바바가 귀를 깨물었지만 아프진 않았다. 바바가 성질을 부릴 때면 가끔 도수를 깨물기도 한다. 하지만 세게 문 적은 이제껏 한 번도 없었다. 성질이 나도 주인은 알아보는 녀석이다.

"어이구 그냥 튼튼하게 아주 잘 컸네. 몇 개월 전만 해도 코딱지만 하던 게."

도수는 바바의 그르렁거림을 무시하곤 발을 살짝 깨물었다. 바바는 안간힘으로 발버둥 쳤다. 도수가 바바를 침대에 내려놓자 두더지처럼 이불보를 마구 긁어 댔다. 도수가 이불보 안으로 손을 집어넣고 이리저리 쳐올렸다. 바바는 두더지 잡기 게임을 하듯 도수의 손을 잡기 위해 바삐 몸을 놀렸다.

도수가 바바와 놀아 주고 있는데, 핸드폰이 울렸다.

"어, 엄마."

전화를 건 사람은 도수가 '엄마'라고 부르는 여자였다.

[그래, 저녁은?]

"이제 막 먹으려고요."

[냉장고에 있는 반찬이랑 밥 챙겨 먹어. 또 라면 먹고 그러지 말고.]

"알겠어요. 엄마는 저녁 잡수셨어?"

[먹었지. 그리고 도수야.]

"예."

[너, 팬티 사이즈가 몇이지?]

"팬티요?"

[허리 사이즈가 한…… 30쯤 되려나?]

"팬티는 모르겠고, 바지는 보통 30에서 32 정도 입어요. 왜요?"

[다른 게 아니고, 엄마가 오늘 시장 갔다가 싸서 너 팬티 몇 장 샀는데 사이즈가 맞을랑가 싶어서. 사이즈는 30인데 허리에 시보리가 돼 있어서 대충은 맞겠네. 갈 때 갖다줄게. 뭐 먹고 싶은 건 없어? 반찬이나 뭐나.]

"괜찮아요. 아직 밑반찬도 많이 남아 있고요."

[알겠다. 그럼, 얼른 씻고 밥 먹어라.]

"예."

통화 종료 후 도수가 핸드폰 화면을 봤는데 메시지가 도착해 있었다. 그의 여자 친구인 소원이 보낸 메시지였다.

동물원 꼰대 바뀌었다는데 알고 있지? 바뀐 이사가 팀장 새로 한 명 더 뽑는다더라. 사람도 2~3명 더 뽑고. 슬쩍 한번 찔러 봐. 이 부장이랑 친하잖아.

도수가 답장을 보냈다.

나 오늘 그 사람 봤어. 근데 뭐 할라고. 어차피 내 짬밥에 팀장은 무리일 것 같음. 보나 마나 지혜 짱이 하겠지.

그래도 혹시 모르지.

에이, 아니야. 내가 무슨 이 사람아 ㅋㅋ 됐고, 차라리 네가 한번 운택이 형한테 말해 봐. 옆에서 내가 거들어 줄게.

응. 아니야. 됐어. 싫어. 난 괜찮아. ^-^ 승진에 대해서는 다음에 만나서 작전을 한번 세워 보도록 하고. 일단 푹 쉬어. 오늘도 동물들 응가 치우느라 고생했어ㅎ 내일은 쉬는 날이지?

ㅇㅇ 난 내일 쉰당. 넌 지금 어딘데?

잠깐 나왔어. 목욕탕 갔다가 집 가는 중이야.

그렇고만. 조심해서 들어가. 내일 시간 보고 잠깐 얼굴이나 보든 동.

그랍시다.

21시경, 도수는 샤워와 식사를 마친 후 침대에 걸터앉아 있었다. 그의 무릎 위에 홑이불이 얹혀 있었고 그 위에서 바바가 졸고 있었다. 도수의 손은 바바의 귀를 만지작거리고 있었다. 눈은 TV를 향해 있었다. 몸 구석구석이 노곤해지면서 슬슬 잠이 쏟아지기 시작했다.

2017년 4월 10일

시내에 위치한 단골 호프집에 도수가 자리를 잡고 앉아 있다. 4인용 자리였다. 테이블에는 500cc 맥주 두 잔과 강냉이가 한 움큼 놓여 있었다. 도수가 핸드폰으로 시간을 확인했다. 오후 8시 21분이었다. 혼자서 맥주를 홀짝홀짝 마시고 강냉이를 깨작거리다 보니 기다리던 사람이 도착했다.

"쏘리쏘리, 좀 늦었네."

"괜찮다. 앉아라."

경철이 미안한 듯 메마른 미소를 지었다. 그는 입고 있던 얇은 재킷을 의자 뒤편에 걸쳐 놓고 도수의 맞은편에 착석했다.

"또 왜 이리 늦었냐?"

"시발, 오늘 진상이 있어서."

경철이 짜증 난다는 듯이 맥주를 입 안에 쏟아부었다.

"왜? 저번처럼 산책시켜 달래든?"

"그런 게 아니고, 치와와 종륜데 털 깎고 난 다음에 애가 우울해진 것 같다고 따지러 왔더라고. 내가 뭐, 애를 때리기라도 했을까 봐서?"

"그 치와와, 아직 새끼지? 우리 바바도 처음 털 깎았을 때 우울해하던데."

"내 말이! 내가 털 깎기 전에 분명히 언질을 줬거든? 근데 기억이 안 난다더라. 내가 말을 지어서 하는 것 같대. 거기다 대고 내가 뭐라고 말을 하냐. 모르면 인터넷 검색이라도 해 보든가. 하여튼 항상 이놈의 극성 주인들이 문제야. 사람보다 동물을 더 애지중지한다니까, 짜증 나게. 조만간 미용 쪽은 때려치우든지 해야지, 이거야 원."

"참 별의별 사람이 다 있네. 그건 그렇고, 안주부터 좀 시켜라. 너 오면 시키려고 아직 안 시켰다. 배고프다."

경철이 "음, 음." 목을 푼 후 허공에 대고 말했다.

"여기요. 프라이드 한 마리, 양념 한 마리, 소주 한 병, 500cc 두 잔 추가요."

"예, 알겠습니다."

가게 공간이 그다지 넓지 않았던 터라 주방에서 곧장 대답이 돌아왔다.

"한번 들어 봐, 진짜 기가 찰 노릇 아니냐? 그래서 말이야, 내가 뭐라고 했냐면……."

경철의 호박씨 까대기를 시작으로 두 사람은 시간 가는 줄 모르고 대화를 이어 갔다. 술자리를 가진 지 두 시간 남짓 지났을 시점이었다. 도수가 호프집 입구 근처 야외서 담배를 피우고 돌아왔다. 같이 마시고 떠들 땐 몰랐는데 지금 보니 경철의 뺨이 붉게 달아올라 있었다. 두 사람은 이곳에서만 소주 네 병과 500cc 맥주 네 잔을 해치웠다. 경철뿐 아니라 술에 꽤 자신이 있던 도수도 은근히 취기가 올랐다.

"오늘 2차 갈 거냐?"

도수의 물음에 경철이 눈을 크게 뜨고 굼뜨게 끔벅거렸다.

"너, 왜 이렇게 변했냐?"

"뭐를? 뭐가?"

"그런 거를 다 물어보다니 변했네, 변했어."

"그럼? 물어보지 말까?"

"아니 내 말은, 두말하면 잔소리로 가야지."

"난 또 무슨 소릴 하나 했네."

도수는 싱겁다는 듯이 맥주를 들이켰다. 그의 잔이 입에서 내려오자 경철이 기다렸다는 듯이 말했다.

"소원 씨랑은 잘돼 가는 중이야?"

"그럭저럭?"

"너희들 사귄 지…… 꽤 되지 않았냐? 둘 다 나이도 찰 만큼 찼겠다, 슬슬 결혼 얘기도 오가고 할 타이밍인 것 같은데."

도수가 집게손가락으로 머리를 긁적이며 대답했다.

"가끔…… 그런 얘기도 오가곤 하는데…… 아직 난 잘 모르겠다야."

"모르긴 뭘 몰라. 이대로 쭉 연애만 하다가 끝낼 요량이야? 네가 무슨 대학생인 줄 아냐?"

경철은 도수가 답답했는지 슬쩍 높아진 목소리 톤이 됐다.

"연애만 하겠다는 게 아니고, 나도 결혼 생각, 당연히 있지. 소원이도 있는 것 같고. 근데 결혼은 뭐 아무나 하냐?"

도수가 머리를 박박 긁어 댔다. 경철이 재미있다는 듯이 씩 웃으며 말했다.

"결국 쩐이 문제로구만. 맞지?"

"그렇지……. 시발 꺼, 항상 그게 제일 문제긴 하지."

"문제긴 개뿔, 그게 어째서 문젯거리냐. 너 돈 벌지, 소원 씨 돈 벌지. 손 벌릴 데도 있지."

"지금까지 빌린 돈이 있는데 또 어따 손을 벌리냐. 사람이 염치가 있지."

"안 어울리게 염치 타령은. 너 나한테 빌려 간 돈, 그거 다른 30대들이 가지고 있는 빚에 비하면 얼마 되지도 않는 거다. 게다가 넌 잘 갚고 있는 중이고. 솔직히 요즘 세상에 결혼하면서 돈 몇 푼 빌리는 게 무슨 대수라고 그러냐? 그런 거 일일이 따지고 들면 결혼 못 해, 인마. 다 그러고 결혼하고, 다 그러고 사는 거다."

도수는 대답 대신 술잔을 들이켰다.

돌이켜 보면 경철이 하는 말 들어서 탈 난 경우는 없었다. 경철의 훈수는 신기할 정도로 딱딱 들어맞았다. 소원과 트러블이 잦을 때도 때마다 경철의 조언이 결정적인 도움이 됐다. '경철이가 시키는 대로만 살아도 잘 먹고 잘 사는 데는 문제없겠는데.' 도수는 가끔, 이런 식의 속말을 뱉곤 한다. 따지고 보면 소원과 만나게 된 것도 경철 덕분이었다. 경철이 소개시켜 준 운택 덕에 동물원에 취직할 수 있게 됐고, 거기서 소원을 만났으니까. 그녀를 꼬드길 때도 당연히 연애 경력이 많은 경철의 조언이 공을 세웠다.

"아, 맞다. 나 부업한다."

결혼 애기가 부담스러웠는지 도수가 대화 주제를 돌리고자 불쑥 다른 말을 꺼내 들었다.

"부업?"

"쉬는 날에 가끔씩 목수 일 하고 있다. 지금은 말단이고 배우는 입장인지라 얼마 못 받지만 경험치 쌓이면 일당이 25나 된단다."

경철의 표정에서 걱정스러움이 묻어났다.

"회사 잘 다니고 있으면서 또 뭔 놈에 부업 타령인데."

"하면 안 되냐?"

"내 말은, 왜 무리수를 두느냐 이 말이지. 괜한 무리 하지 말고, 지금 하는 일이나 열심히 하는 건 어떠냐? 거기서도 경력 쌓이면 부장도 달고 월급도 올라가잖아."

"동물원 일은 동물원 일대로, 부업은 부업대로, 다 열심히 해야지. 네 말대로 결혼도 준비해야 하고 빚도 청산해야 되니까."

"너 그러다 진짜 탈 난다."

경철이 고개를 절레절레 저었다. 도수는 괜한 걱정 하지 말라는 듯이 억지로 서글서글한 웃음기를 만들었다.

"열심히 일한다고 해서 탈 나거나 하진 않으니까, 한잔해."

도수가 맥주잔을 집어 들자 경철도 따라서 맥주잔을 들어 올렸다.

도수가 경철을 처음 만난 건 온라인 게임 상에서였다. 캐릭터가 몬스터를 때려잡아 레벨 업을 하는 RPG류 게임이었다. 당시에는 플레이 유저수가 100만에 이를 만큼 인기 많은 게임이었다. 경철의 캐릭터는 도수의 캐릭터보다 한참이나 레벨이 낮았지만 착용한 아이템은 훨씬 더 고급이었다.

현금 몇천을 호가하는 고급 아이템을 주렁주렁 걸치고 다니던 경철의 캐릭터는 공격력 수치가 높았다. 반면 도수의 캐릭터는 레벨이 높아 맷집은 좋았지만 착용 중인 무기 아이템의 성능이 뒤떨어져 공격력이 잘 나오지 않았다. 이에 경철이 먼저 함께 몬스터 사냥을 하자고 제안했다. 그 이후로 둘은 몇 날 며칠 밤을 새워 가며 게임에 매진했다.

두 사람은 캐미가 잘 맞았다. 도수의 캐릭터와 몬스터가 서로 치고받는 사이 경철의 캐릭터가 몬스터 뒤를 공격했다. 가끔 다른 유저와 시비가 붙어 PK전을 할 때도 비슷한 작전으로 일망타진했다. 그렇게 두 사람은 금세 친해졌다. 각자 현실에서 겪고 있는 얘기까지 주고받기에 이르렀다.

현실에서는 게임에서보다 죽이 더 잘 맞았다. 신기할 정도로 말이다. 동갑이라는 부분은 그렇다 치고, 이 넓은 대한민국 영토 안에서 같은 지역에 살고 있다니, 그것도 같은 마을에 살고 있다니. 도수도 그렇지만 경철은 실로 놀란 것 같았다. 그는 도수에게 “이야- 이건 뭔가 하늘의 계시 같은데?”라며 호들갑을 떨어 댔었다.

현실에서는 술친구로 친해졌다. 그리고 경철의 소개로 운택이 술판에 합류하면서 도수도 운택과 형, 동생 하는 사이가 됐다. 운택이 일하는 동물원에 사육사 자리가 남는다는 말에 경철이 도수를 추천했다. 그리고 도수에게도 한번 도전해 보라며 권유했다.

경철은 말에서 그치지 않았다. 중간 다리 역할을 자처했다. 도수의 든든한 조력자가 돼 줄 심산으로 작정하고 팔을 걷어붙인 것이다. 그는 지인의 힘을 빌려 도수에게 애견 카페에서 일한 경력 두 달 치를 조작해 줬다. 그리고 자신이 운영하는 애견 숍에서 6개월간 일한 경력도 만들어 주었다.

그뿐만 아니었다. 친분 있는 마을 사람들에게 한 문장씩의 추천 글을 부탁하며 사흘 밤낮을 돌아다녔다. 수기 추천서 다섯 장이 모이자 경철이 직접 동물원으로 배달까지 해 주었다. 또, 동물 관련 봉사 활동이 입사에 도움이 된다는 정보를 캐내 손수 봉사 활동 신청까지 해 줬다.

동물원 입사 면접에서도 경철의 도움은 컸다. 면접관 중 한 명은 운택이었다. 운택은 면접에 대해서는 일절 함구했다. 경철은 입사 면접에 관한 정보를 파내기 위해 며칠 밤을 운택을 취하게 만들었다. 그렇게 해서 어렵사리 모은 정보를 도수에게 탈탈 털어 주었다.

그리고 실제로 그 정보는 도수에게 내린 단비와도 같았다. 그 혜택 덕에 운택을 포함한 나머지 두 명의 면접관들에게도 높은 평가를 받게 됐다. 도수는 '동물 학대자' 똑띠 형의 치다꺼리를 한 거 말고는 이렇다 할 경력 하나가 없었다. 그런 부수적인 것들이 없었다면 다른 입사 희망자들의 경쟁 판에 끼지도 못했을 것이다.

도수는 그때를 떠올리면 이런 생각이 든다. 아니, 확신이 든다. 자신이 동물원에 취직할 수 있었던 건 전부 경철 덕택이라고. 아무리 관람객이 적은 사설 동물원이라고 한들, 사육사는 인기가 많은 직업군에 속한다. 그렇기에 입사 경쟁 또한 치열하다. 도수는 자신이 동물원에 취직할 수 있을 거란 걸 애당초 상상조차 하지 못했었다. 경철이 그런 당사자보다 먼저 '사육사 여도수'라는 발상을 하고 있었던 것이다.

경철과 운택이 처음 알게 된 계기는 아이러니하게도 교통사고 때문이었다고 한다. 직진하던 운택의 차량과 우회전하던 경철의 자전거가 부딪친 가벼운 접촉 사고였다. 누구의 과실이 더 큰지 통 모를 일이었고, 다친 사람도 없었다. 차와 자전거 전부 그렇다 할 손상도 없었다. 두 사람은 연락처를 주고받은 후 서로 악수를 하고 각자 제 갈 길을 갔다. 이후로 경철이 술 한잔하자며 먼저 연락을 취했다고 한다. 그렇게 가끔 얼굴 보는 사이가 맺어졌다고 한다.

경철은 도수의 동네로부터 조금 벗어난 곳에 위치한, 마을 시내 인근에서 애견 숍을 운영한다. 파트타임 직원 한 명뿐인 작은 가게지만 손님의 발길은 잦은 편인 것 같았다. 근처에 다른 애견 숍이 한 군데 더 있었다. 그걸 감안했을 때 근처서 애완동물을 키우는 손님의 3분의 2는 경철의 애견 숍에 들르는 것 같았다. 도수가 예상컨대, 아마도 경철의 싹싹하고 꼼꼼한 성격과 수려한 외모가 한몫 거들지 않았을까 싶다.

5년 전, 경철의 부모님이 교통사고로 돌아가시면서 경철은 소위 부자가 됐다. '부자'라는 단어에 대해서 해석하는 이에 따라 그 정도는 다르겠지만 도수의 입장에서는 충분히 부자로 보였다. 자신이 평생 사육사 일을 해도 가질 수 없는 물질적인 것들을 그는 이미 전부 소유하고 있으니까.

경철의 부모님이 돌아가시면서 부모님 소유였던 2층 높이의 상가 건물과 8세대 원룸 건물은 경철의 소유가 됐다. 마을 땅값이 상대적으로 비싼 곳은 아니었지만 지역 전체가 여전히 개발 중에 있다. 덕분에 땅값도 상승 기류에 올라타 있었다. 하지만 도수가 그를 시샘한 적은 없었다. 그가 아무리 자신이 평생 노력해도 가질 수 없는 것들을 소유했다 한들 그럴 수가 없었다. 오히려 경철이 더욱 잘됐으면 하는 바람을 진심으로 가지고 있었다.

도수가 이토록 경철을 위하는 건 도수 인생 중 처음으로 은혜를 받았다는 기분을 느끼게 해 준 이가 경철이었기 때문이다. 그는 한때 도수에게 있어서 구세주와 같았다. 힘들 때 늘 위안과 보탬이 돼 주었다. 그는 도수를 자신이 소유한 원룸에서 한동안 보증금 없이 지내도록 해 주었다. 사채 빚 천만 원도 대신해서 우선 갚아 줬다. 생활비가 없어 궁핍에 허덕일 때 선뜻 3천만 원을 빌려준 이도 경철이었다. 무기력함과 금전의 문제, 도저히 떨쳐 낼 수 없었던 그놈의 이중고를 해결해 준 것이다.

그게 끝이 아니었다. 더 넓은 관점으로 봤을 때는 직장 문제와 인간관계, 이성에 관한 문제, 각종 정신적인 문제까지 경철이 절반 이상을 해결해 줬다 해도 과언은 아니었다. 취직에 성공한 도수가 소원에게 군침을 흘리고 있을 때 그걸 눈치채고 도와준 이도 경철이었다. 그는 도수를 위해 스파이 역할을 자처했다. 소원이 어떤 타입의 남자를 선호하는지 운택에게 전해 듣고 핵심 정보를 걸러내 이를 다시 도수에게 전해 주었다.

도수는 이런 생각을 한 적 있다. 어쩌면 자신에게 운택을 소개시켜 준 게 애초부터 취직을 돕기 위한 경철의 전략이 아니었을까, 하는 생각. 당시 도수는 중국 음식점과 편의점에서 해고를 당한 후 열등감에 찌들어 있었다. 그는 가진 것도, 갈 곳도, 가족도 없었다. 하지만 경철과의 만남 이후 단 몇 달 만에 삶의 질이 달라진 것이다.

도수는 요즘 '잘 한번 살아 보고 싶다.'라는 속생각을 하곤 한다. 경철이 그런 마음을 일깨워 주었다. 평생 없었던 '진짜 친구가 있다.'라는 기분도 들게끔 해 주었다. 비록 경철과 같은 핏줄은 아닐지라도 형제처럼 진심으로 위하고 있었다. 그리고 보답하고 싶었다. 멋지게 빚도 갚고 말이다. 그래서 그렇게 죽고 못 살던 도박까지 싹둑 끊었다. 예전에는 이런 적이 단 한 번도 없었다. 책임감 있는 사람으로 누군가의 기억 속에 남고 싶다고 느낀 적은.

"저기…… 실례합니다."

도수와 경철이 각자의 스마트 폰을 들여다보며 입을 쉬고 있던 중이었다. 낯선 여자 목소리가 말을 걸어 왔다. 두 사람의 시선이 여자에게 꽂혔다. 예쁘장한 얼굴에 말끔한 옷차림을 한 여자였다. 얇은 코트 차림에 한껏 신경 쓴 것 같은 정갈한 생머리의 그녀는 초롱초롱한 눈빛으로 경철을 쳐다보고 있었다. 달아오른 볼을 하고서 떨리는 두 손을 가지런히 모은 자세, 누가 봐도 '난 당신이 마음에 들어요.' 하는 티를 내는 게 고스란히 드러났다.

"예?"

경철이 대답했다. 경철은 도수와 얘기를 나눌 때와는 딴판의 억양을 사용했다. 한 템포 낮춘 음량에, 교양 있는 목소리. 도수로서는 흉내 내기조차 힘든 목소리였다.

"저기…… 괜찮으시면, 번호 좀……."

"아, 아, 관심 없어요."

여자의 입장에서는 나름 용기 내서 대시를 했을 것이다. 하지만 경철은 그런 부분을 전혀 감안하지 않는 것 같았다. 그러지 않고서야 무관심한 태도로 저리도 빤한 대답을 돌려줬을까. 도수는 여자의 용기가 가상해서라도 최소한 '저 여자 친구 있어요.

죄송합니다.' 정도쯤은 말해 주길 바랐지만 그 바람은 보기 좋게 빗나갔다. 거절당한 여자는 애써 창피함을 숨기듯 배시시한 미소를 지어 보였다. 그리고 5분 정도가 지나자 일행과 함께 호프집에서 나가 버렸다.

전에도 두 번이나 이런 비슷한 일이 있었다. 그도 그럴 것이, 경철의 외모가 누가 봐도 평범한 외모는 아니었다. 185cm에 호리호리하니 잘 빠진 몸매하며, 생기가 감도는 곱상한 입술, 차분한 목소리. 남자가 봐도 매력적이었다. 게다가 혼자 사는 남자답지 않게 옷도 제법 잘 입고 다녔다. 뽀샤시한 피부와 부드러운 미소도 몫을 보탰다.

도수는 이러한 경철의 외모 덕택에 처음 그를 만났을 때는 무섭기까지 했다. 뭔가 사람 같지 않은 느낌이랄까. 가까이 다가가면 안 될 사람처럼 느껴졌다. 도수가 '소주 같은 남자'라면 그는 '와인 같은 남자'에 가까웠다. 섞일 수 있을는지 의문이 들었다. 이유는 확실치 않지만 처음 그를 보는 순간, 영화나 드라마에 자주 등장하는 사이코패스 살인마가 떠올랐다. 속에 무언가 숨기고 있는 것 같은, 싸한 촉이 느껴졌다. 그가 이타적인 성향이라는 것도 도수에게는 반작용으로 다가왔다. 자신과는 다르게 인간적으로 너무 단점이 없었으니까.

하지만 의외로 그런 생각의 흐름은 그리 오래가지 않았다. 만나서 한 시간쯤 술을 마시자 대놓고 또 다른 면모가 '짜잔' 하고 출현했기 때문이다. 술에 취한 그는 더 이상 '와인 같은 남자'가 아니었다. 굳이 비유를 하자면 '막걸리 같은 남자'에 가까웠다. 예상했던 것과는 달리 털털하고 온정이 많은 녀석이었다. 술에 취하고 보니 허당기도 있고 말투도 건성건성이었다. 충동적으로 감정을 내보이는 부분은 초등학생 저리 가라였다.

도수와 경철은 게임, 자동차, 여자, 동물 등에 관한 얘깃거리로 한참을 떠들고 마셨다. 그러다 한나절이 꺾였을 무렵, 길거리에 사람들의 자취가 거의 사라질 때가 돼서야 자리에서 일어났다.

2차 장소는 도수의 원룸이었다. 두 사람은 오는 길에 편의점에 들러 술과 안줏거리, 숙취 해소 음료를 사 왔다. 도수가 좌식 테이블을 꺼내 술상을 펴는 동안 경철은 바바와 놀아 주었다.

1차가 끝난 후 경철이 자신의 집에서 2차를 하자고 제안했지만 도수는 한사코 거절했다. 부담스러워서 자신의 원룸으로 가자고 고집했다. 경철의 부모님께서 돌아가시기 전까지 그곳에 함께 살았었기 때문이었다. 사연을 모르는 사람이 들으면 이유 같이 들리지 않겠지만 도수에겐 그럴 만한 사정이 있었다. 경철의 부모님이 돌아가신 것이 그와 어떤 연결 고리가 걸려 있는 건 아니었다. 다만, 꺼림칙한 기분을 모른 체할 수 없었다. 경철의 부모님은 교통사고로 돌아가셨다. 그 부분만 떠올리면 도수가 겪었던 뼈아픈 경험이 다시금 수면 위로 떠올랐다. 그게 싫었다. 그것만으로도 경철의 집에 가기 싫은 이유로는 충분했다.

술상을 차린 도수가 바바에게 간식을 내주곤 자리에 앉았다. 둘은 소주잔을 부딪쳤다. 그리고 각자 육포를 질겅거렸다.

"요새는 어때? 할 만하냐? 운택이 형은 잘해 주고?"

경철의 물음에 도수가 쓴웃음을 지으며 대답했다.

"뭐…… 때려치우고 싶을 정도는 아니야. 운택이 형은…… 그 사람은…… 늘 같아. 유일한 장점이야, 그게. 사람이 너무 한결 같아서 알랑방구 뀌기가 쉽다."

"운택이 형이 좀 그런 면이 있지."

경철이 쿡쿡거리며 웃었다.

"넌 어때? 아까 들어 보니까, 일이 힘들어서 죽느니 사느니 하는 것 같더만. 계속 일하는 거 보면 수입이 꽤 짭짤한가 봐?"

"수입? 야, 생각보다 얼마 안 돼. 뭐 떼고 세금 떼고 하다 보면 너나 나나 거기서 거기야. 그나마 우리 가게는 장사가 좀 되는 편이라 망정이지, 동네 바닥에서 웬만한 장사꾼들은 월급쟁이 못 따라가. 그렇다고 퇴직금이 있는 것도 아니고."

"그건 아니지. 세금이야 우리도 다 떼이는 거고. 아니지! 오히려 그런 부분은 우리가 더 칼같이 잘리지, 안 그래? 솔직히 너희는 눈치 봐 가매 적당히 삥땅도 치잖아."

"삥땅 좋아하네. 요즘이 어떤 세상인데 손모가지 날리려고 밑장을 빼냐? 뭐…… 아주 조금은? 약간은? 그래도 그거 가지고 트집 잡으면 섭하지. 너희들이 운송비가 나가냐? 직원 월급을 줘야 되냐? 나가는 게 무조건 절반 이상이야, 우린."

"우리도 절반 이상은 아니지만 나갈 건 많아. 버스비도 그렇고, 또……."

"또 뭐?"

경철이 눈썹을 들썩거리며 한쪽 입술 끝을 올렸다.

"또…… 운택이 형한테 줄 뇌물도 있어야 되고."

경철이 고개를 도리도리 흔들며 낄낄거렸다. 두 사람은 다시 잔을 부딪쳤다.

"근데 너, 사자나 호랑이 이런 애들 보면 살 안 떨리냐? 매일 볼 거 아니야. 저번에 동물원 가서 보니까, 난 살 떨려서 눈도 잘 못 마주치겠던데. 눈빛이 아주 숭악하더라고."

"흉악한 것도 아니고 숭악해? 그 정도로? 너도 고양이는 매일 보잖아."

"고양이하고 사자가 똑같냐?"

"비슷비슷해. 내가 보기엔 고양이나 호랑이나 사자나 다 똑같아."

"그런 놈들하고 고양이가 어떻게 똑같냐."

"똑같다니까."

"고양이가 사람 물어 죽이는 거 봤냐? 사자나 호랑이는 사람을 물어 죽이잖아."

"그렇긴 하지. 근데, 고양이 덩치가 크다고 생각해 봐라. 걔네들도 똑같이 사람 잡아먹을걸? 내가 보기엔 그냥 덩치 차이일 뿐이지, 다 같은 동물들이야."

경철은 도수의 말에 고개를 기웃했다.

"덩치가 다르면 똑같은 게 아니지 않나?"

"크기가 다르니까 똑같다고 할 순 없지만, 내 말은…… 속은 비슷하다는 거지, 뭐. 사자랑 호랑이도 보면 되게 순한 애들…… 많아. 새끼 때는 또 얼마나…… 귀여운데. 하긴, 새끼 때야 인간이나 동물이나…… 다 귀여운 거긴 하지만."

도수의 입버릇이 나왔다. 그는 당황하면 말을 더듬거나 말투가 어눌해진다.

"뭔 말인지 알겠다. 결국 이 말이네. 사자보고 흉악하다고 하면 기분이가 나쁘다?"

"내가 그랬었냐?"

"그래, 인마. 꼴에 사육사라고 머리통에 똥철학 박고 사는 거 보소."

바바가 어느새 도수의 무릎 위에 슬그머니 올라와 있었다. 도수는 안주를 축내는 바바에게 육포 끄트머리를 찢어 주었다.

"육포 줘도 되지?"

도수가 물었다.

"강아지 주기엔 좀 짭짭한 감이 있긴 한데, 그 정도면 줘도 될 거다. 근데 많이 먹이진 마, 설사해."

"당연하지."

두 사람은 다시 술잔을 부딪쳤다. 경철과 바바는 제법 친한 사이다. 도수가 가끔씩 집을 비울 때면 경철의 애견 숍에다 바바를 맡기기 때문이다. 경철은 군말 없이 바바를 보살펴 준다. 게다가 바바를 맡아 주는 비용도 잘 받지 않았다. 한번은 돈을 받지 않으려는 경철 때문에 실랑이를 벌인 적도 있었다. 결국 도수는 바닥에다 돈을 집어던진 후 꽁무니를 내빼듯 도망쳐야 했다.

"한 대 꼬지러 가자."

경철이 TV에 시선을 두고 있는 도수에게 말했다.

"난 한 타이밍 쉬련다."

"쉬어? 네가? 담배를?"

"담배 좀 줄이려고. 그 대신 이걸 좀 먹어야겠다."

도수가 벌떡 일어나 주방으로 가더니 사과 하나를 날름 가져와 깨물었다.

"웬 사과?"

경철이 물었다.

"건강에 좋단다. 이제부터 될 수 있으면 하루에 세 개씩 먹으려고. 찾아보니까, B급 사과 같은 거는 싼 거도 많던데 일부러 비싼 거 샀다. 너도 한입 할텨?"

"난 됐다."

"왜? 건강해진다잖아."

"난 사과 싫다."

"뭔 소리야. 저번에 보니까 잘만 처먹더만."

"그때는 좋았는데, 지금은 싫다."

"참 나, 알겠다. 싫다는데 굳이 강요하진 않겠다."

"한데 뭐 하러 비싼 거 샀냐? B급이든 A급이든 입으로 들어갔다가 똥으로 나오는 건 매한가지 아니냐?"

"또 그래도…… A급도 나름 이유가 있으니까 A급인 걸 테고, 그냥 건강을 위해서 좀 더 투자하는 셈 치고 비싼 거 좀 질러 봤다. 돈 쓸 때와 아낄 때를 고려한 선택이랄까? 앞으로 술, 담배 비용을 좀 더 줄이고 건강에 관련된 거에 좀 더 쓰려고."

"……."

경철은 대답 대신 미세하게 고개를 끄덕거렸다. 그러곤 왠지 모를 뚱한 표정으로 바뀌었다. 경철의 표정을 본 도수가 물었다.

"왜? 혼자 담배 피우려니까, 혼자 몸 나빠지는 것 같아서 손해 보는 기분이냐?"

"어? 어…… 그, 그래."

"뭐냐, 갑자기 왜 말을 더듬어. 그거 내 전매 특허잖아. 벌써 취했나, 이거."

"살짝 취했나 보다. 그래도 이 정도론 아직 멀었지. 난 한 대 꼬지고 와서 마저 달려야겠다."

경철이 흡연을 위해 화장실 문을 열자 도수가 불러 세웠다.

"그냥 여기서 피워. 우리 사이에 내외를 하고 그러냐."

"바바 있는데, 화장실 가서 피워야지."

"아, 괜찮아. 괜찮아. 그런 거까지 신경을 쓰냐. 바바가 사람이냐."

도수의 말에 일순간 경철의 표정이 굳어졌다. 경철이 심각한 투로 말했다.

"야, 인마. 바바도 아직 새끼야. 당연히 담배 연기는 사람이랑 똑같이 몸에 해롭고. 너도 인마, 앞으론 화장실 가서 피워."

경철의 언성이 살짝 높아져 있었다.

"알았어, 인마. 왜 갑자기 소리를 높이냐. 하여간, 누가 애견숍 주인 아니랄까 봐."

도수가 짜증 난다는 듯이 사과를 와그작 깨물었다.

오전 2시 30분경, 경철이 자리에서 일어났다. 경철이 흡연을 하고 온 후로 두 사람은 소주 세 병을 더 깠다. 오늘은 특히나 경철이 많이 마셨다. 비슷한 양을 마시다, 어느샌가 잔을 비우는 속도에 차이가 붙기 시작했다. 막간의 소주 세 병 중, 아마도 두 병은 경철이 마셨을 것이다.

"나 간다."

"어, 콜택시 곧 올 거다."

"쉬어라. 바바도 푹 잘 자."

그렇게 경철은 콧노래를 흥얼거리며 원룸을 나섰다. 경철이 자리를 비우자 도수는 기다렸다는 듯이 좌탁에 재떨이를 올렸다. 그리고 담배에 불을 붙였다.

§

샤워를 마친 경철이 거실로 나왔다. 그는 한숨과 함께 꺼지듯 소파에 내려앉았다. TV가 켜져 있었다. 경철의 시선은 TV를 향해 있었지만 그가 TV를 시청하고 있던 건 아니었다. 무의미한 시선으로 TV에서 발광하는 빛만 인식할 뿐이었다. 무슨 방송을 하고 있는지도 몰랐다. 관심 없었다.

거실에는 75인치 TV에서 나오는 빛 말곤 모든 빛이 사라진 상태였다. 촌 동네의 새벽 밤중이라 외부에서 들어오는 빛도 거의 없었다. 경철은 술에 취한 상태로 기억 속 바다에 몸을 담갔다.

사랑하는 사람의 얼굴이 아침 태양처럼 떠올랐다. 그 사람의 웃음소리가 들려오는 것만 같았다. 경철의 얼굴에도 애수에 젖은 미소가 흘렀다. 그 사람의 화난 얼굴이 떠올랐다. 경철도 굳은 인상을 지었다.

그렇게 한동안 웃다가 인상을 찌푸리다 고개를 갸우뚱했다. 그러다 그 사람의 반달눈 미소가 머릿속에 떠올랐다. 간만에 기억났다. 그 사람 특유의 표정이었다. 살짝 웃고 있는데 뭔가 안쓰러운 분위기를 풍겼다. 성질을 부리던 경철을 달랠 때면 그는 그런 표정을 자주 짓곤 했었다.

"거긴 어때. 있을 만해?"

경철이 혼잣말을 했다. 당연히 돌아오는 대답은 없었다.

"어떠냐고."

경철이 다시 한번 되물었다. 역시 돌아오는 대답은 없었다. 그 사람은 그저 온화한 미소를 머금고 있을 뿐이었다.

"……."

이내 경철의 의식이 사르르 녹기 시작했다. 몸의 긴장이 풀리면서 잠들기 일보 직전까지 왔다. 그때였다. 경철의 머릿속에서 그 사람이 무어라 말하기 시작했다. 경철은 그 사람의 중얼거리는 입으로 신경을 집중시켰다.

"아!"

오만상을 찌푸리며 그 사람의 입 모양에 집중하던 중 경철은 소스라치게 놀라며 탄식을 내질렀다. 그는 소파에서 일어나 머리를 쥐어짰다. 그 사람의 목소리가 기억나지 않았다. 경철은 방안 이곳저곳을 배회했다. 좀비처럼 그냥 돌아다녔다. 불안했다. 다시는 그 사람의 목소리가 기억나지 않으면 어쩌나, 하고. 술에 취한 탓일까, 아니면 스트레스 때문일까. 재차 기억의 회로를 되돌려도 도무지 기억나질 않았다. 어찌 된 영문일까. 어떻게 잊어버릴 수가 있는 걸까, 어떻게.

불안감에 시달리던 것도 잠시, 이윽고 부아가 치밀어 올랐다. 도수, 그 '죽어 마땅한 새끼'가 건강을 지킨답시고 사과를 씹던

주둥아리가 눈앞에서 아른거렸기 때문이다. 경철이 사랑했던 그 사람이 갑자기 눈을 희번덕하며 경철을 나무라기 시작했다. 그것도 도수의 목소리로. 경철은 그 사람의 미소를 떠올리려 애썼지만 마음처럼 되지 않았다.

"아! 뭐 이런 개 같은……."

경철은 목선을 타고 올라오는 서글픈 외침을 근근이 집어삼켰다. 경철의 양손바닥엔 어느새 부엌 테이블의 밑바닥이 올라타 있었다. 그는 이두근에 핏줄을 빠짝 세웠다. 그러곤 테이블을 있는 힘껏 내동댕이쳤다. 다음으로 와플 기계를 집어 들어 텔레비전에 처박고 전자레인지를 들어다 바닥에 메다꽂아 버렸다.

정적의 시간이 찾아왔다. 아래층에 거주하는 이웃이 막대기 같은 걸로 천장을 두드리는지 쿵쿵 소리가 났다. 경철은 냉장고에서 소주 한 병을 꺼내 와 병째로 들이켰다. 단박에 반병을 해치웠다. 구역질이 올라오고 속이 메슥거렸지만 손에 쥔 소주병을 놓지 않았다.

조울증 증세가 다시금 도졌다. 눈물이 또르륵 흐르다가도 몇 분이 지나면 화딱지가 나서 소파에다 머리를 냅다 들이박았다. 위에서는 경련이 일었다. 이마빡은 진홍색으로 달아올랐다. 박살 난 전자레인지 파편을 밟아서 발바닥을 베였다. 방바닥에 가는 핏자국이 그려졌다. 하지만 희한하게도 아프진 않았다. 유일하게 아픈 곳이 있다면, 그곳은 심장이었다. 슬프고 화나고 쓰라리고 욱신거리고 따갑고 불에 덴 것처럼 화끈거렸다. 수많은 고통으로 응집된 통증들이 오로지 심장으로 몰려들었다.

경철은 고통에 잠식됐다. 그는 산봉우리를 올라탄 태양이 한 줌 빛을 내려 주고 나서야 비로소 고통에서 해방될 수 있었다. 그는 소주병을 손에 쥔 채로 아무렇게나 나뒹굴듯 잠이 들었다.

§

도수가 벽걸이 시계를 힐끔 쳐다봤다. 오후 4시 30분경. 퇴근 시간이 얼마 남지 않았다. 도수는 현장 일을 일단락하고서 사무실에서 서류 업무 중이었다.

오늘 곰 두 마리가 대판 싸움질을 했다. 우람이라는 녀석과 도도라는 녀석이 피 튀기는 혈투를 벌였다. 우람이는 수컷이고 도도는 암컷이다. 우람이는 비교적 멀쩡한 상태다. 도도의 경우는 눈 주변과 등 부위에 심한 상처를 입고 따로 격리됐다.

우람이의 발톱이 도도의 등 살갗을 뚫고 깊숙이 파고들었다. 도도의 등에서 피가 철철 흐르는 걸 도수가 목격했다. 치명상임은 자명했다. 하나 발톱 끝이 정확히 어디까지 도달했는지 지금으로서는 알 길이 없었다. 아끼는 동물 두 마리가 싸우는 모습을 보는 건 사육사로서 괴로운 일이다. 누구 편을 들어 주기도 애매했다. 친한 친구 두 명이 싸우는 꼴을 구경하는 것과 마찬가지였다. 친구라면 말릴 수라도 있지. 곰을 물리적으로 말리는 일은 마이크 타이슨이 와도 불가능한 일이다.

오늘은 진통제를 삽입한 먹이를 주고 소독약을 뿌려 준 게 전부였다. 내일 수의사가 도착했을 때 수면 마취를 하기로 했다. 자세한 사항은 그때가 돼야 알 수 있다. 고민을 해 봐도 이 이상 도수가 할 수 있는 일은 없었다. 두 곰 녀석이 어쩌다 피 터지는 싸움판을 벌였는지 정확한 연유는 알 수 없지만 도수의 짐작은 이랬다. 최근 수컷 사이에서 약자 취급을 받던 우람이가 화풀이 대상으로 도도를 간택한 것이다.

영역에 관한 대부분의 다른 맹수들의 집착과는 달리, 곰의 경우는 간혹 시간대로 영역의 소유권이 바뀌기도 한다. 도도와 우람이가 그런 경우였다. 평소대로라면 둥근 바위 위는 해가 지기 전까지 도도의 차지였다. 우람이가 소유권을 가지는 시간대는 해가 지고 나서부터였다. 그게 암묵적인 질서였다. 하지만 오늘은 우람이가 일찍 나타났다. 도도는 자신의 영역을 지키기 위해 입을 벌렸다. 우람은 수컷들에게 매 맞고 쫓겨나서 생긴 화를 도도에게 풀었다. 이것이 도수가 어림잡아 유추한 시나리오다.

도수는 벌써 한 시간째 도도가 다친 경위에 대해서 보고서를 작성 중이다. 맹수끼리의 싸움은 빈번이 일어난다. 다른 동물들의 식사량이나 건강 상태 등에 대해서도 보고해야 할 거리가 많았다. 하지만 지금 당장은 그것들이 손에 잡히기 만무했다. 도수는 오로지 우람과 도도와의 일에 집중하고 있는 중이었다.

엄밀히 따진다면 도도와 우람을 포함한 이 동물원에 있는 모든 동물은 경영 이사진의 재산이다. 그들은 자신들의 선입견에 맞지 않는 동물들이 발견되면 가차 없이 내친다. 쫓아낼 명분이 없다면 결격 사유를 조작하기도 한다. 그건 그들에겐 누워서 떡 먹기보다 쉬운 일이다. 그래서 사육사들은 애정 어린 동물들을 지켜 내기 위해 동물들의 위험성을 숨기기도 한다.

그중 맹수 새끼들은 특히나 그렇다. 사건 사고를 빈번히 일으키는 맹수 새끼들은 언제나 사육사들에게 기피 대상 1호였다. 혹여나 새끼 때부터 보살펴 온 동물에게 공격을 당하게 되면 상황 해결이 애매해지기 때문이다. 이미 정이 들 만큼 들었는데 사실 그대로를 보고하기란 어려운 일이었다. 그랬다가는 정든 동물이 다른 동물원으로 팔려 갈 수도 있기 때문이다. 심한 경우 이런저런 구실을 만들어 내 금식을 시키기도 한다. 듣기 좋으라고 금식이지 그건 안락사와 다름없었다.

그렇다고 사육사로서의 위엄을 잃어버린 위치에서 계속 돌봐줄 수도 없는 노릇이었다. 맹수에게 다음은 없다. 맹수가 사육사보다 우위를 점한 그 순간, 사육사는 맹수와의 서열 싸움에서 패배한 것이다. 그럴 땐 두 가지 방법밖에는 없다. 다시는 그 맹수와 마주치지 않든가 '폭력'으로써 자신의 서열을 되찾아 오든가.

도수도 새끼 늑대를 보살필 적에 부상을 입은 적이 있었다. 덕분에 이틀간 병원에 입원해야 했다. 그때 그는 이 사실을 동물원에 알리지 않았다. 어떠한 보험 적용도 받지 않았다. 만약 그 사실을 알렸더라면, 보험 적용을 해서 그 사실이 수면 위로 드러났더라면, 새끼 늑대는 다른 동물원으로 팔려 갔을 수도 있었을 것이다. 최악의 경우에는 중동의 어느 지역에 목적 불분명으로 팔려 갈 가능성도 있었다.

도수는 차마 그 꼴을 볼 자신이 없었다. 결국, 그는 뒤틀릴 뻔한 서열을 재빨리 바로잡는 것으로 결정을 냈다. 다른 사육사들 몰래 진압봉을 들고 가 간식을 주는 척하면서 녀석의 등 위로 올라탔다. 그러곤 고개를 숙일 때까지 실컷 때려 주었다. 본인을 위해서가 아닌, 녀석을 위해서.

현재 사무실에는 운택을 제외하고 일곱 명의 직원이 더 있었다. 분위기는 새벽 호수처럼 잠잠했다. 다들 퇴근을 준비하느라 서류 작업에 열중인 것이다. 도수가 삐죽 고개를 올려 사무실을 전체적으로 스캔했다. 다들 각자의 자리에서 머리를 박고 있었다. 안 봐도 비디오였다. 몇몇은 어중간한 문제에 사로잡혀 머리가 복잡할 것이다. 어떤 이는 작성할 서류가 밀려 골치 아플 것이다.

'아, 이럴 때가 아니지.'

도수도 서류 더미에 얼굴을 파묻었다. 남 걱정할 때가 아니었다. 꾸준히 하지 않으면 본인도 제시간에 퇴근하기란 불가능할 것으로 보였다. 도수가 보고서 용지를 한 장 넘겼을 때였다.

"저녁에 약속 없지?"

"예? 예, 없습니다."

갑작스레 들려오는 굵직한 목소리에 도수가 흠칫 놀라며 말을 더듬었다. 운택은 도수의 더듬거리는 말투가 웃겼는지 피식 웃음을 자아냈다.

"뭘 그리 놀라고 그러냐. 죄 지은 거 있냐?"

"……."

도수는 대답 대신 어정쩡한 미소를 지어 보였다. 여기저기 근육이 달라붙은 몸집에 수염이 까칠하게 난 운택의 얼굴. 남성 호르몬을 온 방면으로 풍기고 다니는 그의 이미지는 시간이 지나도 익숙해지지 않았다. 운택은 일종의 악취미로 가끔씩 이렇게 도수를 놀래킨다.

운택은 도수보다 두 살 많다. 경철의 권유로 처음 술자리를 하게 된 이후 점차 친해졌다. 운택은 술배가 넉넉하고 걸걸한 성격의 소유자다. 인간미 넘치고 호쾌해 보이는 얼굴상을 가지고 있다. 하지만 도수는 선뜻 살갑게 운택을 대할 수 없었다. 거리감이 느껴졌다. 이 묘한 거리감은 시간이 지나도 쉽사리 좁혀지지 않았다.

운택에게 직접적으로 들은 바는 없지만 경철에게서 이런 얘기를 전해 들었다. 운택은 몇 년 전 이혼을 했다고 한다. 언제 이혼을 했는지 정확한 시기는 경철도 미지수라 했다. 경철은 이런 말도 했다. 이혼 때문인지는 몰라도 불길 번지듯 성격이 점점 뜨거워지는 것 같다고. 이전에는 남자다운 성격이었는데 시간이 지날수록 난폭하게 변해 가는 것 같다고.

운택에 대한 도수만의 추측도 있었다. 도수가 추측하길, 운택은 아마도 이혼한 여자와의 사이에 아이가 있었을 것 같았다. 딱히 증거라고 내세울 만한 건 없지만 나름 정황상의 근거는 있었다. 운택은 TV에서나 술자리 대화 주제로 아이 얘기만 나오면 시선을 피하거나 말을 돌리기 일쑤였기 때문이다.

이런 일도 있었다. 도수의 원룸에서 함께 술자리를 하던 중이었다. 도수가 아이들이 나오는 예능 프로그램을 시청하고 있는데 운택이 언질도 없이 채널을 돌려 버린 것이다. 당시에 도수가 "이거 재밌는데." 하며 슬쩍 눈치 주는 말을 했었다. 그랬더니 운택의 입에서 이런 말이 불쑥 튀어나왔다. "저런 거 보면 자꾸 생각나서."

당시 두 사람 모두 술에 취해 있었다. 운택이 헛소리한 것일 수도 있고 도수가 잘못 들은 것일 수도 있었다. 기억이 잘못 조립됐을 가능성도 농후했다. 그러나 그동안의 정황상 도수는 의심을 하지 않을 수 없었다. 생각해 보면 여태껏 운택의 집에는 단 한 번도 가 본 적이 없었다. 이것도 그의 집안 사정과 무슨 관련이 있지 않을까 싶었다. 집에 아이들 사진이 걸려 있거나 흔적이 남아 있어서 손님이 왔을 때 캐묻지 않을까, 운택은 그게 부담스러운 것일 수도 있었다.

궁금증이 도진 도수가 경철에게 운택의 집에 가 본 적 있느냐 슬쩍 물어본 적이 있었다. 경철이 말하길, 한 번도 운택의 집에는 가 본 적이 없다고 했다. 그리고 이런 말도 덧붙였다. 이유는 모르겠지만 가정사 얘기하는 것 자체를 꺼려 하는 것 같다고. 그래서 자신도 거기에 대해서는 어떠한 말도 꺼내지 않는다고.

"자, 자, 주목!"

도수가 한창 업무에 열중인데 옆에서 우렁찬 목소리가 들려왔다. 역시나 운택의 목소리였다. 그는 사무실 가장자리에 서서 팔목을 까딱까딱하며 사육사들에게 집중을 요구했다.

"오늘 기쁜 소식이 하나 있다. 다들 소문은 들었겠지만 팀장으로 승진할 사람이 정해졌다는 소식이다."

운택의 말과 함께 사무실 곳곳에 웅성거림이 일었다.

"팀장으로 승급될 사람을 호명하기에 앞서, 우선은 성근이 형님에게 감사의 말을 먼저 해야겠지? 형님, 그동안 혼자서 팀장질 하시느라 진짜 고생 많으셨습니다."

"고생은요. 감사합니다."

이곳 사육사들 중에서 최고 연장자이자 최고 경력자인 성근이 목례를 했다. 이에 사육사들은 일제히 박수를 보냈다. 박수 소리가 시들해지자 운택이 손바닥을 펼쳐 보였다. 그가 말을 이었다.

"그동안 우리는 주어진 역할이나 별다른 시스템 없이 무작정 무식하게 일을 해 왔지만, 이제부턴 많이 달라질 것 같습니다. 관리팀과 보안팀으로 팀을 나누어서 동물원을 관리하기로 했는데, 성근이 형님이 관리팀 팀장을 맡을 예정이시고, 새로 뽑힌 팀장이 보안팀의 팀장질을 하게 될 예정입니다. 여러분들의 거취에 대해서는 아직 결정된 바가 없으니 차차 함께 고민해 볼 생각입니다. 자, 이제 보안팀의 팀장이 될 사람을 호명하겠습니다."

운택이 승급 대상자를 말하기 전에 뜸을 들였다. 사육사들의 시선은 일제히 지혜를 향했다. 지혜 옆자리에 앉아 있던 사육사는 미리부터 소곤한 목소리로 축하 인사까지 하고 있었다. 지혜도 속으로는 기대하고 있는지 어렴풋이 미소 띤 얼굴이었다.

지혜는 비교적 나이는 어렸지만 이곳의 사육사로서는 두 번째로 경력이 많았다. 심지어 운택보다도 6개월 선배였다. 그녀는 초등학생 때부터 사육사라는 직업을 꿈꿨다고 한다. 그리고 스물두 살 때 천연 기념물 치료 기관에서 사육사 일을 시작했다고 한다. 이곳에서도 벌써 5년 가까이 사육사 일을 하고 있었다.

운택이 초짜배기 티를 못 벗었을 때 지혜가 그의 사수를 도맡았다는 입소문도 있었다. 하지만 그저 소문일 뿐이었다. 두 사람 모두 자신의 과거를 시시콜콜 펴 나르는 성격이 아닌지라 확인 불가였다. 최고참인 성근만은 소문의 진위 여부를 알고 있을 터였다. 하나 그도 말수가 많은 편은 아니었다.

"보안팀의 새로운 팀장이 될 사람은…… 여도수 사육사입니다! 자, 자, 박수 부탁드립니다. 어서."

운택의 호응 유도에도 한 타이밍 늦게 박수가 터졌다. 늦게나마 터진 축하 박수에서도 경쾌한 기운은 느껴지지 않았다. 기어코 운택의 시선이 사무실을 한 바퀴 돌았다. 그제야 박수 소리가 커지기 시작했다.

지혜의 눈은 어디 둘 곳이 없어 초라하게 배회하고 있었다. 사육사들은 도수와 지혜에게 번갈아 유감의 시선을 보냈다. 너 나 할 것 없이 어쩔 줄 몰라 하는 눈치였다. 눈치가 재빠른 철수를 제외하곤 다른 사육사들은 당연히 지혜가 승진할 줄 알았을 것이다. 하지만 도수는 예상하고 있었다. 자신이 팀장이 될 거란 걸 예상했던 게 아니었다. 지혜가 팀장이 될 수 없을 거란 걸 예상하고 있었다.

지혜를 감싼 공기 사이로 불쾌한 기색이 스멀스멀 흘러나왔다. 지혜는 동물원 내에서 자타가 공인할 정도로 성실한 사육사다. 명실상부, 아는 것도 많고 책임감도 있었다. 동물에 대한 애정도 남달랐다. 그나마 단점이라고 한다면 대인 방어 능력이 떨어진다는 것과 운이 억세게도 없다는 것, 그리고 그녀를 대인 마크하며 태클을 뻗는 이가 하필 운택이라는 것.

도수는 운택에게 밉보였다는 이유 하나만으로 그녀가 승진 대상자에서 배제될 것이라 확신하고 있었다. 그런데 하필 자신이 그 자리를 대신 꿰차게 되다니, 성취감과 동시에 무언가 죄를 짓는 듯한 찜찜함도 들었다.

"감사합니다. 감사합니다."

도수가 늦깎이 고개를 숙였다. 동료 사육사들에게 감사 인사를 전했다. 단, 지혜가 있는 쪽으로는 고개를 숙이지 않았다. 그녀를 볼 낯이 없어서였다.

"지혜 씨, 동료 사육사가 진급을 했는데 그 심통 사나운 표정 좀 그만 거두시죠. 뭡니까, 그게. 쩨쩨하게 너무 섭섭해하진 마세요, 예? 이건 어디까지나 위에서 결정한 거니까요. 그러기에 내가 그랬잖습니까, 예? 하늘에다 나 좀 잘 봐주십사 하고 손바닥 비빌 시간에 새로 취임하신 이사님한테 붙임성 좋게 커피나 한잔 타 드리면서 저 좀 잘 부탁드리겠습니다, 한마디라도 하라고."

사무실 안에 정적이 깔렸다. 운택이 모두가 보는 앞에서 보란 듯이 지혜의 처지를 비아냥거린 것이다. 이건 평가 절하 정도가 아니었다. 사실상 조롱에 가까웠다. 얼굴에 침을 뱉는 것과 다름없었다. 운택의 이런 언행은 한두 번 있던 일이 아니었다. 무슨 이유에선지 운택은 종교에 심취한 사람만 보면 집착적으로 헐뜯었다. 그래서 어떤 사육사는 종교를 믿으면서도 출근만 하면 무교가 돼 버리기도 했다.

"기도를 안 한 건가, 아니면 기도를 안 들어준 건가. 아! 죄송합니다, 여러분. 지금 이딴 게 중요한 게 아니지요. 제가 괜한 소리로 분위기를 다운시켰네요. 자! 다시 박수! 도수야, 축하한다."

운택이 다시 축하 박수를 유도했다. 이번엔 꽤 큰 박수 소리가 들렸다. 그리고 이런 말들이 잇따랐다. "축하드려요.", "이제부터 팀장님이라고 불러야 돼?", "너무 부러워요."

사람들의 연이은 축하 속에서도 도수의 기분은 썩 나아지지 않았다. 도수는 눈은 가만히 있고 입 끝만 올린 얼굴로 의무적으로 고개를 꾸벅일 뿐이었다. 고개를 숙일수록 마음은 더 불편해졌다. 사람들의 축하 말이 거짓말임을 알고 있기 때문이다. 사람들의 미소가 가식으로 느껴졌다. 아니, 그들의 미소가 가식이라는 것은 기정사실이었다. 그들의 웃음소리까지도 욕지거리처럼 오도되게 들렸다. 그렇지만 한편으로는 그들을 이해했다. 도수 스스로가 승진 대상이 아니라는 걸 모를 만큼 아둔하진 않으니까.

"이쯤에서 도수의 소감도 한번 들어 봐야지. 스탠드 업."

"아…… 예, 소…… 소감. 알겠습니다."

도수가 쭈뼛쭈뼛 자리에서 일어섰다. 그는 한동안 머리를 긁적이며 서 있더니 잠시 후 입을 열었다.

"우선 축하해 주신 모든 분들께 감사의 인사말을 전합니다. 그리고 저를 이곳에서 일할 수 있도록 도와주신 이 부장님께도 진심으로 감사의 말을 전합니다. 또…… 아직 여러모로 부족한 저를 승진 대상자에 포함시켜 주시고, 팀장으로서의 직책을 맡게 해 주신 윗분들?"

도수의 말실수가 나오자 동료 사육사들의 웃음소리가 퍼졌다.

"경영진분들!"

운택이 단어를 정정해 주었다.

"아, 예. 경영진분들께도 이 자리를 빌려 감사의 말을 전합니다. 저는 팀장이 돼서도 지금과 같이 계속 성실하게 일할 것이고, 더욱 책임감을 가지고 아득바득 살겠습니다."

"끝이야?"

운택이 못마땅한 눈으로 물끄러미 쳐다봤다.

"예? 예."

"으이구, 이런 게 뭐가 귀엽다고 승진까지 시켜 주셨을까 몰라."

운택이 장난 섞인 말을 하자 동료 사육사들은 그의 장단에 맞춰 자조적인 웃음을 띠었다.

"자, 다들 들었지? 너희들도 팀장 달고 싶으면 고군분투들 하시라고, 알겠어들? 형님, 이 녀석 팀장 일에 대해서 잘 모르니까, 내일부터 해서 한동안 같이 다니면서 무슨 일을 해야 하는지 좀 알려 주도록 하세요. 나중에 팀 나뉘면 일 분배할 거니까 지금은 대충 형님께서 안전 관리 쪽 일이라고 생각하는 업무만 골라서 알려 주심 될 것 같네요. 조금만 더 고생해 주세요."

"고생이랄 게 있나. 알겠어."

"이제 다들 본업에 충실합시다. 그리고 오늘 저녁엔 당연히 회식이니까 그렇게들 알고 있으시고. 철수야, 퇴근 후에 술집 예약해서 알려 줘."

"예, 부장님."

말을 멈춘 운택이 지혜를 멀뚱히 쳐다보다 입을 열었다.

"아참, 지혜 씨."

"예?"

운택의 부름에 지혜는 깜짝 놀란 눈으로 대답했다.

"지혜 씨는 왕언니로서 도수 남은 일 좀 마저 부탁해요. 요즘 뭐, 직장 내 폭력이다 뭐다 해서 아랫사람한테 일거리 부탁했다간 큰일이 나거든요."

"예? 예. 근데, 오늘 도수 씨가 무슨 일을 했는지 그 내용을 제가 잘 몰라서 보고서 작성을……."

"아, 진짜로! 계속 이런 식으로 나올 거예요?"

"그게……."

운택의 표정이 사납게 돌변했다. 지혜의 얼굴은 난감함으로 범벅됐다.

"그냥, 적당히. 적당히! 예? 무슨 말인지 모르겠어요, 아직도?"

"예? 적당히…… 알겠습니다."

운택은 그녀의 표정 따위는 안중에도 없는 것 같았다. 그는 직후 "츱." 하고 못마땅한 듯 혀를 끌며 고개를 저었다.

"그럼 다들 일들 하시고, 도수는 나랑 같이 나가서 커피나 한잔하자. 이제 팀장도 되고 했으니 이것저것 일러 줘야 할 것들이 있다."

"알겠습니다."

도수가 자리에서 일어서자 운택이 어깨동무를 했다.

§

자정 무렵, 도수와 운택은 시내 끄트머리에 위치한 좁다란 포장마차에서 3차로 술자리를 이어 가는 중이었다. 이곳에서만 벌써 소주 세 병을 뜯었다. 두 사람 모두 위 속에 술과 음식이 꾹꾹 눌러 담겨 있어서 안주는 어묵 국물이면 족했다.

술을 마시기 위해 1차로 간 곳은 시내 중심에 위치한 단골 호프집이었다. 1차는 사육사 전원이 참가했다. 1차 이후에는 지혜와 민정, 철수가 갖가지 이유를 대며 먼저 귀갓길에 올랐다. 그리고 남은 사람끼리 2차를 갔다. 2차로 간 해물탕집에서 소주 열 병을 넘게 나눠 마시고 나머지 사람들도 귀가했다. 그렇게 운택과 도수만 술에 미련이 남아 3차로 포장마차에 들른 것이다.

두 사람 모두 술이 턱 끝까지 찬 상태였다. 운택의 표정은 자기도 모르는 새에 표독스러워졌다. 도수의 언성도 다소 높아지고 있었다. 도수는 2차부터 술잔을 꺾어 마셨다. 하마터면 축하주를 주는 대로 받아 마실 뻔했다. 기분 내키는 대로 말이다. 그랬다면 운택의 말동무가 돼 주는 건 고사하고 길바닥에 토사물을 게워 냈으리라.

"동물은 말이다, 그렇게 다루는 게 아니야, 어? 동물은 사람하곤 달라. 이 동물은 말이야, 이놈의…… 중간이 없어. 상하 관계. 딱! 위아래밖에 없단 말이지. 그래서 내가 늘 말하는 거잖아. 새끼 때부터 조져 놔야 된다고. 눈만 마주쳐도 아주 그냥, 오줌을 찔끔 지리게끔 말이야. 어? 맹수 애들한테 기 싸움에서 한 번이라도 얕보이면 그 순간 나가린 거야. 너, 수컷 사자가 막 성체가 되면 왜 자꾸 암컷을 공격하는 줄 아냐?"

"왜요?"

운택이 목에 핏대를 세우며 설교를 하고 있었다. 도수는 한쪽 귀로 듣고 최선을 다해 다른 한쪽 귀로 흘려보내고 있었다.

"확인해 보고 싶은 거야. 지가 얼마나 세졌는지 확인하고 싶어서라고. 다른 수컷한테 덤비기에는 잘하면 죽을 수도 있으니까 못 하겠고, 그렇다고 끓어오르는 폭력성을 참을 순 없고. 그래서 그러는 거야. 암컷 사자도 마찬가지고. 걔들은 더해. 수컷이랑 달리 여럿이서 몰려다니면서 성체기도 안 지난 수컷을 다구리하고, 약한 암컷이 키우는 새끼만 골라서 여럿이서 돌려 가며 장난삼아 죽을 때까지 고문한단 말이야. 너도 잘 한번 생각해 봐라. 저번에 장군이가 효순이 공격했을 때, 왜 하필 효순이를 공격했을까? 어?"

"그러게요, 그건 저도 궁금하네요."

이번에는 도수도 진짜 궁금했다. 장군이와 효순이는 평소에 아무런 마찰도 없었을 뿐더러 효순이는 성격이 온순한 걸로 유명했다.

"다른 수컷들을 공격하기에는 자기가 질 것 같고, 삼순이랑 아톰이는 늘 수컷이랑 붙어 다니고, 그렇다고 암컷 우두머리인 도토리를 건드릴 순 없고. 그러니까 효순이를 공격한 거야. 그냥 만만하니까. 동물들이란 다 그런 거라고. 만만하다, 연습 상대가 필요하다, 이런 보잘것없는 이유 하나면 자기보다 약한 상대를 피떡이 될 때까지 죽어라 물어뜯는 족속들이지. 알아들어?"

"……그럴 수도 있겠네요."

도수는 운택의 말에 일부분 일리는 있다고 인정했지만 공감해 줄 순 없었다. 까놓고 말해서 본인이 직접 사자가 돼 보지 않는 한은 알 수 없는 것 아니겠는가.

"그럴 수도 있다는 게 아니고 그렇다니까, 이 사람아."

하지만 운택은 일방적으로 개인적인 생각을 확정시켜 버렸다. 그는 그렇게 말하곤 술잔을 들이켰다.

"근데, 저 정말 형님이 추천해 주신 거 아니에요?"

운택이 술잔을 내리자 도수가 술을 따라 주며 물었다.

"아이 씨, 몇 번을 말해. 아니라니까 자꾸만 그러네. 그냥 별 뜻 없이 네가 일을 잘하는 것 같다, 이런 식으로 말만 한마디 했을 뿐이야. 내가 뭐, 추천한답시고 그런 적은 없다고. 내 앞날이 걱정인데 누가 누굴 뒷바라지하나."

"그렇단 말이죠……."

운택의 확답에도 도수는 그 말을 믿을 수 없었다. 사실 도수는 운택이 경영진에게 자신을 추천했다는 걸 반쯤 확신하고 있었다. 그게 아니고서야 자신이 팀장이 될 이유 같은 건 아무 데도 없을 테니까.

"도수야."

운택이 지긋이 깔린 목소리로 도수를 불렀다.

"예."

"있잖아, 내가 최근 들어서 느끼는 건데, 우리 직업 참 웃기지 않냐?"

운택의 물음에 포장마차 주인이 그를 힐끔 쳐다봤다. 도수는 생각했다.

'이번엔 또 무슨 헛소릴 지껄이려나. 슬슬 집에 가야겠는데?'

"뭐가요?"

하나 실제로 입 밖으로 나온 말은 속마음과 달랐다.

"낮에는 온갖 가식으로 동물들을 보살펴 주는 척하다가, 밤에는 동물을 자르고 튀기고 분해하고 해서 안줏거리로 처먹고. 그리고 내일이 오면 열심히 먹은 동물들을 소화시켜서 그 에너지로 동물들을 보살펴 주잖아."

"듣고 보니…… 그렇긴 하네요."

도수는 술에 꼴아 어쭙잖은 소리를 해 대는 운택을 속으로나마 욕했다. 하지만 겉으로는 고개를 끄덕일 수밖에 없었다.

“자고로 동물을 사랑한다고 하면 동물을 먹으면 안 되는 거 아니냐? 닭하고 소, 돼지는 동물 아니냔 말이지.”

“그렇긴 한데, 그래도…… 동물 종류가 다르잖아요. 희귀성도 다르고요. 아무래도 가축이랑…… 동물원에 있는 동물들은 구분해야겠죠?”

도수는 또 한 번 고개를 끄덕이면 ‘그냥 듣고 흘려야겠다.’는 자신의 본심이 너무 드러날 것 같아서 형식적인 물음을 이어 주었다.

“그렇지, 바로 그거지. 호랑이나 사자를 사랑해서 키우는 게 아니라 그냥…… 돼지, 소, 닭 이런 것들보다는 희귀하니까, 그러니까 관리해 주는 거 아니냐고. 돌덩이하고 금덩이의 차이처럼 말이지. 그 희소성 땜에 사람들 또한 구경하러 오는 거고. 그런데 이놈의 사육사 새끼들은 가식이 겁나게 흘러넘쳐서, 동물들을 늘 사랑한다고 말하고 다닌단 말이지. 저번에 TV 보니까 언놈의 사육사 계집이 튀어나오더니 이러더라고. 자기는 어렸을 때부터 동물을 사랑했고, 동물들에게 엄마 같은 사육사가 되는 게 꿈이었다고. 그게 시발, 말이나 되는 소리냐 이거야. 헛소리 중에 단연 최고 헛소리지. 안 글냐? 고년 고거, 그날 방송 타서 기분 좋다고 분명 일 끝나고 삼겹살에 소주 한잔했을 거야. 그냥, 금덩이처럼 희귀한 동물이니까 가치가 높아서 좋다, 아니면 돈 벌려고 사육사 한다, 이러면 되는 걸 꼭 동물들을 사랑하니 어쩌니 한단 말이지."

도수가 잠시 고민하는 척하다 말했다.

"방송에 출연해서 어떻게 그런 말을 해요."

"……그렇겠지."

운택이 비아냥대는 표정으로 말을 이었다.

"이 나이 먹으니까, 감성팔이 하는 잡것들 보면 눈꼴이 시려."

"……."

도수가 마지못해 고개를 끄덕였다. 물론 운택이 하고자 하는 말의 저의를 이해할 순 없었다. 말속에 뜻이 있긴 했던 걸까. 어쩌면 취기에 아무 소리나 내뱉는 것일 수도 있었다.

"내가 왜 이런 말을 했냐면……."

도수의 속마음을 어떻게 알아챘는지 운택이 먼저 말의 저의를 읊어 댔다.

"회의감이 들어서야. 아무리 생각해도 인간이 다른 동물을 사랑한다? 그건 너무 가식적인 느낌이 든다랄까, 그렇단 말이지. 그래서 나는 동물을 사랑한다고 말하는 인간들은 절대로 피해. 안 믿어, 그런 인간들은. 내가 예전에 화투 놀음도 좀 하고 이래서 사기꾼 새끼들 졸라 많이 봤었거든. 자랑은 아니지만 실제로 사기도 몇 번 당해 봤었고. 근데 꼭 이놈의 사기꾼 새끼들이 보면 사랑이나 믿음, 교리, 순리 같은 애매한 단어들로 말장난을

친단 말이지."

"에이, 형님. 그건 너무 간 것 같은데요. 귀여운 강아지 싫어하는 사람들이 몇이나 있겠어요. 저만 해도 강아지 집사고요."

"말이 그렇다는 거야. 난 그래, 그냥 피하고 싶더라고. 그리고 귀여운 강아지 싫어하는 사람? 그게 나다, 인마."

두 사람은 다시 술잔을 부딪쳤다. 도수가 어묵 국물을 몇 숟가락 떠먹곤 소주 한 병을 추가했다. 운택이 도수의 잔을 채워 주며 말했다.

"나 어릴 땐 안 그랬는데."

"뭐를요?"

도수가 물었다.

"그때는 진짜 사람들 솔직했었는데. 시발, 옛날엔 안 그랬는데 요즘은 왜 이렇게 가식적인 새끼들이 많은 거야."

"……."

도수는 이번엔 고개를 끄덕이지 않았다.

"형님, 많이 취하신 것 같은데……."

"취하긴, 이 정도 가지고 무슨. 시답잖은 소리 좀 했다고 꽐라 된 건 아니야. 이제 이상한 얘기 그만할게. 담배나 하나 피우자."

운택이 앉아 있는 자리에서 담배에 불을 붙였다. 도수가 미안한 눈으로 주인 남자를 쳐다봤다. 주인 남자는 말없이 고개를 끄덕였다.

“죄송합니다. 다른 손님 오시면 바로 끌게요.”

도수가 다시 한번 미안한 듯 미소 지었다. 주인의 허락에도 도수가 담배에 불을 붙이지 않자 운택이 못마땅한 투로 물었다.

“넌 안 피우냐? 사장님이 괜찮다고 하시잖아.”

“그게 아니고, 전 한 타이밍 쉬려고요.”

“왜?”

“요즘 담배를 하도 많이 피우는 것 같아서 좀 줄이려고요.”

“담배를 줄인다고?”

“예.”

“…….”

도수는 굳이 똑같은 대답을 하게 만드는 운택 때문에 슬슬 짜증이 올라오기 시작했다. 하지만 겉으로 표출할 순 없었다. 이래 봬도 그는 직장 상사니까. 운택이 바닥에 담뱃재를 털며 불만스런 투로 물었다.

“너 이 새끼, 아직도 사과 처먹냐?”

‘이 새끼? 처먹냐? 라고?’

그 순간, 도수는 욱할 뻔한 걸 겨우 참아 냈다. 그는 얼굴이 화끈거렸다. 운택이 평소에 ‘인마’, ‘알겠냐’, ‘이리 와 봐’ 식의 말을 자주 쓰긴 했지만 ‘새끼’ 정도의 가시 돋친 단어를 사용한 적은 처음이었다.

“먹죠.”

도수가 올라오는 불쾌함을 꾹꾹 눌러 담으며 대답했다.

"오늘도?"

"예."

"언제? 난 못 봤는데."

"출근하기 전에 아침에 하나 먹었고요. 점심시간 때도 하나 먹었죠. 또…… 아까 1차, 호프집에서도 먹었습니다. 근처 편의점에 보니까 팔더라고요. 아마도 같은 테이블이 아니어서 못 보셨나 봐요."

"……."

운택이 지그시 눈을 감았다. 언뜻 보기에는 화를 눌러 담는 듯한 모양새였다. 곧이어, 그의 목구멍에서 기다란 한숨이 올라왔다.

"이제 슬슬 가셔야 할 것 같은데요. 너무 많이 마신 것 같습니다. 사장님, 얼마……."

"아직 멀었어, 인마."

"아, 형님. 그러지 마시……."

도수가 운택을 데리고 나갈 요량으로 팔을 감쌌을 때였다. 운택이 팔을 안쪽으로 잡아당기며 도수의 손을 뿌리쳤다. 주인 사장이 "으흠." 하며 고의적으로 소리를 냈다. 그건 취했으면 어서 집에나 가라는 뜻일 것이다.

도수와 운택 사이에 침묵 섞인 껄끄러운 기운이 솟아났을 때였다. 운택의 스마트 폰에 메시지 한 통이 날아들었다. 도수는 무심코 그 내용을 봐 버렸다. 굳이 훔쳐볼 의도는 없었다. 스마트 폰의 진동음 때문에 자연스레 눈이 돌아간 셈이었다.

"핸드폰을 왜 꺼 놓았냐는데요? 그리고…… 내일 꼭 참석하래요."

도수가 아무 생각 없이 메시지 내용을 읊었다.

"뭐?"

"서른두 번째 모의? 어머니한테서 문자가……."

"왜 남의 전화를 함부로 훔쳐보고 지랄이야!"

돌연 운택이 불같이 화를 냈다. 그는 메시지 내용을 확인조차 않고 급히 핸드폰을 바지 호주머니에 쑤셔 넣었다. 운택에게서 욕을 얻어먹은 도수는 어이가 없어서 한순간 정신이 멍해졌다. 그는 목덜미를 긁으며 짜증과 혼란을 억지로 눌러 담았다.

"아니…… 그냥 문자가 뜨길래, 형님은 안 보고 계시고……."

운택이 도수의 말을 잘랐다.

"그, 그래도! 다음부턴 절대로 내 핸드폰 훔쳐보지 마, 알겠어?"

'별 중요한 문자도 아닌 것 같구만. 뭘 저리 민감하게 반응하고 지랄 염병이야.'

도수는 속으로나마 운택을 욕하며 참아 냈다. 마음 같아서는 한 대 쥐어박고 싶었지만 그럴 수 없었다. 그랬다가는 일자리를 잃고 말 테니까.

"왜 대답 안 해? 또 볼 거야?"

하지만 운택은 불붙은 데 기름을 부었다. 도수는 주먹을 불끈

쥐며 한 템포 호흡을 가다듬은 후에야 대답했다.

"아, 예. 거……참 알겠습니다. 다음부터 조심하겠습니다."

도수가 한숨을 푹 쉬었다. 급격히 솟구치는 짜증 덕에 이번에는 어떤 대꾸도 하기 싫었다. 진절머리 났다. 도수가 말없이 담배에 불을 붙였다. 운택은 그때서야 슬그머니 그의 눈치를 살폈다.

"아이고, 도수야. 미안하다. 내가 좀 과했다."

"괜찮습니다."

괜찮다고 말하는 입과는 달리 도수의 표정은 심히 굳어 있었다.

"이거 참, 미안하다니까. 나도 모르게 화를 냈다. 내가 원래 한번씩 쓸데없는 화를 내잖냐. 나쁜 의도는 없었다."

"알겠어요. 나쁜 뜻 없었다는 건 저도 알아요. 저한테 악감정 있었으면 팀장으로 추천했겠어요."

"어허, 내가 추천한 거 아니라니까 자꾸 그러네. 그건 순전히 네가 잘해서 뽑힌 거지."

운택이 도수의 어깨를 툭툭 쳤다.

"예, 예, 그러시겠죠. 어쨌든 그런 부분은 늘 고맙게 생각하고 있어요."

"고맙기는. 지금 같은 상황에서 그런 말 하면 내가 뭐가 되냐. 자, 술이나 받아라."

운택이 도수의 잔에 소주를 따라 주었다. 도수도 운택의 잔을 채워 주었다. 이후 운택은 더 이상 도수를 괴롭히지 않았다. 도수도 짜증스러운 기분을 서서히 가라앉혔다. 한 시간쯤 더 흘렀다. 포장마차 주인이 이제 그만 문을 닫아야 할 시간이라고 했다. 도수와 운택은 그때서야 축 늘어졌던 엉덩이를 일으켰다.

도수가 귀가를 위해 택시를 기다리고 있을 때였다. 운택이 편의점으로 부리나케 뛰어가더니 숙취 음료를 사 왔다. 그러곤 손수 뚜껑까지 열어 도수에게 건네주었다. 운택은 방금 전 술자리 때와는 확연히 다른 표정을 짓고 있었다. 그는 마치 이사님이라도 대하듯 푸근한 미소를 머금고 있었다.

도수는 미심쩍었다. 운택이 자신에게 왜 저런 표정을 짓는지 의아했다. 도수는 운택의 저 표정을 익히 알고 있었다. 저건 웃는 표정이 아니다. 저건 아부의 표정이다. 그러나 다시 생각해 보니 자신에게 잘 보이길 원하는 사람이 있다는 것이 불쾌한 일은 아니었다. 도수는 속으로 생각했다.

'술버릇치곤 나쁘지 않네.'

§

도수와 소원은 후줄근한 옷차림이었다. 연애 초기 때만 해도 이런 복장은 꿈도 못 꿨었는데 이제는 상대방의 눈요기보다 피가 잘 통하는 편안함이 먼저였다. 어느새 시간이 흘러 서로의 겉모습에 익숙해진 탓일 것이다.

"한번 잡솨 봐."

도수가 좌식 식탁에 손수 요리한 닭볶음탕을 올려놓았다. 그가 싱긋 웃었다. 마주 보고 있던 소원도 인위적인 미소를 만들었다.

"뭐냐, 그 못 미더운 표정은. 그래, 그런 거시기한 표정을 지었다 이거지? 엄마가 알려 준 레시피로 만든 건데."

"그래, 알았어. 보자……. 냄새는 통과."

소원은 이어서 숟가락으로 국물을 맛봤다.

"예상외로 그럭저럭 먹을 만한데? 간도 제법 잘 맞췄고?"

"당근빠따지. 누가 만든 건데. 아니야, 바바. 미안하지만 넌 먹을 수가 없어. 나도 주고는 싶은데 이거 먹으면 너 배 아야아야해."

바바가 코를 킁킁대며 다가오자 도수가 팔을 뻗어 막아섰다. 바바는 섭섭하다는 듯이 찡찡대더니 고개를 획 돌려 버렸다.

"웅, 우리 바바 불쌍하네."

소원이 바바의 엉덩이를 툭툭 쳤다. 바바가 소원의 곁으로 쪼르르 다가가 몸을 찰싹 붙였다.

"저거저거, 요새 들어 너한테 되게 친한 척한다? 나는 있는 둥 마는 둥 하면서."

도수가 소원의 술잔에 소주를 따라 주곤 자신의 술잔도 채웠다.

"오늘 거기 별로지 않았냐? 예전엔 조용하니 괜찮았는데."

"그러게. 나도 사람 보고 놀랐어."

오늘은 간만에 두 사람 모두 쉬는 날이다. 그래서 모처럼 봄맞이 데이트를 하고 왔다. 원래라면 소원은 출근하는 날이었지만 월경통을 앓는다는 핑계를 댔다. 그 거짓말에 혹한 한 동료 사육사가 자진해서 하루치 근무를 맞교환해 주었다.

두 사람은 늦잠을 자고 일어나 점심시간에 만났다. 김밥과 맥주를 싸들고 마을 근처에 위치한 경치 좋은 호숫가로 버스를 타고 갔다. 두 사람의 계획은 호숫가 경치를 감상하며 돗자리 위에서 뒹구는 거였다. 그런데 생각보다 사람들이 많고 시끄러워서 계획을 선회했다.

두 사람은 점심을 먹고 시내로 갔다. 옷도 몇 벌 사고 극장에서 영화도 봤다. 영화는 소원이 선호하는 밋밋한 로맨스 영화였다. 도수는 뻔한 로맨스 스토리를 딱히 좋아하지 않는다. 그런 그로서는 이번에도 하품만 하겠지, 지레 확신했는데 생각보다 볼 만했다. 하마터면 눈에서 물이 찔끔 새 나올 뻔도 했다. 전에는 로맨스 영화를 보면서 이런 애틋한 감정이 싹튼 적은 없었다. 도수도 달라진 자신의 감정 기복에 놀랐다.

그 후로 두 사람은 소주 등 먹을거리를 사 들고 이곳 도수의 원룸으로 왔다. 스마트 폰과 뒹굴다 해가 미적미적 질 무렵, 간소한 술상을 폈다.

밖에서 한잔하려 했으나 도수가 몸에 으스으스한 감이 있다며 원룸을 고집했다. 소원은 혹시 감기 아니냐며 걱정했다. 도수는 살짝 그런 기운이 있는 것 같다고 했다. 그러나 실은 감기 기운이 있는 게 아니었다. 떨리는 증상도 없었다. 그건 도수의 거짓말이었다. 그는 멀쩡했다. 단지 음흉한 속내를 숨기고자 연기를 하고 있을 뿐.

오후 9시경, 휴식기를 끝내고 두 사람이 다시 술잔을 부딪쳤다. 이 술잔을 마지막으로 각자 소주 두 병씩이 완성됐다. 잔잔한 옛날 가요도 어느새 한 바퀴를 돌아 처음 노래가 다시 재생되고 있었다. 이쯤 되니 도수의 얼굴에 알코올이 번졌다. 반대로 소원은 멀쩡했다. 주량으로나 스피드로나 술은 소원이 도수보다 한 수 위였다.

"나 담배 피운다. 너도 피우고 싶을 때 피워."

"알겠어."

두 사람은 각자의 입술로 담배꽁초를 집었다. 두 사람이 한 번에 담배를 피우니 단숨에 담배 연기가 가득해졌다.

"원룸은 이래서 안 좋아."

도수가 투덜거리며 창문을 한 뼘 열었다. 소원은 담배 연기를 들이켜다 늦게나마 바바를 화장실에 가두었다.

"접때 경철이도 한마디 하던데."

"뭐를?"

대답하는 소원의 입에서 담배 연기가 흘러나오고 있었다.

"바바도 새끼라고, 담배 연기 안 좋다고. 나보고 화장실 가서 피우라더라."

"그래? 근데 굳이 그럴 필요 있나? 바바를 화장실에 두고 네가 여기서 피우면 되지 않나?"

"그렇긴 한데, 그래도 담배는 내가 피우는 거니까. 피우는 사람이 피해 주는 게 맞지 않냐?"

"그것도 맞는 말이긴 한데, 바바는 동물이고 우린 사람이잖아? 그래도 사람이 먼저지 않나?"

"그래그래, 네 말이 다 옳다."

도수는 '내가 졌다.'는 듯이 마지못해 고개를 저었다. 마지막으로 한껏 담배 연기를 흡입한 소원이 재떨이에 담배꽁초를 비볐다. 그녀는 앉은 자세로 핸드백을 끌고 와 뒤적거렸다. 거기서 손바닥에 올려놓을 수 있을 만한 크기의 선물 상자를 꺼냈다.

"자, 진급 선물이다."

"진급 선물? 진급 날에는 달랑 축하한다고 말만 한마디 하더니, 갑자기 무슨 바람이 불어서?"

"딸랑 축하한다, 한마디? 존나 축하한다고, 적어도 한…… 열 한 마디는 한 것 같은데? 그리고 그랬잖아, 좀만 기둘리라고. 곧 월급날이니까, 월급 타서 사 주려고 말 안 하고 있었던 게지."

"그렇단 말이지? 그래서 이게 뭔데?"

도수의 입이 자신도 모르는 새에 양옆으로 쭉 찢어져 있었다.

"뜯어 봐."

도수가 선물 포장지를 뜯었다. 베이지색과 갈색이 섞인 원목

상자가 자태를 드러냈다. 상자 윗면에는 명품 브랜드의 상징 로고가 그려져 있었다. 상자는 위로 젖혀서 열 수 있게끔 아래위로 작은 고리가 달려 있었다. 도수가 상자를 위로 젖혔다.

"와 씨, 뭐 이런 걸 다? 부담스럽게스리."

"부담스럽긴, 좋으면서."

상자 안에는 은색 광이 나는 메탈 시계가 떡하니 자리하고 있었다. 도수가 조심스러운 손길로 손목시계를 꺼내 왼쪽 팔목에 착용했다.

"어울려?"

"예쁘네. 잘 어울린다."

"고맙다."

도수가 환히 웃자 소원도 맞미소를 띠었다. 도수가 바바가 갇혀 있는 화장실 문을 열어 주고 재빨리 다시 자리에 착석했다.

"이거, 얼마 주고 산 거야? 습! 안 돼, 바바. 이거 비싼 거야."

냄새를 킁킁 맡아 대는 바바를 도수가 "워이워이." 밀쳤다.

"한…… 140인가?"

"뭐시? 140?"

도수의 눈이 휘둥그레졌다. 그는 생전에 100만 원이 넘어가는 손목시계를 차 본 경험이 없었다. 그 비슷한 사치를 해 본 기억도 없었다. 그가 만끽한 사치라 함은 최신형 스마트 폰을 제값 주고 샀던 게 전부였다. 그마저도 한 달을 라면으로 때우는 대가를 지불했어야만 했다. 잠시 말을 아끼던 도수가 입을 열었다.

"비싼 선물 받으니까 좋긴 한데, 한편으론 좀 그렇네. 아깝다고 해야 되나? 돼지모가지에 진주 같은 느낌? 이 시계에 어울리는 양복이나 구두도 없는데…… 그리고 이거 살 돈이면 우리 1년 치 데이트 비용은 나오겠는데?"

도수는 그렇게 말하고 힐끔 소원의 눈치를 살폈다. 그녀의 표정은 단호했다.

"응, 안 돼."

"뭐가?"

"환불 안 돼."

"……."

도수는 할 말을 잃었다. 머릿속으로 '기분은 냈으니까 이쯤에서 그만 환불할까?'라는 말을 듣기 좋게 에둘러 맞추고 있던 중이었다. 한데 소원이 그 속말을 미리 듣기라도 한 양 받아친 것이다. 소원은 상대방의 속을 읽는 데 도가 튼 사람이었다. 적어도 도수의 속마음은 칼같이 집어 냈다. 때문에 도수는 자신의 속마음을 잘 알아주는 소원에게 고맙다가도 가끔은 이런 부분 때문에 무섭기도 했다. 만약 결혼하게 되면 한눈 팔 생각은 꿈에라도 시도할 수 없을 테니.

"누…… 누가 환불한대?"

"그 얘기 하려던 거 아니었어? 아니면 됐고. 어쨌든 환불은 안 돼. 지금은 할 수도 없어."

"왜? 산 지 좀 됐어?"

"이번 월급으로 샀다니까. 그냥 내가 자존심 상해서 환불은 절대, 절대로 안 되는 건데? 내가 선물을 고를 때 아울렛 매장 계집년이 내 옷차림을 아래위로 슥 훑더라고. 그런 애한테 환불해 달라고 말할 순 없지. 암, 절대로. 아참, 그리고 시계에 어울리는 양복이랑 구두는 직접 벌어서 사 입어. 만약에 개똥같은 추리닝에다 그 시계 차고 다니는 모습 보이면 그 자리에서 속옷까지 싹 다 벗겨서 시계만 남겨 놓을 거야."

"……."

도수는 말없이 고개만 끄덕였다.

"그리고 우리 나중에 놀이동산이나 가자."

"갑자기 웬 놀이동산? 그것도 네가?"

"요새 하도 이 동네에만 있어서 그런가, 바깥 구경이 하고 싶더라고. 사자도 한 번씩은 풀도 뜯어 먹고 그러잖아."

"그렇긴 한데, 넌 PC방이 제일로다가 좋다면서. 좀 뜻밖이네."

"그래서 갈 거야, 말 거야?"

"나야 좋지. 그러고 보니 나도 놀이동산 안 간 지 한 세월이네. 가자. 언제 갈까?"

"5월 8일 어때?"

"왜 이리 날짜가 구체적이야. 5월 8일이면 보자…… 어버이날이네? 그날 뭐 있어? 그리고 그날에는 연차 대기 타는 사람도 있을 것 같은데."

"그러니까 일찍이 예약해 놔야지. 너 운택이랑 친하잖아. 좀 말해 봐."

도수가 인상을 찌푸렸다.

"얘가 오늘 진짜 좀 이상하네. 왜 이러? 평소에 사람 많은 곳은 그렇게 질색을 하시더니. 이 시계도 그렇고, 뭔 일 있었냐?"

소원이 구부정한 미소를 만들었다.

"내가 무슨 일 있을 게 뭐가 있어. 아까 말했잖아, 하도 이 어두컴컴한 동네에만 있다 보니까 가끔씩은 바깥 구경도 하고 싶다고."

"그렇단 말이지. 어쨌든 알겠다. 그럼 그날에 가는 거다?"

"오카이."

두 사람은 다시 술잔을 부딪쳤다. 도수와 소원은 동갑내기로, 연애 초창기 주된 데이트 장소는 PC방이었다. 시내에 허름한 PC방이 하나 있는데, 두 사람 모두 그곳 단골이었다. 일반적으로 젊은 커플이 데이트를 즐길 만한 장소로 PC방은 그리 어울리는 장소가 아닐 것이다. 하지만 두 사람은 그런 틀에 박힌 고정관념에 눈치 보는 성격은 아니었다. 두 사람 모두 타인의 시선 따위는 안중에 없을 만큼 온라인 게임에 푹 빠져 있었다. PC방에서 밤을 지샌 후 찌뿌듯한 몸을 이끌고 집으로 돌아와 기절하듯 잠드는 그런 나날을 즐겼다.

자신과 비슷한 듯 아주 다른 어떤 느낌, 도수는 소원을 만나면서 그런 느낌을 자주 받곤 했다. 아직도 간혹 그런 느낌을 받는다. 도수는 그 어중간한 느낌의 애호가였다. 심심하지 않은 편안함이랄까. 그게 소원의 매력이었다. 그래서 그녀가 좋았다.

소원의 팔목에 있는 자해 상처를 처음 목격했을 때 도수는 상처에 대해서 궁금하지도 않았다. 그저 보듬어 주고 싶었다. 그리고 지금도 무표정으로 바바의 귀를 만지작거리고 있는 그녀의 얼굴에 미소를 그려 넣고 싶었다. 자신의 웃을 거리를 찾는 것보다 그녀의 웃을 거리를 더 찾고 싶었다.

"소원아."

"왜?"

도수의 느끼한 표정과 말투에 소원의 인상이 팍팍하게 굳었다.

"나도 선물을 준비했더랬지."

"진급은 네가 했잖아."

"있어 봐."

도수가 옷장을 열더니 쿠션 크기만 한 선물 상자를 꺼내 왔다.

"열어 봅세."

도수에게서 선물 상자를 건네받은 소원이 눈썹을 치켜올렸다.

"크네? 비싼 건 아니지?"

"부담스러워? 환불할까?"

"쪽시럽게 환불은."

도수가 선물 상자로 손을 뻗자 소원이 선물 상자를 자신의 가슴 안쪽으로 밀착시켰다. 그녀는 선물 상자를 이리저리 돌려 보다 곧 포장지를 뜯었다. 상자를 열자 그레이 색상의 가죽 핸드백이 존재감을 드러냈다. 평소 명품과는 거리가 먼 그녀였다. 그래서 브랜드 명이나 재질 수준이 어떤지 구별할 능력은 없었다. 하지만 겉보기에도 고가의 핸드백답게 비까번쩍했다.

"예쁘긴 하네, 질감도 상콤하고. 이거 돈 좀 줬겠는데? 얼마? 한 50쯤?"

도수가 가소롭다는 듯이 히죽거렸다. 그의 표정에서는 거만함이 묻어났다.

"그것보다는 좀 더 비싸."

"얼마나 줬는데?"

소원의 언성이 한 단계 높아졌다.

"380. 내 인생 역사에 길이 남을 최고의 사치다."

"살코기도 없는, 고작 이 가죽 껍데기가? 처돌았네."

도수의 입에서 무자비한 금액이 튀어나오자 소원의 입에서도 자동 반사적으로 격한 단어가 튀어나왔다. 그녀의 눈알은 도수의 눈알보다 두 배는 더 커져 있었다. 소원이 미간을 찌푸리더니 말을 이었다.

"이건 좀 아닌 것 같은데. 아니 글쎄, 이 동네에서 들고 다닐

만한 가방이 아니잖아."

도수가 큰 동작으로 팔짱을 끼고 "어험." 하며 추임새를 넣었다.

"그 가방에 맞는 옷은 네가 벌어서 사."

"……."

도수의 주입식 유머에도 소원의 표정은 달갑지 않았다. 그녀가 수긍한다는 식으로 핸드백 쪽으로 고개를 살포시 떨구더니 말했다.

"뭐, 나도 비싼 가방 하나쯤 있어야지, 안 그래?"

"바로 그런 마인드지. 나중에 상황 나아지고 나면 더 좋은 선물도 사 줄게."

"또?"

"언젠가는. 왜? 싫어?"

"싫은 건 아닌데, 너 나랑 결혼 안 할 거야?"

"결혼? 글쎄……. 근데, 결혼하고 이게 뭔 상관이지?"

도수의 대답에 소원은 못마땅한 얼굴빛을 드러냈다.

"결혼하려거든 돈 아껴야지. 빈손으로 결혼할 거야? 결혼할 생각 없음 일찌감치 말해. 그래야 나도 마음을 접지."

"아…… 아니, 결혼 안 한다는 말은 안 했잖아. 조금…… 형편이 그래서…… 시간을 두고 준비를 좀 한 다음에…… 그러고 하자는 거야."

두 사람 사이에 짤막한 정적이 일었다. 소원은 무표정이었지만 도수의 미간은 미세하게 찡그려져 있었다. 두 사람의 대화가 잠시 단절됐다. 몇 분 뒤 정적을 깬 사람은 소원이었다.

"제법 잘 챙겨 먹는다? 금방 그만둘 것 같더니."

"뭐를?"

"저 사과 말이야."

소원의 눈이 식탁 위 사과 바구니로 향했다.

"아, 사과. 당연하지. 챙겨 먹기로 했으니 잘 챙겨 먹어야지. 먹다 보니까, 아침에 일어났을 때 개운해지는 거 같기도 하더라."

"개운해진다고?"

"어. 너도 같이 챙겨 먹을래?"

"난 됐어. 사과 맛없어."

"너도 사과 싫어해?"

"어."

"저번에는 잘만 먹더니만."

도수가 엄지손가락으로 자신의 코끝을 쓱쓱 긁었다.

"몰라. 요새는 통 먹기가 싫어지더라."

"경철이 녀석이랑 비슷한 말을 하네. 둘이 짠 거야, 뭐야."

"경철 씨……도 그렇대?"

"저번에 그러더라고. 갑자기 사과가 싫어졌다나 뭐라나. 참나, 별일이네. 재방송 보는 기분도 들고. 언제부터 사과가 싫어졌는데?"

"뭐?"

소원이 잠시 딴생각을 하느라 도수의 말을 놓쳐 버렸다. 이에 도수가 다시 되물었다.

"언제부터 사과가 싫어졌느냐고. 몇 달 전만 해도 나랑 같이 잘만 먹었잖아. 몇 주 전부터? 아님, 한 달 전부터?"

"그건 잘 모르겠어. 체질이 바뀌었나?"

"……그래? 어쨌든 알겠다. 싫다는데 어디 강요할 수 있나. 참, 나 말이지, 다음 주부터는 담배도 한번 끊어 보려고."

"갑자기 왜?"

"생각해 보니까 건강 지킨답시고 꾸역꾸역 사과까지 먹는 상황에서 담배를 피운다는 게 좀 이상하더라고. 모순됐다랄까. 그리고……."

"그리고?"

도수가 말을 끌자 소원이 운을 띄워 주었다.

"아무래도…… 나중 생각도 해야 될 것 같아서. 미리미리 준비하면 좋잖아?"

"나중에? 늙었을 때?"

"아니, 우리 결혼했을 때. 아직 정해진 것도 없고 앞으로 어떻게 흘러갈지도 모르지만, 만약에 우리가 결혼한다 치고 생각을 좀 해 봤거든. 네가 담배 끊을 일은 없을 것 같고, 나도 흡연자인데, 그러다 혹여나…… 애라도 덜컥 들어서 봐. 담배 피우는 손으로 애 만지고 하면 냄새 배고 할 거 아니야. 당연히 애 건강에도 안 좋을 거고. 어차피 뭐, 넌 애 다루는 거 잘 못 할 것 같아서 크게 상관은 없을 것 같다만…… 어쨌든 그래서 혹시나, 아주 혹시나 애가 생긴다 하면 내가 엄마 역할 해 주려고."

도수의 얼굴에 민망한 미소가 그려졌다. 소원이 특유의 무표정으로 도수의 얼굴을 빤히 바라보며 말했다.

"정 그러시면 그래라. 안 말릴게. 이러나저러나 담배 끊는 건 좋은 거니까."

두 사람은 말없이 서로의 잔에 술을 따라 주었다. 그러곤 가볍게 잔을 부딪친 후 들이켰다. 소원이 닭볶음탕 국물을 세 숟가락 연달아 떠먹더니 말문을 열었다.

"오늘 기분 좋겠다?"

"기분? 좋지."

소원의 뜬금포 물음에 도수가 형식적인 대답을 이었다. 이에 소원은 안쓰러운 표정이 됐다.

"그런 말 말고, 뭔가 표현을 좀 해 봐, 어? 진급도 했겠다, 선물도 받았겠다, 돈 300도 쓸데없이 날려 먹었겠다. 기분이 어떠셔? 막 행복해? 아니면 그냥 그래? 아니면…… 뭔가 달콤쌉살하면서 뜻뜻미지근해?"

소원의 말에 도수는 곤란하다는 듯이 갈 곳 잃은 눈이 됐다.

"얘가 갑자기 왜 이려. 언제부터 내 기분에 그렇게 신경을 쓰셨다고. 오늘 기분이 어떤지에 대해서는 도리어 내가 너한테 물어봐야 할 것 같은데?"

"난 기분 좋아. 쭉 오늘만 같았으면 좋겠어. 너무 기분이 좋아서 당장에라도 발가벗고 나가서 도로변에서 탭댄스라도 추고 싶은 심정이야, 됐지? 이제 말해 봐. 기분이 어때?"

"춤추고 싶다는 건 이해하겠는데, 옷은 왜 벗냐. 나도 뭐…… 좋아, 기분."

"좀 더 정확하게. 행복해? 뿌듯해?"

"기분 좋다고 말했잖아, 방금. 얘가 벌써 취했나."

"아니, 행복하냐고."

"아, 진짜. 너 집착 진짜 심해, 알지? 그래, 행복하다. 너무 행복해서 심장 마비 올까 봐 겁난다, 됐어?"

도수는 마지못해 대답하곤 어설프게 웃어넘겼다. 소원의 얼굴을 보니 그녀도 웃고 있었다. 누군가에게 이토록 자신의 행복을 검사 맡은 적이 또 있었던가. 도수는 소원이 낯간지러운 멘트를 강요한 부분은 싫었지만, 그녀의 물음 자체는 싫지 않았다. 그녀가 자신의 행복에 관심을 두고 있다는 뜻일 테니까. 소원의 행복을 진심으로 바라는 본인처럼.

지금껏 가져 본 적 없었던 정상적인 직장, 성격은 포악하지만 잘 챙겨 주는 직장 상사, 볼품없는 친구의 일을 자신의 일처럼 공감해 주고 도와주는 좋은 친구, 남자 친구의 행복을 확인하고 싶어 하는 여자 친구, 그리고 엄마. 도수는 이런 생각이 들었다.

순식간에 180도 바뀐 자신의 인생을 두고 모름지기 인생이란 한 치 앞을 내다볼 수 없구나, 하는 생각.

누군가에게 이런 말을 들은 기억이 있다. '인생은 누구를 만나느냐, 혹은 누구와 함께하느냐에 따라서 결정된다.' 한동안 생각에 잠겨 있던 도수가 소원을 지그시 바라봤다.

"뭘 그렇게 멀뚱히 쳐다봐, 느끼하게."

"사실 나 말이야, 요 몇 년 사이에 인생이 통째로 뒤바뀐 기분이야. 이래도 되나 싶을 정도로. 이 동네는 싫은데, 이 동네에 오고 난 후부터 인생이 왜 이렇게 잘 풀리는 것 같지."

도수가 말을 끝내고 소원의 반응을 살폈다. 그녀는 싱긋 웃고 있었다.

도수와 소원은 세 시간을 더 떠들다 술에 취해 잠들었다. 잠들기 전, 도수가 작전을 개시했으나 허탕이었다. 이 작전을 위해 아픈 연기까지 해 가며 비좁은 원룸에서 술을 먹자고 꼬드긴 거였다. 하지만 이로써 그 모든 노력은 물거품이 되고 말았다.

도수가 소원의 품으로 스리슬쩍 비집고 들어가기 위해 몇 번이고 폼을 잡았지만 소원은 끝내 곁을 내주지 않았다. 그녀는 끝까지 냉소적인 모르쇠로 일관했다. 도수가 "간만에?" 대놓고 물어도 봤지만 그녀는 "응, 안 돼."라며 이를 거절했다. 도수도 이내 포기했다. 한숨을 푹 내쉬고는 바닥에 벌러덩 드러누워 버렸다.

도수는 아쉽다 못해 소원이 얄밉기까지 했다. 연애 기간 통틀어서 그녀와 잠자리를 가진 전적이 단 세 번뿐이었기 때문이다. 압권인 것은 마지막 잠자리 이후로 벌써 6개월이 지난 상태라는 것이다. 신체 멀쩡한 젊은 남녀 커플이 말이다. 이게 뜻하는 바가 뭘까. 말이나 되는 일인가. 소원이 이토록 '섹스'를 홀대하는 이유가 뭘까. 도수는 답답했다.

심지어 그는 온라인 게임상에서 알게 된 낯선 사람에게까지 여자와의 잠자리에 관해서 물어보았었다. 인터넷 검색도 해 봤다. 자신의 외모를 하나하나 뜯어보기도 했다. 자신이 소원을 만족시켜 주지 못해 잠자리를 회피하는 걸까, 자존심 상하는 부분을 가지고 머리도 싸매 봤다. 하지만 아무리 생각해도 역시나 그건 아닌 것 같았다. 필시 다른 이유가 있을 것 같았다. 그는 나름대로 잠자리에 자신감 있는 젊은 남자다. 이 부분에 대해서는 차마 경철과 운택에게 조언을 구하기도 민망했다.

잠들기 전, 도수는 바바가 소원이 누워 있는 침대로 폴짝 뛰어 들어가는 것을 목격했다. 그는 처음으로 바바가 부러웠다.

소원이 '헉' 소리를 냄과 동시에 허리를 구부정하게 세웠다. 그 소리에 바바도 깜짝 놀라 잠에서 깼다. 그녀는 자신을 물끄러미 바라보는 바바의 머리를 쓰다듬어 주곤 침대 끝에 걸터앉았다.

악몽을 꿨다. 그녀는 악몽 속에서 벌거벗겨진 채로 사람들에게 집단 구타를 당했다. 사람들은 뭇매질을 할 태세로 그녀를 둘러싸고 있었다. 온갖 욕지거리, 손가락질과 함께 각자 손에 빗자루 같은 것들을 들고서 모진 타작질을 해 댔다. 온몸의 뼈마디가 으스러지는 고통이 들이닥쳤다. 모멸감이 증폭됐다. 치욕으로 인해서 그녀의 인격은 바닥으로 치달았다. 차라리 목을 매달고 싶은 심정이었다.

그런데 누군가가 갑자기 매질하던 사람들을 말리기 시작했다. 그녀에게는 아무런 잘못이 없다며 사람들을 떼어 놓고 있었다. 소원이 고개를 돌려 확인했다. 그 사람은 진우였다. 그는 늘 그녀를 품어 주던 남자였다. 품어 주는 것에 아무런 조건도 붙이지 않았다. 별 이유도 없었다. 물어보면 그는 '그냥 좋아서' 혹은 '나한테 필요한 사람이니까'라는 이유를 대곤 했다.

하지만 소원을 매질하던 사람들은 그를 다른 부류의 사람으로 착각했다. 그들은 "오호라, 네 녀석이 이년 남편이냐. 너도 똑같은 놈이겠지."라고 말하며 이번엔 진우를 구타하기 시작했다. 소원은 깨진 몸을 이끌고 안간힘으로 말렸지만 소용없었다. 그녀는 진우의 머리에서 피가 솟구치는 것을 보고 나서야 악몽에서 깨어날 수 있었다.

소원은 냉장고에서 물병을 꺼내 병째로 들이켰다. 시계를 보니 새벽 4시가 넘은 시각이었다. 다시 잠들어야 될 시간대였지만 악몽을 꿔 버린 이상 쉽사리 잠이 오지 않았다.

"하."

짧은 한숨을 내쉰 소원이 다시 침대로 돌아가려던 참이었다. 그녀의 눈에 시뻘건 무언가가 들어왔다. 도수 저 인간이 건강을 지킨답시고 챙겨 먹는다는 바로 그 사과였다. 소원은 바구니에서 사과 하나를 집어 들었다. 그러곤 이리저리 만지작거리더니 다시 바구니에 돌려놓았다. 그후 그녀는 싱크대 서랍을 열어 식칼을 꺼내 들었다.

어두운 시야 너머로 취기에 곯아떨어진 도수의 모습이 어렴풋이 보였다. 소원은 칼 손잡이를 잡고 '꽉' 힘을 주었다. 요즘 이런 기분이 자주 든다. 그때, 그녀가 처음으로 살인을 저질렀을 때 느껴졌던 기분이다. 그러나 그때는 어렸다. 충동을 통제하기 어려웠다. 하나 지금은 달랐다. 그녀는 커다란 빙하를 상상했다. 냉철한 판단을 요할 때면 그녀가 자주 떠올리는 것이다.

소원은 가슴에서부터 차분함이 내려앉자 식칼을 제자리에 돌려놓았다. 그러곤 핸드백에서 폴더식 핸드폰과 담뱃갑을 꺼내 바지 호주머니에 구겨 넣었다. 소원은 손바닥을 펼쳐 도수의 얼굴 정면을 이리저리 훑었다. 그는 깊은 잠에 빠졌는지 아무런 반응이 없었다. 도수가 잠들었음을 확인한 그녀는 조용히 현관문을 열고 밖으로 나갔다.

원룸 건물 밖으로 이동한 소원은 어딘가로 전화를 걸었다. 그녀의 입에선 담배 연기가 흘러나오고 있었다. 전화벨이 두 번 울리더니 상대방이 전화를 받았다. 상대방은 여자 목소리였다.

[무슨 일이시죠. 제가 정말 급한 일 아니면 전화는 삼가해 달라고 했을 텐데요.]

“저기…… 녹음…….”

[저기요? 그 얘긴, 통화로 하는 건 좀 아닌 것 같은데요?]

소원이 말을 꺼내자마자 상대방이 말을 잘랐다.

“죄송해요. 어떤 충동이 들어서, 그래서 전화했어요.”

[충동이요?]

“말하자면 복잡해요. 제가, 주무시는데 깨운 건 아닌지 모르겠네요.”

[아니에요. 자려고 누웠는데 세 시간째 잠이 오질 않네요.]

“불면증인가요.”

[아마도요. 그날 이후로 생겼어요. 그나저나 아까 무슨 충동? 때문에 전화를 하셨다고요? 어떤 걸 말씀하시는…….]

“방금 말한 건 별뜻 없이 말한 거예요. 잊어 주세요. 제가 전화를 한 건, 녹…… 아니, 그 일 때문이에요.”

[흠…….]

전화 상대방은 한동안 말을 않더니 다 들리게 한숨을 내쉰 다음에야 말을 이었다.

[술을 좀 드신 것 같은데…… 소원 씨, 그냥 이름 부를게요. 소원 씨도 하고자 하는 말 편히 하셔도 돼요.]

“예.”

[어제 우리 충분한 대화를 나눴던 걸로 기억하는데요.]

"그……렇긴 하죠. 근데……."

[아니요, 제 말뜻은요…….]

상대방이 또 소원의 말을 잘랐다.

[그러니까…… 이제 얼마 남지도 않은 것 같은데, 이러시면 곤란하다는 말씀을 드리고 싶어요.]

"뭐가 곤란하다는 거죠?"

[저뿐만 아니라, 다른 분들도 다 그렇게 생각하고 있어요. 소원 씨, 소원 씨 말이에요. 늘 불안정해 보여요. 언제 폭발할지 모르는 시한폭탄 같달까. 저도 소원 씨가 말하고자 하는 게 뭔지 다 알고 있어요. 그 누구보다 잘 이해하고 있습니다. 그리고 저도 소원 씨처럼…… 계획이고 뭐고 다 집어치우고 당장이라도 일을 치르고 싶은 심정입니다. 하지만 소원 씨도 알다시피 그건 우리가 원하는 바가 아니잖아요. 우리가 얻고 싶어 하던 것도 아니고요. 그건…… 너무 쉬워요. 합당한 대가가 되질 못한다고요. 힘든 건 압니다만, 인내심을 가지셔야 합니다. 솔직히 전, 소원 씨가 당장을 못 참고 일을 그르칠까 봐 걱정입니다.]

"……."

소원이 말을 않자 상대방 쪽에서 말했다.

[소원 씨? 제 말, 듣고 있으시죠?]

"듣고 있어요."

[일단은, 바깥에서 바람 좀 쐬시면서 냉정을 유지하세요. 물도 한 컵 마시고요. 소원 씨가 원하시던 대로 곧 확인 절차를 진행하지 않습니까. 그것만…… 확인되면 곧 시작할 수 있을 겁니다. 아시겠죠? 그리고 전화가 끊기거든 통화 기록은 바로 삭제해 주세요.]

“알겠어요.”

소원은 그렇게 대답하곤 통화 연결을 끊었다. 그녀는 바깥 공기를 마시며 10분가량 마음을 다잡은 후에야 다시 원룸으로 돌아갔다. 그녀는 신발장에 신발을 벗어 놓은 후 현관 섀시 문을 열었다. 바바가 보였다. 바바의 눈은 소원을 향해 꽂혀 있었다. 그녀는 뜬금없이 이런 생각이 들었다.

‘강아지는 원래 아무런 표정이 없었던가.’

마음이 심란해서 그럴까, 고요한 어둠 때문일까, 바바의 눈이 낯설게 느껴졌다.

§

퇴근 후 집에 오니 부엌에서 식칼 두드리는 소리가 들렸다.

“왔니?”

이어서 복희의 목소리가 들렸다. 그녀는 채소를 썰고 있었다.

“오셨네요.”

"일하느라 수고했어. 조금만 기다려, 지금 된장 끓이는 중이니까."

"된장찌개 좋죠."

도수가 알아서 밥 잘 챙겨 먹을 테니 반찬 해 주러 오지 말라고 몇 번이고 일렀다. 하지만 복희는 그의 말을 듣지 않았다. 도수도 어느 순간부터는 귀찮은 말을 삼갔다.

복희는 보통 일주일에 한두 번씩 도수의 원룸에 들른다. 와서 밑반찬을 해 주거나 청소를 해 주기도 했고, 생필품들을 놓고 가기도 했다. 처음에는 이런 복희의 행동이 도수는 부담스러웠다. 하지만 시간이 흘러 복희의 기습 방문이 익숙해지니 마냥 싫진 않았다. 한편으론 그녀가 집 안에 있음으로써 안락한 기운이 똬리를 틀기도 했다.

복희를 만나기 전까진 도수는 고아의 신분이었다. 애초에 가진 적도 없었던 부모 같은 건 기억 속에서 지워 버린 지 오래였다. 자신을 버린 부모를 만난다면 욕지거리 말고는 해 줄 말도 없었다.

그런데 막상 복희를 처음 만났을 때, 도수는 욕하는 법을 잊어버리고 말았다. 때는, 동네에 알록달록한 꽃들이 번지기 시작할 무렵이었다. 게임에 열중하는 중인데 누군가 원룸으로 찾아왔다. 복희였다. 눈이 매섭게 생겼고 얼굴 피부가 부스스하게 뜬 중년의 여자가 현관문 앞에 우두커니 서 있었다. 작은 키에 호리한 몸으로, 봄인데도 두꺼운 니트를 입고 있었다. 성냥팔이 소녀처럼 낡은 비니로 머리를 싸매고 있었다. 그때 도수는 평생 느껴 본 적 없었던 묘한 감정을 느꼈다. 화가 나는 것도 같은데 슬픈 것도 같고, 말은 하고 싶은데 무슨 말을 해야 할지 뚜렷하지 않았다.

복희는 일면식도 없는 도수를 보자마자 머리카락과 칫솔을 요구했다. 그 당시 도수는 겨울도 아닌데 눈과 귀가 꽝꽝 얼어 버렸다. 메두사라도 본 양 돌덩이가 된 다리는 움직이는 법을 잊고 말았다. 무슨 말이든 하자 생각은 들었지만 혓바닥이 옴짝달싹하지 않았다. 황당무계해서 한동안 입을 열지 못하다 어렵사리 그 이유를 물었다. 그때 복희는 이런 대답을 내놓았다.

"네가 내 아들일 확률이 높단다."

도수의 촉이 들어맞았다.

'부모? 엄마? 갑자기? 내 인생에?'

성인이 된 후로는 자신을 버린 그들에게 원망을 주는 일조차 관뒀다. 그런데 갑자기 찾아와서는 자기가 내 어머니라니, 어처구니가 없었다. 도수는 그때, "헛소리하지 마세요. 저 종교 안 믿으니까 딴 데 가서 알아보세요." 하곤 대차게 현관문을 닫아 버렸다.

그렇게 다시금 게임을 시작한 도수는 한 시간이 지나서야 현관문을 열어 보았다. 그런데 그곳, 그 자리에 복희가 그대로 서 있는 것이 아닌가. 무려 한 시간이 지났는데도. 그날은 유난히 햇빛이 강한 날이었다. 복희의 턱 끝으로 구슬 같은 땀방울 하나가 '툭' 하고 떨어지는 게 보였다. 도수는 복희의 얼굴을 빤히 쳐다보며 탐색하기 시작했다.

'이 여자가 내 엄마라고? 날 낳은 사람이라고? 날 저버린 사람이고? 어디가 닮았지?'

머릿속이 혼란으로 범벅됐다. 심장에 나사못 하나가 콕 박힌 것같이 찌릿했다. 도수는 한동안 말없이 복희를 마주 보고 서 있었다. 그리고 마침내 대혼란을 딛고 말을 짜냈다. "아줌마, 만약에 당신이 진짜 내 엄마면요, 진짜로 그렇다고 하면요, 내 빚 대신해서 갚아 주실 수 있죠?"라고. 복희는 고개를 끄덕였다. 도수는 화장실로 가서 사용하던 칫솔을 꺼내 주고 머리카락도 몇 가닥 뽑아 주었다.

그 후로 며칠 뒤, 야밤에 복희가 다시 찾아왔다. 단정한 옷차림이었다. 얼굴에 화장도 했었다. 옅은 미소도 지어 보였다. 눈은 가만히 있지만 입은 웃고 있는, 퀭한 미소였다. 그녀는 마네킹처럼 굳어 있는 도수에게 자신과 같은 혈통이라 통보했다.

복희에게 전해 듣기론 도수를 임신했을 당시에 그녀는 열아홉 살이었다고 한다. 그리고 출산 도중에 도수가 세상과 작별한 줄 알았다고 한다. 그 비극을 가슴에 안고 살아가던 복희가 도수의 존재를 알아차린 건 스물다섯 살 때라고 했다. 그때가 돼서야 복희의 어머니, 그러니까 도수의 외할머니 되는 사람에게서 진실을 듣게 됐다고.

하나뿐인 자식의 미래가 걱정됐던 어머니의 거짓말. 유산이라고, 딸을 속인 뒤 핏덩이를 고아원 앞자락에 두고 온 것이다. 동네에 한 늙은 의사가 복희의 출산을 도왔는데, 그도 복희를 속이는 일에 동참했다고 한다. 하지만 복희는 그런 사연이 있는 줄은 감히 상상조차 하지 못했다고 한다. 그렇게 도수가 가지고 있던 '운명'이라는 화살은 고아원이라는 과녁을 향해 내다 꽂혀 버린 것이다.

도수는 복희에게 자신의 아버지에 대해서도 물어봤다. 그 무책임한 인간의 이름은 무엇인지, 몇 살인지, 키가 몇인지, 성격은 어땠는지 궁금했다. 아쉽게도, 복희에게 들을 수 있는 건 별게 없었다. 어머니를 임신시켰던 당시 서른한 살이었다는 것과 대학교를 다니는 키 큰 서울 사람이라는 것, 그리고 임신 사실을 고하기도 전에 도피하듯 서울로 다시 떠나 버렸다는 것. 그게 복희가 고백한 아버지에 대한 전반적인 줄거리였다. 도수가 연신 캐물었지만 그래 봤자 더 알 수 있는 정보라곤 오토바이를 좋아했었다 정도가 전부였다.

복희가 말하길, 아들이 살아 있다는 걸 처음 알게 됐을 때는 그를 찾지 않겠다는 쪽으로 심산을 두었다고 한다. 삶이 바빴던 이유도 있었지만 너무 어린 나이였고, 아이를 책임지지 못할 게 뻔해서 그랬다고 했다. 생각이 바뀐 건 세월이 훌쩍 지난 뒤라고 한다. 어머니께서 급작스러운 뇌 질환으로 돌아가시게 됐고, 아버지께서도 얼마를 더 살지 못하시고 중병을 얻어 돌아가셨다고 한다. 그 이후 복희는 자신의 아들과 재회하는 상상 회로를 돌렸다고 한다.

'내 아들을 찾아봐야겠어.' 복희가 부모님에게 재산을 물려받고 처음으로 든 생각이었다고 한다. 아들이 풍족하게 잘살고 있다면야 출생의 비밀을 밝히지 않아도 상관없었지만 그렇지 않다면 얘기가 달랐다. 늦게나마 용서를 빌고 부모 노릇 흉내라도 내고 싶었다고 한다. 염치 불구인 건 알지만 체면을 고려하기엔 사죄의 마음이 너무도 컸다고 했다. 복희는 우선 잃어버린 아들이 살고 있는 집을 보고 판단해야겠다는 계획을 세웠다고 한다. 그런데 이게 무슨 운명의 장난인가. 같은 지역, 그것도 같은 군에 살고 있었다니. 복희는 이건 틀림없이 주님의 뜻이라 믿어 의심치 않았다고 한다.

도수를 찾기 위해 수소문해서 전문가를 불렀는데 그 사람은 전직 경찰 출신이었다고 한다. 당시 그 늙은 남자는 경찰 은퇴 후 사람을 찾아 주는 심부름을 용돈벌이 삼아 했었다고 한다. 남자는 회의론자와 무신론자를 자처했지만 하다못해 그런 그도 복희에게 이건 하늘의 계시 같다고 말했다고 한다.

"너희 이제 슬슬 집 장만 준비할 때 안 됐니?"

식사 중인 도수 맞은편에서 복희가 무심한 듯 미안한 투로 말을 걸어 왔다. 도수는 TV 쪽으로 슬쩍 시선을 회피했다.

"아직 결혼 얘기 오가는 단계까진 아니에요."

도수는 거짓말을 했다. 두 사람의 나이가 나이이니만큼 결혼 얘기는 안 나올 래야 안 나올 수가 없는 주제였다. 도수가 거짓말을 한 이유는 복희가 또 '돈을 빌려주겠다.', '내가 도와주겠다.' 식의 말을 꺼낼 것 같아서였다.

"필요한 거 있으면 엄마한테 말해, 돈이나 뭐나."

"그럴 거 없어요. 지금 있는 돈으로 엄마 노후 자금이나 하세요."

도수는 한사코 거절했다. 예전 같았으면 모르겠지만 현재로서는 굳이 어머니에게까지 손 벌리고 싶진 않았다. 도수가 밥 한 숟가락과 김치 한 조각을 입에 집어넣곤 음식을 씹으며 말했다.

"저번처럼 나 몰래 경철이한테 전화해서 도수 빚 갚아 준다느니 이런 말 하실 생각일랑 하지 마세요. 소원이한테도 마찬가지고요, 알겠죠? 아들 체면이 있지, 엄마는……."

"그래, 알겠다. 어서 밥 먹어."

도수의 엄포 아닌 엄포에 복희는 씁쓸한 표정이 됐다.

"김치가 잘 담가졌네요. 맛있어요."

복희의 가라앉은 표정이 눈에 거슬렸던 도수가 헤헤거리며 말했다.

"산 거야."

"예?"

"반찬 가게서 산 거라고. 그 반찬 가게가 김치를 잘해."

"아, 맞아요?"

도수가 김치를 물끄러미 보다 말을 이었다.

"엄마, 혹시 몰래 키우는 남자는 없어요?"

"남자? 이 나이에 어울리지 않게 무슨 남자질이니."

"뭐가 어때서요. 남녀 간에 어디 나이가 중요한가? 남자 들이는 참에 집 리모델링도 좀 하고요. 엄마, 가진 돈도 충분하시잖아."

"남사스러워. 왜? 엄마 남자 만났으면 좋겠어?"

"꼭 그런 건 아닌데 좋은 사람 만나면 아들로서는 뭐랄까, 든든하긴 하겠죠."

"……."

도수는 복희가 남자를 만났으면 좋겠다는 생각을 전부터 가지고 있었다. 복희에게 전해 들은 바로는, 그녀는 20대 이후로 어떤 남자와도 인연을 맺지 않았다고 했다. 도수가 이유를 물었지만 복희는 시원스럽게 대답을 내놓지 않았다. "주님의 뜻을 이해해 줄 남자가 잘 없더라."라는 대답을 하긴 했지만 둘러대는 소리로밖엔 안 들렸다.

도수가 예상하기에, 일종의 반항 심리가 작용한 게 아닐까 싶었다. 죽은 줄만 알았던 자신의 아이가 떡하니 살아 있다는 얘기를 스물다섯 살 때 들었다고 했다. 그 충격을 상상해 보니 충분히 일리가 있었다. 시기도 엇비슷했다. 복희는 자신을 속인 부모님에 대한 원망 때문에 당시 연애 중이었던 남자가 있었다면 헤어졌을 것이다. 그리고 다시는 어떤 남자와도 인연을 맺지 않으리라 다짐했을 것이다. 가정을 꾸리고 사는 평범한 모습을 평생 부모님께 보여 주지 않으리라 곱씹으면서. 물론 이 모든 건 도수의 상상 회로였다. 복희가 이유를 시원스레 내놓지 않아 그의 상상력이 쓸데없이 나래를 펼치게 된 것이다.

"한 그릇 더 갖다줄까?"

"예, 반 그릇만 더 주세요."

복희가 도수에게 밥그릇을 받아 밥을 담아 왔다. 도수는 곧장 밥 한 숟가락을 입 안에 밀어 넣었다.

"엄마 집 말이에요."

"집이 왜?"

"남자랑 사는 건 둘째치고, 진짜 리모델링은 한번 해야겠던데요. 집이 넓어서 리모델링만 하면 훨씬 괜찮아지겠더만. 요즘 그러고 사는 사람 몇 없어요. 백 세 시댄데 뭐든 때가 되면 관리는 해야죠."

도수가 넌지시 눈치 주는 말을 전했다. 저번에 복희 집에 잠깐 들렀는데 그 후로 계속 신경 쓰였던 것이다.

"됐어. 그건 엄마가 알아서 할게."

"……."

아니나 다를까, 이번에도 말을 얼버무리는 복희였다. 도수는 자기도 모르게 인상을 찌푸리고 있었다.

복희는 2층짜리 전원주택에서 혼자 살고 있다. 오래된 집이었지만 평수도 50평이 넘었고 아담한 크기의 앞마당도 있었다. 하지만 겉보기와는 달리 대문을 열고 들어가자 엉망진창의 광경이 펼쳐졌다.

도수가 처음 그녀의 집에 갔을 때는 흉가 체험하는 기분마저 들었다. 마당 입구서부터 시들어 버린 잡초가 무성했다. 지린내와 퀴퀴한 냄새가 복합된 악취가 콧구멍으로 비집고 들어왔다. 집 안도 매한가지였다. 현관과 이어진 거실과 부엌, 6~7평짜리 방 하나를 제외하곤 먼지들이 수두룩 빽빽 들어차 있었다. 그뿐만이 아니었다. 거실 벽지며 가구들은 관리받지 못한 채 나이가 들어 변질되고 있었다. 안 쓰는 방바닥엔 누렇게 착색된 장판이 무성의하게 깔려 있었다. 냉장고와 세탁기는 연식이 오래돼서 제대로 작동이나 할까 의문이 들었다. 부엌 싱크대 주변과 화장실 벽면에는 누수의 흔적을 따라 곰팡이가 자라 있었다.

도수가 복희에게 집수리에 대해서 몇 번이고 제안해 봤지만 그녀는 귓등으로도 들으려 하질 않았다. 복희는 리모델링은 그저 돈 낭비라는 말만 앵무새처럼 반복할 뿐이었다. 도수는 그럴 때마다 답답함을 내심 숨겨야만 했다.

그러나 눈치 주는 말, 딱 거기까지가 선이었다. 그 이상 참견하기에는 무리가 있었다. 도수의 수중에 돈이 없기에 속 시원하게 말하기도 뭐했다. '해 줄 것도 아니면서 말만.' 이런 속말은 실제로 도수가 어릴 적부터 주문처럼 외던 말이다.

"얘, 도수야."

복희가 말을 걸어 왔다.

"예?"

"엄마 입장에서 이런 말 하긴 좀 뭐한데, 소원이 걔는 결혼할 마음이 좀 있는 거 같아? 만난 기간이 있는데, 슬며시라도 언질은 줘 봤을 거 아니니."

복희가 비슷한 물음을 두 번째 던졌다.

"이런 말 하기 뭐가 좀 뭐해요. 소원이도 그렇고 저도 그렇고, 아직 결혼 생각은 없어요. 뭐, 아무래도 슬슬 얘기는 해야 하지 않느냐, 그러고 있는 중이죠."

"너는?"

"저요?"

"너는 결혼할 마음 있어?"

"여건만 된다면요."

"아, 정말?"

도수는 복희가 듣고 싶어하는 대답의 반절 정도를 내놓았다. 그리고 밥알을 씹는 도중 눈알을 굴려 복희의 표정을 살폈다. 역시나 그 표정을 짓고 있었다. 도수는 복희가 짓고 있는 저 표정에 이런 이름을 붙여 줬다. 일명 어중간한 표정. 저 표정은 많은 것을 내포하고 있다. 표정에 대해 보충 설명을 하자면 대충 이런 의미를 지닌 표정이다. 물어보고 싶은 건 많은데, 해 주고 싶은 말도 많은데, 부모로서 도와주고 싶기도 한데, 그걸 터놓고 말하지 못하는 표정. 복희가 왜 어중간한 표정을 자주 짓느냐면 아무래도 도수를 버린 전적이 있으니까. 그래 놓고 이제 와서 부모랍시고 감히 참견하기 미안하니까.

정작 도수는 그 부분에 대해선 신경 쓰지 않았다. 복희와 재회한 직후 한두 달은 그런 마음에 사로잡혀 있었지만 딱 그때까지였다. 시간이 지나자 다 부질없이 느껴지고 술에 취해 복희에게 쓴소리를 해 댄 것도 후회됐다. 현재의 도수는 그녀를 용서했다. 심지어 자신을 버린 전후 상황 이야기가 전부 꾸며 낸 거짓말이라 할지라도, 그녀의 의지로 매정하게 자신을 버렸다 할지라도, 용서했을 것이다.

그녀는 그때 어렸다. 그리고 누구든 과오로부터 자유로울 순 없는 법이다. 도수는 반대로, 그녀가 지금이라도 돌아와 줘서 고맙기까지 했다. 죽을 때까지 영영 채워질 일이 없다고 생각했던 부분이 그녀로 인해서 채워졌기 때문이었다. 그동안 출처 불분명의 불량품 인생을 살아왔다면 이제는 출처가 분명한 양품의 인생을 살아갈 수 있을 것만 같았다. 뭉그러진 코와 자잘한 입술, 꽉 막힌 성격 등 몇몇은 복희에게 물려받았을 것이다.

"쉽! 안 돼, 바바. 너 아까 햄 한 쪼가리 얻어먹었잖아."

반찬을 껄떡대는 바바의 코를 도수가 살짜쿵 밀쳤다. 바바는 낑낑 앓는 소리를 내더니 일러바치듯 쪼르르 복희에게 달려갔다.

복희는 강아지가 싫다고 했었다. 하나 말과는 달리, 바바를 꽤나 좋아하는 것 같았다. 그 증거로, 지금 냉장고에 있는 바바의 간식 중 절반 이상이 복희가 사다 논 것이다. 부득이하게 경철이 바바를 맡아 줄 상황이 안 되면 복희가 바바를 맡아 주기도 했다. 바바가 심심하면 복희 앞에 목줄을 가져오거나 배를 까뒤집는 걸 보니 아마 산책도 시켜 주고 더불어 배도 많이 만져 줬을 것이다. 그러나 그건 어디까지나 도수가 없을 때 이야기다. 왜인지는 모르겠지만 옆에 도수만 있다 하면 복희는 바바를 잘 만져 주지 않는다.

"나 궁금한 거 있어."

밥그릇을 비운 도수가 숟가락을 내려놓으며 말했다.

"뭔데?"

"있잖아…… 엄마는 종교인이시잖아."

"그런데?"

"교회에 같이 다니자라든지 그런 말 안 해?"

복희가 눈알을 돌리며 잠시 고민하다 대답했다.

"글쎄다, 아마도 내 생각보다 네 생각이 더 중요하다고 느껴져서? 네 인생이니까? 엄마도 예전에는 주변 사람들한테 그런 말 자주 했었는데, 지금은 그러고 싶지가 않더라고. 그게 주님의 뜻인지도 잘 모르겠고."

"믿음이 약해졌다거나 그런 건 아니고?"

"그럴 리가 있니. 엄마는 주님 없었으면 일찍이 천당 갔어. 그것보다 내가 믿어라 말아라 말하는 거 자체가 아무런 소용이 없다고 느껴서야."

"그러면 알아서 믿어 주길 바라는 거야?"

"그런 셈이지?"

복희는 종교인이다. 목에 항상 십자가 목걸이를 두르고 다닌다. 기도는 그녀의 일상이다. 복희는 도수에게 이런 말도 했었다. 잃어버린 아들을 위해 늘 기도했었다고. 그렇지만 그녀는 식사 전에 기도를 강요하거나 모든 생각의 구심점에 종교가 있진 않았다.

도수는 종교와는 거리가 멀었다. 사실 한때 종교인들을 보며 역겨워한 적도 있었다. 그가 초등학생 때 '안 믿으면 죽어서 불구덩이 지옥에 영원히 갇힌다?'라며 포섭질하던 아줌마들 때문에 생겨난 감정의 골이었다. 그렇다고 지금에 와서까지 종교인들을 질색하진 않았다. 나이가 들어차 세상을 보는 시각이 달라져서일 수도 있고, 복희의 바른 행동거지 덕에 종교인에 대한 이질감이 무뎌져서일 수도 있었다.

도수는 한 번도 그녀의 종교에 대해서 왈가왈부한 적이 없었다. 이 나라는 종교의 자유가 있는 나라다. 자신에게 억지로 무언가를 강요하지 않는 이상 그럴 필요가 없었다. 그래서도 안 된다. 도수는 한 가지 추측을 더했다. 그건 분명 종교 생활이 복희에게 심적으로 도움이 됐을 거라는 추측이었다.

"엄만 언제부터 종교 믿은 거야?"

도수가 으레 짐작하며 물었다.

"언제부터였더라. 음…… 너 잃고 나서…… 같은 계절이 돌아왔을 때쯤부터?"

도수가 고개를 끄덕거렸다. 복희는 뭔가 찝찝한 표정이 됐다.

"그건 왜?"

복희가 물었다.

"그냥 궁금해서."

도수는 어림잡아 짐작했다. 복희가 종교를 믿게 된 계기가 자식 잃은 마음을 달래기 위해서이지 않을까, 하고. 그렇게 상상이 됐다.

"나도 이번 주말에 엄마 따라서 한번 가 볼까?"

도수가 인위적인 미소를 만들며 조심스레 물었다.

"도수야, 엄마 생각인데, 아직은 안 갔으면 좋겠는데?"

"어째서?"

복희의 의외의 대답에 도수는 흠칫 놀랐다.

"엄마도 나이가 들고 나서 느끼는 부분이지만 교회를 다닌다고 해서 신앙심이 깊어지는 건 아니더라고. 모든 건 때와 장소,

느끼는 바가 중요하다고 생각해. 네가 진심으로 교회를 가고 싶다고 느낀다면 엄마는 언제나 환영이야. 하지만 만약 그렇지 않고 다른 이유 때문이라면, 순수한 마음으로써 준비가 안 된 상황이라면, 오히려 혼란만 가져올 수도 있다는 게 엄마 생각이야. 중요한 건 네가 교회를 가든 안 가든 주님은 항상 네 편이고 그건 영원히 변치 않을 거라는 거야. 네가 진심으로 기도가 필요하다고 느껴질 때, 그때 가도록 해."

도수가 머리를 긁적거렸다. 복희의 말뜻을 이해하기 어려웠고 복잡하게 느껴졌다.

"나 또 궁금한 게 생겼어."

"뭔데?"

"만약에 내가 주님을 안 믿는데 누군가가 나를 위해 매일 기도해 준다면 나는 천국을 가? 아니면 지옥으로 가?"

"아마도 천당으로 가지 않을까? 주님은 절대로 기도를 무시하지 않으시거든."

"그렇구나……."

도수가 설렁설렁 대답했다. 도수의 그늘진 표정을 본 복희가 물었다.

"뭐가 못마땅한 것 같은데?"

"못마땅한 건 없어. 단지……."

"단지?"

"좀 그래서."

"뭐가?"

"가족 없는 사람들은 그것만으로도 이미 충분히 서러운데, 지옥에 갈 확률도 더 높다는 뜻이잖아."

"……."

복희는 대답을 삼갔다. 대신 눈을 게슴츠레 뜨고 도수를 바라봤다. 도수는 자신의 쓸데없는 말 때문에 정적이 흐르는 것 같아 뒤늦게 입을 열었다.

"미안요. 내가 괜히 듣기 거북한 소릴 했네요."

그런데 복희는 의외의 반응을 보였다.

"네 말도 충분히 이해해. 그리고 미안해할 필요도 없어. 엄마는 논쟁을 하는 사람보다 논쟁을 피하는 사람이 더 거짓된 사람이라고 생각하거든. 엄마 생각엔 이래. 성경? 거기에 과연 주님의 참된 가르침이 나와 있을까? 사람이 만든 언어로 주님의 가르침을 전부 표현할 수나 있었을까? 주님의 가르침을 언어를 통해서 모두 깨우칠 수 있다고 한다면, 주님께서 인간에게 감정을 심어 준 이유는 뭘까? 또 성경에 적힌 것들이 형평성에 위배된다고, 과연 주님께서 공평하지 않은 존재일까? 아니, 엄마는 그렇게 생각하지 않아. 쉽게 말하면 아무리 많은 사람을 인터뷰한 기자라도 글로써 그 사람의 모든 걸 설명할 수는 없다는 뜻이야. 그러니 퇴고라는 것이 필요한 거지. 엄마는 주님의 자식이지만 인정해. 성경은 오래됐고, 분명히 주님의 말씀 중 몇 가지는 오역이 됐을 수도 있었을 거야. 게다가 여러 언어로 번역까지 됐잖아? 근데 중요한 건, 그건 아무래도 상관없다는 거야. 주님에 대한 믿음을 갖고 베풀면서 성실하게 살다 보면 결국에는 천당에 가게 될 거야. 난 그게 주님의 진정한 뜻이란 걸 의심한 적 없어."

"……그렇구나."

복희가 말을 끝내자 도수가 또 머리를 긁적였다. 솔직히 무슨 말인지 잘 와 닿지 않았다. 하지만 그래도 어렴풋이나마 무슨 뜻으로 한 말인지는 알 것 같았다. 결국 이 뜻일 것이다. 살아생전에 믿음을 가지고 선하고 성실하게 살다 보면 죽어서 천국에 갈 것이다.

"도수 너, 진급했다며?"

"소원이한테 들었어?"

"그래, 그걸 소원이한테 들었다."

복희의 눈치 주는 말에 도수는 씩 웃어넘겼다.

"100% 확정된 건 아니어서 말씀 안 드렸어요. 업무 인계도 아직 덜 받았거든요. 곧 말씀드리려고 했지."

"알겠다. 그건 됐고, 이참에 너 소원이랑 해외여행이나 한번 갔다 오지?"

"해외여행이요? 갑자기 웬?"

"바바는 내가 돌보고 있을게, 갔다 와. 젊은 애들이 이 촌구석에 틀어박혀서 열심히 살았는데, 가끔씩 숨도 쉬어 주고 그래야지. 너 진급도 했잖아. 그거 축하 겸해서 다녀와. 소원이도 좋아할 거 같은데."

복희의 권유에 도수는 손사래까지 치며 반대기를 올렸다.

"에이, 아니에요. 소원이 해외여행 이런 거 별로 안 좋아할걸요? 그리고 뒤늦게 취업해서 첫 진급인데, 누가 보면 유세 부리는 줄 알아요. 저번에 소원이랑 축하주도 마셨어요. 나중에 날을 잡든가 해서 엄마도 같이 서울 구경 겸 맛있는 거나 먹으러 가요."

"그러든지, 그럼."

복희는 대답과 동시에 천천히 고개를 끄덕였다. 복희와 소원은 꽤 살가운 사이가 됐다. 도수의 입장에서는 의외였다. 두 사람 모두 개별적인 시각으로 봤을 땐 친근함과는 다소 거리가 멀었기 때문이다. 한 번은 도수가 복희에게 소원의 어디가 마음에 드느냐 물어본 적이 있었다. 그때 복희는 이런 대답을 내놓았다.

"애가 좀 차갑게 보이긴 하던데, 시건방진 거랑 자신감이랑 구별 못 하는 건 또 아닌 것 같고, 가식이랑 친절도 구별 못 하는 저능아도 아닌 것 같고. 무엇보다 엄마는…… 애가 솔직해서 마음에 들던데?"

소원에게 딱히 물어본 적은 없지만 예측은 이랬다. 복희는 남에게 보여 주는 행동보다 진심을 더 중요하게 생각하는 사람이다. 소원은 사람의 진심을 볼 줄 아는 사람이다. 그래서 예상을 뒤엎고 살가운 사이가 되었던 거였다.

도수와 소원, 그리고 복희. 이렇게 삼삼오오 모여서 가까운 지역으로 여행도 한번 갔었다. 여행 중 그 누구도 불만을 토로한 적은 없었으며, 동행을 불편해하지도 않았다. 때로는 어머니와 아들의 형상보다 어머니와 딸의 형상이 더 잘 어울려 보이기도 했다. 도수는 그 모습을 보며 은근한 뿌듯함을 느꼈다.

막 해가 진 무렵, 도수는 다리를 쭉 뻗고 TV를 보는 중이었다. 그의 손에는 반쯤 닳은 사과가 쥐어져 있었다. 복희는 설거지와 주방 청소를 막 끝마쳤다. 복희가 사과를 씹고 있는 도수를 가만히 지켜보다 입을 열었다.

"밥 다 먹고 바로 사과 먹으면 배 안 부르니? 좀 있다가 먹지."

"이 정도 가지고 배부르고 그러진 않아요."

복희가 거실 침대에 걸터앉았다. 그녀의 손엔 신발 상자 크기만 한 종이 케이스가 얹혀져 있었다. 복희가 케이스를 도수에게 건넸다.

"아들, 진급 축하해."

"선물이에요?"

도수가 케이스를 받아 들었다. 케이스의 면적은 꽤 넓은 편이었다. 두께는 7~8cm를 웃도는 것 같았다. 선물이라기엔 포장도 돼 있지 않았다.

"이게 뭘까요?"

도수가 캐물었다.

"오는 길에 시내에 들러서 샀어. 열어 봐."

도수가 케이스의 윗부분을 젖혀서 내용물을 꺼냈다. 내용물은 총 세 개였다. 가죽 장갑과 벨트 그리고 지갑이었다. 세 개의 선물은 비슷한 색감으로 구색을 갖추고 있었다. 전부 검정색 바탕에 갈색 줄무늬가 가미돼 있었다.

"안 그래도 지갑이 오래돼서 바꿔야 되나 하고 있었는데 마침 잘됐네요. 잘 쓸게요."

"필요했었다니 다행이네."

"돈 좀 쓰셨겠는데요?"

"돈은 무슨. 명품 그런 것도 아니고, 그냥 시골 시내에서 파는 건데. 그래도 나름 사람들이 자주 쓰는 메이커니까 들고 다니기 뭐하진 않을 거다."

"당연하죠. 예쁘기만 한데요 뭘. 재질도 좋아 보이고, 박음질도 잘돼 있네요. 고마워요."

"그래. 진급 축하한다."

"고맙습니다."

도수는 재차 고맙다는 말을 반복한 후에야 받은 선물을 살펴보기 시작했다. 도수는 몇 달 전부터 지갑을 바꾸려다 차일피일 미루고 있었다. 쓰고 있는 지갑도 낡았고, 요즘 사람들 대부분이 명품 지갑 하나 정도는 지니고 다니잖는가. 그래서 자신도 명품 지갑 하나 장만할까 싶다가 또 생각을 바꾸기를 반복했다. 돈도 절약할 겸 이번까지만 싼 지갑을 사야겠다 싶기도 했다. 도수의 마음이 갈팡질팡하는 사이 복희가 그걸 대신해서 결정해 준 것이다. 복희가 결정해 준 것은 싸지도 비싸지도 않은 적당한 것이었다.

"이제 슬슬 가 봐야겠네."

"가시게요? 밥은요? 시장하시면 드시고 가세요."

"아니야. 엄마는 집에 가서 먹는 게 더 편해. 다음에 언제 외식이나 한번 하자."

"알겠어요. 조심해서 가세요. 바바야, 인사해야지."

도수의 원룸과 복희의 집은 중간에 시내를 두고 있다. 그래서 복희는 버스를 타고 다섯 정거장을 지나 시내 정류장에서 내려 집으로 향하는 중이었다. 저녁을 먹지 않은 터였지만 배가 고프진 않았다. 정확히는 식욕이 없었다. 하지만 입맛 없다는 핑곗거리를 앞세워 굶을 순 없었다. 사람이 살아남기 위해선 반드시 무언가를 먹어야만 한다. 그리고 살아남아야 원하는 것을 이뤄 낼 수 있다. 안 그래도 마른 몸인데 요즘 부쩍 몸무게가 줄고 있다. 단순히 지방만 빠지는 거면 모를까, 근육이건 수분이건 모조리 자신에게서 도망치는 것만 같았다.

복희는 시내 거리가 거의 끝나 가는 지점에서 떡볶이 2인분을 샀다. 밀가루 음식이나 군것질 종류의 음식들이 그녀의 취향은 아니었다. 다만 떡볶이는 그녀의 어머니께서 좋아하셨던 음식이었다. 어릴 적 어머니와 장 보러 읍내에 갈 때면 늘상 사 먹곤 했었다. 떡볶이는 그녀에게 그런 추억이 담긴 음식이었다.

복희가 시내를 거의 벗어났을 때였다. 허리가 구부정한 할머니가 뭉텅이로 사과를 팔고 있는 모습이 보였다. 끌차에 아무렇게나 수북이 쌓아 올린 B급 사과가 눈길을 끌었다. 복희는 걸음을 멈춰 세웠다.

"얼마예요?"

복희가 나지막이 물었다.

"3천 원에 다섯 개요."

복희가 할머니의 얼굴을 쳐다봤다. 그녀는 언뜻 이런 생각이 들었다. 어머니도 이 할머니처럼 이제 많이 늙으셨겠지. 할머니도 복희를 마주 보며 슬며시 미소를 머금었다. 자글자글한 주름살이 더 찌푸려졌지만 보기 싫진 않았다.

"여기요."

복희가 지갑에서 만 원짜리를 꺼내 건넸다. 그러자 할머니는 "잠시만요. 잔돈 드릴게." 하고는 허리에 둘러맨 시장 가방을 뒤지기 시작했다.

"잔돈은 됐어요."

복희는 잔돈을 사양했다. 그리고 사과 하나만 집어 들고 자리를 떴다. 복희는 한 손에 사과를 거머쥔 채 집까지 10분을 더 걸었다. 집으로 향하는 동안 사과를 만지작거리기만 할 뿐 먹진 않았다. 시내 부근을 완전히 벗어난 복희가 집 근처에 다다랐을 즈음이었다. 문득 발걸음을 멈춰 섰다. 그녀는 주위를 두리번거리며 주변인이 없는 것을 확인했다.

"어쩌란 말이지. 나보고 어쩌라고. 운하야, 엄마 어쩌면 좋겠니."

복희는 들고 있던 사과를 콘크리트 바닥에 내리찍었다. 그리고 허리에 힘을 준 후 있는 힘껏 사과를 짓밟고 양옆으로 비틀어 버렸다. 박살이 난 사과는 이리저리 분해되고 흙에 나뒹굴어 본연의 형체가 사라져 버렸다.

사과. 얇고 붉은 껍질에 둘러싸인 노란 속살. 저 보잘것없는 식이 섬유 덩어리를 볼 때마다 복희는 무방비로 고문을 당한다. 지금도 그러하다. 기억이라는, 뇌 신호 전달 체계의 부산물이 복희의 목을 조르기 시작했다.

과수원 농사를 하던 계부, 사과만 보면 진절머리가 난다며 질색하시던 어머니. 계부는 어머니보다 사과를 더 사랑했다. 당시 어린 복희조차 그 정도는 알 수 있었다. 여름날 농사일을 하다 더위를 먹고 몸져누운 어머니에게 "계속 누워 있을 거야? 그러고 누워 있으면 사과는 어쩌라고."라고 말했을 정도니까.

사춘기 때 복희는 뚱뚱했다. 학교에 가면 이름보다 주로 뚱뚱보라는 별명으로 불렸다. 용기를 내서 "그렇게 부르지 마."라고 하면 겁 없는 순수함과 심술로 무장한 남자애들은 "쑤퍼뚱뚱보!"라며 더 심하게 놀려 댔다. 당시 복희는 농사일을 돕다 보니 피부는 거무튀튀해지고 왜바지를 교복처럼 입고 다녔다. 퇴비 낀 손톱, 비료와 흙으로 떡이 진 장화, 햇빛가리개 모자, 통 마스크, 목에 두른 수건, 그리고 땀에 찌든 암내.

그런 옷차림과 냄새를 풍기고서 어쩌다 같은 반 친구들과 마주칠 때면 친구들은 어김없이 콧구멍부터 막았다. 사과 농장 근처에 위치한 계곡 인근으로 MT를 온 대학생들도 본의 아니게 복희를 괴롭힌 적이 있었다. 어머니가 복희에게 사과 바구니를 들고 가서 대학생들에게 팔아라, 시킨 것이다. 처음에 대학생들은 복희를 아줌마라 불렀다. 그러다 복희가 마스크를 벗자 그들은 소스라치게 놀랐다. 그중 유독 잘난 외모의 여대생이 있었는데 어린 복희를 보고 이렇게 말했었다.

"우리 또래였네요. 미안해요. 얼굴을 가리셔서 착각했어요."

진즉 파탄이 나야 했을 가정이었다. 진즉에 뛰쳐나왔어야 했을 집구석이었다. 그랬다면 그런 참극은 없었을 거였다. 참 시간 때 어머니가 계부에게 막걸리 통을 갖다 주고 집 안으로 들어오셨을 때였다. 복희가 어머니 앞을 막아섰다.

"엄마, 있잖아요……. 아버지가…… 아버지가…… 어젯밤에요. 저한테 이상한 짓 했어요."

어머니는 눈구멍이 사과만 해진 채로 얼어붙었다. 그날 이후 어머니는 며칠간 계부와 복희에게 아무런 말도 하지 않았다. 참도 없었다. 밥도 차려 주지 않았다. 일손이 부족했지만 복희에게 일을 시키지도 본인이 일을 나서지도 않았다. 계부의 입에서 이혼이라는 단어가 언급될 때까지 이르렀지만 그래도 입을 열지 않았다.

결국 참다못한 복희가 안방 문을 박차고 들어갔다. 어머니는 책상다리를 하고 앉아 화장대 거울을 바라보며 기도문을 외고 있었다. 복희가 바락바락 소리를 질렀다.

"엄마! 진짜 이대로 가만히 있을 거야? 어?"

어머니는 대답 대신 화장지에 이런 글을 써서 복희에게 건넸다.

'넌 결백하니?'

"결…… 결백이라니? 왜 내 잘못인 건데!"

결백을 주장하는 복희에게 어머니는 이런 말을 덧붙이셨다. 그녀의 목소리로 직접 말이다.

"겁탈이 맞니? 동침이 아니고?"

복희는 그게 무슨 뜻이냐고, 어떻게 하면 믿어 줄 거냐고 대들었다. 그리고 어머니에게서 이런 대답이 돌아왔다.

"엄마가 널 믿어 주길 바라니? 그럼, 죽여. 그 쓰레기를 지금 당장 죽이라고. 그리고 너도! 콱 죽어 버렸으면 좋겠어!"

그때 왜 그랬는지, 어떤 심정이었는지, 하나도 기억나는 게 없다. 다만 기억 속에서 확실한 게 있다면 "애! 복희야! 아니야. 그런 뜻 아니야! 엄마가 실수했어! 미안해!" 고래고래 소리를 지르며 쫓아오는 어머니를 등 뒤에 두고 곧장 뛰쳐나가 낫을 집어 들었다는 것이다. 그리고 결국 그 낫은 쪼그려 앉아서 비료 작업을 하고 있는 계부의 목에 박히고 말았다.

그게 무슨 말도 안 되는 소리인가. 그럴 리가 없었다. 동침일 리 없었다. 그런 더러운 짓을 했을 리가 없지 않은가. 그때 왜 그랬을까. 대체 왜 그랬을까.

그녀는 혼자 중얼거렸다.

"주님, 저에게 은혜를 베풀어 영원한 생명을 주소서. 제가 죽음을 이기게 해 주소서. 죽음을 두려워하지 않게 구원해 주시고, 죽음 앞에 믿음이 더욱이 견고해지도록 굽어살피소서. 저의 용기가 죽음의 두려움을 이기게 해 주소서. 저의 자비심이 죽음의 두려움을 이기게 해 주소서. 부디 죽음의 두려움으로부터 벗어날 수 있도록 구원해 주소서……."

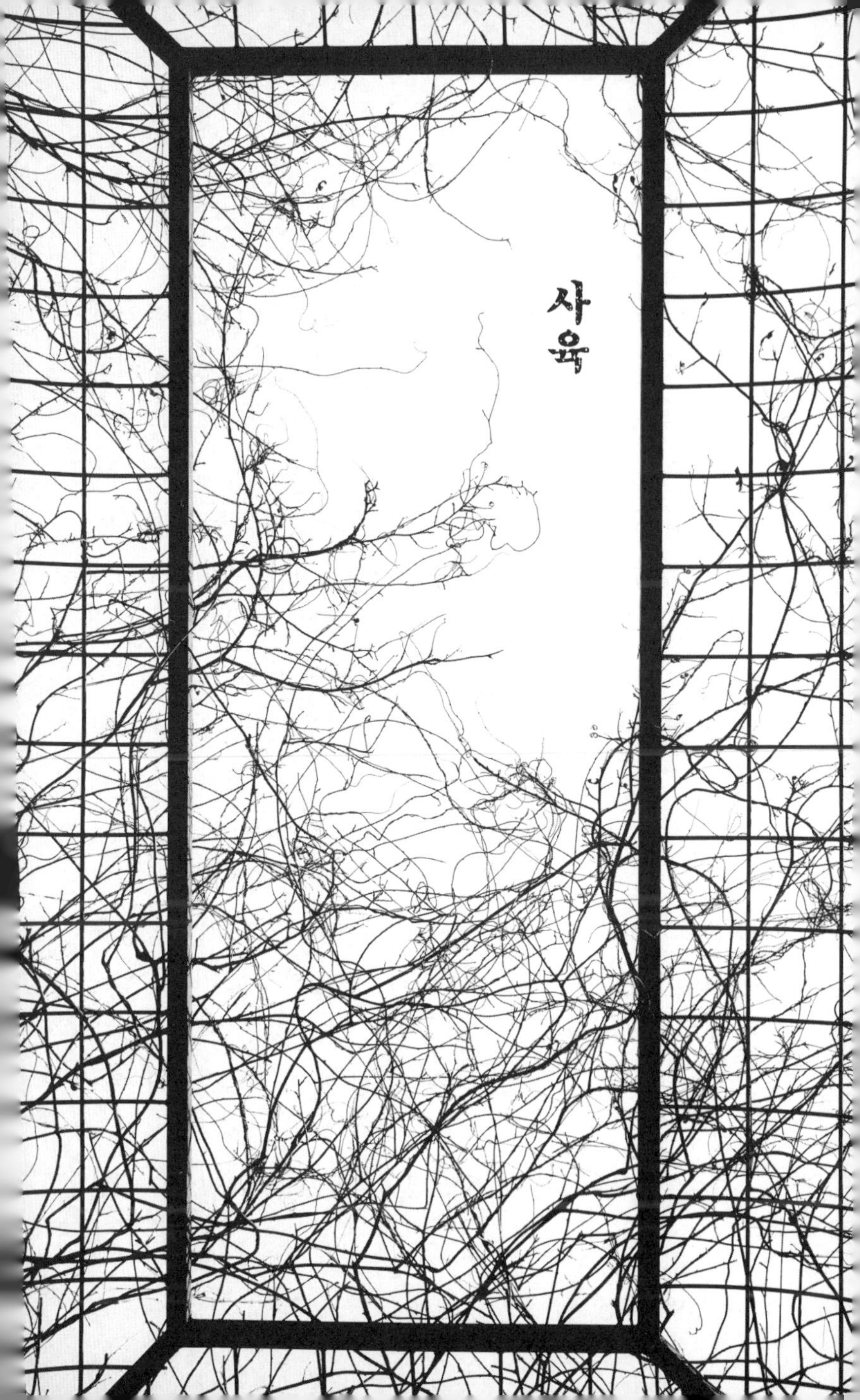

사육

§

도수는 점심 식사 후로 벌써 한 시간째 동물 배설물 처리 작업 중이다. 그는 상하의와 방독면이 연결된 일체형 위생복을 입고 있었다. 한 손에는 물이 뿜어져 나오는 호수가 쥐어져 있고 나머지 한 손에는 기다란 브러시가 쥐어져 있었다.

밀폐된 위생복 때문에 여름도 아닌데 땀이 비 오듯 흘렀다. 어찌나 전투적으로 일했는지 입에서 단내가 났다. 작업 전 흰색이었던 위생복도 어느새 절반 이상이 흑갈색이 돼 버렸다. 그렇다고 기분 내키는 대로 위생복을 벗어 젖힐 순 없었다. 그랬다가는 배설물 냄새에 기절초풍하는 불상사가 일어날 수도 있기 때문이었다.

누군가는 '고작 배설물 냄새 가지고 너무 유난 떠는 거 아니야?'라고 생각할 수도 있다. 실제로 전 대표가 배설물 처리 작업을 준비하던 도수에게 비슷한 말을 늘어놓은 적도 있었다. 도수는 그렇게 생각하는 사람들에게 직접 동물 배설물 치우는 일을 해 보라 말해 주고 싶었다. 마스크만 쓰고 하다간 농담 안 보태고 정말로 기절할 거라고, 내가 유별난 게 아니라고, 일러 주고 싶었다.

도수는 과거에 동물 배설물 냄새 때문에 머리가 어지러웠던 경험이 있었다. 어지러움과 동시에 현기증 증상처럼 몸의 균형도 휘청거렸다. 심지어 동물 우리 안도 아니었는데 말이다. 마치 사람의 인체가 동물의 배설물 냄새를 지독한 유해 물질로 받아들이고 있는 것만 같았다.

도수는 방독면 안에서 피식 웃었다. 예전에 봤던 한 TV 프로그램이 회상된 것이다. 그 TV 방송사는 사육사라는 직업을 퍽이나 아름다운 직업인 양 포장하고 있었다. 순수한 아기 맹수와 놀아 주고, 가련한 초식 동물을 보호해 주며, 상처 입은 동물을 보살펴 주는 모습. 대충 그런 식의 오답을 시청자 뇌리에 주입식으로 남기고 있었다.

도수도 입사하기 전까지는 TV에서처럼 그런 줄만 알았다. 그게 사육사의 일상인 줄만 알았다. 사육사하면 그런 이미지가 머릿속 도화지에 떡하니 그려졌기에 설레기까지 했었다. 하지만 입사하고 일주일이 채 지나기도 전에 깨달았다. 그 머릿속 상상화는 사실과 거리가 멀다는 것을. 정확히는 극히 일부분 비슷하긴 했지만 심하게 과대 포장된 거였다.

실체는 TV 방송과 한참이 달랐다. 그 실체는 이랬다. 악취 풍기는 배설물 치우는 일이 가장 흔한 일이고, 가끔은 경영진 비위를 맞춰서 동물을 물건 취급해야만 했다. 또 동료 사육사끼리는 얼마나 지지고 볶고 하는지 가관이었다. 사육사 대부분은 '사회생활'을 하느라 지쳐서 동물에게 관심을 가질 마음의 여유조차 없어 보였다.

특히나 여름과 겨울이 가장 힘들었다. 여름에는 안 그래도 지독한 동물 배설물 냄새가 더 고약해져서 힘들다. 겨울에는 동물들의 심기가 민감해져서 다루기가 힘들다. 특히 겨울에 맹수를 다룰 시에는 만사를 제쳐 두고 안전에 만전을 기울여야만 한다. 추운 날씨 탓에 맹수들이 예민해져서 극도의 공격성을 띠기 때문이다.

도수가 잠깐의 휴식을 위해 한 바위에 자리를 잡고 앉았다. 담배가 당겼지만 마스크를 벗을 수 없는 상황이기에 참았다. 그가 우리 안을 둥글게 훑었다. 닦고 치우는 일은 대부분 끝났다. 이제 수압으로 구석구석을 한 번씩 헹구기만 하면 될 성싶었다.

도수가 지금껏 청소한 곳은 테이퍼라는 동물이 서식하는 야외 우리다. 테이퍼의 트레이드마크는 길고 묵직한 코다. 몸통은 흑돼지와 비슷하다. 이 동물원에는 테이퍼가 총 네 마리 있다. 지금은 모두 철장 우리에 개별로 격리시켜 두었다.

테이퍼는 주로 단독 생활을 한다. 하지만 단독 생활을 하는 동물답지 않게 비교적 온순한 편이다. 가끔 한 우리에 여러 마리를 몰아넣어도 심하게 다투거나 하진 않는다. 그렇다고 사육사가 편하게 다루기는 또 어중간했다. 이곳 동물원의 테이퍼들은 모두 성체다. 200kg을 육박하는 무게를 자랑한다. 평소엔 순하다가도 한번 열이 오르면 사육사는 무방비한 위치에 놓이게 될 것이다.

테이퍼의 배설물 냄새는 웬만한 코끼리 저리 가라 할 정도로 끔찍하다. 테이퍼에겐 '창조주가 다른 동물을 만들고 남은 찌꺼기를 모아서 이 동물을 만들었다.'는 전설 같은 게 있다. 그만큼 못생겼다.

"또 오네."

한숨 돌린 도수가 이제 막 일을 재개하려 할 때였다. 바지 호주머니에서 핸드폰이 울렸다. 약 10분 전에도 핸드폰이 울렸었다. 누가 급한 일이 생겼나 싶어 궁금했지만 지금은 핸드폰을 확인할 수 없었다. 핸드폰을 확인하려면 우리에서 벗어나 위생복을 벗어야만 했다. 그는 애써 핸드폰 울림을 무시하곤 일에 집중했다.

오후 3시경, 배설물 처리 작업을 끝마친 도수가 소독을 한 후 로커 룸 앞에 섰다. 그는 작업 중에 핸드폰이 네 번이나 울렸던 것을 떠올리며 환복보다 핸드폰을 우선 확인했다. 네 번의 전화 전부 모르는 번호에서 걸려온 것이었다. 처음에는 스팸 전화겠거니 싶어 무시하려 했다. 하지만 스팸 전화치고는 너무 집요한 것 같아 혹시나 하는 생각이 들었다. 누군가 다치기라도 한 건 아닐까 걱정되기도 했다.

도수가 부재중인 전화번호에 통화를 돌려주려던 참이었다. 문자 한 통이 도착했다. 문자에 찍힌 번호는 전화가 걸려 왔던 번호와 일치했다. 내용은 이랬다.

안녕하세요. 흉촌 치매 클리닉입니다. 여도수 씨 맞으시지요? 전화를 받지 않으셔서 이렇게 문자를 남깁니다. 알려 드려야 할 내용이 있으니 문자 보시는 대로 연락 주시기 바랍니다. 자세한 내용은 전화 통화로 알려 드리겠습니다.

"치매 클리닉?"

도수는 고개를 까딱거렸다. 잘못 걸려 온 전화가 아닐까 싶었다. 잠시 망설이던 도수는 그래도 '혹시'라는 단어를 떠올리며 전화 통화 버튼을 눌렀다.

[안녕하세요. 흉촌 치매 클리닉 센터입니다.]

친절한 여자 목소리가 전화를 받았다.

"예, 안녕하세요. 문자 보고 연락드렸습니다. 전화를 주셨는데 업무 중이라 받질 못했네요."

[성함이 어떻게 되시죠?]

"여도수입니다."

[아, 강복희 씨 보호자분 맞으시죠?]

"보호자요? 가족은 맞는데, 무슨 일이신지."

[모르셨군요. 강복희 씨께서 치매 증상이 있으신 거 같다고, 최근 몇 차례 치매 검사를 받으셨어요.]

"엄마가요?"

[예. 아, 아직 모르셨구나. 너무 놀라진 마세요. 증상은 보이시는데, 여러 필요 검사를 해 본 결과 아직까지 특별한 문제가 발견되진 않았어요.]

"그래요? 다행이네요."

[그런데…… 강복희 씨께서 겪고 계신 증상이 치매 증상과 상당 부분 비슷해서 재검사를 진행하였고요. 알츠하이머나 파킨슨병은 아닌 것 같지만 다른 가능성도 배제할 순 없으니 혈관성 치매 검사도 진행했습니다.]

"……증상이…… 어떻길래요?"

[그게…… 치매라는 게 원래 그래요. 일단은, 자주 기억에 문제가 생긴다 하면은 당연히 의심을 해야 하는 부분이죠. 어머님께서도 자주 기억에 문제가 생기셔서 저희 센터를 찾아오신 거고요. 드문 케이스이긴 하지만 뇌 검사에서 문제가 발견되지 않더라도 상세 불명의 치매인 경우도 더러 있거든요. 특히 치매 초기 때는 뇌 검사로 확인이 안 되는 경우도 빈번합니다.]

"……."

도수는 순간적으로 할 말을 잃었다.

[저기…… 보호자분?]

"듣고 있습니다. 계속 말씀하세요."

[그렇다고 벌써부터 너무 심려하실 필요는 없으실 것 같아요.

단순 스트레스성 문제, 혹은 수면 부족 문제 등으로 인해서 단기적으로 기억에 손상이 오기도 하거든요. 그런 경우일 수도 있습니다. 하지만 최악의 경우, 그럴 경우에…… 어머님께서 치매 확진을 받을 수도 있기 때문에…… 아, 저는 지금 어디까지나 최악의 경우를 말씀드리는 겁니다. 예, 좌우지간 그럴 경우를 대비해서 보호자분께서도 어머니와 그 부분에 대해서 미리…… 예…… 말씀을 나눠 보시는 것도 나쁘진 않을 것 같습니다.]

여자는 '걱정해야 됩니다.'라는 말을 빙빙 돌려서 순환하고 있었다. 말의 내용과는 무관하게 여자의 목소리에서는 안쓰러움이 묻어났다. 도수는 한동안 대답을 잇지 못하다 겨우 입을 뗐다.

"알겠습니다. 엄마랑…… 대화를…… 나눠 보겠습니다. 근데, 그러면 지금 제가 해야 될…… 아니, 앞으로 제가…… 아니, 보호자가 할 일은 뭐죠."

[지금으로서는 검사 결과를…… 기다리셔야 합니다. 어머님께서 병원에 재방문하셔서 이미 정밀 검사를 받고 가셨거든요. 아마 빠르면 오늘 중이나 늦어도 내일 안으로는 검사 결과가 나올 것 같습니다. 그래서 이렇게 연락을 드린 겁니다. 이번 검사 결과가 나오더라도 확진은 아니겠지만…… 거의 70~80%는 일치한다고 보기에, 그때가 돼서는 저희도 보호자분에게 어떠한 답을 드릴 수가 있을 것 같습니다. 결과가 나오는 대로 저희가 따로 연락드리겠습니다.]

"알겠습니다. 연락 기다리겠습니다."

[좋은 하루 보내세요.]

전화가 끊기자 도수는 멍한 얼굴이 됐다. 길 가다가 모르는 사람한테 한 대 얻어맞은 것처럼 어이가 없었다.

'갑자기 치매라니.'

치매라는 게 대충은 어떤 것인지는 알고 있다. 하지만 그 병을 어떻게 대처해야 하는지에 대해서는 일절 아는 바가 없었다. 심지어 '치매'라는 단어조차 생소했다.

'치매는 완쾌가 안 되는 병이었더랬지?'

아마 몇 년 만에 듣는 단어일 것이다. 현실감이 없어서 지금 당장은 걱정되지도 않았다. 아직 확실한 건 아니니 하필 내 가족에게 왜 이런 일이 벌어졌을까, 하는 비탄의 마음도 들지 않았다. 도수는 멍한 표정을 풀었다. 그리고 복희에게 전화를 걸었다. 전화벨이 몇 차례 울리자 복희가 전화를 받았다.

[아들이 이 시간에 전화를 다 하고, 무슨 일로?]

"엄마 혹시 치매…… 클리닉? 병원? 에 간 적 있어요?"

[…….]

복희가 머뭇거리다 천천히 말을 이었다.

[보호자란에 적을 사람이 없어서 네 이름 적긴 했는데…… 나한테 한마디 상의도 없이 너한테 전화가 갔나 보네. 무슨 병원이 그렇다니…….]

"지금 그게 중요한 게 아니잖아요. 치매 증상이 의심된다고 하던데, 맞아요? 정말 그래요?"

[……아니야. 엄마가 요새 스트레스를 좀 받아서 그래. 자주 뭐를 까먹고 그래서, 그냥 한번 받아 본 거야. 혹시나 싶어서. 넌 걱정할 필요 전혀 없어.]

"뭘 자꾸 까먹는데요? 어떤 거를요?"

[별거 아니라니까. 그냥 뭐 사야 되는데 까먹고 안 사고 온다든지 그런 거 있잖니. 그런 거 때문에 그래.]

"그런 거 때문에 병원을 간다고요? 또 뭘 자꾸 까먹는데요."

[가끔씩 어떤 단어들이 기억 안 나긴 하는데…….]

"어떤 단어가요?"

[……그게, 진짜 한 번씩이야.]

"그러니까요, 어떤 단어가요."

[식사, 옷, 걸레…… 이런 단어들…….]

"……."

도수는 순간 할 말을 잃었다. 그런 일상적인 단어들이 기억 속에서 지워진다고? 젊은 뇌를 가진 도수로서는 미지의 세계 속 경험담 같았다. 갑자기 속이 갑갑해지고 초조함 올라왔다. 머릿속은 생각의 중심이 잡히지 않아 뒤숭숭했다. 도수에게서 아무런 말이 없자 복희가 말했다.

[너무 걱정 마. 의사 선생님이 그러시는데 단순 스트레스성일

수도 있대. 그러니까…….]

"아니요, 그게…… 아니라. 하……."

도수는 당혹스러운 나머지 머릿속을 정리한 후에야 겨우 말을 이을 수 있었다.

"왜 저한테 일찍 말을 안 하셨……. 아니다. 일단은요, 제가 퇴근하고 곧바로 엄마 집으로 갈게요."

[아니야, 내가 갈게. 안 그래도 너 반찬 가져다주려고 폼 잡고 있었거든.]

"이 상황에 반찬은…… 무슨. 일단 알겠어요. 퇴근 후에 봬요."

[그러자.]

도수가 전화를 끊으려고 할 때였다.

[얘, 도수야. 아들아.]

복희가 그를 불렀다.

"예?"

[엄마가 있잖아, 우스갯소리로 물어보는 건데, 만약에 엄마가 진짜 치매면 어떻게 할래?]

"……그런 말을 왜 해요."

[그냥 궁금해서 물어보는 거야. 엄마는 근데, 만약 그렇다고 하면 엄마 뒤치다꺼리할 생각 말고 요양원에서…….]

"요양원은 무슨."

복희의 입에서 '요양원'이라는 단어가 튀어나오자 도수가 말을 가로챘다.

“그럴 일도 없겠지만, 설령 치매에 걸렸다 하시더라도 요양원에 갈 일은 없으실 거예요. 절대로요. 약속할게요. 책임지고 제가 모신다고.”

[그래도 도수야, 네 마음은 알겠는데, 그건…….]

“우린 가족이잖아요. 가족이 아프다고 버리면 그게 무슨 놈의 가족이에요. 이만 끊을게요. 저 일하러 가야 돼요. 나머지 얘기는 만나서 마저 해요.”

[도수야, 엄마는…… 그럴 자격 없는 거 알잖니.]

“그런 소리 마세요. 전 엄마 자식이고, 끝까지 천륜을 포기하지 않았던 엄마처럼 저도 자식 된 도리쯤은 지키고 살 겁니다.”

[얘, 그러지 말고…….]

도수는 그러고 일방적으로 전화를 끊어 버렸다. 최근 도수는 자신의 성씨를 강씨로 바꾸려고 준비 중이었다. 주민등록상 가족 관계도 복희 밑으로 등록시키고 싶었다. 저번 주까지만 해도 그에 대한 방법을 알아보느라 밤마다 인터넷 검색을 했었다. 하지만 지금은 그 생각이 싹 가셨다. 그것과 견줄 수 없을 만큼 중요한 문젯거리에 파묻혀 버린 것이다. 그의 입에서 저도 모르게 씩씩거리는 가쁜 숨소리가 새어 나오고 있었다.

§

퇴근한 도수는 집에 오자마자 맥주 캔을 따고 소파에 눌러앉았다. 맥주를 들이켜자 속 안에 통풍이 들었다. “캬.” 하는 도수의 추임새를 듣고 바바가 쫄래쫄래 다가오더니 무릎에 올라타 맥주를 껄떡댔다. 도수가 장난삼아 맥주 한 방울을 떨어뜨렸다. 바바가 맥주 방울을 핥더니 재채기를 하면서 몸을 털어 댔다. 도수는 바바의 조그마한 콧구멍에서 콧물이 삐져나온 걸 보고 쿡쿡대며 웃었다.

그는 지금 홀가분한 기분을 만끽하는 중이다. 무거운 짐 가방을 훌쩍 벗어 버린 것 같았다. 천근만근이었던 어깨가 가벼워졌다. 과거에는 지나친 홀가분함에 삶의 목적이 느껴지지 않았는데, 지금은 달랐다. 두 시간 전까지만 하더라도 그의 머릿속은 복잡했었다. 내면의 걱정거리에 신경이 쏠린 나머지 사람들의 목소리도 잘 들리지 않았다. 하지만 치매 클리닉에서 걸려 온 전화를 받고 난 후 그 기분은 바뀌었다. 의사가 말하길, 정밀 검사 결과 어머니께서 치매가 아닌 것 같다고 했다.

도수는 바바에게 간식을 내주곤 복희에게 전화를 걸었다. 전화 벨이 몇 번 울리자 복희가 전화를 받았다.

[어, 아들.]

“오늘 뭐 바쁜 일 있었어요?”

[아니? 잠깐 볼일이 있긴 했는데, 바쁜 일은 없었는데? 왜?]

“몇 번이나 전화했었는데 안 받으시길래요.”

[어머, 그랬니? 엄마가 무음으로 해 놔서 확인을 못 했나 봐. 잠깐만. 어, 맞네. 클리닉에서도 전화 왔었고. 클리닉에서 너한테도 전화 왔었니?]

"왔었죠, 보호자니까."

[뭐래?]

"치매 아닌 것 같대요."

[정말? 다행이다. 아이고, 다행이야.]

"다행이죠. 다행이긴 한데, 이제부터 관리 좀 하셔야겠어요."

[당연히 관리해야지. 고맙다, 도수야. 마음고생했던 건 아니지?]

"당연히 했죠, 아들이니까. 엄마, 의사가 그러는데, 그렇다고 너무 마음 놓고 그러진 말래요. 치매 현상이 있다는 건 어쨌든 위험성이 아주 높다는 뜻이니까. 인터넷에 보면 치매 예방하는 프로그램이나 가정에서 간단하게 하는 방법 같은 것도 많이 있으니까 꾸준히 좀 하래요."

[알았어. 엄마가 한번 찾아볼게.]

"그러세요. 엄마도 집에서 꾸준히 하시고, 저도 도울게요. 제가 인터넷으로 여기저기 한번 둘러봤거든요. 시내 부근에 평점 높은 한의원이 있더라고요. 다음 주나 보고, 시간 되실 때 저랑 같이 가요. 미리 예약해 놓을게요."

[네가 그런 걸 왜 해, 일하느라 피곤할 텐데.]

"안 피곤해요. 아, 맞다. 그리고 저희 서류상 아직 남이잖아요."

[그렇지? 서류상으론.]

"이참에 가족 등록도 좀 하고, 제 성도 좀 바꾸려고 하거든요. 괜찮겠죠?"

[성을? 왜?]

"그야 엄마 성을 따라가고 싶으니까요. 아버지라는 그 인간은 한 번도 본 적 없고, 죽었는지 살았는지도 모르잖아요. 그 사람도 저라는 아들이 있는 줄도 모를 거고요."

[미안한데, 엄만 반대야. 엄마 입장에선…… 이런 말 하기 뭐하지만, 허락할 수가 없어.]

"예?"

도수는 놀랐다. 어머니도 좋아할 줄 알았는데, 뜻밖이었다.

"아니…… 그, 왜요?"

[아무리 개차반 같은 아버지라도 성을 버린다는 건 혈육을 버리겠다는 것과 마찬가지야. 우리가…… 평범한 가족은 못 되지만…… 그래도 콩가루 집안처럼 아들이 엄마 성을 받는 건, 엄만 절대 반대야.]

"엄마, 요즘 세상에 그런 게 어디……."

[아니, 요즘 세상이든 옛날 세상이든, 그건 상관없어. 아들은 아버지 성을 따라야 해.]

의외였다. 복희가 이토록 단호하게 말하는 건 본 적이 없었다. 심지어 종교에 대한 담론까지 마다하지 않았던 그녀였다.

'종교?'

도수의 머릿속에 한 가지 추론이 떠올랐다.

"설마 종교 때문에 그러시는 거예요? 거기서 지켜야 할 규칙 같은 거 때문에?"

[종교 때문이 아니야.]

"그럼 도대체 이유가 뭔데요? 아들이 엄마 성 받겠다는데, 그게 왜 콩가루 집안인지 전 이해가 안 되는데."

[……]

복희는 한동안 말을 삼가다 뒤늦게 입을 열었다.

[그건 나중에 만나서 얘기해 줄게. 어쨌든…… 엄마는 절대 반대한다는 것만 알아 둬.]

"……알겠어요. 엄마가 싫으시다면 어쩔 수 없는 거죠."

도수는 마지못해 대답했다.

[어서 밥 먹고 해라. 일하느라 수고했어.]

"예, 엄마도 얼른 식사하세요."

전화를 끊은 도수가 핸드폰을 내렸다가 다시 눈앞으로 가져왔다. 부재중 전화가 한 통 와 있었다. 경철의 전화였다. 도수는 마침 잘됐다 싶어 경철에게 전화를 걸었다.

"여, 경철."

[전화 중이더만.]

"어, 엄마하고 통화 중이었다. 어쩐 일로 전화를 다 주셨는가?

나와 같은 생각인가?”

[같은 생각?]

“한잔 고? 내가 살게. 너한테 할 얘기도 좀 있고.”

[한잔하는 건 좋은데…….]

경철이 말을 얼버무렸다.

“좋은데, 뭐?”

[오늘 내가 뭐를 하나 봤거든.]

“뭐를?”

[너, 우리 자주 가던 PC방 맞은편에 있는 카페 알지?]

“알지. 요새도 소원이랑 그 PC방 한 번씩 가. 거긴 왜?”

[내가 오늘 거기서…… 소원 씨를 봤거든.]

“소원이를? 그럴 리가 없는데, 소원이 오늘 동물원에 출근했거든.”

[아니야, 소원 씨 맞아. 확실해. 너 오늘 소원 씨랑 같이 쭉 붙어 있었어?]

“아니, 출근할 때랑 조회 시간 때 말곤 못 봤지. 요번에 물류관리라는 일인 직책이 생겼는데, 소원이가 그쪽으로 보직 변경됐거든. 그쪽 업무가 사육사들 업무랑 패턴이 달라서 얼굴 구경하기도 빡세.”

[거봐, 그러면 소원 씨 맞아.]

“……듣고 보니 그럴 수 있긴 하겠는데, 근데 이상하네. 나한테 별말 안 하던데. 메시지는 계속 주고받거든. 그래, 어찌 됐든 간에 네가 소원일 봤다고 치자. 걔가 그 시간에 거기서 뭐 하고 있던데?"

[그게…….]

경철이 또 말을 끌었다.

"너 오늘 왜 이렇게 말을 질질 끌고 그러냐. 그냥 속 시원하게 말해. 아니면 내가 소원이한테 전화해 볼까? 왜? 무슨 일인데?"

[그게, 소원 씨가 어떤 남자들이랑 같이 있더라고.]

"남자랑?"

[어.]

"소원이가 바람이 났다는 거야?"

[아니, 인마. 내가 그랬잖아, 남자들이라고, 남자가 아니라. 넌 여자들하고 바람을 피우냐.]

"남자든 남자들이든. 그래, 어떤 남자들? 걔가 카페서 남자들하고 뭐 하고 있던데."

[나도 먼발치서 봐서 대화 내용은 잘 모르겠지만, 남자들이 평범하게 생기진 않았더라고.]

"그건 또 뭔 소린데?"

[둘 다 덩치가 산만 했어. 건달마냥 촌스러운 양복을 입고 있었고. 한 놈은 목이며 손이며 문신으로 도배가 돼 있더라고. 나도 아리송해서 계속 지켜보고 있었거든. 그런데 대화 중에 문신

있는 놈이 갑자기 테이블을 '탁!' 하고 치는 거야. 그걸 보고 저게 소원 씨한테 해코지하려는 거 아닌가 싶어서 내가 그쪽으로 가려는데 소원 씨가…….]

"어, 소원이가."

[소원 씨가 글쎄, 그 녀석 뺨을 후려치더라고.]

"그 남자 뺨을?"

[어. 그러고 나서 사람들이 전부 쳐다보니까 남자들이 슬그머니 물러나더라고. 소원 씨도 한 5분 더 앉아 있다가 자리를 떴고. 소원 씨 개인사잖아. 내가 다가가서 물어보기가 좀 그렇더라.]

"뭔 상황이지, 그게. 확실히 소원이 맞아?"

[글쎄, 맞다니까. 아무렴 내가 소원 씨 얼굴을 헷갈리겠냐. 야, 소원 씨 말이야, 혹시…… 사채 빚 같은 거 있어?]

"사채? 설마. 있었으면 나한테 말했겠지."

[아무리 생각해도 지인들 같진 않던데. 전 남자 친구거나 그런 건가?]

"아니다. 일단 내가 한번 연락해 봐야겠다."

[그래라. 그게 낫겠다. 내가 일러바쳤다고 하진 말고.]

"알겠다. 좀 있다가 다시 전화할게."

[그래.]

경철과 대화를 끝마친 도수는 곧바로 소원에게 전화를 걸었다. 하지만 그녀는 전화를 받지 않았다. 도수는 5분 간격으로 연이어 네 차례나 다시 전화를 걸었다. 네 번째가 돼서야 소원이 전화를 받아 들었다.

"왜 이리 전화를 안 받아."

[이제 봤어. 샤워 중이라 벨 소리를 못 들었네. 왜 이렇게 전화를 많이 했어? 뭔 일 있어?]

"무슨 일 있는 건 아닌데, 너 혹시 말이야, 오늘 근무 시간에 카페 갔었어?"

[…….]

도수의 물음에 소원은 침묵으로 버텼다.

"갔었냐고."

도수가 되물었다.

[경철 씨가 나 봤대?]

"어, 너 봤단다. 그리고 험악하게 생긴 남자 두 명도 같이."

[…….]

소원이 다시 말이 없어졌다.

"근무 시간에 거기까진 뭐 하러 갔었어. 그놈들은 다 뭐고."

[별일 아니니까 신경 쓰지 마.]

소원이 때늦은 대답을 했지만 도수 입장에서는 안 듣느니만 못한 대답이었다.

"어떻게 신경을 안 써. 동물원에서 거기까지 거리가 얼만데. 보통 일이었음 네가 거길 갔겠냐? 너 나한테 뭐 숨기는 거 있지?"

[뭐를?]

"너…… 사채 같은 거 쓴 적 있어?"

[……없어, 그런 거.]

"그러면 그 남자들은 뭔데. 넌 왜 그 남자 싸다구를 날린 거고."

[네가 신경 쓸 거 아니라니까.]

"야!"

도수가 큰소리를 쳤다가 마음을 가다듬은 후 말을 이었다.

"솔직히 말해, 너. 뭣 때문에 그 남자들 만난 거냐고. 사채 쓴 거 맞지?"

[뭘 그렇게 꼬치꼬치 캐물어. 그래, 썼다, 썼어. 사채 썼어. 이제 됐어?]

"이제 됐어? 뭐 잘했다고 네가 큰소리야."

[그냥 좀 넘어가면 안 돼? 그거 예전에 빌린 거고, 나 갚을 돈 있어.]

"얼마나 빌렸는데."

[7천.]

"7천? 너 방금, 7천이라고 했냐?"

[빌린 건 3천인데…… 이자가 불다 보니 그리됐어. 한 3년 전쯤에 빌린 돈이야. 원금 중에 2천은 이미 갚았고.]

"……."

이번에는 도수가 침묵을 지켰다.

[이 사실 알면 네가 나한테 실망할까 봐 말 못 했어. 그리고 내가 충분히 갚을 수 있어. 걱정하지 마.]

"그걸 지금 말이라고 하냐?"

도수는 기가 차서 쓴웃음을 짓다가 겨우 다시 말을 꺼냈다.

"너 지금 얼마 있는데?"

[충분하다고. 내가 갚는다고. 넌 그냥 모른 척하면 돼.]

"장난 똥 때리냐. 묻는 말에나 대답해. 얼마 있냐고."

[천 5백 정도…….]

"천 5백? 장난하냐? 너 그거밖에 없으면서 무슨 배짱으로 그 많은 돈을 다 갚을 수 있다고 호언장담하는 건데?"

[돈을 한 번에 갚아? 나눠서 갚으면 충분해.]

"어이가 없네. 일단 알겠어. 전화 끊어 봐."

[왜? 혹시 너, 어디 돈 빌리려거나 하려는 건 아니지?]

"아니니까 끊어 봐. 내가 다시 전화할게."

전화 통화를 마친 도수의 입에서 긴 한숨이 걸쭉하게 뿜어져 나왔다. 복희의 일 때문에 쫄깃해진 가슴을 이제야 겨우 쓸어내렸는데 연이어 중대사가 생기니 기운이 싹 빠져나가는 느낌이었다. 하지만 그렇다고 소원을 모른 체할 순 없었다. 이미 결혼까지 생각하는 사이지 않은가. 돈 때문에 그녀를 배신할 순 없었다.

누구에게나 과거는 있다. 그리고 누구든 숨기고 싶은 과오 하나쯤은 존재한다. 과거사를 들쑤시자면 그도 사돈 남 말할 처지는 못 됐다. 도수는 자신의 통장 잔고를 확인했다. 도합 3천을 웃돌았다. 그마저도 일부 경철에게 갚을 돈과 생활비, 비상금을 합친 금액이었다.

그는 경철에게 전화를 걸었다. 구구절절 상황 설명을 곁들였다. 그리고 염치 불구하고 여윳돈 있으면 4천만 더 빌려 달라고 사정했다. 경철은 한 달 전에 땅을 하나 매입했는데 거기에 가지고 있던 현금을 몽땅 들이부은 관계로 따로 대출을 받아서 빌려주겠다고 말했다. 도수는 이를 거절했다. 대출을 받을 것 같으면 본인이 해도 되는 일이기 때문이다.

복희가 돈이 필요하면 말하라고 했지만 그럴 순 없었다. 어머니의 노후 자금에 손을 대고 싶진 않았다. 그건 최후의 경계선이었다. 그리고 이 사실을 어머니가 알게 되면 소원에게 실망을 할까 봐 겁났다. 도수는 노트북을 켰다. 인터넷에 들어가서 검색창에 '은행 대출 상담'이라는 글귀를 써 넣었다.

§

도수는 산기슭에서 배수로 시멘트 작업을 하는 중이었다. 오늘은 출근이 필요치 않은 날이다. 어제까지만 해도 늦잠 자고 일어나서 영화나 한 편 보다가 저녁쯤에 술이나 한잔하려 했다.

하지만 도수는 그 나태한 생각을 고쳐먹었다. 밤늦게 석공 반장에게서 전화가 온 것이다. 급하게 일할 사람이 필요하다고 했다. 도수는 자신이 가겠다고 대답했다. 그리고 새벽 5시에 일어나 준비를 마치고 현장으로 왔다. 그가 휴식 대신 일거리를 택한 건 순전히 돈 걱정 때문이었다. 소원의 사채 빚을 갚을 돈이 필요했다.

내일 은행에 대출 상담을 하러 가기로 했다. 경철에게 진 빚에다 은행 빚까지 보태진다. 이제 곧 빚더미에 앉게 될 것이다. 그런 마당에 술 생각에 빠져 시간을 죽이는 건 에너지 낭비라는 판단이었다. 나가서 한 푼이라도 더 버는 게 낫지 않겠나 싶었다.

이곳 현장은 말 그대로 산 구석에 위치해 있다. 반장 말에 의하면 산 아래에 골프장이 새로 생긴다고 한다. 그래서 미리부터 배수 기초 작업을 진행 중이다. 도수는 주로 단순한 작업을 도맡았다. 아직 초보 티를 못 벗었기 때문이다. 시멘트 작업은 비교적 쉬운 편에 속했지만 그마저도 아직은 서툰 감이 있었다. 그나마 처음 시작했을 때에 비하면 훨씬 나아진 게 이렇다. 처음 건설 현장에서 일을 시작했을 땐 주야장천 들고 나르는 어깨 일만 했었다.

그는 파인 배수로 양 옆면과 측구에 시멘트를 발라 평평하게 만드는 작업을 하고 있다. 경력자들과 비교할 바는 못 되지만 언뜻 모양새는 나오는 것 같았다. 작업반장도 군말하지 않았다. 콧

잔등으로 흐르는 땀방울을 닦다 얼굴에 또 시멘트 가루가 묻었다. 하지만 땀방울을 닦을 때마다 장갑을 벗을 순 없었다. 일일이 그랬다간 일이 한참은 늦어질 것이다. '현장 일은 시간이 생명이다.' 작업반장이 습관처럼 내뱉는 말이다.

"으이! 여기."

작업반장이 배수로 안에서 작업 중인 도수를 내려다보며 요상한 소리를 냈다. 그의 손가락엔 담배 개비가 꽂혀 있었다. 이들은 현장에서 인부의 이름이나 명칭을 부르지 않는다. 항상 '어! 야! 으이!'와 같은 괴상한 고함으로 사람을 부른다.

"예."

도수가 대답했다.

"여거, 이거, 잔돌들 좀 부숴 놓으라니까."

반장이 큼지막한 돌덩이를 발로 툭툭 차며 말했다.

"아, 그거 생각보다 돌이 단단한 종류더라고요. 나중에 굴삭기 오면……."

"예끼, 이 사람. 초짜배기 티 내나. 꼴랑 저거 몇 개 부수자고 굴삭기 앞대가리를 교체하나."

작업반장은 훈계 섞인 잔말을 하더니 담배를 꼬나물었다. 그리고 바닥에 굴러다니던 슬레지 해머를 집어 들었다.

"그거 진짜 안 부서지던데요?"

도수가 일어서며 말했다. 반장은 도수의 얼굴을 빤히 보더니 싱그러운 미소 지었다.

"잘 봐도, 이게 요령이니까."

반장은 말을 매듭짓곤 팔을 휙휙 돌리며 어깨를 풀었다. 그러더니 공중으로 폴짝 뛰어올라 해머로 돌을 가격했다. 도수의 입이 떡하니 벌어졌다. 정말로 무식해 보였기 때문이다. 도수에게도 돌을 내리친 전적은 있었다. 하지만 그의 생각과는 달리 돌은 갈라지지 않았다. 도수의 어깨만 저릿하게 아려 올 뿐이었다. 이내 그는 다른 요령이 있나 보다 하고 넘어갔다. 나중에 작업반장이 오면 물어볼 심산이었다. 그런데 저게 요령이라니, 기가 찼다.

'어깨하고 허리가 버티려나. 저러다 진짜 어디 하나 어긋날 것 같은데…….'

도수의 걱정이 무색하게도 반장은 연거푸 뛰어올라 있는 힘껏 돌을 내려찍었다. 견디다 못한 돌이 결국 두 동강 날 때까지 말이다. 그렇게 한 스무 차례 뛰어올랐을까, 사람 얼굴만 했던 다섯 덩이의 돌들이 약속이라도 한 듯 4분의 1 크기로 갈라졌다. 반장은 벅차오르는 숨을 애써 집어삼키며 또 담배에 불을 붙였다. 반장이 도수를 보며 말했다.

"나중에 김 씨 아저씨 오시거들랑 큰 돌 쌓을 때 이걸로 끼 맞추라고 해. 그리고 모자라면 어디 가서 비슷한 크기 돌 더 주워 오든가, 몇 개 더 때리든가 하라 하고. 내가 보기엔 오늘은 이 정도면 충분할 끼야."

"알겠습니다."

도수는 겸연쩍은 고개를 끄덕였다. 그는 작업반장의 뒷모습이 사라지자 고개를 절레절레 저었다. 도수가 다시 시멘트 작업을 시작하려는데 핸드폰 벨이 울렸다. 발신자에 '운택이 형님'이라고 떴다. 도수는 한쪽 장갑만 벗고 전화를 받아 들었다.

"예, 형님."

도수가 살가운 말투로 말했다.

[주말인데 뭐 하고 있었어?]

"그게…… 지금 일하고 있는 중입니다. 노가다요."

[너 요즘 돈독 올랐냐? 주말인데 좀 쉬고 그래야지.]

"그렇죠. 근데, 또 찾는 사람이 있는데 안 가기도 뭐하더라고요. 될 때 한푼이라도 더 벌어야죠."

[더 벌긴, 뭣도 모르는 애가 푼돈 번답시고 용써 가매 공사 현장에서 뒹굴면 나중에 병원비가 더 나온다. 알아서 처신 잘해라.]

"예, 걱정해 주셔서 고맙습니다. 근데 무슨 일로 전화하셨어요?"

[다른 게 아니고…… 특별히 부탁할 게 좀 있어 가지고.]

"부탁이요?"

[어.]

"뭔데요?"

[하…… 나도 고민하다가 겨우 꺼내는 말인데……. 도수야.]

"예."

[나 대신에 말이야, 총대 좀 메 주라.]

"총대요? 무슨 총대요? 뭐 실수하셨어요?"

[그게…… 실은, 요번에 관리비로 내려오는 돈에 어쩌다 보니 내가 손을 좀 댔거든.]

"……."

[도수야?]

"듣고 있어요. 말씀하세요."

[그래. 그런데 내가 저번에도 한번 이 비슷한 일이 있었어. 그때 전 대표님이 사실을 알고서 나한테 최후 통첩을 하셨지. 한 번만 더 이런 일 있으면 그때는 진짜 끝이라고. 그러고 눈 감아 주셨는데, 아마도 새로 부임하신 이사님도 그때 일에 대해서 전 대표한테 전해 듣지 않았을까 해. 그래서 말인데…….]

"예."

[네가 나 대신 좀 뒤집어써 주라. 너는 이번이 처음이고, 다른 실수 때문에 그랬다고 하면 봐줄 것 같아. 며칠 뒤에 회계 감사 나온다는데, 나 이번에도 걸리면 정말 그 길로 나가리야. 퇴직금은 고사하고, 해고당함과 동시에 고소도 당할 판국이라고. 저번에는 그래도 이런저런 변명거리로 둘러맞췄는데, 이번에는 그럴 겨를도 없어. 앞서 전적이 있잖냐. 알잖아, 그 인간들 얼마나 냉정한지. 두 번 봐주는 건 없어, 그 인간들은. 이번 한 번만 네가 나 대신 총대 좀 메 주라. 이유거리는 내가 생각해 봤는데, 동물

들한테 줄 사료를 네가 잘못 보관해서 전부 못 먹게 돼 버린 거야. 그래서 하는 수 없이 새로이 사료를 사느라 몰래 관리비에 손 좀 댔다고 하면, 그러면 한 번쯤은 그냥 넘어갈 것 같아. 왜 그랬냐고 하면, 이제 막 팀장도 달았는데 그런 기본적인 실수를 하게 되면 사육사들끼리 평판도 안 좋아지고, 보고서 작성해서 올리기도 쪽팔려서 그랬다고 말하면 될 것 같아. 정말 정말 미안한데, 그리 좀 해 주라, 응? 회사서 돈 물어내라고 하면 그 돈은 내가 어떻게든 마련할게.]

"……일단, 예. 참……."

도수는 말을 잇지 못했다. 안 좋은 일은 한꺼번에 쏟아진다고 했던가. 소원의 일로도 충분히 머리 아픈데 운택은 또 왜 사람을 곤란하게 하는지, 절로 눈살이 찌푸려졌다.

"형님."

[어?]

"생각할 시간이 좀 필요할 것 같아요. 제가 조금 있다가 다시 연락드릴게요."

[어? 어. 그래. 그래야지. 알겠다.]

도수는 전화를 끊고 생각에 잠겼다. 자신이 운택의 잘못을 뒤집어썼을 때 어떤 불이익을 볼지 가늠해 봤다. 일이 잘 풀리면 경영진에게 욕이나 한사바리 얻어먹고 끝날 것이다. 하지만 삐끗하면 해고 통보를 당할 수도 있었다. 그리고 다른 사육사들에게 한동안 호박씨 대상이 되는 건 이러나저러나 따라오는 꼬리표였다. 운택의 말대로라면 한 번 정도는 그냥 넘어가 주기도 한다지만 지금은 막 경영진이 교체된 상황이다. 최악의 경우 본보기가 될 수도 있는 노릇이었다.

하지만 운택은 도수에게 중요한 사람이다. 이를 거절한다면 직장 생활의 앞날이 피곤해질 것이다. 늘 느끼는 부분이지만 운택이라는 사람 자체는 그리 올바른 사람이라 판단되지 않았다. 하나 직장 동료로서, 아는 형으로서는 주변에 운택만 한 사람이 없었다.

도수는 근 20분 동안을 일하던 것도 중단한 채 고민을 이어갔다. 그리고 고민 끝에 답을 선택하곤 핸드폰을 집어 들었을 때였다. 그의 머릿속에 어떤 아이디어가 '쓱' 하고 지나갔다.

'어차피 나 자른다고 하면 그때 가서 사실을 실토하면 되는 거 아닌가.'

그는 속생각을 정리한 후 운택에게 전화를 걸었다.

[어, 도수야. 어떻게 하기로 했어?]

"제가 생각을 좀 해 봤는데…… 형님 말씀대로 제가 총대 멜게요."

[진짜로? 고맙다, 인마. 이 은혜 절대 잊지 않으마.]

"대신요."

[대신?]

"예. 대신…… 형님, 모아 둔 돈 좀 있으세요?"

[돈? 얼마나?]

"제가 급하게 목돈이 좀 필요해서요. 물론, 몇 달 안에 다 갚을 거예요."

[……얼마나?]

"5천이요."

[5천? 5천만 원?]

"예. 아니면 4천이라도."

[글쎄다……. 확인을 좀 해 봐야 할 것 같네. 나도 따로…… 5천씩이나 아니, 5천이 있긴 한데. 도수야, 일단은 나도 통장 잔고 확인을 좀 해 봐야겠다.]

"알겠습니다, 형님. 그렇게 하시죠."

두 사람의 포지션이 뒤바뀌었다. 운택이 도수의 연락을 기다리는 신세였다가, 도수가 운택의 연락을 기다리는 신세가 됐다.

§

복희가 컴퓨터 전원을 껐다. 새벽인 데다 방 안에 불도 전부 꺼져 있었다. 컴퓨터 화면이 꺼지니 방 안 전체에 어둠이 들어찼다. 창문을 뚫고 멀찍이 들어오는 가로등 불빛만이 간간이 남아 있을 뿐이었다.

복희는 컴퓨터 책상 단상에 놓여 있는 접이식 핸드폰을 집어

들었다. 핸드폰을 켜서 장문의 단체 문자를 보낸 뒤 전원을 끄고 배터리를 분리시켰다. 그리고 핸드폰을 펼친 후 양손으로 움켜잡고 반대편으로 두 동강을 내 버렸다. 반 토막 난 핸드폰은 발치에 있던 쓰레기통으로 들어갔다. 복희가 차분히 내려앉은 목소리로 말했다.

"함께 보셔서 아시겠지만, 소원 씨가 끝내 자살로써 복수하겠다는 의지를 굽히지 않았습니다. 그래도 어쨌든 소원 씨가 도수에게 따낸 녹취록, 치매에 걸린 어미를 돌보겠다는 도수의 마음, 빚을 지더라도 연인과 결혼을 하겠다는 도수의 다짐. 당신이 원하던 대로 증명됐으니 이제…… 우리의 계획을 실행에 옮겨도 되는 거겠죠."

"예, 그동안 고생 많으셨습니다. 이제 정말 끝이 코앞이로군요."

복희의 뒤에서 누군가 속삭이듯 대답했다. 고분고분한 말투의 굵직한 남자 목소리였다. 복희가 회전식 의자를 돌렸다. 짤막한 어둠을 뚫고 그 사람을 응시했다. 그 사람은 중년의 남자였다. 정장 차림의 말끔한 복장이었다. 그는 깔끔히 면도된 입가로 옅은 미소를 머금고 있었다.

"그러게요. 드디어 끝을 볼 수 있게 됐네요."

복희가 말했다.

"한데, 분위기 깨는 말일 수도 있지만…… 아까 메시지를 보내시던데 뭐라고 보내신 건가요."

“아참, 죄송합니다. 저도 모르게 핸드폰을 부숴 버렸네요. 그쪽이 확인하고 난 후에 처리했어야 했는데. 모임원들에게 단체 메시지를 보냈습니다. 별다른 내용은 없었습니다. 모두들 마지막 계획을 곱씹으며 잘 준비하라는 내용이었습니다. 그리고 핸드폰과 컴퓨터 등 흔적들을 깔끔히 폐기하라고 일렀고요.”

“그렇군요. 제가 직접 확인하진 않았지만 그렇게 알고 있겠습니다. 그동안 여러모로 수고 많으셨습니다.”

남자는 ‘직접’이라는 단어에 힘을 주며 말했다. 은근히 눈치 주는 말을 한 것이다.

“댁도요.”

복희가 대답했다. 중년의 남자는 복희를 따라 가볍게 목례를 하곤 파리한 입술로 다시금 옅은 미소를 만들었다. 그는 입가의 주름을 습관처럼 장착한 인공 지능 로봇 같았다. 남자의 얼굴을 보고 있노라면 실체가 아닌 초상화를 보는 느낌마저 들었다.

“전 이만 가 보겠습니다.”

“살펴 가세요.”

남자가 자리에서 일어섰다. 그리고 방문을 열고 한 발자국 내딛었을 때였다.

“저기요.”

복희가 그를 불러 세웠다. 남자가 뒤돌아봤다. 그의 얼굴엔 아직 옅은 미소가 가시지 않았다.

"한 가지…… 물어보고 싶은 말이 있어서요."

"뭐죠?"

"이걸 끝으로…… 정말로 모든 게 끝나는 걸까요. 그런 기분을 느낄 수 있을까요."

"무슨 말씀인지 잘 모르겠네요. 혹, 어떤…… 심적 변화라도 생기신 건지요?"

"그런 건 아닙니다. 다만……."

"복희 씨가 어떤 생각을 하고 계신지 잘은 모르겠지만…… 제가 추측컨대 복수가 과연 최선의 방법일까, 이 부분에 의문을 가지시는 것 같은데, 맞나요?"

"엇비슷합니다. 물론 일을 그르칠 생각은 추호도 없습니다. 이 일엔 다른 사람의 몫도 포함되어 있으니까요. 그런데 어떤 생각이 머릿속을 떠나질 않네요. 마치 내가…… 짐승이 된 느낌이랄까요."

"그러시군요. 짐승이…… 된, 느낌이 드시는 거군요. 복희 씨는 인간인데 말이죠. 자고로 인간이라 함은 복수라는 폭력적인 방법 대신 다른 수단과 방법을 택해야 하는 게 아닌가, 이런 의문이 드시는 거군요. 맞나요?"

"꼭 그런 건 아니지만, 그렇다고……."

남자가 복희의 말허리를 잘랐다.

"복희 씨, 너무 복잡하게 생각 마세요. 누군가에게 우리 가족이 피해를 입었어요. 죽임을 당했죠. 그러니까, 내가 가족을 잃은 슬픔만큼 돌려주고 싶은 거잖아요. 하다못해 그 슬픔의 절반이라도요. 단순하게 그것만 생각하세요. 복희 씨는 지금 복수라는 것을 해석하려고 집착하시는데, 그럴수록 머리만 더 아프실 겁니다. 최초의 인간부터 최후의 인간까지, 모든 인간은 다 복수심이라는 천성을 타고난 존재들입니다. 들끓는 폭력성을 달고 태어난 존재들이죠. 그래서 복수라는 쾌락을 즐기는 겁니다. 복희 씨는 어찌 생각할지 모르겠지만 저는 그렇게 보고 있습니다. 도리어 '인간은 그런 존재가 아니다.'라고 말하며 폭력적인 사람은 따로 있다고 합리화하는 사람들이 더 큰 위험군이라고요. 그들은 스스로 자기 자신조차 기만하는 사기꾼들입니다. '인간은 폭력적이지 않다.'는 거짓을 진실로 만들기 위해 온갖 변명을 가져다 붙이고 이중 잣대로 스스로를 세뇌시켜 버리죠. 그런 인간들은요, 자기가 복수를 행했을 때 내가 폭력적인 인간이라서 복수를 행했다고 인정하지 않습니다. 그들은 자기가 복수를 저지른 데에 꼭 어떠한 이유를 갖다 붙이고 정당화하려 들죠. 이래저래서, 이러쿵저러쿵해서 자기는 어쩔 수 없이 폭력적일 수밖에 없었고, 떠밀리듯 복수를 할 수밖에 없었다고요. 심지어 요새는 복수라는 개념 위에다 '정의 구현', '참교육' 이런 애매모호한 단어를 입혀서 미화시키는 사람도 더러 보이더군요. 웃기지도 않죠. 자기합리화에 도취된 거짓말쟁이 주제에. 상식적으로 그게 말이 될까요, 복수에 어떠한 이유를 가져다 붙인다는 게.”

“…….”

복희는 침묵을 지켰다. 그러다 남자가 방문턱 너머로 발을 뻗자 다시 입을 열었다.

“당신 소유의 원룸에서 소원 씨가 머물고 있으니 뒤처리 잘해 주세요.”

“어떤 뒤처리를 말씀하시는 건지요.”

“소원 씨가 지냈던 원룸에 녹음기 설치해 두신 거, 처리하셔야죠. 그녀가 사망한 후에 경찰이 올 수도 있으니까요. 그리고…… 방 안도 미리 살펴봐 주세요. 아마도 오전에 일을 치를 것 같으니 미리 근처에서 대기하고 있다가 나가는 거 보고 방 안으로 들어가시면 될 겁니다. 아직 날짜 변경은 없습니다. 변경 시 알려 드리겠습니다.”

“녹음기는 미리 처리해 뒀습니다. 근데, 방 안을 살피라는 건 왜죠?”

“당신은 모르겠지만, 사람은 죽기 전에 뭐라도 남기고 싶어 하는 습성이 있습니다. 소원 씨도 마찬가지일 거고요. 그게 설령 나중에 도수에게 어떤…… 실마리를 제공하진 않을까, 심려스럽네요.”

“무슨 말인지는 모르겠지만, 알겠습니다. 조심해서 나쁠 건 없죠. 사람을 시켜서 처리하도록 하겠습니다.”

"사람을 시킨다라……. 사람을 쓰는 건 조금 그렇네요. 다른 간단한 일이면 모를까."

"믿을 만한 사람을 시킬 겁니다. 괜찮습니다. 우리 얘기가 밖으로 새어 나가는 일은 없을 겁니다. 아시다시피 전 그때 시간이 안 됩니다."

"당신한테나 믿을 만한 사람이지, 전 믿을 수 없어요. 그럴 바엔 차라리 제가 하겠습니다."

"……그러면 더 좋고요."

"그건 그렇게 하도록 하고, 소원 씨가 죽은 후에 도수가 걔 방을 살펴보고 싶어 하면 그냥 곤란하다고 안 된다고 하세요. 짐만 좀 보내 주시고요. 당연한 말이겠지만 이후 방 안에 아무것도 남지 않게 청소도 하셔야 되고요."

"걱정 마세요. 그건 이미 다 생각해 놨습니다."

"그리고 여태껏 도수 밥에다 넣었던 항우울증 약은 어쩔까요. 저한테 가져다주신 게 아직 많이 남아 있습니다."

"버리세요. 복희 씨가 필요하다면…… 복용하셔도 되고요."

"아닙니다. 저는 약 같은 건 필요 없습니다. 도수의 가짜 행복을 만들어 줄 때나 필요했을 뿐이죠. 남은 약은 폐기 처분하겠습니다."

"그러세요. 그럼 마지막 피날레까지 잘 좀 부탁드리겠습니다."

"……."

이후 복희는 아무런 말도 잇지 않았다. 중년의 남자는 그렇게 마지막 말을 남기곤 자리를 떠났다.

2017년 5월 8일

소원이 흰색 단화를 신고 '그 인간'의 원룸에서 나왔다. 그녀는 곧장 버스 정류소로 향했다. 봄이지만 오늘은 날이 궂어서 은근히 쌀쌀했다. 코끝이 시큰거리고 귀가 아릿했다. 원룸을 나서기 전부터 제법 쌀쌀한 기운이 맴돈다는 걸 알았지만 웃옷을 입진 않았다. 조금만 참으면 아침 태양이 빛으로써 온 동네를 따스하게 데워 줄 테니까.

또 한바탕 바람이 지나갔다. 그녀의 머리카락이 갈피를 못 잡고 나부꼈다. 이 동네는 주변에 바람을 막아 주는 건물이 몇 없다. 그래서 매번 이놈의 바람과 사투를 벌이느라 머리가 헝클어지기 일쑤다. 오늘도 역시 바람에 휘날린 머리카락이 왼쪽 시야를 가리고 턱 끝을 간지럽혔다. 하지만 오늘은 바람 따위에 개의치 않았다. 오늘부로 이 넌더리 나는 바람과도 작별일 테니까.

그녀는 오늘, 생전에 쳐다보지도 않던 흰색 원피스를 챙겨 입었다. 어깨까지 팔이 드러나는 여름 원피스였다. 촌스러운 꽃무늬가 가미돼 있었지만 언뜻 보면 어울리는 것도 같았다. 얼굴엔 과하다 싶을 만큼 화장을 했다. 씻지도 않은 마른 얼굴에다 화장을 덕지덕지 찍어 발라서인지 부자연스러움이 사뭇 묻어났다.

소원이 로션 이외에 다른 화장을 하고서 직장으로 향하는 건 이번이 처음이다. 주변에서 간혹 던지는 '너 정도면 예쁘장한 편이지.'라는 말에 혹한 나머지 외모에 자신이 생겨 그동안 맨얼굴을 고집했던 건 아니었다. 그녀의 성향 자체가 그랬다. 평소에 그다지 외모에 관심이 없었다. 이번에도 마찬가지였다. 남의 시선을 위해 외모를 가꾼 것이 아닌, 자기만족인 셈이다. 그녀는 어차피 뭘 입어도 이 동네와 어울리는 복장은 없다고 생각하고 있었다. 몸뻬 바지? 이 동네가 그 정도로 촌 동네는 아니다. 그렇다고 스키니 진에 얇은 가죽 재킷? 그것도 이 동네의 분위기와는 거리가 멀었다.

소원이 동네에 대한 불평을 늘어놓기 시작한 건 그 일이 일어난 직후부터다. 그 일이 있기 전까지는 이곳에 나름 정을 붙이며 살아왔다. 억지로 동네의 장점을 되뇌기도 했다. 온 동네가 꽃에 젖은 풍경, 밤하늘에 별빛이 반짝이는 광경을 사진에 담으며, 그러기 위해 공을 들였다. 실제로도 미약하나마 마음에 들기 일보 직전이었다. 하지만 그 일이 벌어지고 난 후 이 동네가 미워졌다. 가끔은 '동네'에 가상의 인격을 부여해 놓고 증오의 말을 퍼붓기도 했다.

'심술궂은 노인의 골방 같은 동네.' 이 동네의 느낌은 이제 그렇게 변질됐다. 이 동네에 산다는 게 지긋지긋하리만치 갑갑했다. 온 동네에 추잡한 구린내가 진동하는 것처럼 느껴졌다. 지금 당장만 해도 시야에 들어오는 동네의 길거리, 골목길, 길모퉁이의 맨홀, 동네 고양이까지, 슬슬 눈에 거슬리기 시작했다. 최근 들어 꽃가루 알레르기가 도져서 짜증이 올라오는 날이 늘었다. 그런 날이면 예민해진 신경 탓에 더더욱 이 동네가 흉해 보이고 꼴 보기가 싫어진다. 분풀이로 온 마을에다 '확' 하고 불을 질러 버리고 싶기도 했다.

목적지로 향하는 동안 편의점에 들렀던 때를 제외하곤 사람과 마주치는 일은 없었다. 이 동네는 아침 출근 시간에 사람의 출현이 잦은 곳이 아니다. 이곳은 흔히 반 시골 형태를 하고 있다. 건물보단 논밭, 아스콘 바닥보단 관리되지 못한 잡초가 서식하는 광경을 더욱 쉽게 구경할 수 있다.

소원이 버스 정류장에 도착했다. 그녀는 흙먼지가 내려앉은 정류장 의자를 물끄러미 보더니 한 자리를 골라잡았다. 평소 같으면 먼지구덩이에 엉덩이를 깔고 앉는 건 질색인지라 서 있는 쪽을 택했을 것이다. 평소만 같았으면 말이다. 하지만 소원에게 오늘은 평소와는 다소 거리가 먼 날이었다.

소원은 그 인간의 원룸에다 자신의 흔적을 실컷 남겨 놓았다. 심지어 속옷까지도. 어젯밤, 그 인간의 변태적인 성적 취향에 맞춰 욕망을 해소시켜 주기도 했다. 그 순간순간은 치욕으로 다가왔지만 오늘을 기약하며 꿋꿋이 참아 냈다. 인생을 살다 보면 대를 위해 소를 내줘야 할 때도 있는 법이다. 오늘의 '대'를 고려한 다면 그딴 치욕의 '소'쯤이야 얼마든 내어줄 수 있었다.

반대로, 본인의 보금자리에 가득했었던 삶의 흔적들은 대부분 지워 버렸다. 지우개로 스스로를 벗겨 내듯 하나씩 자신의 자리를 정리해 나갔다. 퇴근 후 3일 밤에 거쳐 옷가지와 짐을 버렸다. 이불, 책상, 서랍장도 원룸 안에서 끄집어냈다.

버스가 뿌연 매연과 분진 가루를 휘날리며 정류소에 도착했다. 소원은 "좋은 아침이네요."라는, 버스 기사의 아침 안부에 무응답으로 일관하며 버스 입구 계단을 올랐다.

이 버스는 직장으로 향하는 버스다. 버스가 동물원으로 향하는 동안 손이 심심했던 소원은 핸드백을 집어 들었다. 거기서 모눈자가 그어진 연습장을 꺼내 무릎에 올려놓고 그림을 그렸다. 하늘과 꽃, 바위, 바람을 무채색으로 형상화한 공상의 풍경화였다. 나름대로 '생의 마지막 그림'이라는 의미를 부여했건만, 그림에서 별다른 감흥이 느껴지진 않았다. 오늘따라 유달리 선도 삐뚤빼뚤하게 느껴졌다. 그림 자체가 별로라 그럴까, 자신의 감정이 별다른 반응을 하지 않아서일까. 문득 고민해 보니 마음의 저울이 슬며시 후자 쪽으로 기울었다.

그림과는 별개로 컨디션은 만족스러운 편이었다. 무덤덤하지만 일부분 냉정함도 느껴졌다. 그렇다고 차가운 무정의 느낌은 아니었다. 서리 같은 포근한 냉정함이 가슴 한편에 깃들었다.

열 정거장을 지났다. 그녀는 편의점에서 사 온, 반쯤 비운 과자 봉지를 좌석 발치에 내려놓았다. 미완성 그림이 그려진 수첩도 미련 없이 도로 핸드백에 밀어 넣었다. 창밖을 내다봤다. 얇은 나뭇가지가 오들오들 떨고 있었다. 이놈의 바람은 동네를 벗어나도 여전했다.

그녀의 입 안에선 아직 가시지 않은 과자의 짭짤함이 감돌았다. 동쪽에서 불어오는 샛바람과 입 안의 짭짤함, 그녀는 그때가 떠올랐다. 그리고 그와 동시에 기억이라는 불치병에 걸려 분리불안증에 타오르던, 또 다른 그때의 기억도 다시금 재생됐다. 아무리 용을 써도 결코 잊히지 않는 그때 그날의 기억. 뒤틀린 인생의 시작점은 역시 그때부터였을까. 그녀의 첫 살인 기억. 그날도 바람이 불고 입 안에 짠맛이 배어들었다.

때는 그녀가 열여섯 번째 여름을 막 맞이했을 때였다. 부모의 폭력을 못 이겨 시커먼 새벽에 무작정 뛰쳐나왔다. 현관문을 박차고 몸을 내밀었을 땐 '여기만 아니라면 어디든 상관없어.' 아집을 부렸건만 고난은 끝나지 않았다. '생존'을 위해 뛰쳐나오긴 했으나 막상 할 수 있는 게 없었다. 어린 소녀는 앞날에 대한 계획을 구상하기 위해 부둣가로 갔다.

폐기 처분된 어망과 너덜너덜한 밧줄 더미를 바람막이 삼아 무릎을 오므린 채 앉아 있었다. 냉기 서린 새벽 비바람이 들이닥쳤다. 바닷바람에 휘날린 빗물이 따귀를 갈겼다. 팬티 안까지 물이 스며들었다. 뼛속까지 한기가 파고들었다. 손과 발은 주체를 못 하고 와들와들 떨려 댔다.

20분쯤 지났을까, 빗소리를 뚫고 워커의 굽 소리가 오른쪽 귀를 자극했다. 그 불쾌한 소리가 점차 가까워지자 소리의 근원을 찾아 시선을 맞췄다. 술에 취한 한 중년의 남자가 다가오고 있었다. 그는 다리를 비틀거렸다. 옷은 비에 젖은 채 너덜거렸다. 손엔 우산 대신 초록 병을 쥐고 있었다. 떠돌이 개처럼 추레한 옷차림에 비 맞은 개털처럼 축 누그러진 머리카락. 어린 소녀는 바닷가 주변을 서성이는 실없는 부랑자쯤으로 여겼다. '지나쳐 가겠지.'라고 생각했었다.

하지만 자세히 보니 부랑자치곤 표정이 영 어울리지 않았다. 실실 웃고 있는 표정. 새벽에 딸뻘 되는 여자애가 비바람을 맞고 있는데 그걸 보고서 실실 웃는다? 뜻하는 바가 무얼까. 기분 좋은 일이 생겼나. 아니면 혹…… 재미를 볼 상상이라도 하고 있는 건 아니겠지?

순간, 어린 소녀의 가슴이 철렁 내려앉았다. 뒷덜미가 서늘해지면서 온몸에 좁쌀 같은 소름이 돋았다. 두려웠다. 어린 소녀는 남자에게 더 이상 다가오지 말라고 수차례 고함쳤다. 하지만 남자는 어린 소녀의 애처로운 경고를 들어먹지 않았다. 그는 오히려 키득거리는 소리까지 내며 보폭을 더 늘렸다.

'모르겠다.'

그녀의 기억으론 그때 아마 이런 생각이었던 것 같았다. 머릿속이 백지 상태였다. 소녀는 자신에게 다가오는 남자를 일각에 힘껏 밀어붙였다. 그리고 소녀의 머릿속 백지에는 격한 감정의 기복이라는 복잡 미묘한 그림이 그려졌다.

남자는 그대로 새까만 바닷물에 빠져 버렸다. 비가 추적추적 내리고 있었다. 바람이 사납게 불고 있었다. 남자는 울렁이는 암흑 바다 속에서 '헉헉'대는 거친 신음을 내뱉었다. 그는 살기 위해 허우적거렸다. 어린 소녀는 삐죽 고개를 내밀고 그런 그를 지켜봤다. 남자는 콘크리트 바닥의 모서리를 짚으려 애썼다. 소녀는 그 애절한 몸부림을 멍하니 내려다보다가 그만 눈을 마주치고 말았다.

남자의 입은 넘실대는 바닷물에 잠겨 있었지만 눈은 분명 살려 달라고 애원하고 있었다. 그의 외침이 어린 소녀의 가슴을 후벼 팠다. 하지만 소녀는 남자를 도와주지 않았다. 오히려 그의 살고자 하는 의지를 무참히 꺾어 버렸다.

남자가 운 좋게 파인 콘크리트에 손가락을 집어넣는 데 성공했을 때였다. 소녀가 그의 손을 지그시 밟았다. 그리고 발 앞꿈치에 무게를 실어 좌우로 짓이겼다. 남자는 "푸하악!" 하는 뭉툭한 외마디 비명과 함께 바닷물을 한 움큼 뱉어 냈다. 그러고는 다시 바다에 잡아먹혔다. 그는 전처럼 발버둥 치지 못했다. 방전된 체력 때문일 것이다.

소녀가 주위를 둘러봤다. 목격자는 없었다. 빗소리와 파도 소리 말곤 어떠한 소리도 들리지 않았다. 소녀는 내달렸다. 목적지는 없었다. 우선은 바다가 보이지 않는 곳으로, 감옥 같은 집이 보이지 않는 곳으로, '잘못 만난 부모'라는 꼬리표가 따라오지 못할 곳을 향해, 달리고 또 달렸다. 소녀는 단 한 번도 뒤돌아보지 않았다.

며칠 뒤, 학교에서 그 남자에 대한 소식을 듣게 됐다. 아이러니한 소식이었다. 그는 친구의 아버지 되는 사람이었다. 불행 중 다행일까, 아니면 불행에 또 다른 불운이 겹친 걸까. 아버지를 여읜 친구의 표정은 그다지 슬퍼 보이지 않았다. 떠도는 소문에 의하면 친구의 아버지는 술과 무능에 찌든 사람이었다고 했다.

어린 소원은 한 가지가 궁금했다. 득이 될 리 없는 쓸모없는 궁금증이라 처음엔 무시하려 했다. 그게 잘 안 되자 애써 기억에서 삭제하려고도 해 봤다. 하나 그것도 잘되지 않았다. 그녀는 결국 궁금증을 풀기로 다짐했다.

그녀는 남아 있는 모든 담력을 한곳으로 끌어모았다. 그 용기로, 죽은 남자의 딸이자 그녀의 친구에게 물었다. 아버지께서 혹 폭력적이진 않으셨냐고. 친구는 그녀의 물음에 의아함을 품지 않았다. 친구는 무신경한 말투와 무표정한 얼굴로 이런 대답을 내놓았다.

"그 순해 빠진 귀머거리가 무슨. 평생 남 좋은 일만 하다가 그냥 개같이 간 거야."

이 이야기의 진의는 단 세 명만이 알고 있었다. 그리고 곧 이 진실은 심연 속 깊숙이 파묻힐 것이다. 처음부터 없었던 일처럼, 영원히.

"잘하면 한 명 더 알고 있을 수도 있겠네."

소원이 혼잣말을 하더니 콧바람과 함께 가벼운 웃음기를 띠었다.

어젯밤, 술에 만취돼 기억 속 필름이 끊긴 상태였다. 억지로 기억을 더듬다 보니 그 인간에게 술김에 털어놓은 것 같기도 했다. 긴가민가한 기억을 조립하던 소원은 이내 얼마 지나지 않아 관뒀다. 남아 있는 시간이 아까웠다. 어차피 이제는 상관없는 일이니까.

이 순간 딱 한 가지 바람이 있다면 진우가 보고 싶다는 것. '그 사람'에게 딱히 듣고 싶은 말이 있는 건 아니었다. 하고 싶은 말도 없었다. 그냥 그가 보고 싶었다. 어떤 소소한 대화라도 상관없었다. 그와 대화를 나누고 싶었다. 그의 목소리가 듣고 싶었다. 진우라는 이름의 남자는 그녀가 가진 전부라 해도 과언은 아니었다. 그와 주고받던 입씨름까지 그리웠다. 다툼이라는 것도 살아 있어야 가능한 것이고, 붉힌 얼굴이라도 볼 수 있으니까.

그렇지만 소원의 눈에 물이 고이진 않았다. 무덤덤한 기분에 한 번씩 눈썹을 찡긋거리는 정도가 그녀의 얼굴 상태였다. 세상과의 작별에 대해서 더 이상 아쉬운 점도 없었다. 굳이 아쉬운 점이 있다면 그동안 키워 왔던 게임 캐릭터와 함께 가지 못한다는 게 섭섭할 따름이었다.

§

바바가 도수의 인중을 핥아 댔다. 도수는 그제야 잠에서 깼다. 그는 눈을 뜨자마자 선반에 풀어 논 손목시계를 확인했다. 소원이 진급 선물로 사 준 시계였다. 오전 10시를 살짝 넘긴 시간. 시간상으로 그리 오래 잔 건 아니었지만 다시 눈을 감고 싶진 않았다. 오히려 간만에 숙면을 취한 기분이었다.

바바가 아침밥이 늦었다며 아우성이다. 도수는 바바 밥그릇에 사료를 부어 주고 물그릇도 채워 주었다. 도수의 해장 메뉴는 라면이다. 어젯밤의 과음 때문인지 첫 끼니부터 식욕이 왕성했다. 그는 라면에 만두도 두 움큼 넣었다. 계란도 두 개 풀었다. 다 먹을 수 있을지 확신은 안 섰지만 왠지 그럴 수 있을 것 같았다.

도수는 오늘 출근하지 않는 날이다. 그래서 어젯밤 마음 놓고 소원과 진탕 술을 마셨다. 소주 세 병째 이후로 몇 잔을 더 재겼는지 불분명했지만 꽤나 마셔 댄 건 확실했다. 소원도 어제 장난이 아니었다. 술이 턱 끝까지 취해서는, 영화에서 본 살인 장면을 마치 자신의 경험담인 양 읊어 대며 술꼬대를 해 댔다. 당시에 도수도 술에 만취된 상태라 부분적으로 필름이 끊겨 있었다.

그래서 소원이 무슨 영화를 보고 영감을 받은 건지 기억이 어두웠다.

도수가 기억을 되살리려 하자 정수리에서부터 불쑥 찌릿한 통증이 찾아왔다. 아직 숙취가 덜 깬 것이다. 도수와는 달리 소원은 아침 출근길에 올랐다. 도수는 소원이 제시간에 출근했을지 궁금했다. 그녀의 불만 메시지가 없는 것으로 보아 제시간에 출근했을 것 같긴 했다. 아니면 늦게 출근한 나머지 밀린 일처리를 하느라 바빠서 메시지 보낼 여유가 없거나.

오늘 소원과 놀이동산을 가기로 했는데 아쉽게도 그건 다음 기회로 미뤄졌다. 소원과 쉬는 날을 맞추기 위해 운택에게 그녀의 연차를 건의했더니 5월 8일은 이미 다른 사람이 연차를 예약해 놔서 힘들 것 같다고 했다. 운택이 눈을 쓱 맞추며, "지혜 씨는 다음에 가라 하면 돼. 어때? 그날 갈래?" 선뜻 물어 왔지만 도수가 사양했다. 굳이 그럴 필요성까진 느껴지지 않았다. 앞으로도 시간은 많으니까.

"그러고 보니 오늘 동물원 공사한다고 애들 옮기는 작업한다던데. 소원이 누나 고생 많겠네. 술도 아직 덜 깼을 텐데. 그지?"

도수가 바바를 보며 혼잣말을 했다. 그는 부스스한 머리로 실없는 웃음기를 머금었다.

문득 그의 눈길이 집 안을 훑었다. 소원의 흔적이 적나라하게 흩어져 있었다. 머리카락, 축축한 수건, 핸드폰 케이스, 양말, 그리고 속옷까지. 소원과 연애하는 동안, 이런 경험은 처음이었다. 이제는 연애의 느낌보단 결혼을 준비하는 사이라는 느낌이 더와 닿았다. 연애 초창기 때 느꼈던 설렘이 어떤 것이었는지 지금은 기억조차 가물가물했다. 그렇다고 도수가 거기에 대해서 부정적인 시각을 가진 건 아니었다. 오히려 부모의 사랑을 못 받고 자라서인지 설렘보다는 편안한 느낌을 더 선호했다.

도수는 어제 새벽까지 소원과 이런저런 얘기를 나누었다. 가벼운 주제로 담소도 나누었고, 두 사람의 미래에 대한 각자의 생각도 털어놓았다. 도수는 나름 진심이 느껴지는, 진지한 대화를 나누었다고 보고 있었다. 그리고 자신이 그녀를 사랑한다고 느꼈으며, 벌써 부부가 된 것도 같았다. 소원은 어땠는지 모르겠지만 도수의 생각과 느낌은 그랬다.

도수의 감으론 잠자리도 꽤 괜찮았던 것 같았다. 무슨 바람이 불어서인지 어제는 소원이 더 신경 쓰고 즐기는 것 같았다. 새빨간 속옷하며 격하게 울렁이던 골반. 그녀의 날카로운 신음 소리가 귀에 박힐 때마다 도수는 남자로서 인정받는 것 같아 만족감을 느꼈다.

도수는 평소에 '섹스'란 남녀의 쾌락을 위한 일종의 도구라고 여겨 왔다. 하지만 어젯밤 끝난 후 그 사고방식에 변화의 바람이 불었다. 어젯밤은 단순한 쾌락이라 치부할 수 없었기 때문이었다. 아랫도리가 자신의 느낌보다 상대방의 느낌에 더 초점을 맞춰 움직였다. 보통 '섹스'라는 것을 할 때면 아래로 피가 쏠려 머리통이 통나무가 돼 버리는데, 어제는 뇌에도 혈기가 도는 느낌이었다.

아이? 가정? 소속감? 순간순간 이러한 단어들이 머릿속에 번뜩번뜩 떠올랐다. '어쩌면, 이제는 너도 그러한 것들을 가져도 좋지 않겠니?' 하고 또 다른 자아의 목소리가 자문하는 것만 같았다. 도수는 대답 대신 또 다른 물음을 이었다. 만약에 소원과 가정을 꾸린다면 그 소중한 가정을 위해서 이 한 몸 희생할 수 있을까. 내가 그럴 자격이 있을까. 스스로에 대한 의문으로 얼룩졌다.

사실 어제 도수는 소원에게 따끔하게 한마디 하려고 벼르던 중이었다. 소원의 사채 빚을 갚아 주기로 한 이상 뭐라도 한마디 해야겠다 싶었다. 결혼을 고려하고 있는 사이이지 않은가. 서로 솔직해져야 한다든지, 앞으로 금전적인 문제에 신경을 좀 더 쓰라든지, 이런 식의 말을 직설적으로 때려 박을 작정이었다. 하지만 차마 그 말을 입 밖으로 내진 못했다.

소원은 어제 충분히 반성하는 듯한 태도를 보였다. 도수가 추궁하지 않았는데도 앞으로 그런 일은 절대로 없을 거라며 자진해서 약속까지 했다. 그리고 피치 못할 사정이 있었다며, 사정 설명까지 세세하게 해 주었다. 이유는 아버지의 도박 빚 때문이라고 했다.

소원은 고등학생 때부터 아버지와 인연을 끊고 살았다고 했다. 그런데 빚쟁이들이 무슨 수로 알았는지 아버지가 빚을 갚지 않자 자신에게 찾아왔다고 한다. 아버지가 돈을 갚지 않으니 딸이 대신 갚으라 협박했다고 한다. 당시 그녀의 수중엔 돈이 없었다고 한다. 대출도 되지 않아 사채 빚을 또 다른 사채 빚으로 틀어막았다고 한다. 그러다 보니 이자가 불어나 어느새 7천만 원이라는 금액이 돼 버린 것이고.

"요 며칠 사이 진짜 별의별 일이 다 있었네. 그지, 바바야?"

도수는 바바를 쳐다보며 또 혼잣말을 했다. 그의 콧구멍에서 한숨처럼 긴 콧바람이 뿜어져 나왔다.

어머니께서 치매에 걸린 줄 알고 가슴앓이했던 일, 소원의 사채 빚을 갚기 위해 골머리를 썩였던 일, 운택의 부탁 때문에 해고당하는 건 아닌지 질리도록 걱정했던 일. 요 며칠 사이에 안 좋은 일들을 연달아 겪었다.

지금이야 추억 삼아 말하듯 떠올리지만 당시엔 머리가 미어터지는 줄만 알았다. 모든 일이 무사히 넘어가 줘서 얼마나 다행인지 몰랐다. 어머니는 치매가 아니었다. 심한 스트레스 때문에 기억에 잠시 문제가 생긴 것이었다. 소원의 빚 7천만 원은 경철과 운택이 빌려주기로 한 돈에 자신의 통장 잔고를 더해서 갚기로 했다. 물론 소원이 가지고 있는 돈도 포함이었다.

운택이 부탁한 일은 없었던 일이 됐다. 전임 대표 이사가 무슨 심보에서인지 운택의 과거사를 새로 취임한 이사에게 알리지 않은 것이다. 운택은 그 기회를 잡아 동물원에서 회계를 담당하는 경리 직원과 회계 사무소 직원을 구워삶았다고 자랑했다. 그리고 모종의 거래를 통해 사육사들을 입단속시켰다고 한다.

'한동안 그 길을 잊고 살았네.'

도수는 잊고 있었던 언짢은 기억이 떠올라 미간을 찌푸렸다. 입가엔 아련한 주름살이 더해졌다. 얼마 전만 해도 동물원에 출퇴근할 때마다 습관적인 두려움이 느껴졌었다. 버스를 타고 그 길을 지날 때면 자동적으로 고개가 수그려졌다. 어쩔 때는 숨 쉬는 것조차 자제했었다. 그 길을 볼 때마다 도수는 자책했고 후회됐다. 그리고 가슴 아팠다. 그런데 자신도 모르는 새에 그 트라우마를 잠시나마 잊고 있었던 것이다. 복희와 소원의 일 때문에 말이다. 하지만 한편으론 '이렇게 잊어도 되는 건가.' 싶기도 했다.

도수는 그때의 그 두려움이 다시 수면 위로 떠오르자 세차게 눈을 비볐다.

'바람이라도 쐬고 와야겠다.'

그리고 화장실로 가서 찬물로 세수를 했다. 라면으로 끼니를 때운 그는 트레이닝복으로 환복했다.

"바바야, 산책이나 가자."

도수가 바바와 산책을 마치고 원룸으로 돌아왔다. 바바는 집에 들어오자마자 물을 '촵촵' 핥아 댔다. 도수는 바바에게 간식을 던져 주고 부엌으로 향했다. 맥주 캔 하나를 집어 든 도수는 현관문과 창문을 활짝 열어 두고 소파에 눌러앉았다. 간만에 마실을 다녀오니 기분이 상쾌해졌다. 바람 안의 공기도 오늘따라 유달리 시원하게 느껴졌다.

도수는 TV를 켰다. TV에선 서울의 한 백화점에서 불이 난 광경을 보여 주고 있었다. 아나운서의 격앙된 목소리가 도수의 귀를 강타했다.

'아씨, 간만에 기분 좋았는데 분탕질이야.'

그는 그 뉴스에서 애써 신경을 거두곤 TV 채널을 돌렸다. 굳이 피해자의 기분을 헤아리며 간만에 찾아온 괜찮은 기분을 망치고 싶지 않았기 때문이다. 미안한 말이지만 저들은 엄연히 생판 남이지 않은가. 도수가 채널을 돌리다 어느 화면에서 손가락을 멈췄다. 이번에도 뉴스였는데, 화면에서 수컷 사자의 모습이 보였다. 자세히 보니 화면에 나오는 철창 담장이 눈에 익숙했다.

"어? 뭐지. 설마…… 지금 이거, 우리 동물원인 거야?"

도수는 고개를 내밀고 TV 볼륨을 올렸다.

[……사육사 M모 씨가 참변을 당한 장소는 동물원 내에 위치한 맹수 격리실이었습니다. 맹수 격리실은 평소 맹수로 분류되는 동물들이 부상을 당하거나 건강에 이상이 있을 시에 휴식을 목적으로 주로 이용되던 곳이었습니다. 이번 사건의 최초 목격

자는, M모 씨가 맹수 격리실에 놓고 온 개인 물품을 가지러 갔다가 이와 같은 참변을 당한 것 같다고 증언했습니다. 하지만 아직 동물원 측과 경찰 측에선 정확한 사고의 경위를 파악하지 못하고 있습니다. 이번 사건으로 동물원 측에서는 재발 방지를 위한 교육 훈련을 재개편하고 안전 관리를 강화하는 한편, 경보 장치를 추가 설치하기로 결정했습니다. 그리고 이후 후속 조치를 검토해 처리 방안을 추가 결정하겠다고 전했습니다. 이에 경찰은 사고의 경위가 밝혀지는 대로 결과와 후속 조치에 대해 브리핑을 하기로 했습니다. M모 씨를 물어 숨지게 한 사자는 동물원 안전 책임 관리자와 후에 도착한 경찰관의 총아 맞아 그 자리에서 숨졌습니다. 경찰은 동물원 안전 책임 관리자가 사건 당시에 무슨 이유로 곧바로 총을 발포하지 않았는지에 대해서도 추가 조사에 착수할 예정이라고 밝혔습니다. 2013년에도 이와 같이 동물에게 사육사가…….]

도수는 가슴이 철렁 내려앉았다. 손바닥에 삐질삐질 땀이 고였다.

'아니겠지. 아닐 거야.'

도수는 애써 자신의 감정을 억눌렀다. 하지만 몇 분 뒤, 소원이 전화를 받지 않자 끝끝내 두려움이라는 파도에 휩쓸리고 말았다. 도수는 얼이 빠진 나머지 뉴스 방송도 마저 보지 못했다. 뒤늦게 뉴스 방송을 다시 보기 위해 TV 앞으로 다가섰지만 방송사에선 이미 다른 소식을 전하고 있었다. 곧바로 채널을 돌렸으나 동물원 사고에 대한 방송을 보여 주는 채널은 없었다. 인터넷에도 아직 아무런 기사가 올라오지 않았다.

도수의 심장이 미친 듯이 날뛰었다. 이제는 목덜미에서까지 식은땀이 스멀스멀 올라오기 시작했다. 몇 번이고 다시 소원에게 전화를 걸었지만 그녀는 전화를 받지 않았다. 마침내 혼란이 극에 달했다. 이성보다 감정이 앞서 치달았다. 도수는 뛰쳐나가듯 곧장 원룸을 나섰다. 현관문을 닫았는지 열었는지 신경 쓸 겨를도 없었다.

도수의 눈알이 요란하게 돌아갔다. 하지만 이곳은 쉽사리 택시가 잡히는 곳이 아니었다. 그는 머리를 박박 긁어 대며 어쩔 줄 몰라 신경질적으로 욕설을 내뱉었다. 한 젊은 여자가 도수의 곁을 서성였지만 도수는 그녀의 존재 자체를 인식하지도 못했다.

그렇게 초조한 발을 구르며 택시를 기다리는데 마침내 핸드폰이 울렸다. 하나 도수의 바람과는 달리 소원의 번호가 아니었다. 모르는 전화번호였다. 도수가 핸드폰으로 손가락을 가져갔을 때였다. 손가락이 멈췄다. 마치 손이 자신의 명령을 거부하는 것처럼 의지대로 움직여 주지 않았다.

'시발, 뭐 해. 정신 차려.'

하지만 결국 머리를 휘저으며 정신머리를 챙겨 잡았다. 핸드폰을 쥔 그의 손아귀가 귓가로 다가갔다.

[여보세요? 마소원 씨 가족분 되십니까? 아니면 남자 친구? 통화 목록 대부분이 이 번호로 채워져 있더라고요.]

낯선 남자 목소리가 들려왔다. 그 남자는 자신을 경찰이라고 밝혔다. 그리고 냉정함과 무신경함이 섞인 말투로 믿기지 않는 말들을 쏟아 냈다. 도수는 그저 "맞습니다.", "예."라는 대답만 반복할 뿐이었다. 온몸의 피가 굳어 버리고, 머릿속은 하얗게 질려 버렸으며, 수십 톤의 쇳덩이에 깔린 것처럼 호흡 장애가 일어났다. 전화 통화를 끝마친 도수는 미동조차 멈춘 채 한참을 길바닥에 서 있었다.

§

도수가 팬티 바람으로 방 한구석에 축 늘어져 있다. 그의 턱가에는 거뭇거뭇한 수염이 중구난방으로 자라 있었다. 흡사 대역죄인 같은 몰골이었다. 손에는 소주병이 쥐어져 있었다. 안줏거리는 보이지 않았다. 그의 주위엔 담배꽁초가 가득한 종이컵만 덩그러니 놓여 있었다. 방 안에 불은 전부 꺼져 있었다. 창문으로 들어오는 햇빛도 커튼으로 차단돼 있었다.

원룸 안은 심하게 어지럽혀져 있었다. 소주병들이 나뒹굴고 여기저기 담배꽁초가 널브러져 있었다. 좌식 식탁 위는 밥그릇

하나 둘 공간 없이 잡쓰레기들로 가득했다. 옷가지들과 수건들이 사방에 걸려 있었다. 방 구석구석엔 담배 찌든 내와 탁한 공기의 퀴퀴한 냄새가 배어 있었다.

복희가 하루에 한 번 꼴로 와서 끼니는 챙겨 주었지만 청소는 해 주지 못했다. 도수가 "그냥 놔두시라고요!" 소리치며 완강히 거부했기 때문이었다. 복희가 몇 번이고 마음속을 정리하고 다시 일어나야 한다고 일렀지만 도수는 듣지 않았다. 아니, 마음다짐과는 달리 실천에 옮기질 못했다.

방 안의 어둠을 안주 삼아 대낮부터 주야장천 술을 퍼마시다 보니 어느새 새벽이 찾아왔다. 그는 벌써 소주 다섯 병을 비운 상태였다. 하지만 아직도 알코올이 모자라는지 한 병을 더 가져왔다. 하루를 통틀어 식사라고 할 만한 건 복희가 차려 주고 간 밥 한 끼가 전부였다. 그마저도 밥그릇의 절반도 비우지 않고 방 구석에 남겨 뒀다. 그래서 속도 쓰리고 배도 고팠지만 도저히 식욕이 생기질 않았다.

"바바야. 바바야!"

소주병을 반쯤 비운 도수가 바바를 애타게 불렀다. 그러나 그의 부름이 무색하게도 바바는 어디에도 보이지 않았다. 도수가 다시금 바바를 불렀다. 이번에도 마찬가지였다. 바바는 나타나지 않았다.

도수는 뉴스를 본 후 곧장 택시를 타러 나갔었다. 그때 현관문을 열어 놓고 나간 것이다. 솔직히는, 당시에 워낙 경황이 없어서 문을 닫았었는지 열어 놓았는지 분명치 않았다. 기분상으로는 닫고 나간 것 같았는데.

도수는 택시를 잡아타고 동물원으로 향하다 복희의 전화를 받고 목적지를 바꿨다. 복희가 소원이 병원에 있다는 연락을 받았다고 했다. 도수는 병원 입구에서 복희를 만나 함께 들어갔다.

도수는 간절히 바랐다. 소원의 숨이 붙어 있기를. 뉴스에서 오보를 한 것이기를. 그러나 병원에는 소원이 남기고 간 껍데기만 덩그러니 남겨져 있을 뿐이었다. 도수는 그녀가 남기고 간 상처투성이의 육신을 눈앞에 두고 아무런 말도 할 수 없었다. 실감나지 않았다. 결혼 얘기까지 오가던 자신의 짝에게 이런 일이 벌어졌다는 게.

하지만 현실은 외면한다고 사라지는 게 아니었다. 현실을 마주하는 순간, 현실 부정이라는 실낱같던 끈마저 풀려 버렸다. 갈기갈기 찢겨서 산산조각으로 분해됐다. 일말의 염원도 통하지 않았다. 근근이 버티던 이성의 방패마저도 온갖 난잡한 번뇌들로 득실대는 나락의 낭떠러지로 추락해 버렸다.

도수는 소원이 겪었을 '죽음'이라는 것이 미웠다. 죽음이라는 녀석은 '물귀신' 같은 녀석이다. 자신의 시간이 끝나면 물귀신 작전을 써서 다른 모든 것들을 데려간다. 모든 것의 전부를 말이다. 게다가 소원이 겪어야 했던 죽음은 뜻 없는 죽음이었다. 세상 사람들은 그런 죽음을 빌어 이렇게 표현하곤 한다.

'골로 갔다.'

그날의 불행은 소원을 잃은 것만으로 끝나지 않았다. 그날 소원에 이어 바바까지 잃게 됐다. 원룸으로 돌아온 도수가 열려 있는 현관문을 발견하곤 바바를 찾아 나서려 할 때였다. 때마침 경철에게서 전화가 걸려 왔다. 복희에게서 소원의 일을 전해 들은 모양이었다. 경철은 "바바는 내가 책임지고 찾을 테니까 넌 소원 씨 일이나 신경 써."라고 말했다. 그러나 아직까지 그에게서 바바를 찾았다는 소식은 없었다.

도수는 핸드폰을 켰다. 핸드폰 파일집에 저장된 소원의 사진을 끄집어냈다. 소원은 사진 속에서 가벼운 미소를 짓고 있었다. 꽤 괜찮은 여자였다. 그녀를 보며 꽤 괜찮은 미래를 꿈꾸기도 했었다. 삶의 끝자락까지 함께하는 상상을 하기도 했었다.

다투기도 했고 때로는 욕설도 주고받았지만 그건 중요치 않았다. 중요한 건, 그녀를 진심으로 아꼈다는 사실이다. 응집된 감정의 도가니가 터지며 도수의 눈물샘을 자극했다. 봇물 터지듯이 흘러내렸다. 소원의 장례식에서도 한 방울 나오지 않던 눈물이 드디어 흘러내린 것이다. 눈물샘의 수도꼭지는 한동안 닫히지 않았다.

"시발, 가족이란 것들이……. 이런 개 같은 것들."

눈물 묻은 도수의 입술 사이로 갖가지 욕설과 함께 원망 서린 말들이 튀어나왔다. 도수가 이처럼 비난하는 상대는 그녀와 같은 핏줄이라는 것들이었다. 경찰이 소원의 죽음을 가족들에게 알렸음에도 그들은 소원의 장례식장에 나타나지 않았다. 결국 도수가 직접 그들과 전화 통화를 해 보겠다고 나섰다. 하지만 경찰이 이를 거부했다. 개인 정보법 위반을 이유로 들며 그들의 전화번호를 알려 줄 수 없다고 했다.

소원의 장례식은 3일간 치러졌다. 장례식에 상주 같은 건 없었다. 있을 필요도 없었다. 도수, 경철, 복희, 운택이 전부였으니까. 도수는 소원의 장례식장이 텅 빈 것을 보자 자신의 마음도 텅 빈 것같이 공허했다. 그나마 복희가 기도문을 외워 줘서 어설프게나마 장례식다운 느낌은 낼 수 있었다.

도수의 눈치를 살피던 운택이 동료 사육사들이라도 부르는 게 어떻겠느냐 물어 왔지만 도수가 이를 한사코 거절했다. 이유는 단순명료했다. 평소에 소원이 동료 사육사들을 탐탁지 않아 했기 때문이다. 어쩌다 동물원 얘기가 나올 때마다 그녀의 입에선 '그 인간들 꼬락서니 보기 싫어서 그만두고 싶다.'는 식의 말이 꼬리표처럼 따라 나왔다. 소원은 그 정도로 동료 사육사들을 못마땅해 했다. 실제로도 담을 쌓다시피 지냈다. 도수가 이유를 물어보면 소원은 이런 식으로 대답하곤 했다. "가식적이고 재수 없어서." 그녀가 자진해서 보직을 변경한 것도 그런 이유에서였다. 심지어 그녀는 동료 사육사들의 이름조차 잘 외우지 못했다.

소원이 남기고 간 소지품은 별게 없었다. 도수가 소원의 유품을 살피기 위해 그녀의 원룸에 들른 적이 있었는데 집주인이 문 열어 주는 것을 거부했다. 집주인은 죽은 사람은 불쌍하지만 그렇다고 이렇게 찾아오진 말라고, 가족이 아닌 이상 당신에게 유품을 건네줄 의무는 없다고, 엄포까지 내질렀다. 집주인은 이어서, 여긴 엄연한 자신 소유의 재산이고 자신에겐 재산의 가치를 보호할 권리가 있다고 말했다. 그 말인즉, 사람이 죽어 나갔다는 게 알려지면 다음 세입자를 구하기 힘들어질 테니 들키기 싫으니까 왔다 갔다 하지 말라는 뜻일 것이다.

그 대신 집주인은 핸드폰으로 여러 사진을 전송해 주었다. 물건은 총 열다섯 개였고 사진도 열다섯 장이었다. 집주인은 가구나 부피가 큰 물건들은 자신이 임의로 처분했다고 했다. 처음부터 원룸 안에 비치돼 있던 것이기에 소유권이 자신에게 있다는 게 그 이유였다. 도수가 언성을 높이며 대들었지만 집주인은 차분함과 냉정함이 섞인 목소리로 자기 할 말만 할 뿐이었다. 그는 법대로 하라는 말과 함께 잔말 말고 사진에 보이는 물건 중 가져갈 것이나 골라 달라 했다. 나머지는 송두리째 폐기 처분할 예정이라 했다.

도수는 사진 속 물품 전부를 받아 오려 했으나 그러지 못했다. 받아 온 짐을 보관할 장소도 없었고, 죽음의 향기가 묻은 물품을 지인에게 맡아 달라고 할 수도 없는 노릇이었다. 도수는 결국 노트북, 지갑, 수첩 등 자신의 원룸에서 보관 가능한 물품만 보내달라고 했다. 그마저도 노트북은 개인 정보 법에 의거해 친족만이 수령 가능했기에 받을 수 없었다.

동물원의 상황도 좋지 않았다. 사람이 죽어 나갔으니 당연한 결과였다. 경찰이 들쑤시고, 동물 협회에서 들쑤시고, 시에서 들쑤시고, 동물 보호 단체에서 들쑤시고, 경영진에서 자체적으로 또 들쑤셨을 테니 말이다.

게다가 저번 주에는 동물원에 관한 뉴스가 또 지역 방송국 전파를 탔다. 그 방송사는 다른 동물원의 사육사까지 초청했다. 사육사와 인터뷰한 내용을 TV 밖으로 내보냈다. 도수는 그 뉴스 방송을 2분간만 시청하고 채널을 돌려 버렸다. 2분 만에 참을성이 동이 나 버린 것이다. 그 내용은 이랬다.

뉴스 진행자가 "안전 관리가 허술해서 이런 일이 발생한 건 아닐까요?"라는 물음을 던지자 초청된 사육사가 퍽이나 슬픈 안색을 만들며, "맞습니다. 전부터 이런 일들이 종종 발생하곤 했는데요. 대부분 안전 관리가 소홀했거나 안전에 관한 인식이 부족해서 발생하는 고질적인 문제입니다. 맹수가 있는 곳에는 언제나 잠금 장치가 있습니다. 보안 시스템도 있고요. 관리에 소홀해 경보 장치들이 제때 작동하지 않았거나 사육사가 잠금 장치를 제대로 확인하지 않았을 가능성이 큽니다."라는 대본을 교과서적인 말투로 읊어 댔다. 마치 주어진 대사를 읊조리는 인형극 같았다.

TV 방송에 힘입어 동물원에 들락거리는 관계자들이 늘어났다고 한다. 동물원은 법적인 처벌을 피하기 위해 자진해서 손바닥을 내밀었다. 이번 달부로 2개월간 영업 정지 기간을 갖기로 자체 결정한 것이다. 그리고 지혜가 권고 사직을 당했다고 한다. 도수의 예측으로는 운택이 술수를 써서 그녀에게 책임을 전가한 게 아닐까 싶었다.

"하……."

도수의 입에서 알코올 섞인 한숨이 나왔다. 그의 손에는 여전히 소주병이 쥐어져 있었다. 오늘만 벌써 소주를 여섯 병 해치웠다. 그는 올라오는 취기를 느끼며 눈을 감았다. 잠시나마 아무런 생각이 들지 않았다. 그저 속 쓰림만 느껴질 뿐이었다. 그렇게 도수가 잠들기 일보 직전까지 갔을 때였다. 핸드폰이 울렸다. 전화를 건 사람은 운택이었다. 도수는 귀찮다는 듯이 전화를 받아 들었다.

"새벽에 웬일이십니까."

[밤늦게 전화해서 미안하다.]

"아닙니다. 괜찮습니다. 근데 술 드셨어요?"

운택의 목소리가 불안정하게 흔들리고 있었다.

[어, 한잔했다. 너도 한잔한 것 같은데.]

"예, 저도 한잔했습니다."

[그래, 요즘 많이 힘들제?]

"아닙니다. 이제 다시 일어나야죠."

[그래, 그래야지. 도수야, 내가…….]

"근데, 형님."

도수가 운택의 말허리를 잘랐다.

[어?]

"TV에서는 소원이가 개인 물품? 이런 거 가지러 갔다가 그런…… 변을 당한 거라는데, 아시잖아요, 소원이는 이제 맹수 담당이 아닌 거. 그래서 거기에 갈 필요가 없다는 거. 도대체 그날 소원이가 뭘 가지러 거기에 갔었던 건지 혹시 아시는 게 있어요?"

[음…… 그래, 안 그래도 내가 연락한 것도…… 소원이 일 때문이야. 뉴스에는 그런 내용으로 나왔지만 사실과는 달라. 내가 일 복잡하게 만들기 싫어서 그냥 뭐 가지러 갔다가 사고를 당했다, 그렇게 증언했거든. 사실 소원이는 그날 까망인가 까만인가 하는, 그 하이에나 있잖냐. 걔를 보러 간 거였어. 걔가 또 무리에서 집단 린치를 당했나 봐. 저번보다 훨씬 심하게 다쳤더라고. 그래서 죽느니 사느니 하고 있었거든. 소원이가 걔를 좀 아꼈잖냐. 그래서 보러 갔다가…… 격리실 1구역에 풀려난 사자한테 그리된 거지.]

"……."

도수는 침묵했다. 운택이 "음, 음." 목을 풀더니 말을 이었다.

[그리고 말이야, 음…… 하, 이 말을 하려니깐 입이 안 떨어지네. 사실은 그저께 결정이 난 건데…….]

"무슨 결정이요? 말씀하세요. 괜찮아요."

[실은…… 내가 어찌어찌해서 예수쟁이한테 전부 뒤집어씌우긴 했는데…… 걔랑 어울려 다니던 민정이 걔가, 이사님한테 사실을 전부 일러바쳤는 거라.]

"무슨 사실을요?"

[그니까…… 너도 알다시피 맹수 관리자는 너하고 지혜잖아.]

"명목상으로는 그렇긴 하죠. 근데, 사실상 우리는 그런 거에 구분 없이……."

운택이 도수의 말을 잘랐다.

[그리고 그 일이 벌어지기 전, 막간에 네가 맹수 격리실에 들렀었고.]

"그렇죠. 아니다…… 아니죠. 야간 근무자들이 있지 않습니까."

[나도 그렇게 생각했는데…… 야간 애들이 그러더라. 지들은 그날 맹수 격리실에 들른 적이 없었다고. 모른 척 잡아떼는 건지, 진짜 그런 건지는 나도 구분을 못 하겠더라고. 어쨌든 야간 근무자들이 맹수 격리실에 들렀다는 증거나 목격자가 없는 시점 아니냐. 그러니까 사실이 어떻든, 소원이가 들르기 전 마지막으

로 격리실 잠금 장치를 확인한 사람은 네가 되는 거지.]

“아니, 말도 안 되는…….”

[형 말 끝까지 함 들어 봐라. 너 바로 전에는 지혜가 마지막으로 맹수 격리실에 갔었거든. 그래서 일단은 지혜가 끝물인 것처럼 해 놨어. 네가 마지막으로 격리실에 갔다는 근무 기록은 징계를 무릅쓰고 너 땡땡이치는 거 돕는다고 내가 가라로 조작한 거라고 말해 놨고. 애들한테는 지혜가 마지막이었다고 말하든가, 아무것도 모른다고 말하든가 둘 중 하나로만 대답하라고 시켜 놨고. 듣고 있냐?]

“듣고 있어요.”

[그래. 그런데…… 민정이 고것이, 그래도 의리 지킨답시고 사실대로 실토를 해 버렸네? 너도 알잖아, 이렇게 되면 위에 것들이 어떤 식으로 나올지.]

“……어떤 식으로 나오던데요? 뭐라고 하던가요?”

[지혜랑 너랑 둘 중 하나한테 잘못을 물어야 되는데, 누구 잘못인지 헷갈리잖아. 걔네들이 할 만한 선택은 하나밖에 없지. 둘 다 해고. 그래도 도수야, 경찰들도 그렇고, 우리 자체적으로도 그렇고, 둘 중 누가 확실히 잘못했다는 증거가 없잖아. 마침 그날 CCTV도 오작동 중이었고, 야간 조가 격리실에 가지 않았다는 물질적인 증거도 없고. 그래서 권고 사직으로 갈 것 같아. 그래도 그나마 다행이지.]

"……그렇군요."

[형이 끝까지 너 도와주고 싶었는데, 내 마음과는 다르게 결국 이리됐다. 미안하다. 이 이상으론 형의 능력으로는 달리 방도가 없다. 안 그래도 소원이 일 때문에 힘들 텐데, 이런 말이나 하고 앉아 있고.]

"아니에요. 형님도 요새 경찰하고 동물 협회 이런 데 사람들 만나느라 속 시끄럽잖아. 그런 와중에도 저 신경 써 주셔서 고맙습니다. 저 때매 징계까지 받으시고."

[그렇게 말해 주니까 내가 더 고맙다.]

"전 괜찮으니까 너무 걱정 마세요. 그나저나 저 그럼, 이제 동물원 나갈 일 없겠네요?"

[그래…… 그렇게 됐다. 아마도 월급은 오늘까지 일한 걸로 쇼부 날 것 같다. 원래라면 네가 일찍이 출근을 했어야 됐는데 차마 입이 안 떨어져서 말을 못 했다. 회사 방침상 직계 가족이 돌아가셔야 일주일간 유급 휴가가 가능하잖아. 그래도 너, 소원이 장례식 치르고 일주일 뒤부터 출근한 걸로 돼 있어. 내가 근무일지고 뭐고 다 맞춰 놨다. 뭐, 내가 다 한 건 아니고, 애들끼리 돌아가면서 해 놓은 건데. 어쨌든, 그렇게 알고 있어라.]

"예, 그동안 감사했습니다."

[그래, 마음 좀 정리되면 전화해라. 술이나 함 하자.]

"예."

운택과 전화 통화를 끝낸 도수는 입가에 어설픈 미소를 만들었다. 콧바람과 함께, 눈을 내리깔고 짓는 미소였다. 자칫 거짓 미소처럼 보일 수도 있지만 그가 자의적으로 만들어 낸 미소는 아니었다. 허탈함에 자동적으로 그려진 미소였다.

직장이라는 것은 인생에서 아주 중요한 부분을 차지한다. 심지어 요즘 시대에서는 직장 때문에 목을 매는 사람도 종종 보인다. 도수는 방금 그것을 잃었다. 평생을 지키며 함께 가고 싶었던 직장을 말이다. 그런데 그토록 중했던 직장이라는 것이 사라질 땐 전화 한 통이면 끝나는 거였다. 도수는 그걸 경험한 뒤 허탈함에 자동적으로 미소가 지어진 것이다.

하지만 허탈함뿐이었다. 허망함이 들어찬다든지, 속이 허하다든지, 앞으로의 미래에 대한 걱정이라든지, 그동안 열심히 일한 것에 대한 회의감이라든지, 이러한 부정적인 감정들은 뒤따라오지 않았다. 뭐라도 뒤따라와야 정상 아니겠는가. 일부러 감정 이입을 하려고도 해 봤다. 잘되지 않았다. 지금 도수의 머릿속엔 오로지 이 생각만이 가득 차 있었다. 소원이가 죽었다.

도수는 핸드폰을 켰다. 그리고 소원이 웃고 있는 사진을 골라잡고 뚫어져라 쳐다봤다. 사진 속 세상에서는 멀쩡히 웃고 있는 그녀가 현실에서는 사라졌다. 현실과의 괴리감이라는 올가미가 도수의 목을 조여 왔다.

'것보다 잠깐, 그건 아니지.'

도수가 무기력함이라는 바다에 잠길 때쯤 다짜고짜 이런 생각이 들었다. 그는 곧장 운택에게 다시 전화를 걸려다 그만두었다. 어찌 된 영문인지 확신이 서지 않았기 때문이다.

'그러니까 운택이 말은 결국 그 말이잖아. 내가 격리실 마지막 사람일 수도 있다고? 내가? 방금 뭐지, 그 말은? 그러니까 나 때문에 소원이가 죽었을 수도 있다고? 그 말을 하고 싶었던 건가? 내가 드라군이 있는 철장에 잠금 장치를 제때 확인 안 해서?'

도수는 깊은 고민에 빠졌다. 그의 손이 관자놀이를 꾹꾹 누르고 있었다. 당시를 기억해 내려고 안간힘을 썼다. 하지만 기억날 듯 말 듯 하면서 결국엔 기억나지 않았다.

'내가 잠금 장치를 안 잠그고 갔을 리가 없잖아. 그건 너무 사소한 거잖아, 당연한 거고. 그래서 기억이 안 나는 거겠지. 내가 설마…….'

인과

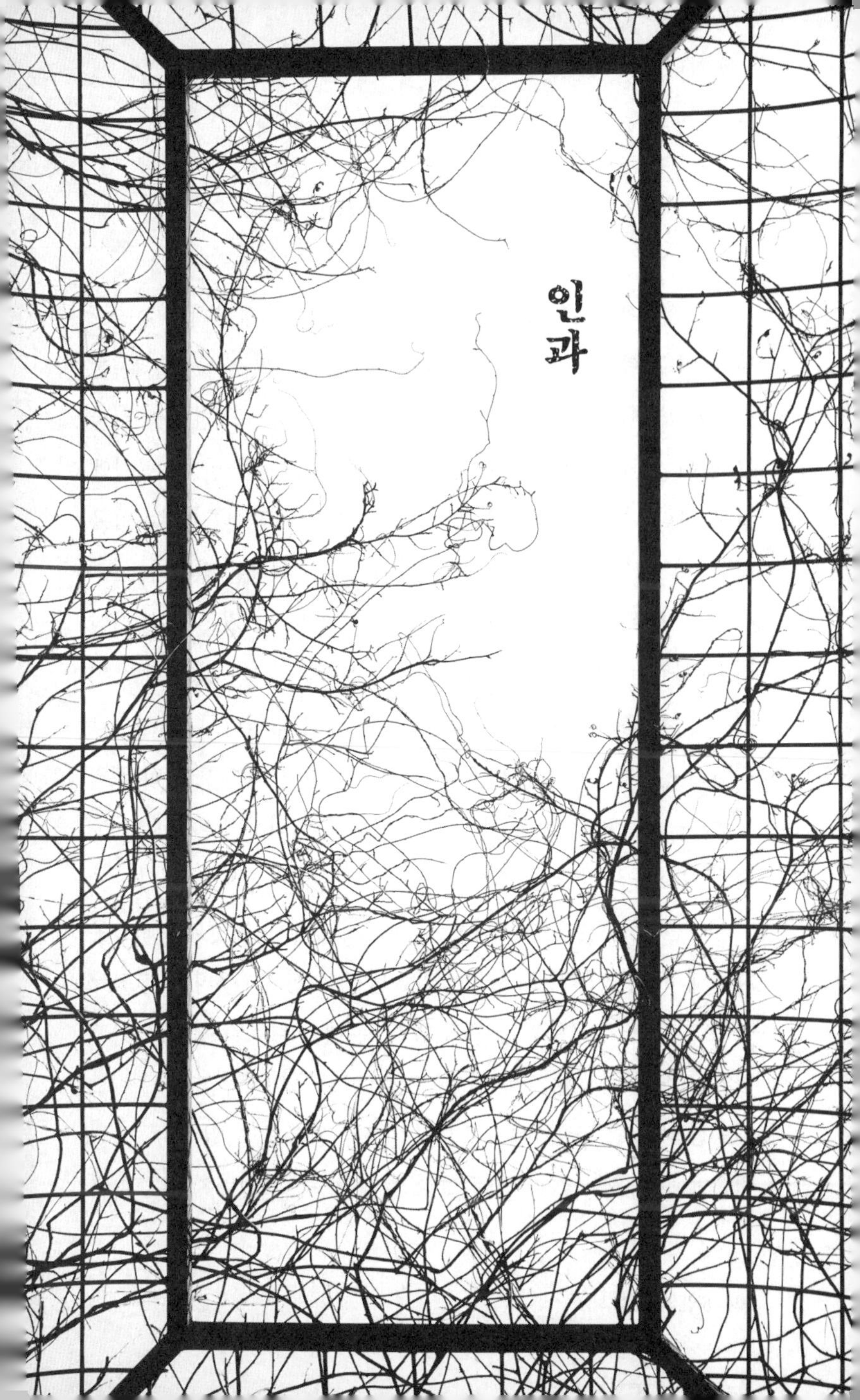

2015년 12월 11일

괘종시계의 짧은 초침이 3시에 머물러 있다. 천장에는 수명이 달아 버린 형광등이 아슬아슬하게 버티고 있었다. 이 공간은 천장부터 벽면과 바닥까지 6면 전체가 5mm 이상의 방풍용 비닐로 덮여 있었다. 얼핏 중형 컨테이너 박스 크기만 한 이 공간엔 창문 하나 나 있지 않았다. 큼지막한 별장 안에서나 볼 수 있을 법한, 사방이 막혀 있는 중앙 방이거나 혹은 지하실 같았다.

방 안엔 두 명의 남자가 있었다. 승준과 또 한 명은 '고양이킬러'라 불리는 남자였다. 고양이킬러는 두 평 남짓의 철괴 판자 위에서 몸이 구속된 채 애절한 몸부림을 치고 있었다. 일차적으로 비닐이 온몸을 에워싸고 있었고, 이차적으로 청 테이프가 비닐 위를 돌돌 싸매고 있었다. 그의 얼굴 안면을 제외하면 바깥으로 노출된 살갗은 보이지 않았다. 입에도 청 테이프가 붙어 있었다.

승준은 비닐 덮개가 씌워진 이동 의자에 앉아 있었다. 그의 옷차림새가 특이했다. 남색 야구모, 빨간색 상의, 그리고 검정색 하의와 마스크, 구두를 신고 있었다. 손에는 니트릴 장갑을 끼고 있었고 신발 덮개용 비닐이 구두를 감싸고 있었다.

승준의 눈은 꿈틀대는 고양이킬러를 깔아보고 있었다. 그의 왼손에는 비워진 커피 캔이 들려 있었다. 승준이 바지 호주머니에서 알사탕 하나를 꺼내더니 입 안에 던졌다. 승준이 혼잣말을 했다.

“저 보이지? 저것들로 널 처벌할 거다. 인간적으로다가 기대해도 좋다.”

승준의 시선이 닿는 곳엔 길게 펼쳐진 연장 가방이 위치해 있었다. 연장들은 큰 순서부터 가지런히 배치돼 있었다. 중형 슬레지 해머, 강철 손도끼, 망치, 쇠지레, 회칼, 나이프, 녹슨 못, 면도칼이 차례로 보였다.

“참고로 면도칼이 단연코, 가장 견디기 힘들 거다. 죽을 때까정 면도칼에 회 썰리듯 갈린다고 상상해 봐. 상상만 해도 끔찍하지 않냐? 그리고 저걸로 너의 뼈와 살점을 조각낼 거고, 저걸로 너를 음식물 쓰레기처럼 살처분시킬 거다.”

승준의 시선이 이번엔 비닐 밖을 향했다. 거기엔 긴 목공 톱과 전기톱이 있었다. 그 옆에는 사람이 몸을 구부린다면 집어넣을 수 있을 만한 용량의 냉동고가 있었다. 냉동고 높이의 두 배 정도 돼 보이는 가축 뼈 분쇄기도 보였다. 그밖에도 적색의 고무대야와 표백제 통, 락스 두 통이 위치해 있었다.

고양이킬러는 청 테이프에 입 구멍이 막힌 채 계속해서 “읍, 읍.”과 같은 괴성을 내질렀다. 하지만 승준은 그의 성음을 무시한 채 혼잣말을 이었다.

“웬만하면 1년에 한 명 꼴로 너 같은 인간들을 찾아내서 처벌해 주려 했는데 말이야, 작년엔 내가 너무 바빠서 그럴 시간이 없었어. 이게 생각보다 은근히 준비할 게 많거든. 왁싱도 해야 되지, 머리카락 면도도 해야 되지, 복장도 준비해야 되지, 구두 굽도 개조해야 되지, 또 이런저런 기계 장비 수리에다가, 소모품 사러 다른 지역까지 새빠지게 가야 되니까. 그래도 뭐, 그 덕분에 넌 생명 연장할 수 있었잖아? 안 그래?"

말을 마친 승준이 빈 캔을 바닥에 내려놓았다. 그는 사탕을 와드득 씹어 삼키며 포박된 남자를 그윽하게 쳐다봤다. 남자는 계속해서 응어리진 소리만 내고 있었다.

"시끄럽네, 이거. 저승 가는 마당에 마지막 품위라도 좀 챙기시지. 주제에 아직도 뭔 변명거리가 그렇게 남았다고……. 너 입 발린 소리 했다간 다시 입 막는다, 알겠어?"

승준이 남자에게 다가가 입에 붙어 있던 청 테이프를 떼 주었다. 그러자 남자는 "컥." 하는 소리와 함께 물려 있던 자갈돌을 뱉어 내곤 거칠게 숨을 몰아쉬었다. 그의 입 안과 자갈돌은 핏물과 섞인 침으로 흥건했다. 남자가 후들거리는 목소리로 말했다.

"대체 저한테 왜 이러시는 건데요, 예?"

"글쎄…… 내가 너한테 왜 이럴까? 한번 맞혀 보시든가."

승준은 어린애 다루듯 장난기 어린 말투를 사용했다.

"전…… 당신을 처음 봐요. 절 아세요? 도대체 누구세요? 누구시기에 저에게 이러시는 겁니까."

"나? 나는…… 그냥 경찰 아저씨야. 그리고 너에 대해 아주 빠삭한 사람이지. 내 목소리 기억 못 하겠어?"

"경찰이요? 저 아는 사람 중에 경찰은 없어요. 사람 잘못 보신 거 아닌가요. 전 누구한테 원한 살 만한 짓은 한 적이 없어요."

승준은 남자가 자신을 알아보지 못하자 마스크를 잠시 벗었다가 다시 썼다. 나름 힌트를 준 셈이다. 남자는 근 10초가량 기억을 더듬다 "아!" 하는 탄식과 함께 말을 이었다.

"그때 그…… 경찰분이시네요. 제가 고양이 죽였다고 이러시는 건가요? 당신, 경찰이잖아. 경찰이 이래도 되는 거야?"

"안 될 건 또 뭐야."

"저…… 저한테 이러시는 진짜 이유가 뭡니까? 예? 왜 이렇게까지 하시는 겁니까. 제가 당신한테 무슨 피해를 줬다고."

"그러는 넌, 애들한테 왜 그랬는데. 애들이 너한테 무슨 피해를 줬다고."

"애들이라면…… 지금, 제가 죽인 고양이들 말씀하시는 거 맞죠?"

"그래, 이 새끼야."

"그…… 그때는, 저도 왜 그랬는지 잘 모르겠어요. 진짜…… 잠깐 미쳤었나 봐요. 하지만! 지금은 안 그래요! 정말입니다."

"그렇겠지."

승준은 당장이라도 달려가 저 녀석의 정수리에다 칼침을 쏴

버리고 싶은 충동이 들었지만 겨우 참아 냈다. 아직은 일렀다. 그렇게 곱게 보낼 순 없는 법이었다.

승준은 '고양이킬러'라 불리는 저 남자가 어떤 부류인지 잘 알고 있었다. 저 남자는 '자신의 어머니'와 같은 부류다. 온갖 피해망상에 찌들어 아이들을 학대하는 것을 정당화하고 즐기는 부류. 승준은 저런 인간들은 갱생 불가라 장담하고 있었다. 재활용조차 안 되는 종자들이다. 어머니도 그랬으니까.

그녀의 폭행은 코피가 흘러도, 영양실조로 쓰러져도, 손이 닳도록 싹싹 빌어도 멈추지 않았다. 울분을 실어 뺨을 갈기고, 복종을 상기시키며 드라이기로 지지고, 웃는 얼굴로 어깻죽지를 꼬집고, 벌을 준다는 명목하에 밥을 굶기고, 생긴 게 마음에 안 든다고 머리카락을 쥐어뜯고. 아들이 고통스러워할수록 어머니는 더한 고통의 자극을 찾아내려 눈알을 돌릴 뿐이었다.

그의 기억 속 필름이 국민학교 5학년 때로 되감기됐다. 있는 힘껏 주먹으로 어머니의 턱을 후려쳤었던 그때의 기억. 그 기억을 마지막으로 마침내 어머니의 폭력으로부터 해방될 수 있었다. 사정을 모르는 사람이 듣는다면 패륜아라 삿대질했을 테지만 상관없었다. 만약에 그때 그러지 않았더라면 자신이 죽었을 테니까.

당시에 어머니는 술에 한껏 취해 있었다. 식칼을 들고서 얼굴을 홍당무처럼 시뻘겋게 붉힌 채 다가오고 있었다. 이 상황에서 열두 살짜리 아이가 할 수 있는 행동은 목숨을 지키기 위해 패륜이라는 패를 집어들 수밖에는, 다른 수는 없었다. 나이가 들어찬 지금 떠올려 봐도 그때의 선택에 후회는 없었다. 그건 누가 뭐래도 모든 생명체의 타고난 권리인 '생존을 위한 정당방위'였으니까.

어머니가 식칼로 아들을 죽이려 들었던 이유는 아들이 첫 몽정을 했기 때문이었다. 승준의 기억으로 어머니는 대강 이런 말을 하며 칼을 집어 들었던 것 같았다.

'왜? 너도 이제 도망가게?'

어머니를 쓰러뜨린 승준은 그대로 가출을 감행했다. 가출 첫날은 지하철역 화장실에서 물을 훔쳐 마시며 노숙을 했다. 그리고 다음 날, 고심 끝에 경찰서 대신 순희 이모네를 간택했다. 승준은 무작정 걷고 걸었다. 다리에서 쥐가 올라오고, 배에선 미친 듯이 소리가 나고, 목은 바싹바싹 말랐다. 해가 막 저물 무렵, 마침내 순희 이모네에 도착한 승준은 남아 있는 힘을 다해 대문을 두드렸다.

"누구세요!"

그리고 마침내 순희 이모가 대문을 열고 나왔다. 승준은 배고프다고, 살려 달라고 말했다. 아니, 빌었다.

"이게 무슨 난리야. 엄마는?"

물어 오는 이모에게 있는 사실 그대로를 전부 털어놓았다. 살기 위해서, 어머니와 이모의 사이를 갈라놓는 또 한 번의 패륜

짓거리를 저지른 것이다. 순희 이모는 거지꼴을 한 승준의 양 팔뚝을 붙잡고선 "엄마가? 엄마가 그랬다고?" 같은 말만 반복했다. 승준은 "배고파요."라는 말만 반복했다. 순희 이모는 승준을 집으로 데려가 인스턴트 라면을 끓여 주었다.

그날 이후 승준은 다시는 어머니를 찾지 않았다. 그는 순희 이모와 이모부, 그들의 지인, 경찰관들의 도움을 받아 그 '지옥 같던 집'에서 벗어날 수 있게 됐다. 그렇게 성인이 된 그가 이모부의 도움을 받아 첫 대학 등록금을 냈던 날, 어머니가 심장 마비로 돌아가셨다는 소식을 듣게 됐다. 어렸을 적에는 감히 상상도 못 했는데, 지금은 그 이유를 알 것도 같았다. 어머니가 아들인 자신을 그토록 증오했었던 이유. 집 나간 아버지와 닮아 있었기 때문에.

상념에서 벗어난 승준이 가볍게 고개를 끄덕이며 말했다.

"처음에 속아 주는 척 좀 해 줬더니만 또 속이려 드는 거 같은데, 착각하지 마. 난 애시당초 너한테 속은 적 없어. 네가 동네 고양이들을 자꾸만 죽여서 신고를 받고 널 잡았을 때도 널 믿어서 그냥 보내 줬던 게 아니야. 다시는 그러지 않겠다는 너의 약속을 믿어서 그랬던 게 아니란 말이다. 법으로 널 처벌해 봤자 벌금형일 게 뻔하니까, 그래서 그랬던 거야. 언젠간 오늘 같은 날을 꼭 만들겠다고 다짐하면서 모른 척하고 널 풀어 준 거라고. 자, 여기서 다시 대답해 봐. 네가 방금 말한, 지금은 안 그래요,

이 말 진짜야? 아님 거짓말이야?"

"진…… 진짭니다! 그날 이후로 안 그래요. 안 그랬어요. 진짜예요. 근데 대체 누가 저를 신고한 건지……."

승준이 헛웃음을 날렸다. 하지만 곧 이글거리는 눈빛으로 고쳐 잡았다. 그는 울화가 치미는지 팔뚝 살을 부르르 떨어 댔다. 승준이 격앙된 목소리로 다음과 같은 말을 쏟아 냈다.

"이거 아직도 정신 못 차렸구만. 애견 숍 주인이 알려 줬다, 왜? 어쩔래? 열받아? 막, 가서 복수해 주고 싶고 그래? 그리고 말이야, 그 동네에서 일어난 일 아니라고 내가 모를 줄 알고? 그 옆 동네서 고양이들이 죽어 나가던 거! 그것도 너잖아, 이 새끼야! 그딴 짓을 벌인 것도 모자라서 쥐새끼마냥 이제 와서 모른 척을 해? 그렇게 약속까지 해 놓고도 계속 고양이들 고문하고! 죽이고 다녔잖아! 이 악마 같은 새끼야. 너만 모르지, 이 동네 사람들 다 알고 있어. 심지어 동네 꼬마들까지도. 이 모지리 자식아."

"아, 아닙니다! 그거 저 아닙니다! 정말이에요. 믿어 주세요."

"끝까지 아니란 말이지?"

승준이 자리에서 일어섰다. 그는 펼쳐진 연장 가방에서 망치를 골라잡고 남자에게로 다가갔다. 그리고 망치로 남자의 정강이를 가차 없이 내리찍었다. 남자는 "끄억!" 하는 단발성 비명을 내지르더니 잇따라 신음을 흘렸다. 승준이 의자에 엉덩이를 붙이며 말했다.

"자, 이번엔 다른 걸 물어볼게. 좀 솔직해져 봐, 알겠어?"

"예, 예, 알겠습니다. 알겠습니다. 때리지 마세요."

"총 몇 명 죽였어?"

"정확히는 기억이 잘 안 나는데…… 한…… 25마리 정도……."

남자의 대답이 마음에 들지 않았는지 승준이 다시금 자리에서 벌떡 일어섰다. 이번에는 회칼을 들고 와서 남자의 허벅지를 찔렀다. 남자는 "아악!" 하는 비명과 함께 눈물을 질질 흘리기 시작했다.

"죄송합니다. 정말 죄송합니다. 다음부턴 절대로, 절대로! 그러지 않겠습니다. 죄송합니다."

"다시 물어볼게."

울부짖는 남자와는 달리 승준의 말투는 차분했다. 마치 오랜 세월 같은 일을 해 온 장인처럼.

"고양이킬러야, 너 고양이 총 몇 명이나 죽였니? 두 동네 합쳐서 말이야. 아니, 네놈 인생을 다 합쳐서."

"제…… 제가 사는 동네에서 25마리 죽였고, 옆…… 옆 동네에서 12마리…… 아니다, 13마리 죽였습니다. 죄송합니다."

"참…… 많이도 죽였구나."

승준은 깊은 한숨을 내쉬고는 말을 멈췄다. 남자가 슬금슬금 승준의 눈치를 살피더니 이윽고 입을 열었다.

"저…… 저기, 그냥 저 풀어 주시면 안 될까요? 다시는 그런 짓 안 할게요. 정말입니다. 믿어 주세요. 또 한 번 그런 짓 하면 그땐 정말로 저를 죽이세요. 이번 한 번만 기회를 주신다면 다시는 그러지 않겠습니다. 신고도 하지 않겠습니다. 정말입니다!"

남자의 말이 끝나자마자 승준은 바닥에 내려 둔 망치를 집어 들었다. 그는 남자의 왼쪽 무릎과 정강이, 성기, 배를 순서대로 가격했다. 남자는 눈물범벅이 된 채 고통 서린 비명을 질러 댔다.

이후 몇 분이 흘렀다. 고통의 잠식에서 깨어난 남자가 갑자기 눈을 부릅뜨더니 덤비듯이 말했다.

"야 이! 개 씹알, 호로 잡새 새끼야! 도대체 나한테 왜 이러는 건데! 그깟 고양이 새끼가 뭐라고 나한테 이러는 거냐고!"

남자는 몸서리치며 분노했지만 승준의 태도는 여전히 침착했다. 한편으론 여유까지 느껴졌다. 그는 의자에 앉아 팔짱을 끼고 다리를 꼬며 말했다.

"내가 너한테 왜 이러냐고? 그야 넌 빌어먹을 동물 학대자니까. 사람을 상대로 악행을 저지르면 법적으로 처벌받지만 너같이 동물들을 상대로 악행을 저지르는 놈들은 처벌을 받지 않지. 그러니까 같은 악행을 반복하고 또! 반복하는 거고. 누군가는 그 악순환을 끊어 주고 동물들의 영혼을 달래 줘야 하지 않겠냐? 그건 그렇고, 대체 너, 애들한테 왜 그런 거냐?"

"그야 발정 난 고양이 새끼들이 하도 사람들한테 피해를 주니까 그랬지! 겁나게 시끄럽질 않나, 더러운 몸으로 여기저기 병균이나 옮기고, 냄새나는 음식물 찌꺼기나 뒤지고 다니잖아. 그딴 혐오스러운 것들은 전부 죽어도 싸!"

승준이 슬며시 자리에서 일어나 회칼을 집어 들었다.

"이 새끼 또 거짓말하네. 아직 정신을 못 차렸구나."

"조까, 이 더러운 살인귀 새끼야."

"슬슬 본색을 드러내시네. 야, 너 솔직히 함 말해 봐라. 고양이가 아니라 사람을 죽이고 싶었는데 그럴 배짱이 없어서 만만한 고양이들 죽인 거잖아."

"또라이 같은 새끼, 세상 사람들이 다 너처럼 미친 사이코패스 살인마인 줄 아냐? 사람을 왜 죽여? 미치지 않고서야."

남자는 다음과 같은 말을 하곤 저도 모르게 웃음소리를 내고 말았다. 살인마의 훈계를 듣고 있는 지금 이 상황이 너무도 어이가 없어서 헛웃음을 흘려 버린 것이다. 하지만 그는 곧장 표정을 고쳐 잡아야 했다. 승준이 심상찮은 분위기를 풍기며 가자미눈을 뜨고 있었기 때문이다. 살인마를 코앞에 두고 순간적인 감정하나 숨기지 못해 그를 자극하다니, 자신의 경솔한 입이 어리석게 느껴졌다. 남자가 뒤늦게 승준을 달랬다.

"죄송합니다. 갑자기 망치로 때리시니까 너무 아파서 그만 헛소리가 나와 버렸습니다. 제 말은……."

승준이 남자의 말을 자르며 말했다.

"고양이가 혐오스럽다고? 아니, 난 인간인 네가 더 혐오스러워. 넌 그 힘없는 고양이들이 불쌍하지도 않든? 걔네들이 음식물 쓰레기를 뒤지고 싶어서 뒤졌겠어? 배는 고픈데 먹을 게 없으니까 그랬던 거 아니야. 그리고 인마, 고양이들 생각보다 깨끗해. 적어도 너보단 깨끗할걸?"

남자는 변장하듯 얼굴을 가식적인 미소로 꾸몄다.

"맞는 말씀이십니다. 인정합니다. 그리고 다시는 그러지 않겠습니다. 정말입니다. 이런 일까지 당했는데 또다시 그런 짓을 한다면 그땐 정말 죽어도 싸죠. 한 번만 용서해 주세요. 한 번만 더 기회를 주신다면 앞으로 다시는 그런 짓 하지 않겠습니다. 아니! 남은 평생을 속죄하는 마음으로 고양이들을 위해 살겠습니다. 제가 그때는 너무 스트레스를 받아서 그랬습니다. 어렸을 적에 고양이가 할퀸 적이 있어서…… 그래서 그런 잘못된 선택을 한 것 같습니다. 제가 잘못했습니다."

"늦었어, 욘석아. 넌 이미 내 얼굴도 봤고, 내 직업도 알잖아. 널 살려 주면 날 신고할 테지."

"아! 정말, 정말로! 신고하지 않겠습니다. 맹세합니다! 제가 고양이 죽이고 다닌 거, 부모님께서도 아직 모르십니다. 만약 제가 당신을 신고하게 되면 저도 고양이 연쇄 살인마라고 동네방네 소문이 날 텐데, 그러면 부모님이 절 내쫓으실 겁니다. 저 집에서 쫓겨나면 더는 갈 데도 없습니다. 저도 그런 불쌍한 인간입니다."

"그렇단 말이지?"

"예! 정말입니다! 절대 신고하지 않겠습니다."

"알겠다, 그럼. 살려 줄게."

"아, 감사합니다. 감사합니다."

남자가 가식으로 얼룩진 미소를 흘릴 때였다. 승준이 떨어진 자갈돌을 주워서 다시 남자의 입에 억지로 쑤셔 박곤 청 테이프로 감아 버렸다.

"잘못을 뉘우치려고 노력하는 것 같으니까, 당연히 살려는 줘야 마땅하겠지. 난 자비로우니까. 근데, 널 도와주진 않을 거야. 무슨 말이냐면…… 살고 싶으면 네 힘으로 한번 살아 보란 뜻이다. 거기서 너 혼자 힘으로 풀고 나가 봐. 아님, 그대로 굶어 죽든가. 너 지금 피 흘리고 있으니까…… 한…… 적어도 이틀 안엔 풀고 나와야 될 거다. 그 이상은 못 버틸걸? 하지만 외롭진 않을 거다. 내가 옆에서 쭉 지켜봐 줄 테니까. 그러고 보니 이참에 배고픈 고양이들 심정도 한번 생각해 보면 되겠네. 너 같으면 배고파서 죽을 지경인데 눈에 보이는 음식물 쓰레기를 뒤지지 않을 수 있을까? 잘 한번 생각해 보라고."

승준의 눈 끄트머리에 주름이 잡혔다. 말투는 순전히 비꼬는 방식이었다. 승준은 고양이킬러가 이번 기회에 배고픔이란 무엇인지, 그 고통이 어떤 것인지 진심으로 느껴 보길 바랐다. 승준은 자칭 신을 대변하는 고결한 구원자다. 법보다 정의롭고 평등

한, 자신만의 정의의 심판대를 만들어 놓고 단죄라는 혹독한 벌로써 세상의 질서를 어지럽히는 죄 많은 영혼에게 죗값을 치러주는 구원자.

이로써 고양이킬러는 고양이들이 죽기 전까지 느꼈던, 그 굶주림의 고통을 똑같이 느끼게 될 것이다. 그리고 죽기 전 참회의 눈물을 흘리게 될 것이다. 승준은 굶주림에 대해서 잘 알고 있었다. 그 기억은 잊고 싶다고 잊을 수 있는 게 아니었다. 지워지지 않는 낙인과도 같았다.

그가 국민학교 1학년 때였다. 어머니가 노름판에 빠져서 근 일주일간 집에 들어오지 않았던 적이 있었다. 당시는 여름 방학 기간이었다. 승준은 친구의 도시락도 얻어먹을 수 없는 상황이었다. 게다가 이미 이틀간 배를 쫄쫄 굶은 상태였다. 냉장고 안을 뒤져 봤지만 술을 제외하곤 먹을거리가 없었다.

승준은 미치도록 허기가 졌던 나머지 기어코 냉장고에 있던 소주병을 꺼내 들었다. 그리고 병따개로 뚜껑을 땄다. 이게 뭔지는 잘 모르겠지만 어머니께서 늘 마시던 음료였다. 얼마나 맛있었으면 아들에게 단 한 방울도 양보한 적이 없었다.

승준은 그 음료를 들이켰다. 그리고 곧바로 내뱉었다. 입 안에다 녹슨 쇠를 집어넣은 것 같은 요상한 맛이 났다. 골이 띵해지고 눈알이 핑핑 돌았으며 속이 메슥거렸다. 하지만 도로 냉장고로 돌려놓진 않았다. 배가 고팠기 때문이었다. 어찌나 배가 고프

던지 앞이 흐릿해졌다. 짐승이 된 것처럼 '당장 무언가라도 먹어야 돼.'라는 충동만이 머릿속을 가득 메웠다.

승준이 소주병을 다시 입가로 가져갔을 때였다. 다른 것이 눈에 들어왔다. 담배였다. 어머니는 식후에 항상 담배를 피우셨다. 달콤한 하드 아이스크림보다 담배를 더 좋아라 하셨다. 승준은 어머니가 담배를 어떻게 드시는지 수백 번, 아니 수천 번을 봐왔다. 간단했다. 말캉한 부분을 입에 쥐고서 끄트머리에 불을 붙이면 되는 거다.

승준은 소주병을 도로 냉장고에 집어넣었다. 그리고 담배 개비를 물고 담뱃갑 옆에 있던 라이터로 어렵사리 불을 붙였다. 그런데 이상하게도 구름 과자는 만들어지지 않았다. 앞부분만 시커멓게 타들어 갈 뿐이었다. 그렇게 담배와 씨름한 지 몇 분이 흘렀을 때였다. 아무 생각 없이 '후읍' 하고 숨을 들이켰는데 드디어 구름 과자가 완성됐다. 그리고 동시에 뒷골에서부터 힘이 빠지면서 정신이 몽롱해졌다.

눈이 떠지자마자 시계부터 살폈다. 구름 과자를 만든 후로 5분 정도가 흐른 것 같았다. 담배 개비는 전부 타들어 가 재로 변해 있었다. 그 주변 마룻바닥은 검게 그을려 있었다.

'끄르륵' 배에서 요동치는 소리가 들렸다. 그는 자신의 배를 확인했다. 그리고 예상 밖의 자신의 모습을 발견했다. 앙상한 갈비뼈 아래로 배가 볼록하게 튀어나온 것이다. 몸이 이상했다. 배가 터질 것같이 부풀어 올라 있었다. 분명히 집 안인데도 땡볕에 서 있는 것처럼 사지와 오장육부가 활활 타올랐다. 수돗물을 마셔 봤지만 당최 갈증은 해소되지 않았다. 눈알을 움직이지도 않았는데 지진이라도 난 듯 천장이 혼자서 들썩였다. 그러더니 이런 환청이 들렸다.

'마지막 기회야. 너, 지금 당장 아무것도 안 먹잖아? 그러면 진짜 죽는 거야, 진짜로. 이번엔 진짜야.'

승준은 헐레벌떡 몸을 일으켰다. 배고픔도 잊었다. 그저 생명체의 원초적인 생존 본능만이 남아 있었다. 근처에 시체가 있다면 뜯어 먹었을 것이다. 이어서 그의 본능이 말했다.

'옆집 음식물 쓰레기.'

승준은 신발도 신지 않고 현관문 밖으로 뛰쳐나갔다. 죽음의 언저리를 서성이는 지금, 최소한의 인간성이나 체면 따위는 안중에도 없었다.

그가 막 마당 대문을 열어 젖혔을 때였다. 마당에 목줄이 채워진 채로 쓰러져 있는 돌리가 보였다. 돌리는 혓바닥을 내밀고 있었다. 눈알은 생기를 잃은 빈사 상태였다. 돌리의 밥그릇에는 살점 하나 없이 볕에 빠짝 익어 버린 생선뼈 하나가 덩그러니 놓여 있었다.

돌리는 승준의 유일한 친구였다. 항상 목줄이 걸려 있고 다리를 절뚝였지만 한결같은 미소를 잃지 않는 굳센 친구였다. 어머니가 밥을 주지 않아도 어머니를 사랑해 주는 친구였고, 아무 조건 없이 집의 문지기를 자처해 주던 친구였으며, 아무도 같이 놀아 주지 않는 승준에게 늘 먼저 다가와 '같이 놀자' 꼬리를 흔들어 주던 상냥한 친구였다. 아니, 친구보다는 형제에 가까웠으리라.

승준이 돌리의 배를 두들겼다. 돌리는 미동조차 하지 않았다. 숨도 쉬지 않았다. 초점이 사라져 앞을 보고 있는 건지, 먼 곳을 보고 있는 건지 분간할 수도 없었다. 하지만 당장은 슬프지 않았다. 하나뿐인 내 편이, 유일한 내 친구가, 형제가 죽었는데도 말이다.

'돌리도 고기잖…….'

승준은 주먹으로 자신의 턱을 쳐올렸다.

그리고 '음식물 쓰레기'를 선택했다.

2015년 11월 11일

도수가 잠에서 깼다. 그는 허리를 일으킴과 동시에 엄지손가락으로 관자놀이를 꾹꾹 눌렀다. 찌릿한 두통이 일었다. 수분 고갈로 쪼그라든 뇌가 두개골에 이리저리 부딪히는 것 같았다. 속에서는 부글거리는 소리가 잇따랐다. 그는 급작스레 올라오는 매스꺼움에 격한 소리를 내며 헛구역질했다. 어질어질한 머리, 목구멍으로 역류하는 알코올 냄새, 아직 빠지지 않은 취기가 그를 반갑게 맞이했다.

도수는 어제 열등감을 안주 삼아 새벽 4시가 넘도록 혼자 술을 마셨다. 깨어 보니 핸드폰 액정에 금이 가 있었지만 어쩌다 이렇게 된 건지는 기억나지 않았다. 아니나 다를까, 부재중 전화가 와 있었다. 그것도 열두 통이나. 발신자는 도수가 일하는 직장의 사장이었다. 샤워 중에도 두 차례 전화벨이 더 울렸다. 하지만 도수는 모르쇠로 일관했다.

샤워를 마친 후 누렇게 익은 매트리스 위로 돌아왔다. 거기에 반쯤 누워서 담배를 피우며 20분가량 스포츠카 잡지를 봤다. 제시간에 출근하지 않은 건 사실이나 부재중 전화가 애타게 와 있는 걸 보니 심술보가 터져서 시간을 끌었다. 목적 없는 반항심이 또 발동된 것이다. 상호간에 정해진 룰에 반기를 드는 것, 약속을 어기는 것, 열등감의 표출이었다.

그는 담배 세 개비를 줄이어 피운 다음에야 오토바이를 타고 직장으로 향했다. 끝끝내 부재중 전화번호에 전화를 돌려주진 않았다.

"야, 이 개잡놈 새끼야! 누구 장사 말아먹으려고 작정했어?"

도수가 그의 일터인 중국 음식점 입구 문을 열고 들어갔을 때였다. 주방에서 상스러운 욕설이 튀어나왔다. 욕설을 내뱉은 이는 중국 음식점 사장 아저씨였다. 땅딸막한 키에서 뿜어져 나오는 걸쭉한 샤우팅. 사장 아저씨는 참아 왔던 분노의 힘으로 거침

없이 욕지거리를 쏟아 냈다.

"어이구야, 저 병신 같은 새끼. 넌 새끼야, 어딜 가도 굶어 죽을 새끼야, 알아? 보나마나 또 늦게까지 술 처먹고 못 일어난 거겠지. 너 이 새끼, 젊은 놈이 벌써부터 정신머리를 그렇게…… 아, 뭐? 이거 놔. 저딴 놈은 따끔하게 한마디 해 줘야 정신을 차려요. 아참, 알았으니까 이거 놓으라고. 에라이, 이 못 배워 처먹은 놈!"

이내 사장 아줌마가 그만하라며 사장 아저씨를 말렸다. 사장 아저씨는 그제야 못 이기는 척 욕설을 멈췄다. 그는 욕설을 멈춘 순간에도 못마땅한 혀를 쯧쯧 차 댔다. 도수는 아무런 대꾸 없이 주방 입구에 붙어 있던 영수증을 뜯었다. 앞서 다섯 군데나 배달이 밀려 있었다.

"이거 다 가져가면 되죠?"

도수가 무성의한 말투로 물었다.

"어, 맞아."

사장 아줌마가 대답했다.

도수는 욕받이가 된 상황에서도 아무런 반박도 하지 않았다. 강점의 동요도 딱히 없었다. 분명 치욕적인 말을 들은 건 사실이나 일부러 없었던 일 취급했다. 관심 없다는 듯이 행동했다. 사장의 입장에서는 충분히 열받을 만한 상황이었고, 틀린 말 하나 없으니까. 자신이 사장이었어도 저렇게 말했을 테니까.

도수는 스스로를 '개새끼' 혹은 '병신'이라 여기고 있었다. 그렇다고 개새끼처럼 정말 개새끼 같은 짓을 저지르고 다닌 적은 없었다. 병신처럼 정말 정신 상태에 문제가 있는 것도 아니었다. 다만, 이 세상에서 누군가가 그렇게 불려야만 한다면 자신이 적당하다고 인정했다. 아니, 자폭했다.

시궁창에서 벗어날 의지도 없는 구제 불능 외톨이에다, 나태가 온몸에 덕지덕지 붙어 있고, 심술과 악의가 머릿속에 가득 버무려져 있으며, 여자 · 술 · 도박의 뒤꽁무니나 쫓는 초하류 인생이니까. 거기다 '고아 새끼'라는 추가적인 명목이 덧붙었다. 하지만 그렇다고 그런 자신의 모습을 포장하고 싶진 않았다. 누군가에게 사과를 하는 건 죽어도 싫었다. 왜인지 모르지만 그건 불공평하게 느껴졌다.

도수는 주문 음식을 오토바이 뒷자리 철가방에 순서대로 실었다. 그는 헬멧도 쓰지 않고 맨얼굴로 흙바람을 맞으며 목적지로 향했다. 자동차가 거의 보이지 않는 지긋지긋한 시골길이 펼쳐졌다. 도수는 첫 목적지를 조금 지나쳐서 중앙선을 넘어 왼쪽으로 난 길로 샜다. 그곳에 위치한 구멍가게에 들르기 위해서였다. 전부터 배가 까뒤집히는 게 무어라도 위 안에 쑤셔 넣어야겠다 싶었다. 잠시 잠복기를 맞았다가 2차적으로 찾아오는 골치 아픈 숙취였다.

도수는 음료 캐비닛에 배치된 이온 음료를 집자마자 입 안으로 털어 넣었다. 그리고 빈 캔과 함께 담배 한 갑도 같이 계산했다. 그는 구멍가게 입구에서 담배 한 개비를 피운 다음 다시 오토바이에 올라탔다.

그렇게 도수가 빠져나왔던 큰길로 다시금 진입하기 위해 우회전을 했을 때였다. 새로운 담배 개비에 불을 붙이느라 잠깐 한눈을 파는 사이, 돌발 사태가 벌어졌다.

끼이익!

돌연 마을버스가 급브레이크를 밟으며 옆으로 '휙' 하고 지나갔다. 버스는 중앙선을 넘어 마침 달려오던 맞은편 승용차와 정면 충돌했다. 승용차는 버스와 충돌하면서 역방향으로 훌쩍 밀려났다. 버스는 바퀴가 틀어지면서 그대로 길가의 가드레일을 박살 내곤 7~8m 아래로 곤두박질쳤다. 버스가 추락한 곳에는 반쯤 얼어붙은 계곡물과 큼직한 바위들이 위치해 있었다.

도수가 길가에 오토바이를 정차시켰다. 담배꽁초를 길바닥에 내버리고 오토바이에서 내렸다. 그가 사고 현장에 서서히 다가섰다. 승용차는 앞부분이 완전히 반파돼 있었다. 버스가 추락한 곳에서는 연기가 스멀스멀 올라오고 있었다.

가드레일 밖으로 얼굴을 디밀었다. 희뿌연 연기 사이로 버스의 윤곽이 드러났다. 버스는 창문이 천장 쪽을 바라보게끔 90도로 뒤집혀 있었다. 유리창은 전부 깨져 있었다. 곧이어 검뿌연 연기가 솟구치기 시작했다. 그러더니 사람들의 비명이 잇따랐다.

도수는 급히 핸드폰을 꺼내 119의 11까지 눌렀다. 그리고 9자를 누르려다 불현듯 행동을 멈췄다. 그는 핸드폰을 다시 바지 호주머니에 집어넣었다. 그리고 뒷걸음질로 오토바이가 있는 곳까지 되돌아왔다. 머릿속이 복잡했다.

방금 전, 큰길로 들어서기 위해 우회했을 때가 떠올랐다. 당연히 차가 없을 줄 알았다. 그래서 오는 차로를 확인치 않고 방향을 틀었던 것이다. 자신의 그 무책임한 행동이 이 대형 사고의 원흉 같았다. 사고가 난 버스는 도수의 눈에 익숙한 버스였다. 45분마다 산 중턱 마을에서 사람을 태우고 내려오던 마을버스였다. 도수가 알고 있는 한, 그 마을버스 안에는 늘 승객이 붐볐었다. 승객을 한가득 태운 그 버스는 순간적으로 튀어나오는 오토바이를 피하려다 중앙선을 넘어 버리고 말았을 것이다. 그 결과 때마침 맞은편에서 달려오던 승용차와 출동한 것이고, 그래서 이 사달이 난 것이다.

도수는 두리번거리며 주위를 살폈다. 목격자는 없었다. 계곡 쪽에서는 고함 섞인 비명이 연신 들려왔다. 눈앞의 광경이 도수의 머리를 옥죄였다. 분산된 정신을 한곳으로 모으고자 발악해 봐도 뜻대로 되지 않았다. 도저히 어떻게 해야 될지 판단이 서지 않았다. 멀뚱히 서 있던 도수가 급작스레 고개를 휘저었다.

"아니지, 아니지. 정신 차려, 시발. 이건 아니야. 당장 119에…… 112도 해야……."

다시 쥔 핸드폰을 들여다보며 우물쭈물하는 사이 느닷없이 승용차의 찌부러진 앞부분이 눈에 들어왔다. 도수는 자신의 본능이 이끌어 주는 대로 시야를 집중시켰다. 도수가 본능적으로 확인한 것은 승용차 앞부분에 위치한 블랙박스 자리였다. 블랙박스가 보이지 않았다.

'어차피 버스에도 블랙박스가 있을 거 아니야.'

도수는 자신이 본능적으로 한 행동 때문에 스스로가 역겨워지는 기분이 들었다. 그리고 이어서, '여기서 내 잘못은 얼마나 되는 거지? 이게 내 잘못인가? 그렇다면 처벌은? 처벌은 어떻게 되지? 아니야. 내가 버스를 들이박았어, 뭐 했어?' 자기 합리화를 시도했다.

이윽고 날카로운 비명 소리가 도수를 감싸고돌았다. 여자 목소리였다. 도수는 비명 소리가 들려오는 반대편으로 시선을 회피하곤 손바닥으로 귀를 틀어막았다.

'신고해야겠지. 지금 당장 해야 돼. 생각할 시간이 없어. 사람 목숨이 달린 일이잖아. 근데, 그러면 난 어떻게 되는 거지? 난 어떻게 되는 거냐고.'

그렇게 머릿속으로 고민을 이어 가던 도수가 무의식적으로 말 한마디를 입 밖으로 내뱉었을 때였다.

"우선 사람부터 살리고 볼 일……."

입에서 술 냄새가 올라왔다. 도수의 머리가 돌처럼 굳어 버렸다. 이 이상은 무리였다. 자신은 그 정도의 책임을 감당할 수 있는 사람이 아니었다. 자신은 그저 비루한 개새끼, 병신일 뿐이지 않았던가. 도수가 주위를 다시 둘러보았다. 버스와 승용차에서 나오는 연기로 온 사방이 허옇게 물들어 있었다. 도수의 앞까지 온통 뿌옇게 보였다.

마침내 결단을 내렸다. 그는 번호판 없는 자신의 오토바이를 보며, '이건 내 잘못 아니야. 버스 기사가 과속한 거잖아. 그러니까…… 혹여나 걸려도, 그래도 내 잘못은 아닌 거야.' 하고 혼잣말을 했다. 그리고 승용차로 다가갔다.

도수가 찌그러진 운전석 문을 낑낑대며 열었다. 그곳엔 얼굴이 피범벅이 된 채로 기절한 한 중년의 남자가 있었다. 확실히는 죽었는지 기절했는지 알 수 없었다. 도수는 남자의 어깨에 매어 있던 안전벨트를 풀어 주었다. 남자를 차에서 끌어내 반대편 차선 도로 길가에 눕혔다. 도수는 의식이 없는 남자에게, "어……어서, 신고하세요."라는 마지막 말을 남긴 후 오토바이에 올라탔다. 그리고 내달렸다.

도수는 낡은 매트리스에 넋 나간 듯 앉아 있었다. 오후 8시가 넘은 시각이었지만 아직 환복도 하지 않았다. 저녁 식사도 하지 않았다. 배도 고프지 않았다. 틈만 나면 생각나던 화투판도 떠오르지 않았다. 그는 담배만 주야장천 피워 댈 뿐이었다.

방금 전, 도수는 한 뉴스 방송을 봤다. 오늘 그가 겪었던 교통사고에 관한 내용이었다. 뉴스에 의하면 승용차에 타고 있던 남자 한 명과 버스 승객 열두 명, 버스 기사가 목숨을 잃었고, 병원에 입원 중인 인원은 세 명이라고 한다. 사망자 중에는 어린아이와 갓난아기도 포함돼 있었다.

도수는 되뇌었다.

'내 탓 아니야. 그냥 잊자. 그냥 잊자고. 그냥…… 버스 기사가 날 쳤으면…… 그랬으면 되는 거였잖아. 아니지, 당연히 그랬어야지. 승객이 더 중요한 거 아니야? 그리고 버스 기사가 과속…….'

머릿속으로 혼잣말을 읊조리던 도수가 순간, 말의 꼬리를 잘랐다. 분명 그 당시에 느끼기엔 버스가 과속이었던 것 같았는데, 지금 떠올려 보니 확신할 수가 없었던 것이다. 도수의 표정이 괴기스럽게 일그러졌다. 인중이 올라와 앞니가 들쳐졌다. 미간에는 울긋불긋한 고집살이 집혔다.

'어차피 오토바이에 번호판도 없었어. 걸리면 내 꺼 아니라고 하면 되지. 그리고…… 따지고 보면 내 탓이라 할 수도 없는 거잖아, 안 그래? 시팔! 걸려도 상관없어. 좆 같은 거, 법대로 하라 그래. 이 미친놈이…… 그러기에 누가 중앙선 넘으래?'

§

승준이 애견 숍 문을 열고 들어갔다. 애견 숍 주인이 그를 반가이 맞이했다.

“어머, 어서 오세요. 오늘 일찍 퇴근하셨나 봐요?”

“예, 오늘이 우리 하울이 생일날이라서요.”

“정말요? 전 몰랐네요. 나중에 하울이 오면 선물 줘야겠어요.”

“선물은요, 마음만으로도 고맙습니다. 그나저나 하울이한텐 별일 없었답니까?”

“별일 없었대요. 별일이라고 한다면…… 찡보가 하울이를 그렇게 좋아한대요. 계속 졸졸 따라다닌다 그러더라고요.”

“찡보 고 녀석, 맨날 사고 치는 고놈 맞죠?”

“맞아요. 잘 아시네요?”

주인 여자가 씩 웃는 표정으로 승준을 물끄러미 쳐다봤다.

“제 얼굴에 뭐가 묻었나요?”

“아니요, 신기해서요.”

“뭐가요?”

“저희 아버지랑 비슷한 연배신 것 같은데, 어쩜 그렇게 강아지를 좋아하세요? 관심도 많으시고. 저희 아버지는 개는 밖에서 키워야 돼! 맨날 이러시면서 저한테 눈치 주시거든요.”

승준은 어색한 표정이 됐다.

“하울이는 저한테 있어서 가족이거든요. 누가 들으면 나이 들어서 주책이다 할지 모르겠지만…… 제가 그렇게 느껴지는데 뭘 어쩌겠어요."

"아니에요, 주책은요. 저도 우리 훈이, 강아지지만 가족이라고 생각하고 있어요."

"공감해 줘서 고맙습니다."

"고맙긴요, 뭘."

"요즘 장사는 좀 어때요? 이 동네에도 강아지 키우는 사람이 점점 느는 것 같던데."

"말도 마세요. 저 옆에 애견 숍한테 손님 다 뺏기고 있어요. 애견 숍 주인이 남잔데, 키도 크고 곱상하게 생겨서 여자 손님들이 줄을 서더라고요. 덕분에 우리 가게는 여자 손님 발길이 뚝 끊겼네요."

"그래요? 거참…… 얼마나 잘생겼길래."

"저도 궁금해서 지나가면서 슬쩍 봤는데 잘생기긴 했더라고요? 아, 근데 혹시……."

주인이 두 손을 가지런히 모으며 말을 끌었다.

"예?"

"요 위에 꽃집 아시죠?"

"알죠, 오다가다 자주 보거든요."

"꽃집에 들르신 적은 있으세요? 꽃을 사 봤다든지."

"아니요. 왜요?"

"거기 주인아주머니가 한 미모하시거든요. 들어 보니까 요새 좀 적적해하시는 것 같던데……."

승준이 부자연스러운 미소를 지으며 말했다.

"아니에요. 저번에도 그랬지만, 진짜 괜찮아요. 아직 그럴 생각이 없네요. 마음만 감사히 받겠습니다."

"그러신가요? 아쉽네요. 미모뿐만 아니라 성격도 좋으신 분인데."

"신경 써 주셔서 감사합니다만, 저는…… 하울이 하나만으로도 족해요. 지금은…… 다른 생각이 안 드네요."

"정 그러시다면 어쩔 수 없지요. 나중에라도 마음 바뀌시거든 말씀해 주세요. 제가 주변에 좋은 아주머니…… 아니다, 언니들 많이 알거든요. 보시다시피 애견 숍 주인이잖아요? 반려견이나 반려묘 키우는 사람들치고 나쁜 사람 본 적이 없어요. 제가 좋은 분들만 딱! 선별해서 주선해 드릴게요."

"아닙니다. 말씀만으로도 고맙습니다."

승준이 연신 겸연쩍은 미소를 머금었다. 주인 여자도 덩달아 그를 마주 보며 입가에 주름을 만들었다.

"하울이는 언제쯤 올까요?"

"지금이 보자…… 곧 도착하겠네요. 송희가 하울이랑 훈이랑 찡보 데리고 새로 생긴 애견 카페에 갔거든요. 곧 버스 타고 올 거예요."

"버스요?"

"예."

"강아지 데리고 버스 타도 괜찮아요? 그것도 세 마리나 되는데? 그냥 택시 타고 오시지. 아니면 제가 데리러 갔어도 됐는데."

"어우, 아니에요. 손님께 어떻게 그런 일을 부탁해요. 그리고 이 동네 택시 부르면 한참 걸리잖아요. 가끔 택시도 타고, 때마침 버스 보이면 버스도 타고 그래요. 촌 동네도 그러고 보면 장점은 있어요. 강아지가 버스 탄다고 핀잔 주시는 분은 드물더라고요. 기사 아저씨도 그냥 넘어가 주시고요. 여긴 닭이랑 염소도 버스를 타는 곳이니까요. 애들도 이동 가방에 다 들어가 있으니깐 누구한테 피해 줄 일은 없을 거예요. 걱정 마세요."

"아무리 그래도……. 그리고 세 마리면 꽤 무거울 텐데…… 짖는 소리도 시끄러울 테고."

"괜찮아요. 송희 힘세요."

"그래도 제가 마음이 좀 불편하네요. 다음 달부터는 20만 원 더 올려 드릴 테니까 애견 카페 같은 데 가실 일 있으면 그냥 택시 타세요."

승준이 지갑을 꺼내 들자 주인 여자가 뒤로 한 발자국 물러났다.

"아니에요, 그러실 필요 없으세요. 이미 매달 100만 원씩이나 주시잖아요. 일하시는 동안 잠시 맡아 주기만 하는 건데 100만 원도 많아요. 이 동네 치안 유지를 위해 애써 주시는 것도 감사한데, 여기서 더 받으면 저희가 미안해져요. 설마…… 하울이가 버스 타는 게 싫어서 그러시는 거예요? 눈치 주시는 건가요?"

주인 여자가 장난기 섞인 눈 모양으로 승준을 빤히 쳐다봤다.

"아니…… 뭐…… 꼭 그렇다기보단 모두 편하자고 그러는 거죠. 우리 애견 선생님도요."

승준이 어색한 듯 보조개를 만들었다. 주인 여자도 손으로 입을 막곤 야트막한 웃음소리를 냈다.

"알겠어요. 앞으론 꼭 택시 탈게요, 됐죠?"

"고맙습니다."

"아니요, 저희가 더 고맙죠."

"아닙니다. 제가 고맙습니다. 우리 하울이 잘 보살펴 주셔서 늘 감사해하고 있어요. 하울이도 선생님을 좋아하는 것 같고요."

"그렇게 말씀해 주시니 감사합니다. 아 참, 그리고…… 딱 봐도 제가 딸뻘 정도 되는 것 같은데, 선생님이라는 호칭 말고 그냥 민희라고, 편히 부르셔도 돼요."

주인 여자가 눈웃음을 지으며 말했다.

"아닙니다. 말씀은 감사합니다만 제가 존대하는 쪽이 더 편하네요."

"아, 그러시구나."

이후로 두 사람 사이에 잠시 침묵이 흘렀다. 승준은 애견 숍 내에 배치된 강아지 간식을 구경했다. 주인 여자는 빗자루로 바닥을 쓸었다.

"저기…… 궁금한 게 있는데요."

"예?"

주인 여자가 정적을 뚫고 말을 꺼냈다.

"처음에 오셨을 때 하울이 이름이 이하울이라고 하셨잖아요."

"맞아요, 이하울이라고 이름을 지었어요. 그게 왜요?"

"강아지 이름에 성을 붙이는 분들은 종종 보는데, 손님께서 저희 인터넷 카페에 가입하신 닉네임을 보면 오씨시던데?"

"예, 제 이름은 오승준입니다. 애견 숍 사이트에도 본명으로 가입했고요."

"한데, 하울이는 왜 이씨예요?"

"그건……."

승준이 고개를 숙인 채 어렴풋한 미소를 만들었다.

"저희 어머니 성씨예요. 제가 어머니를…… 5년 전에 여의었는데, 어머니께서 하울이를 정말 아끼셨거든요. 저보다도 더 좋아라 하셨어요. 돌아가시기 직전까지도 하울이를 걱정하셨을 정도였죠."

"그러시구나. 그런 사연이 있을 줄은 생각 못 했네요."

주인 여자가 가볍게 고개를 끄덕거렸다.

"송희 얘는 왜 이렇게 안 오지?"

주인 여자가 불현듯 생각났다는 듯이 중얼거렸다. 그녀는 고개를 갸우뚱하더니 호주머니에서 핸드폰을 꺼내 전화를 걸었다. 하지만 상대방이 전화를 받지 않는지 그대로 전화를 끊었다.

"이상하다. 얘가 전화를 안 받고 그러진 않는데."

"강아지 세 마리랑 같이 있다 보니 정신없나 보지요."

주인 여자의 혼잣말에 승준이 슬며시 끼어들었다.

"그렇긴 하겠네요. 아마 곧 올 거예요. 조금만 기다려 주세요. 아, 커피 한 잔 타 드릴게요."

그렇게 승준과 주인 여자는 한 시간 넘게 송희라는 사람을 기다렸다. 하지만 송희는 돌아오지 않았다. 당연히 하울이도 돌아오지 못했다. 이윽고 걱정이 극에 달한 승준이 참지 못하고 몸을 움직이기 시작했다.

승준이 승용차에 탑승하자 주인 여자가 자신도 태워 달라고 부탁했다. 승준이 별일 아닐 거라며 혼자 갔다 오겠다고 했지만 주인 여자의 고집은 죽지 않았다. 그는 하는 수 없이 주인 여자를 보조석에 태우고 애견 카페로 향했다.

목적지까지 절반쯤 도달했을까. 자동차 바퀴가 굴러가는 전방에서 연기가 솟아오르는 것이 보였다. 더 가까이 다가가니 멀리서 보던 것보다 연기가 더 심했다. 한 치 앞이 잘 보이지 않을 정도로 자욱했다. 교통사고가 난 모양이었다.

승준이 차를 정차시켰다. 창문으로 사고 현장이 보였고, "야! 지금 블랙박스를 왜 찾아! 사람부터 확인해!" 누군가 고함치는 소리가 어렴풋이 들렸다. 계곡 쪽으로 떨어진 버스는 불이 번졌는지 온통 검게 그을려 있었다. 엔진 쪽은 아직도 불이 붙어 있었다. 도로변에는 소방차와 경찰차가 배치돼 있었다. 승준이 시야를 넓혀 멀찍이 바라봤다. 계곡 근처에서 119 구급대원들이 분주하게 움직이는 게 보였다.

승준은 차에서 내렸다. 불길함을 감지한 그의 촉이 각을 곤두세우고 있었다. 승준의 이 촉은 허투루 발동되는 법이 없었다. 대개 열이면 아홉은 들어맞는 신통한 예언가였다.

차에서 내린 승준은 가드레일을 두 손으로 잡고 고개를 내밀었다. 버스의 광경이 전보다 가까워졌다. 승준의 흔들리는 동공이 버스 주위를 훑었다. 그리고 마침내 하울이의 흔적을 찾아낼 수 있었다. 하울이의 이동 가방이 검게 그을려 있었다.

승준은 사고 현장으로 들어가면 안 된다는 수칙을 어기곤 가드레일을 뛰어넘어 득달같이 달려들었다. 중간에 한 경찰대원이 그를 말리며 사고 현장에서 나가라고 경고했다. 하지만 승준은 그 말을 듣지 않았다. 그는 자신의 경찰 신분증을 장애물의 면전에 냅다 던져 버렸다.

하울이의 이동 가방은 굳게 닫힌 채로 여기저기가 찌그러져 있었다. 이동 가방 입구로 새어 나온 피가 보였다. 그 시커먼 피는 뜨거운 온도에 지글지글 끓어오르고 있었다. 일순간 승준의 시간은 멈춰 버렸다. 모든 것이 일시 정지됐다. 신이 존재한다면, 만약 그렇다면, 절대로 일어나선 안 될 일이 눈앞에 펼쳐진 것이다. 그는 이동 가방의 입구를 열어 보지 못했다. 잿더미가 돼 버린 하울이의 모습을 차마 볼 자신이 없었다. 하지만 꼭 이럴 때 상상력이 날개를 펼친다. 거부해도 소용없었다. 끓어오르는 불길 속에서 울부짖는 하울이의 고통이 상상됐다.

§

복희가 부엌에서 양파를 썰고 있다. 찜닭 요리에 들어갈 재료다. 매일같이 배달 요리만 먹다가 간만에 직접 요리를 하기로 했다. 양파가 어수선하게 썰렸다. 음식 간을 맞추는 일도 예전 같지 않았다. 그래도 조금 있으면 도착할 딸과 손녀에게 조미료가 한 움큼 들어간 배달 음식을 시켜 줄 순 없었다.

운택이 눈을 비비며 거실로 나왔다. 그는 주방을 기웃거리다 맨손으로 반찬을 집었다.

"도대체가 넌 몇 번을 깨워도 안 일어나니? 그게 그렇게 안 되니?"

"깨우셨어요? 몰랐어요."

운택이 건성건성 대답했다.

"너 어제 운하랑 아현이 데리러 간다고 그렇게 호언장담을 하더니, 알람은 왜 안 맞춰 놓고 잔 거니?"

"어쩌다 보니까 좀 늦게 잤어요. 알람은…… 맞춰는 놨는데 못 들었나 봐요."

"허구한 날 술 처먹고 게임이나 하고, 너 나이가 몇이니?"

"아 진짜, 왜 이렇게 달달 볶아 대요. 간만에 쉬는 날인데. 지금 데리러 가면 되잖아요."

"됐어. 네가 하도 안 일어나서 운하가 아현이 데리고 버스 탔단다."

운택이 서글서글한 미소를 지었다.

"그럼 잘됐네요, 뭘."

운택의 웃음기를 확인한 복희가 가자미눈으로 그를 흘겼다. 운택은 "음, 음." 목 긁는 소리를 내더니 복희의 눈초리를 피해서 거실 소파로 달아났다.

"지금 몇 시니?"

복희가 물었다.

"거의 2시 다 돼 가는데요."

"올 때가 지났는데 왜 이렇게 안 오지? 택아, 네가 전화 좀 해 봐라."

"곧 볼 텐데 뭘 전화까지 해요. 버스가 늦게 왔나 보죠."

"그래도 그냥 해 보라고."

"아, 알았어요."

운택이 복희의 성화에 못 이겨 여동생에게 전화를 걸었다. 하지만 동생은 전화를 받지 않았다. 그렇게 20분이 지났지만 동생은 연락을 돌려주지도 않았고, 집에 도착하지도 않았다. 운택이 다시 두 차례나 전화를 걸었지만 여전히 묵묵부답이었다.

한 시간이 더 흘렀다. 그동안 운택은 네 차례나 다시 전화 통화를 시도했다. 하지만 동생은 전화를 받지 않았다. 어느새 복희도 소파로 와서 핸드폰만 뚫어져라 쳐다보고 있었다. 복희의 머릿속에서 불길한 예감 따위가 계속 꼬리를 물었다.

"무슨 일 생겼나? 사고 난 건 아니겠지?"

운택이 인상을 팍 쓰며 짜증스런 투로 반응했다.

"재수없게시리 왜 그런 말을 해요. 조금만 더 기다려 봐요. 별일이야 있겠어요."

그 순간은 고개를 끄덕인 복희였지만 이내 걱정을 참지 못했다. 그녀는 차 키를 집어 들고 마당으로 나섰다. 복희가 자동차 문을 열고 운전석에 한 발을 집어넣었을 때였다. 핸드폰이 울렸다. 모르는 번호였다.

[이운하 씨 보호자 되십니까? 어머니 되세요?]

낯선 여자 목소리가 핸드폰에서 흘러나왔다. 그녀는 인사치레를 생략하곤 다짜고짜 딸의 이름을 거론했다.

"예? 예, 제가 운하 엄만데요. 그런데 누구시기에 우리 딸 이름을……."

[시내 앞 중앙병원입니다. 보호자분, 빨리 병원으로 와 주셔야 할 것 같습니다.]

"병원이요? 우리 딸한테 무슨 일이라도 생겼나요? 우리 손녀는요?"

[…….]

상대방이 뜸을 들이자 복희가 재촉하듯 물었다.

"무슨 일 있었냐고요."

상대방은 그제야 입을 뗐다.

[……따님과 손녀분이 탑승 중이던 버스가 그만 사고가 났습니다. 현재 따님은 병원으로 이송되긴 했으나…… 숨을 거둔 상태고요, 손녀분은…… 의식 불명 상태입니다.]

"숨을……."

복희는 말을 끝맺지 않고 전화 종료 버튼을 눌러 버렸다. 상대방에서 할 얘기가 더 남아 있는 것 같았지만 더 이상 듣고 싶지 않았다. 상상조차 하기 싫었다. 딸이 죽었다니, 다른 사람이 뭐라던 간에 자신의 육안으로 직접 확인해야만 믿을 수 있을 것 같았다.

복희는 황급히 시동을 걸었다. 핸들을 잡은 그녀의 손이 갈피를 못 잡고 후들거렸다. 맥박이 요동치고 심장이 쿵쾅거렸다. 머리에 피가 쏠렸는지 '띵' 하는 느낌을 받았다. 그럼에도 복희는 곧장 차를 몰고 병원으로 향했다.

차를 타고 집에서부터 100m가량 멀어졌을 때였다. 큰길로 들어서기 위해 우회전을 한다는 게 그만 도로 측면에 주차된 승용차를 들이박아 버렸다. 핸들을 잡고 있던 떨리는 손과 배회하던 눈동자가 결국 사고를 친 것이다.

복희는 그 자리에서 숨을 골랐다. 사고가 난 차주에게 언질이라도 해 주고 갈까, 잠깐 고민도 했지만 그만두었다. 지금은 그게 중요한 게 아니었다. 복희가 다시 기어 봉을 움켜잡았다. 그리고 후진 기어를 넣고 액셀을 밟았을 때였다. 뒤에서 '빵!' 하는 경적 소리가 허공을 가르고 그녀의 귀를 때렸다. 백미러를 확인해 보니 5톤 트럭이 '끼익' 소리를 내며 급정거하고 있는 광경이 보였다. 복희는 혼비백산하며 브레이크를 밟는다는 것을 실수로 액셀을 밟아 버렸다. 그 결과, 그녀의 차는 반대편 중앙선을 넘어 논두렁에 처박히고 말았다.

자동차 후면이 2m가량 높이에서 떨어져 내리박혔다. 자동차가 냅다 꽂히는 순간, 복희는 머리 받침 시트에 후두부를 강타당했다. 그나마 운전석 의자가 푹신해서 다행이었다. 그렇지 않았더라면 머리를 크게 다쳤을 수도 있는 상황이었다.

복희가 어지러운 머리를 움켜잡고 구렁이처럼 꿈틀대고 있을 때였다. "엄마! 엄마!" 소리를 지르며 운택이 뛰어왔다.

"아! 그러기에 조금만 더 기다려 보자니까!"

운택이 길길이 날뛰며 쏘아붙이다, 이내 걱정스런 눈빛으로 변했다.

"괜찮아요? 조금만 기다려 봐요. 지금 엄마 빼냈다가는 차가 옆으로 쏠릴 수도 있으니까. 머리 괜찮아요?"

복희는 운택의 물음에 대답하지 않았다. 열린 운전석 창문으로 보이는 운택의 얼굴만 멀뚱히 바라보고 있었다. 복희가 아무런 반응을 않자 운택은 119에 신고할 심산으로 핸드폰을 빼 들었다. 그걸 보고 복희가 슬며시 말을 꺼냈다.

"택아, 어제 뭣 때문에 늦게 잤니?"

"아주머니, 괜안습니꺼?"

트럭 주인이 허둥지둥 달려와 걱정의 말을 건넸지만 복희는 그에게 눈길조차 주지 않았다. 그녀가 운택에게 재차 물었다.

"어제 뭐 하느라 늦게 잔 거니?"

"……."

운택의 동공이 불안정하게 흔들렸다. 그는 아무런 대답도 하지 못했다.

§

"너, 이대로 끝나면 안 되는 거야. 알지? 어? 삼촌이 잘못했어. 삼촌이 많이 미안하다. 그러니까 꼭 살아야 돼, 알겠지?"

운택은 캄캄한 허공에다 대고 혼잣말을 하고 있었다. 눈에선 눈물이 핑 돌고 있었다. 그는 목멤을 억지로 집어삼키고 시뻘게진 눈을 질끈 감았다. 사경을 헤매는 조카의 얼굴을 보고 있기란 맨정신으론 힘든 일이었다.

운택은 병실 침대에 누워 있는 조카 곁에 앉아 있었다. 조카는 혼수상태에 빠져 있다. 조카의 입엔 산소 호흡기가 씌워져 있었다. 침대 옆에는 '삐삐' 소리를 내는 진단 키트가 위치해 있었는다. 진단 키트 화면 속 울렁거리는 물결이 희미하게나마 붙어 있는 조카의 생명 줄을 그려 내고 있었다. 운택의 여동생이자 조카의 어머니인 운하는 버스 사고 당시 그만 목숨을 잃고 말았다. 운택은 이 모든 게 자신의 과오로 말미암아 일어난 일인 것 같아 자책하고 있었다.

버스 사고가 있었던 당일, 운택은 여동생과 조카를 데리러 가기로 약속했었다. 하지만 전날 화투판에서 잃은 200만 원이 아쉬워서 새벽까지 술을 마셔 댄 게 화근이었다. 이기지도 못할 숙취와 피로에게 왜 싸움을 걸었을까. 간도 퉁퉁 부어서 더 이상은 알코올과 씨름하지 말라고 의사도 그렇게 신신당부를 했었는데. 도대체 어디서 나오는 자신감으로 그렇게나 술을 퍼마셨을까. 시간을 되돌리고 싶었다. 차라리 데리러 간다고 약속이나 하지 말걸. 후회하고 또 후회했다.

하지만 이미 늦었다. 그는 동생과 조카를 데려오기로 한 시간에 잠에서 깨어나지 못했다. 동생이, 조카가, 고통 속에 죽어갈 때, 그때 팔자 좋게 잠이나 축내고 있었다. 중요한 사실은 그거 하나였다.

법적으로 따진다면 버스 기사의 잘못일 확률이 높았다. 하지만 그건 죄인의 변명에 불과했다. 법은 살인자도 '증거'가 없으면 결백한 자로 포장하고, 아무리 결백한 자라도 '누명'과 '명분'만 있다면 죄인으로 만들어 버리는 놈이다. 운택에게 법은 그런 놈이었다. 변명거리.

분명한 점은 자신이 약속만 지켰더라면 이런 사태는 없었을 거라는 점이었다. 운택은 그 사실을 받아들이고 있었다. 자신이 죄인이라는 사실을 뼈저리게 자각하고 있었다. 운택이 감긴 조카의 눈을 뚫어져라 쳐다보다 입을 열었다.

"만약에 너 잘못되기라도 하면 이 삼촌도 그 길로 끝장인 거야. 할머니는 절대로 삼촌을 용서해 주시지 않으실 거거든. 그리고 이건 비밀인데, 너한테만 알려 줄게."

운택은 병실 출입구 문에 붙어 있는 작은 유리를 통해 슬쩍 밖을 살폈다. 그는 주변에 사람이 없다는 걸 재차 확인하고 나서야 다시 입을 열었다.

"삼촌 말이야, 무정자증이다? 그러니까 무정자증이 뭐냐면…… 보자, 음…… 삼촌이 아무리 노력해도 우리 조카처럼 귀여운 손자 손녀를 할머니한테 안겨 드리지는 못한다는 뜻이야. 그럼에도 그년은 임신을 했지만서도. 그리고 말이야, 삼촌이 보기에도 삼촌은 문제가 참 많은 사람이야. 남편으로서 불합격자고, 아들로서는 기준 미달자고, 너희 엄마의 오빠로서, 그리고니 삼촌으로서는…… 그래, 그냥 자격 상실이야. 사람 껍데기를 뒤집어쓴 짐승 새끼지. 맞아, 삼촌은 짐승 새끼야. 술이나 퍼마실 줄 알고, 돈이나 날려 먹고, 엄마 재산이나 축내고. 임신한 마누라 때려서 이혼이나 당하고. 그리고 너네 엄마랑 아빠랑 이혼한 것도 사실 따지고 보면 삼촌 때문이야. 그때 그 인간을…… 거기에 데리고 가면 안 되는 거였는데……. 삼촌도 너희 아빠가 거기서 헤어 나오지 못할 줄은 꿈에도 몰랐었어. 조카야, 그래서 말인데…… 너 삼촌한테 이러면 안 돼. 너까지 이러면 난 이제 엄마가 자식으로 생각도 안 해 주실 거야. 이미 너네 엄마는 삼촌이 어서 하늘로 올라와 주길 바라고 있을 거고. 아현아, 조카야, 어제 삼촌이 생전 처음으로 하늘에다 기도도 올렸어. 지푸라기라도 잡는 심정으로, 빌고 또 빌었어. 제발, 제발 좀! 너 일어나게 해 달라고. 신이라는 양반한테 이 삼촌이 애걸복걸 빌었단 말이야. 내 조카만 살려 준다 하면, 그렇게만 해 준다고 하면, 앞으로 평생을 떠받들고 살겠노라고. 그리고…… 협박도 했어. 만약에 내 소원을 안 들어주면 평생 증오하겠다고."

운택은 혼수상태의 조카를 앞에 두고 한참을 떠들었다.

"삼촌 화장실 좀 다녀올게."

운택은 화장실에서 담배 세 개비를 줄이어 피웠다. 병원 관계자가 헛기침으로 눈치를 줬지만 아랑곳하지 않았다. 그는 담배를 실컷 피운 뒤 찬물로 세수를 마치고 복도로 나왔다. 그가 조카가 있는 병실로 다시금 돌아가기 위해 몇 걸음 내딛었을 때였다.

의사와 간호사가 이동식 침대를 이끌고 병실을 나가는 모습이 보였다. 조카의 침대였다. 그들의 급한 발걸음을 운택이 종종걸음으로 따라나섰다. 의사와 간호사가 도착한 곳은 응급 수술실이었다. 운택이 수술실로 한 걸음 다가가자 "수술실엔 들어가실 수 없습니다. 심려스러우시겠지만 밖에서 기다려 주세요."하며 병원 관계자가 급히 달려와 그를 제지했다.

운택은 수술실 문이 닫히는 그 순간까지 조카에게서 눈을 떼지 못했다. 그는 이후에 도착한 복희와 함께 수술실 앞에서 기도문을 외우며 조카가 살아 돌아오기만을 애달프게 기다렸다.

§

담배 연기를 들숨 끝자락까지 끌어당긴 경철은 한숨과 함께 연기를 게워 냈다. 이번이 네 개비째다. 그는 자동차 차창 밖으로 담배꽁초를 던졌다. 그리고 백미러 유리로 얼굴을 살펴본 후 차에서 내렸다. 그는 운전석 창문을 거울 삼아 양복을 단정하게 다듬었다. 뒤죽박죽 얽혀 있는 마음도 애써 추슬렀다. 그는 불안정한 호흡을 몇 차례 가다듬은 다음에야 장례식장으로 한 발자국씩 다가섰다.

장례식장 입구에 배치된 부의금 봉투를 한 장 꺼냈다. 봉투에 빳빳한 현찰 100만 원을 넣었다. 옆자리에서 조의금을 넣고 있던 한 남자가 힐끔 쳐다봤지만 경철은 신경 쓰지 않았다. 지금

이 시간만큼은 다른 이의 시선 따위는 모조리 차단하기로 했으니까. 그는 그저 '이민재'라는 이름을 찾아 뚜벅뚜벅 앞만 보고 나아갈 뿐이었다.

경철이 민재의 장례식장에 도착했다. 그가 신발장 바닥에서 구두를 벗으려 할 때였다.

"야, 이것아! 네가 여길 어디라고 와!"

검은 상복을 입은 중년의 여자가 부리나케 달려오더니 경철의 어깨를 밀쳤다. 여자의 얼굴 만면에는 원망의 그림자가 드리워 있었다. 그녀는 민재의 어머니였다. 경철은 아무런 대꾸 없이 고개만 숙일 뿐이었다.

"너희들, 장례식에서까지 이렇게 날 힘들게 해야겠니? 어? 기어코 그래야만 되겠어?"

그녀는 경철에게 원망 어린 말을 늘어놓더니 이윽고 눈시울을 붉혔다.

"저기요! 그냥 가세요, 예? 가시라고요."

민재의 동생으로 보이는 남자가 경철에게 나가라고 손짓하며 다가오기 시작했다. 남자가 경철에게 다다르자 어머니가 맥없이 바닥에 주저앉았다. 남자는 어머니를 부축해 의자가 배치된 쪽까지 데려갔다. 경철은 잠시 행동을 멈추고 있다가 구두를 마저 벗고 장례식장 안으로 올라섰다. 몇 걸음 더 걸었다. 민재의 영정 사진이 눈앞에 또렷해졌을 시점이었다.

“이…… 이! 천하에 호로자슥이 여가 어디라고 와! 감히!”

경철에게로 주먹이 날아들었다. 경철은 입가에 피를 머금은 채 엉덩방아를 찧었다. 경철에게 주먹질을 한 사람은 민재의 아버지였다. 그는 화장실에서 볼일을 보고 나오다가 경철을 보곤 곧장 달려들어 주먹을 휘두른 것이다.

“아버지! 진정하세요. 당신! 나가, 당장! 안 그러면 내가 가만 안 둬! 우리 가족 그만 괴롭히고 좀 꺼지란 말이다!”

민재의 동생이 달려오더니 아버지를 부둥켜안으며 말렸다. 그는 아버지를 말림과 동시에 경철을 향해 고함쳤다. 경철은 쓰러진 자세에서 허리만 일으켜 세웠다. 조문객들의 수많은 눈동자가 경철에게 꽂혔다. 경철은 멍하니 민재의 영정 사진을 바라봤다.

“어서 가. 치료비 필요하면……. 아니다, 고소를 하든지 알아서 해. 빨리 안 가?”

민재의 가족은 경철에게 영정 사진을 바라볼 시간조차 내주지 않았다. 경철은 부의금을 바닥에 살며시 내려놓곤 자리를 떴다. 경철이 주차장에 막 도착했을 때였다. 민재의 동생이 뒤늦게 쫓아 뛰어왔다.

“당신. 이거 가져가. 그리고…… 우리 부모님이 당신을 때린 건 미안하지만 사과는 못 하겠어. 아까 우리 아버지한테 맞은 거 치료비 필요하거든 여기로 연락해.”

그는 경철이 놓고 간 부의금과 자신의 명함을 내밀었다. 하지만 경철은 그것들을 받아들이지 않았다. 경철은 침묵을 유지한 채 차에 몸을 실었다.

집으로 돌아오자마자 상의를 아무렇게나 벗어던지고 넥타이를 풀어 헤쳤다. 그는 소주병을 꺼내 잡곤 소파에 앉아 담배에 불을 붙였다. 병나발을 불고, 담배 연기를 끌어당기고, 또 소주를 한껏 삼키고, 새로운 담배 개비에 불을 붙였다. 그렇게 소주 한 병이 비워졌고, 담배꽁초 세 개가 재떨이로 들어갔다.

경철은 다시 담배 한 개비를 꺼내 불을 붙였다. 담배 연기를 입 안 가득 머금은 채 주섬주섬 핸드폰을 꺼내 들었다. 그는 핸드폰에 저장된 한 통의 메시지를 확인했다. 이 메시지는 민재가 사고로 세상을 뜨기 전에 경철에게 보냈던 메시지였다.

이제야 이렇게 털어놓게 되네. 나중에 만나서 직접 말해 주려 했는데, 막상 그때를 상상하니 도저히 입이 안 떨어질 것 같더라. 그래서 먼저 이 메시지를 남긴다. 요 한 달간 내가 너한테 좀 소원했지. 미안해. 내가 좀 해야 될 고민이 많았거든. 부모님과의 관계와 너와의 관계, 그리고 나 자신의 정체성에 대해서도… 되돌아보는 시간을 좀 가졌어. 그래서 너한테 무신경했던 것 같아. 무책임하게 들릴 수도 있겠지만, 그래도 너라면 어느 정도 이해해 줄 거라고 생각한다. 전에 너도 겪어 봤던 일이라고 했으니까. 하지만 경철아, 이제는 이런 일 없을 거야. 이쯤에서 나도 마음을 굳혔어. 나 자신을 인정하기로 했고, 용기 내서 부모님께도 전부 털어놨어. 다 네가 먼저 용기를 내 준 덕분이겠지. 그런데 어머니께선 눈물을 흘리시더라. 그 순간은 말한 걸 후회할 뻔했지만 그때마다 너를 생각하면서 마음을 더 독하게 다잡았어. 다행히도 동생 놈은 별말 안 하던데, 아버지께선 날 정신병원에 집어넣는다고 난리도 아니셔. 그래도 너무 걱정하진 마. 우리 아버지, 말만 그러시지 실제로는 그렇게 안 하셔. 워낙 외골수 성격인 데다가 동성애에 대해서 생소하시니까, 염려스러운 마음을 그렇게 표현하시는 거겠지. 내가 전에 슬쩍 '게이'라는 단어가 뭔지 아냐고 아버지께 여쭤봤는데, 과자 이름이냐고 되물어보셨을 정도니까. 그래도 아버지와 어머니 모두 현명한 사고방식을 가지신 분들이셔. 비록 지금 당장은 이해하지 못하시겠지만, 언젠간 이해해 주시리라 믿어. 그래도 한동안은 집에 못 들어가겠다. 아버지 방에 1m짜리 장검이 있거든. 지금 돈 몇 푼이랑 옷만 좀 챙겨서 모텔로 들어왔어. 나 한동안 너희 집에 머물러도 되지? 내일 오전에는 회사로 가서 휴직 신청 좀 하고, 오후쯤에 버스 타고 그리로 갈게. 아참, 그리고 경철아, 너가 저번에 그랬잖아. 나 만난 거, 커밍아웃한 거, 절대로 후회 안 한다고. 나도 그래. 나중에 우리의 결말이 어떨지는 모르겠지만, 나도 후회 안 해, 절대로.

경철은 과거에 민재가 보내왔던 메시지를 읽고 또 읽었다. 오감이 무뎌지고 미친 듯이 발광하는 고통만이 남아돌았다.

§

엔진이 꺼진 포터 운전석에 승준이 앉아 있다. 그는 한 낡은 전원주택과 그 주변을 유심히 살피고 있었다. 앞서, 미리 몇 차례 확인 절차를 거쳤지만 혹시라도 주변에 CCTV가 있는지 재차 확인했다. 과거에 저질렀던 실수를 두 번은 반복하기 싫어서였다.

몇 년 전, 강아지 상습 폭행범을 손봐 주러 갔을 때였다. 멀찍이 차를 주차해 놓고 걸어서 녀석의 집에 다다랐을 때쯤 예상치 못한 일이 벌어졌다. 일주일 전에 CCTV 동선을 확인했었는데 일을 치르기로 한 당일, 새 방범 CCTV가 설치돼 있었던 것이다. 덕분에 뒷모습이 CCTV에 걸려 버리고 마는 불상사가 벌어졌다. 뒤늦게 그 사실을 인지한 승준은 다음을 기약하며 아쉬운 발걸음을 옮겨야만 했다.

현재 승준이 살펴보고 있는 이 집은 좁다란 마당이 있는 전원주택이다. 내부는 1층과 2층으로 구분돼 있는 구조다. 1층과 2층을 잇는 계단이 있고 20평가량의 방이 1층과 따로 분리돼 있었다. 분리된 방은 창고 목적으로 지어졌지만 지금은 1층과 연결된 문을 봉쇄한 뒤 독립적으로 사람을 들여 월세를 받고 있었다. 승준의 목표물은 분리된 방에 살고 있는 남자였다.

승준이 조수석 의자에 놓아 둔 손목시계로 시간을 확인했다. 새벽 2시 42분이었다. 그의 계획은 이랬다. 앞으로 15분 뒤에 담장을 넘어 1층 옆 골방으로 몰래 들어가는 것. 그가 구태여 새벽 3시쯤을 고집하는 데엔 나름의 이유가 있었다. 새벽 2시는 아직 잠을 이루지 못한 사람들이 많기에 위험성이 짙었다. 새벽 4시의 경우에는 일이 틀어졌을 시를 고려하면 어정쩡한 시간대였다. 새벽 5시까지 틀어진 일을 매듭짓지 못하면 새벽 출근길에 오르는 사람의 눈에 띌 수도 있으니까.

10분이 더 흘렀다. 승준은 자신의 용모를 재확인했다. 칙칙한 빨간색 상의, 검정색 바지와 마스크, 남색 야구 모자, 니트릴 장갑, 몇 치수 큰 구두. 그는 가지고 온 백팩을 열어서 내용물을 확인했다. 하나하나 살펴봤는데 빠짐없이 준비가 잘돼 있는 것 같았다. 그는 가방에서 딱풀을 꺼내 들었다. 장갑을 벗고 집게손가락으로 눈썹과 콧구멍에 얇게 풀을 발랐다. 다음으로 열 손가락 지문에도 풀을 문질렀다. 그리고 다시 장갑을 착용했다.

면으로 된 티셔츠 하나만 입은 터라 차 안인데도 시린 공기가 겨드랑이까지 스며들었다. 숨만 쉬는데도 입김이 새어 나왔다. 히터를 틀었다간 안면 홍조 증상이 또 도질까 봐 시도하기 겁났다. 그렇다고 점퍼를 입고 나올 수도 없는 노릇이었다. 혹시라도 자신의 모습이 어딘가에 촬영되거나 누군가에게 목격될 수도 있으니까. 세상사에는 간혹 '혹시'라는 것을 무시하다 뭣 같은 일이 벌어지기도 한다. 입고 있는 점퍼의 특색과 사이즈가 용모의 특이점이 될 수도 있는 법이었다.

시간을 확인한 승준은 가슴이 들썩일 정도로 깊게 심호흡했다. 그리고 운전석 문을 열고 발을 내딛었다. 그가 준비해 온 가방을 어깨에 둘러멨을 때였다.

"어머, 안녕하세요."

목소리가 들려오자마자 승준은 상대가 누구인지 확인조차 거치지 않고 가방을 포터 뒤 짐칸에 내팽개쳤다. 그러고 나서야 목소리의 주인을 확인했다. 민희였다.

"마스크를 쓰셔서 하마터면 못 알아볼 뻔했어요. 근데 안 추우세요?"

민희는 빨간색 면 티셔츠를 물끄러미 쳐다보고 있었다.

"아, 그…… 춥…… 춥죠. 춥습니다."

승준은 당황한 나머지 그만 말을 더듬고 말았다. 하지만 민희는 청아한 미소를 지을 뿐이었다. 다행히도 의심의 눈초리는 없었다.

"그런데 이 시간에 여기서 뭐 하세요?"

민희가 물어 왔다.

"아, 예. 그냥…… 저냥 잠이 안 와서요. 잠깐 동네 드라이브나 하러 나왔어요. 사장님은요?"

승준은 애써 광대를 승천시키고 어울리지 않는 자의적인 입모양을 만들었다. 민희의 갑작스러운 등장에 놀라 마스크를 착용했다는 것도 까맣게 잊어버린 채. 승준의 물음에 민희의 표정이 다소 어두워졌다.

"저도…… 산책 나왔어요. 요즘 불면증이 심해서요. 동생이랑 훈이 생각만 하면……."

"그…… 그렇죠. 저도 그래요."

승준이 이해한다는 듯이 고개를 끄덕였다. 두 사람은 잠시 침묵을 지켰다. 짧은 침묵을 뚫고 먼저 말을 건넨 쪽은 민희였다.

"마침 잘됐네요. 안 그래도 드릴 말씀이 있었어요. 추우실 텐데 차에 들어가서 말씀드릴게요."

"어! 잠깐……."

승준이 만류의 뜻을 전하기도 전에 민희가 포터 보조석에 착석해 버렸다. 승준도 곧장 운전석에 착석했다.

"저기…… 사장님, 제가 이제 집에 들어가 봐야 해서요."

승준이 그렇게 말했지만 민희는 그의 말을 묵살해 버렸다. 그녀는 뜬금없이 차 내부를 부산스레 살피기 시작했다. 민희는 마지막으로 블랙박스 기기를 훑어본 다음 입을 열었다.

"역시 블랙박스 선은 미리 다 빼 놓으셨네요. 여기, 여도수 납치하러 왔죠? 납치해서 죽이려고?"

승준은 눈만 동그랗게 뜬 채 아무런 대답도 하지 못했다. 그는 순간적으로 두려움을 느꼈다. 온몸에 오한이 들어찬 것처럼 조금의 미동도 할 수 없었다. 귀가 먹먹해지고 머릿속이 하얘졌다. 이 여자는 마치 초능력자처럼 타인의 머릿속을 관통해서 꿰뚫어 보는 것만 같았다. 민희가 특유의 서글서글한 미소를 머금었다.

"제가 맞혔죠? 아니에요? 맞죠? 그죠?"

약이라도 올리듯 장난스레 같은 물음을 되풀이하는 그녀. 승준은 속으로 '정신 차리자.'를 몇 번이나 되풀이한 다음에야 말문을 열 수 있었다.

"무슨 말씀을 하시는 건지, 전 잘 모르겠습니다만……."

민희가 갑자기 자신의 바지 호주머니에 손을 집어넣었다. 승준도 본능적으로 자신의 바지 호주머니에 손을 집어넣었다. 승준의 호주머니엔 두께가 얄팍한 와이어 줄이 있었다.

"저기요, 칼 같은 거 꺼내는 거 아니니까 너무 견제하지 마세요."

주인 여자가 꺼내 든 건 핸드폰 크기의 반 토막만 한 어떤 전자 기기였다. 승준이 그것을 물끄러미 쳐다보자 그녀가 설명을 곁들였다.

"제가 직접 개조한 대형견 위치 추적기예요. 이 차에 부착돼 있었어요. 승용차에도 부착돼 있고요."

"……."

승준은 입술에 접착테이프라도 붙인 양 입을 뗄 수 없었다. 다만, '이 여자, 정체가 뭐지?' 하며 머릿속은 제 기능을 찾아 그 어느 때보다도 바삐 돌아가고 있었다. 민희가 "음……." 하며 말을 끌더니 말했다.

"놀라시는 반응이 재밌어요. 표정이 뭐랄까, 하나의…… 걸작 같달까? 제가 더 놀래 드릴까요? 산 중턱에 살던 개장수랑 중산 마을에 살았던 보신탕집 아줌마, 당신이 죽였죠? 당신이 여지껏 몇 명이나 죽였는지는 모르지만, 이 정도면 당신의 사생활에 대해서는 꽤나 빠삭한 편 아닌가요?"

승준의 눈매가 어글어글하게 돌변했다. 사자의 사백안처럼 흰자가 상하좌우로 펼쳐졌고, 어깨와 팔은 조금의 미동도 없었으며, 승모와 목 근육에는 힘이 잔뜩 들어가 경직돼 있었다. 여기서 말 한마디 잘못 보탰다간 정말로 누구 하나 잡아먹을 기세였다. 그는 작전을 변경했다. '살인 한 번이면 참을 인 세 번을 면한다.' 딴청 피우는 건 관두고 살인마답게 전광석화를 준비했다. 승준이 날 선 목소리로 직구를 던졌다.

"너 정체가 뭐야."

"경찰들은 그들이 사라진 걸 단순 실종이라고 단정 지었지만 전 좀 생각이 달랐어요. 그 사람들…… 쫓기고 쫓겨서 겨우 이 동네에 정착한 사람들이에요. 여기 말고 그 사람들이 갈 데가 또 어디 있다고."

"……누가 그딴 거 물었어? 왜 내가 범인이라고 생각한 거냐고."

"그건 얼마 안 됐어요. 언제부터인가 읍내 사람들이 행방불명되기 시작했었잖아요? 처음에는 그냥 궁금해서 유추하다 보니 의구심이 번지더라고요. 실종자들에게 공통점이 있었거든요. 하나같이 동물을 학대하는 쓰레기들이라는 거. 저는 이런 생각이 들더라고요. 혹시 범인이 동물 애호가이진 않을까, 하는 생각.

경찰은 살해 가능성에 대해서는 염두에 두지 않는 것 같았지만 전 달랐죠. 충분히 조사해 볼 여지가 있다고 봤어요. 그래서 당신을 포함한 몇몇을 용의선상에 올려놓고 몇 년간 반추에 반추를 거듭했죠. 그런데 고양이킬러가 실종된 후부터는 당신에게로 촉이 탁하고 꽂히더라고요. 기억나시죠? 고양이킬러가 누군지, 애견 숍에서 제가 알려 드렸잖아요. 그러고 한…… 두 달 지났나? 매일같이 PC방을 들락거리던 고양이킬러가 웬일로 나타나지 않더라고요? 직접 PC방 안도 둘러봤지만 없었고요. 다음 날도 역시 그 남자는 보이지 않았죠. 그다음 날도, 그리고 지금까지도요. 그래도 나름…… 연쇄 살인마치곤 자제력이 좋으시던데요? 마을에 연쇄적으로 실종자가 늘어나게 되면 경찰에서 본격적으로 수사에 돌입하죠. 그래서 당신은 일정한 시간적 틈을 두고 범행을 저지르신 거고요."

승준이 한 템포 늦게 말을 이었다.

"그 정도 심증만으로 나를 범인이라 생각했다고?"

"그런 셈이죠."

승준의 탐색하는 눈초리에 민희는 뜻 모를 영험한 미소를 지어 보였다.

"방금 말씀드린 건 일일이 설명하려면 너무 장대해서 대략적으로 말씀드린 것뿐입니다. 원하신다면 좀 더 자세히 알려 드릴 수도 있어요, 제가 왜 당신을 범인이라 확신하는지."

"……."

승준이 아무런 말도 하지 않자 민희가 설명을 덧붙였다.

"저는 처음에, 실종 사건에 대한 기본적인 추측부터 시작했습니다. 뼈대를 만든 거죠. 만약 살인마 짓이라고 가정한다면 1년 이상 살인 행위를 참는 것으로 보아 범인은 자제력이 꽤나 좋은 편이다. 혹은 살인 자체를 즐긴다기보다는 얻는 이득에 따라서 범행을 저지른다. 혹은 일정 기간을 정해 놓고 의무적으로 살인을 저지른다. 또, 성인 남자의 몸을 들고 나를 수 있는 사람이니까 범인이 여자일 가능성은 희박하다. 만약 여자라면 평균 이상의 체격을 가진 젊은 여자일 확률이 높다. 그리고 이런 식의 잡다한 추리 속에 가정이라는 살을 조금씩 붙여 갔죠. 범인의 살해 동기가 동물 학대자에 대한 증오라고 가정해 본다면, 동물 학대를 저지르고 다니는 사람들을 꿰고 있을 만큼 이 동네 사람들에 대해서 빠삭한 사람일 것이다. 그 뜻을 역행해 보면 동네 외부인일 확률은 희박하다. 그리고 실종된 사람들조차 CCTV에 찍히지 않았던 걸로 보아 CCTV에 일절 촬영되지 않고 범행을 저질렀다. 그 뜻은, 범인은 동네에 설치된 CCTV 위치를 잘 알고 있는 사람일 가능성이 높다. 그러므로 동네를 순찰하는 경찰이나 쓰레기 수거 일을 하는 환경미화원같이 동네 길목 하나하나 살펴볼 수 있는 직업을 가졌을 확률이 높다. 대충 이런 식으로 뼈에 살을 붙여 갔죠. 그 외에도 많지만 지금 설명하려면 시간이 모자라서 넘어갈게요. 어쨌든 그러다 보니 용의자가 한 서른 명쯤으로 줄더라고요. 물론 그중에는 당신도 포함이었고요."

민희는 긴장감으로 굳어 있는 승준의 얼굴에서 시선을 떼며 말했다.

"충분히 살을 붙인 후부터는 눈 코 입을 그리기 시작했습니다. 실종 사건이라는 틀을 완전히 버리고 살인마를 밝혀 내겠다는 가정 아래 머리를 굴리기 시작했죠. 일정 시간이 지났음에도 시체가 발견되지 않는 걸로 보아 범인은 사체를 유기한 게 아니라, 사체를 처리했을 가능성이 더 높다. 사체를 직접 처리했다면 납치 후 밀폐된 공간이나 인적이 드문 외진 곳에서 한밤중에 살인을 저질렀을 가능성이 높다. 범행 장소가 야외라면 호수 근처 갈대밭이나 깊숙한 산속이 있을 거고, 실내라면 사람들이 찾지 않는 버려진 창고 같은 곳이나 자신의 집 안에서 처리했을 가능성도 있다. 또한 범인은 살인 흔적을 지우는 데에 매우 능한 사람일 확률이 높다. 그리고 그 밖에도 치밀하고 정교한 범죄이니만큼 신체적 정신적으로 하자가 있지 아니한 사람, 동물 학대자들이 실종된 시간이 야간이니 야간에 일을 하지 않는 사람, 자가용이 있어서 따로 마련해 둔 살해 장소로 납치한 사람을 옮길 수 있는 사람 등의 조건을 따지고 들어갔죠. 그러다 보니 어느새 용의자들이 다섯 명으로 줄어 있더라고요. 그때까지도 당신은 용의자 그룹에 속해 있었고요. 저는 그 다섯 명을 상대로 조사를 하기 시작했습니다. 우선, 저의 궁금증을 가장 자극한 건 사체 처리 장소였습니다. 아무래도 타 지역에서 시체를 처리했을 가능성을 배제할 순 없었거든요. 이 지역 부근을 벗어나면 곧바로 고속 도로와 이어져 있죠. 다른 지역으로 가기 위해선 고속도로를 이용해야 하는데, 주행 차량이 드문 새벽 시간에 차를 고속 도로로 들이민다는 건 아무래도 무리였을 겁니다. 유독 눈에 띌 테니까요. 귀로만 들어도 위험하잖아요. 게다가 알다시피 고속 도로로 향하는 경로는 고작 두 군뎁니다. 한 군데는 오가는 길목에 파출소와 CCTV가 즐비해 있고, 구도로를 통한다고 해도 위험한 건 마찬가지죠. 저수지 근처에서 캠핑하는 관광객들의 자동차 블랙박스, 캠핑인들을 상대로 새벽까지 술장사를 하는 불고기거리의 호객 행위를 맞이해야만 하니까요. 그래서 외부에서 사체를 처리했을 가능성은 희박하다고 봤습니다. 다행이었죠. 외부에서 사체를 처리했다면 범인을 밝혀 내는 데 더 많은 시간이 소요됐을 테니까요. 다시 본론으로 돌아가죠. 때마침 고양이킬러가 실종됐다는 입소문이 저의 귀까지 닿게 된 겁니다. 방금 말했다시피 그건 제가 당신에게 던진 미끼였습니다. 그래서 전 용의자 중 당신의 집 안을 먼저 확인하기로 마음을 먹게 된 겁니다. 공교롭게도 당신은 저희 가게 단골손님이잖아요. 이런저런 대화도 많이 나누었고요. 전 당신의 직업이 뭔지, 어디서 어떤 일을 하는지, 결혼은 했는지, 동거하는 사람은 없는지, 지인 관계가 어떤지까지 알고 있었죠. 그래서 당신의 집이 언제 비어 있을지 예측하는 건 그리 어려운 일은 아니었습니다. 시시할 정도로 수월했죠. 당신은 자신의 집 안에 타인을 들이는 걸 매우 싫어했으니까요. 그저 당신이 출근한 날, 퇴근 시간 전에 빈집에 들어가기만 하면 되는 거였죠. 솔직히 조금은 실망했습니다. 도어 록이라니⋯⋯ 이리도 허술하실 줄은 몰랐거든요. 모르시나 본데, 그거 지문 가루랑 자외선 조명만 있으면 10분이면 열 수 있답니다. 어쨌든, 전 쉽사리 당신의 집에 침입했고, 당신의 집에서 여러 물품들을 발견할 수 있었죠. 산처럼 쌓여 있는 청 테이프하며, 커다란 방수 비닐 포대, 각종 흉기들⋯⋯. 물론 지하실도 살펴봤습니다. 큼지막한 냉동고와 가축 뼈 분쇄기, 전기톱. 근데 여기서 가장 의심스러웠던 대목이 뭔지 아세요? CCTV가 아무 데도 없었다는 겁니다. DVD, 벽걸이 TV, 최신형 컴퓨터, 각종 귀중품들이 있는 그 집 안에 업체의 보안 시스템은 고사하고 그 흔한 CCTV 하나가 없더군요. 그리고 또 하나, 당신의 장부를 살펴보다 알게 됐는데요. 원룸 건물을 한 채 소유 중이시더군요. 지금 우리가 타고 있는 1톤 포터도 소유하고 있으시고요. 그래서 곧장 그 원룸으로 가 봤죠. 저의 예상대로 음식물 쓰레기를 담아 두는 통 근처엔 CCTV가 설치돼 있지 않더군요. 그 근처에는 이삿짐 도르래가 실린⋯⋯ 이 포터가 주차돼 있었고요. 그리고 원룸 건물 내부 1, 2층 복도 CCTV는 제대로 작동 중인 반면에 건물 입구 통로 CCTV는 녹화 기능이 작동하고 있지 않더군요. 고의로 조작한 건지는 모르겠지만 주차장 CCTV도 오작동 중이었고요. 제가 한번 맞혀 볼까요? 당신은 살해를 한 후 그 시체를 냉동고에 얼려 두면서 하루에 2~5kg 정도를 절단해 내 가축 뼈 분쇄기로 갈아 냈을 겁니다. 그리고 그걸 가지고 당신의 소유인 원룸 건물로 향한 뒤 CCTV 녹화 기능을 중단시킨 후 음식물 쓰레기통에 부어 넣었을 겁니다. 당신은 음식물 쓰레기 처리를 담당하는 미화원이 오전 8시 전에 음식물 쓰레기를 가져가, 오전 9시쯤에 일체 소각한다는 정보를 알고 있었던 거죠. 그리고 혹여나 갈린 신체 부위 중 일부분이 누군가에게 발각됐다 하더라도, 우선적으로 원룸에 거주 중인 사람들부터 의심을 받게 되겠죠. 그리고 그 정보는 당연히 관할 지소 경찰인 당신 귀에 닿게 될 거고요. 당신은 때를 틈타 누군가에게 뒤집어씌우든지, 도망을 치든지 하면 되는 거죠. 여차하면 소유 중인 포터로 지하실에 있던 살인 도구들을 죄다 실어다 호수 안에 매몰시켜 버릴 생각도 하고 계셨겠죠. 음식물 쓰레기 처리하시는 미화원 분하고 가끔 술 한잔씩 하시죠? 호수를 관리하는 이 씨 할아버지와도 친하실 거고요. 저저번 주였나? 새벽 시간에 관리자용 모터배가 호수 위에 떠 있던데, 세 분이서 밤낚시 겸 술 한잔씩 하고 계시더라고요. 그중 한 분 맞으시죠?"

민희의 말이 끝을 맺었다. 승준은 서서히 자신의 호주머니에 손을 집어넣었다. 그가 호주머니에 숨겨 뒀던 '살인 도구'와 함께 손을 빼내려고 할 때였다.

"그거 안 꺼내시는 게 좋을걸요."

민희가 말했다. 승준이 어슴푸레한 눈으로 그녀를 노려봤다. 그녀는 여전히 친절한 웃음기를 머금고 있었다.

"30분 뒤면 제가 당신에 대해서 추리했던 모든 내용이 경찰서 이메일로 보내지게 될 겁니다. 제가 그거 꽤나 잘 정리해 뒀거든요? 경찰서에 있는 누군가가 그 메일을 받았다고 상상해 보세요. 그 사람이 당신을 의심하지 않을 거란 확신, 있으십니까? 오토마우스로 30분 뒤에 자동 클릭 예약해 놨습니다. 그걸 막기 위해선 이중 잠금 안전 고리를 풀고 저희 집 안으로 들어가셔야만 합니다. 확신하는데요. 당신이 저를 죽이고, 우리 집에 도착해서 문을 따고, 집 안으로 발을 들이기까지 시간이 충분치 못할 겁니다."

승준이 태도를 고쳐 잡았다.

"그렇다고 당신이 확실한 증거를 가지고 있는 건 아니잖아? 열심히 줄줄 읊어 대면 뭐 하나, 결국은 물증 하나 없고 심증만 있는데. 쓸 만한 머리 하나 가지고 날 이겨 먹을 수 있을 거라고 생각했던 건가? 증거는 잘난 머리 백날 굴린다고 생기는 게 아니야. 발로 직접 뛰어서 쟁취해 내는 거지. 내가 살인마라는 확실한 증거…… 있어? 추론 말고, 확실한 증거 말이야."

"아쉽게도 물질적인 증거는 없습니다. 하지만 현재 당신의 신발 사이즈가 260보다 크다는 건 확신할 수 있습니다. 맞죠?"

"……."

승준은 아무런 대답도 내놓지 않았다.

"범행 직전에 족흔을 숨기기 위해 신발에 비닐 덮개를 씌웠을 테죠. 하지만 어디까지나 밀폐된 공간에 들어섰을 때만 가능했겠죠. 오픈된 공간에서는 그럴 수 없었을 테니까요. 신발에 비닐을 씌우고 길거리로 나다녔다간 사람들의 이목을 끌 수도 있고 혹여나 CCTV에라도 찍히는 날에는 나 범인입니다, 잡아가세요, 라고 말하는 것과 다를 바 없을 테니까요. 그래서 당신은 나름대로 족흔을 감출 방법을 고안해 냈을 겁니다. 이곳 같은 경우에는 빠져나가는 통로에 CCTV가 없어서 다행이지만 대부분 포터는 멀찌감치 주차시켜 놓고 걸어서 목표물의 집까지 이동하셨을 겁니다. 그렇죠? 그러니 일찍 신발에 비닐을 씌우기는 애매했겠죠. 그래서 당신은 굽이라도 깎고 사이즈라도 속이자고 생각했을 겁니다. 그래야 한시름 놓을 수 있을 테니까요. 아닌가요? 당신의 집에 몰래 들어갔을 때 확인해 봤는데 당신의 신발 사이즈는 260이었습니다. 지금 당신이 신고 있는 신발, 적어도 275는 되겠죠?"

"참……."

승준이 어이없다는 듯이 헛웃음을 날렸다.

"백번 양보해서 당신 말이 맞다 칩시다. 왜 하필 275 이상이어야 되는 거지?"

"본인의 사이즈보다 작은 사이즈는 발이 안 들어가니까 제쳐 두고요. 275 이상 발 사이즈는 드물잖아요? 만약에 경찰이 실종자들에 대해서 살해 가능성을 염두에 두고 족흔 조사를 시작한다고 치면, 우선 이 동네 사람들을 위주로 조사를 시작하게 될 텐데…… 당신이 범행 장소나 그 주변에 족흔을 남기는 실수를 했다 쳐도, 족흔 사이즈가 275 이상이라면 경찰이 당신을 의심할 이유는 없겠죠. 경찰이 헛짓거리를 하는 동안 당신은 증거물을 처리하면 되는 거고요. 그리고 CCTV 확인 결과, CCTV 속에 당신의 모습이 포착돼 덜미가 잡혔다고 칩시다. 그때도 도움이 되겠죠. 신발 사이즈가 당신과 다르니까요. CCTV 화면으로 사람의 덩치를 계산하는 방법은 별게 없죠. CCTV에 찍힌 다른 사물과 그 사람의 크기를 비교하는 것. 예를 들어, 전봇대와 범인의 키를 비교하고 각도를 계산하면 범인의 키가 몇인지 대충은 어림잡을 수 있잖아요. 어차피 얼굴은 마스크와 모자로 가리셨을 테고, 가발 위에 모자를 착용하고 걸음걸이도 일부러 바꾸셨을 테니…… 키와 발 사이즈가 남는데, CCTV에 찍힌 범인의 키와 당신의 키가 비슷하다 할지라도 발 사이즈가 확연히 다르다면 웬만한 경찰이라면 당신이 범인이라는 걸 꿈에도 생각 못 할 테죠. 그런 일이 이전에 있었는지는 모르겠지만, 당신이 CCTV에 찍히는 실수를 범한 적이 있었다면 분명 고의로 발자국을 남기셨을 겁니다."

"대충 뭐, 계속 끼워 맞추기만 하시는데…… 그 말도 맞다 칩시다. 그것 또한 확실한 증거는 될 수 없을 건데?"

"그렇다면, 이건 어떠세요?"

민희가 호주머니에서 스마트폰을 꺼냈다. 그녀가 손가락으로 스마트폰을 터치하자 지금껏 승준과 대화했던 내용이 술술 흘러나오기 시작했다.

"지금까지 우리가 나누었던 대화 내용 전부, 제 컴퓨터로 자동 전송되고 있었습니다. 가끔은 증거가 필요 없을 때도 있습니다. 저랑 내기하실래요? 우리가 나눈 대화 내용을 경찰에게 들려줬을 때도 과연 다른 증거가 필요할지? 참고로, 25분 뒤면 녹음 내용도 같이 경찰서로 전송될 겁니다."

승준은 또 벙어리가 됐다. 이빨만 바드득 갈아 댈 뿐 차마 직접적인 행동은 취할 수 없었다. 민희가 '그래서 원하는 게 뭐야?'라는 말을 직접 들은 것처럼 진지한 표정으로 말했다.

"걱정 마세요. 전 당신을 경찰에 신고하고 싶지 않습니다. 그랬더라면 일찍이 했겠죠. 물론, 협박 같은 몰상식한 짓을 하러 온 것도 아니고요. 제가 지금 당신에게 이런 말을 하는 이유는, 저곳에 살고 있는 여도수라는 사람 때문입니다. 당신의 방법은 틀렸습니다. 너무 진부하고 따분하고 재미가 없어요. 잘 모르시나 본데…… 복수는, 예술의 영역입니다. 가끔은 살인으로도 만족감을 채우지 못할 때도 있는 법이랍니다. 복수의 순도를 한번 높여 보세요. 기회를 드릴게요. 당신의 복수 방법을 보면 원시인이 떠오릅니다. 마치 배고픈 원시인이 당장 눈앞에 보이는 동물을 사냥하는 느낌이랄까요. 살인은 한순간 쾌락만을 가져다주지만, 그 쾌락은 곧 사라지고 말죠. 저라면 차라리 사육을 택하겠습니다. 현대인답게 사냥감을 대하는 거죠. 뭐, 어떤 방법으로 복수를 하시든 상관없습니다. 전 단지 당신이 만든 게임을 즐기고 싶을 따름입니다."

민희가 왼손을 내밀어 승준에게 악수를 권했다.

§

복희가 맹한 얼굴로 거실 소파에 누워 있다. 저녁 식사 때가 다 돼 가지만 음식은 물론이고 물조차 입에 대기 싫었다. 어제 점심때 먹은 옥수수와 사과 한 쪽이 그녀의 마지막 식사였다. 얼굴에는 이틀 전에 했었던 화장이 그대로 번져 있었다. 이틀째 씻지도 않고 옷도 갈아입지 않았다. 가만히 있는데도 등줄기에 진땀이 송골송골 맺혔다. 온몸에는 붉은 반점 같은 두드러기가 도드라져 있었다. 벌레가 살갗에 기어 다니는 것처럼 신경 거슬리게 간지러웠다. 의사가 절대 긁지 말라고 신신당부했지만 참는데도 한계가 있었다. 어제는 끝끝내 참지 못했다. 효자손에 피가 묻어날 때까지 박박 긁어 댔다. 당시엔 가려움이 좀 가셨지만 오늘 보니 두드러기가 더 심하게 올라와 있었다.

딸아이를 잃은 후 손녀까지 세상을 등졌다. 혼수상태에 빠진 손녀를 보며 기도하고 또 기도했건만 주님은 그 기도를 들어주시지 않으셨다. 주님에겐 항상 뜻이 있고 계획이 있다고 믿어 의심치 않았던 복희였다. 하나 이번만큼은, 손녀의 죽음만은, 순순히 받아들일 수 없었다. 그 천사같이 착한 아이가 이 세상에서 사라졌다는 사실을 외면하고 싶었다. 아무리 주님의 뜻이라 해도 이건 뭐가 잘못돼도 단단히 잘못된 것이다. 그 순백의 아이에게 도대체 무슨 죄가 있다고. 주님의 뜻이 이토록 잔인할 리 없었다.

딸아이가 첫걸음마를 떼던 날, 딸아이가 초등학교에 입학하던 날, 딸아이가 고등학교를 졸업하던 날, 딸아이가 첫 연애를 시작했던 날, 딸아이가 첫 무단 외박을 했던 날, 딸아이가 아르바이트를 시작했던 날, 딸아이가 남편감을 데리고 왔던 날, 그리고 딸아이가 손녀를 출산했던 날, 그 모든 추억들이 아직 남아 있었다.

악귀로 빙의 됐었던 자신의 비천한 육신에서 첫 번째 천사인 딸아이가 태어났을 때, 복희는 주님의 기적을 경험했다. 딸아이가 성장해서 손녀를 잉태했을 때, 복희는 주님의 축복을 경험했다. 손녀가 태어났을 때, 첫 번째 천사가 두 번째 천사를 품에 안고 있는 광경을 봤을 때, 복희는 다시는 없을 희망에 부풀었다.

손녀 아현이가 태어나던 날 복희는 다짐했었다. 손녀를 위해서라면 뭐든 할 것이라고. 그 맑은 순백의 아기가 성인이 될 때까지 내 가슴에 품었던 모든 사랑을 담아 주겠노라고. 힘이 닿는 데까지 그 초롱초롱한 눈빛을 지켜 주겠노라고. 맛있는 거 실컷 먹이고, 좋은 것만 보여 주고, 하늘을 날기 원한다면 비행기를 태워 주고, 세계 일주를 원한다면 땡빚을 내서라도 보내 주겠노라 다짐했었다. 하지만 그 다짐은, 그녀의 단꿈은, 쓰레기통의 휴지쪼가리처럼 이젠 쓸모없어졌다.

그저께는 운택 아빠가 꿈에 등장했다. 특유의 통렬한 웃음소리를 내며 한참을 뭐라 말하더니 느닷없이 태도가 돌변해 나무라듯 손가락질을 해 댔다. 그의 표정은 울긋불긋 일그러져 있었다. 이것도 운택 아빠 특유의 얼굴이었다. 고집살이 자글자글 잡힌 얼굴로 주둥이를 쭉 내민 표정. '지금부터! 아무도 내 말에 반박하지 마. 이번만큼은 목에 칼이 들어와도 내 생각을 굽히지 않을 작정이니까!'라고 말하는 굳건한 눈빛.

운택 아빠의 그 표정은 예측 불가한 상황에서 복희를 기습 공격하곤 했다. 그때마다 복희는 고래 같은 덩치에 어울리지 않는 승냥이 눈을 한 그 얼굴이 꼴 보기 싫었다. 물을 끓여다 냅다 부어 버리고 싶은 충동이 들곤 했다. 하지만 운택 아빠가 처음 그 표정을 지었을 때를 되뇌며, 군소리 않고 참았다. 그때를 기억하면 얼마든지 받아 줄 수 있었다.

두 사람이 약 1년간 연애를 이어 갔을 시점이었다. 결혼을 하자는 운택 아빠에게 복희는 자신의 과거를 밝히게 됐다. 그럴 수밖에 없었다. 험악한 인상 속에 순수한 소년의 눈동자를 숨기고 있는 그를 더 이상 속이고 싶지 않았다. 그래서 진실의 일부분만이라도 꼭 말해야 했다. 당장이 아니면 다음은 없을 것만 같았다.

어렸을 적 계부에게 몹쓸 짓을 당했다는 말을, 그런 계부를 자신의 손으로 죽였다는 말을, 소년원에서 세월을 보내며 그곳에서 아이를 출산했다는 말을, 이후로 어머니와 연을 끊고 산다는 말을, 이 남자에게 털어놓고 싶었다. 훌훌 털어 버리고 가벼워지고 싶었다.

처녀의 떨리는 목소리가 끝을 맺자 운택 아빠의 손길이 처녀를 감쌌다. 사포같이 꺼끌꺼끌하고 솥뚜껑처럼 널따란 손바닥이 처녀의 등을 오르락내리락 쓰다듬어 주고 있었다. 그리고 그때 처녀는 처음으로 운택 아빠의 그 독선 어린 얼굴을 보게 됐다.

'난 이런 여자예요. 그래도 괜찮겠어요?'라고 말하는 처녀의 눈빛에 운택 아빠는 그 표정으로 이렇게 답했다. "괜찮아요. 그동안 복희 씨 많이 힘드셨겠어요." 그리고 그는 진짜배기 황소고집이었다. 그날 이후 피 말리는 암 투병을 하다 이승에서 저승으로 자리를 옮긴 그날까지, 그는 처녀의 과거에 대해 단 한 번도 들추거나 한 적이 없었다.

눈을 감고 상념에 젖어 있던 복희가 불현듯 몸을 일으켰다. 초

인종 소리가 울렸기 때문이다. 그녀는 흐트러진 머리카락을 쓸어내리며 인터폰을 집어 들었다.

"누구시죠."

의문의 상대방에게 그렇게 물었지만 상대방은 한동안 대답을 돌려주지 않았다. 인터폰 화면에 야구 모자를 쓴 한 남자가 보였다. 복희가 재차 말을 꺼내려던 찰나였다.

"누구……."

[저는 오승준이라고 합니다. 경찰입니다.]

'경찰이라고?'

복희는 의심이 들었다.

'보통 경찰들은 본인의 신분을 밝힐 때 관할 지역 같은 걸 먼저 알려 주지 않나?'

뭔가 석연찮았다.

"정말 경찰 맞으세요?"

복희가 물었다.

[맞습니다. 따님과 손녀분에게 일어난 사건에 대해서 알려 드릴 내용이 있어서 이렇게 들렀습니다. 시간 되시는지요.]

딸아이와 손녀에 관해 할 얘기가 있다는 말에 복희는 방금 전까지 짓고 있던 의심의 눈초리를 싹 거두었다. 그녀는 곧장 대문을 여는 스위치에 손가락을 가져갔다. 복희가 현관문을 열고 밖으로 나섰다. 검정색 재킷에 빨간색 목도리, 야구 모자를 쓴 한 중년의 남자가 대문 안으로 들어오고 있었다.

"식사 중이신 건 아니셨는지 모르겠네요."

복희와 눈이 마주친 승준이 뒷짐을 풀며 선뜻 말을 건넸다. 복희가 의심 어린 눈초리를 하고서 말했다.

"경찰 맞아요? 경찰 신분증이라든지, 배지? 이런 걸 좀 볼 수 있을까요."

"보여 드릴 순 있습니다만, 제가 오늘 이곳에 온 건 경찰의 신분으로 온 게 아닙니다."

"그럼요?"

"제가 경찰인 것과 관계없이 개인적으로 드릴 말씀이 있어서입니다."

"우리가 개인적으로 아는 사이던가요?"

복희가 경계의 눈초리로 승준을 쏘아봤다. 그녀의 민감한 반응에 승준은 납득한다는 듯 눈웃음을 지었다. 그는 재킷에 달린 지퍼를 열어 안쪽 호주머니에서 핸드폰을 꺼내 들었다.

"버스 사고가 난 당일날, 버스에서 촬영된 블랙박스 영상이 저에게 있습니다. 함께 보시겠습니까."

"경찰에서 훼손돼서 볼 수 없다고 했는데요?"

"예. 그런데 얼마 전에 SD카드를 복구하는 데 성공했습니다. 그래서…… 아, 그냥 사실대로 말씀드리겠습니다. 처음부터 블랙박스 기기만 부서졌었고, SD카드는 멀쩡했습니다. 하지만 유가족분들께는 제가 거짓말을 했지요. 블랙박스 기기와 SD카드까지 전부 망가져서 내용물을 확인할 수 없다고요. 동료 경찰들도 모릅니다. 제가 SD카드만 몰래 빼돌린 후 고장 난 SD카드를 대신 집어넣었거든요. 동료 경찰들은 블랙박스 기기가 망가질 때 SD카드도 함께 망가진 줄 알고 있겠죠."

승준은 경찰이라는 직업을 가진 사람으로서는 절대로 해서는 안 될 말을 하고 있었다. 하지만 그 말투는 지나치게 차분했고 거침없었다. 복희는 승준의 그런 태도 때문에 뭔가 싸한 느낌을 받았다. 그녀가 단도직입적으로 물었다.

"그걸 왜 저한테 말씀해 주시는 거죠? 저를 찾아온 목적이 뭔가요."

"성격이 좀 급하신 편이시군요. 우선은…… 블랙박스 영상부터 보고 난 후에 마저 얘기를 나눠도 늦지 않을 것 같습니다만."

"……들어오세요."

복희가 현관문을 열고 앞서 집 안으로 들어갔다. 승준이 그 뒤를 따랐다. 두 사람은 중간에 좌식 테이블을 두고 마주 보며 앉았다.

"집 안 상태가 말이 아니군요. 하긴, 따님과 손녀분을 잃었는데 청소 같은 게 손에 잡힐 리가 없죠."

승준이 곳곳에 먼지가 쌓인 거실을 눈으로 훑었다. 복희는 심기가 불편해졌는지 사나운 눈 모양이 됐다.

"블랙박스 영상이나 보여 주시죠."

"그러죠. TV 좀 켜 주시겠어요? 블루투스 연결이 가능한 TV 인가요?"

"아마도 될 겁니다."

복희가 TV를 틀어 주자 승준이 사고 당시에 블랙박스에 찍힌 영상을 보여 주었다. 영상이 종지부를 찍을 동안 복희는 한마디도 꺼내지 않고 부동자세를 유지했다. 입술을 살짝 움찔거리는 것 말곤 이렇다 할 표정의 변화조차 없었다. 하지만 그녀의 얼굴과는 달리 무릎 위에 가지런히 모아 둔 두 손은 감정을 표출하고 있었다. 그녀의 손은 떨림을 주체 못 하고 바들거리기 시작했고, 힘줄이 그려질 정도로 손아귀를 꽉 쥐고 있었다. 승준이 복희의 손을 보며 말했다.

"뭐 하실 말씀 없으신가요?"

"……."

승준의 물음에도 복희는 침묵을 유지했다.

"제가 한번 맞혀 볼까요, 지금 복희 씨가 무슨 생각을 하고 있으신지."

이내 복희가 TV에서 시선을 뗐다. 그녀의 무감각한 눈이 승준에게로 향했다.

"복수."

승준이 말했다.

"이래서 유가족들에게 이 영상을 알리지 않은 겁니다. 동료 경찰들한테도 보여 주지 않았던 거고요. 이 영상이 증거로 채택되면 저 오토바이 주인은 길어야 징역 1~2년 살다가 출소하게 될 겁니다. 집행 유예나 무죄가 나올 가능성도 크고요. 전 차마 그 광경을 눈 뜨고 볼 자신이 없었습니다. 저도 버스 사고로 가족을 잃은 몸입니다. 그래서 누구보다도 복희 씨가 지금 느끼고 있는 그 감정에 대해서 잘 알고 있죠."

"지금 저더러 저 사람을 죽여 달라고, 부탁하러 오신 건가요?"

드디어 복희가 입을 열었다. 그녀의 말에 승준은 고개를 절레절레 저었다.

"그런 부탁 하러 온 게 아닙니다. 제가 원하는 건 여도수 씨가 죽는 게 아닙니다."

"여도수? 그게 저 오토바이를 탄 사람 이름인가요?"

"예. 전 여도수 씨가 지금 어디에 살고 있는지, 어떤 일을 했었는지, 나이는 몇인지, 무슨 음식을 좋아하는지까지 속속들이 알고 있습니다. 조사를 마친 상태죠. 그 사람이 타고 있던 오토바이도 찾아냈습니다. 그 사람이 살고 있는 곳에서 약 1km 떨어진 도로 다리 밑에 세워 뒀더군요. 버려둔 거죠. 어차피 거긴 CCTV도 없고 애초에 오토바이 번호판도 없었으니까 자기 나름대로 증거 인멸한답시고 거기 둔 것 같습니다. 혹시나 싶어서 오토바이에 남아 있던 지문으로 지문 감식도 해 봤습니다. 역시나 여도수 씨 지문이 맞더군요."

"……."

복희는 단적인 침묵으로 일관하며 고심에 빠진 표정을 짓고 있었다. 승준이 인위적인 미소를 만들며 말했다.

"제가 예상했던 것과 다소 다른 반응을 보이시는군요. 따로 궁금하신 점은 없으신가요?"

복희가 승준의 눈으로 자신의 눈 초점을 정확히 맞추며 말했다.

"궁금한 게 있다고 하면 알려는 주실 건가요?"

"한번 들어 보고요."

"어디에 살고 있는지 말씀해 주실 수 있나요."

"왜요? 가서 죽여 버리게요?"

"아니요, 그 사람 가족을 죽여야죠."

승준은 이해한다는 듯이 고개를 끄덕거렸다.

"저도 그 마음 이해합니다. 그렇지만 아쉽게도 현재 도수 씨에게 가족은 없습니다."

승준의 말이 끝나자 복희가 실없는 웃음을 터뜨렸다. 뜻밖의 그녀의 반응에 승준은 볼썽사나운 표정이 됐다. 복희는 한동안 소리를 내며 웃은 뒤에야 애써 표정을 다잡았다. 하지만 그녀의 얼굴에는 여전히 웃음기가 감돌았다.

"얼씨구, 저랑 같은 생각을 하셨다고? 경찰이 그래도 되는 겁니까? 회까닥하지 않고서야……."

"안 될 건 또 뭡니까. 걸리지만 않으면 합법인데."

승준은 물어보기가 무섭게 곧바로 대답을 이었다. 그의 대답에 복희는 기가 찬다는 듯이 콧방귀를 뀌었다.

"그래서 저한테 원하는 게 뭐예요? 단지 블랙박스에 담긴 진실이나 공유하자고 오신 건 아닌 것 같은데."

승준이 빨간 목도리를 풀며 답했다.

"그렇죠. 그것 때문에 온 건 아닙니다. 제가 복희 씨를 찾아온 이유는…… 복희 씨와 함께 복수를 계획하고 싶어섭니다."

"복수를 계획한다라……. 어떤 계획을 말씀하시는 거죠."

"계획의 목적은 방금 전 복희 씨가 말한 것과 같습니다. 그 사람의 가족을 죽이는 거. 그래서 우리가 느꼈던, 그리고 지금도 느끼고 있는 그 상실감과 그 고통을 똑같이 느끼게 해 주는 겁니다."

"그 사람, 가족이 없다면서요?"

"그래서 이렇게 찾아왔지 않습니까. 복희 씨가…… 그 사람 가족이 돼 주셨으면 해서요."

"……."

복희는 이해할 수 없다는 식으로 인상을 찌푸렸다.

"복희 씨가 여도수 씨의 진짜 가족이 되어 준 다음에, 죽는 걸로 위장시키는 게 저의 계획입니다."

"그 사람의 가족이 된다? 그게 정확히 무슨 말이죠."

"자세한 얘기는……."

"자세한 얘기는요?"

승준이 말을 길게 끌자 복희가 재촉하듯 되물었다. 승준은 잇몸을 만개시키며 말했다.

"자세한 설명은…… 저와 함께하겠다는 확답을 듣고 나서 마저 해 드리도록 하겠습니다. 참고로 전 어떤 계획을 짤 때 애써 실패했을 때를 예견하며 어설프게 짜지 않습니다. 하나 알려 드리자면 이미 여도수의 친어머니와도 만나 본 상황입니다. 자식새끼 버려 놓고 아주 잘 먹고 잘 살고 있더군요. 그 여자 얼굴을 처음 보는 순간, 마음 같아서는 당장이라도 죽이고 싶더군요. 어쨌든 여도수와 같은 핏줄이니까요. 하지만 그래 봤자 여도수에게 가족을 잃은 슬픔을 안겨 주지는 못한다고 판단했습니다. 낳아 주기만 했지, 얼굴도 모르는 사이 아닙니까. 대신 제가 원할 때 DNA 채취가 가능한 신체 조직을 넘겨받기로 했습니다. 지금의 남편과 자식들에게 또 다른 자식이 있다는 사실을 폭로하겠다, 몇 마디 했더니 오케이 하더군요. 그리고 당신과 여도수 씨의 DNA 친자 확인 검사를 조작해 줄 의사까지 미리 섭외를 마쳐 놓은 상황입니다."

"친자 확인이라……. 그 오토바이랑 저를요?"

"예. 술에 꼴은 채로 애들 낙태 수술해 주다가 몇 명 저세상으로 보낸 낙태 성애자 한 마리가 있습니다. 과거 범죄 이력을 숨겨 주는 대신 제가 그 사람한테서 어떤 대가를 받고 있었거든요.

저번에 물어보니까 같은 DNA만 있으면 사람 바꿔 치는 조작 같은 건 누워서 떡 먹기랍니다."

승준은 잠시 말을 멈추더니 한쪽 입술 끝을 잡아 올렸다. 그는 양손에 빨간 목도리를 휘감고 중간을 탱탱하게 만들었다.

"그 의사 새끼는 일이 끝나는 대로 손수 폐기 처분해 줄 예정입니다. 그래도 싼 놈이니까요. 감옥에 안 보낸 이유는…… 말씀드리지 않아도 아시겠죠. 그리고 예방 조치 차원에서 가족 관계 등록부 등도 어느 선까지 손을 봐 놨습니다. 혹여 여도수 씨가 당신의 가족 관계 증명서 같은 것을 발급했다가 사실이 들통날 수도 있으니까요. 제가 공문서 위조나 위조 통화 전문가들과도 꽤 살가운 사이거든요. 그 밖에도 혼인 이력, 자녀 관계 등을 삭제한 서류도 모아 두었습니다. 날짜가 지날 때마다 새로운 날짜로 따로 수정만 해 주면 되겠죠. 물론, 여도수 씨가 당신의 개인 기록을 직접 확인하는 날에는 당신의 신분이 들통날 수도 있습니다. 그래서 앞서 모든 개인 기록 및 개인 정보에 관한 문서는 일절 비공개 처리해야겠죠. 그리고 더욱이 당신의…… 아참, 벌써부터 이렇게 다 얘기해 주면 안 되죠. 어떻게, 동참하시겠습니까?"

§

소원이 한 남자에게 매질을 당하고 있다. 그녀는 벌거벗겨진 채였고 한껏 등을 웅크리고 있었다. 반격하려고 마음은 먹었지만 몸이 뜻대로 따라 주지 않았다. 시간이 꽤 흐른 것 같았지만 남자의 구타는 멈추지 않고 지속됐다. 오히려 시간이 지날수록 더 격렬해져만 갔다. 이번에는 야구 방망이다. 저 남자가 들고 있는 흉기는 매번 바뀐다. 저번에는 밥주걱, 저저번에는 망치였던가.

소원이 슬쩍 눈알을 돌려 남자의 얼굴을 확인했다. 역시 또 저 표정을 하고 있다. 그는 불교 사원에 세워져 있는 천왕석상의 얼굴처럼 분노가 치미는 표정을 짓고 있었다. 반쯤 까뒤집힌 눈깔은 튀어나오기 일보 직전인 양 돌출돼 있었다. 어금니를 어찌나 꽉 깨물었는지 아랫니가 윗니보다 튀어나와 있었다. 목에는 핏줄이 선명했다. 뒤 머리카락이 붕 떠 있을 정도로 신경을 곤두세우고 있었다. 소원은 차마 그 표정이 두려워서 흘깃한 눈으로라도 더는 쳐다보지 못했다.

"잠깐! 아저씨, 이제 그만하세요!"

어디선가 진우의 목소리가 울려 퍼졌다.

'안 돼!'

소원이 속으로 소리쳤다. '오지 마! 안 돼!'라는 말을 목청껏 내지르고 싶었지만 그럴 수가 없었다. 배와 등을 심하게 얻어맞아서인지 숨통이 턱 막히며 목소리가 나오지 않았다.

"너 이 새끼! 너도 결국엔 저년 만나서 그 꼬라지 된 거 아녀? 그걸 아직도 모르겠어, 이 미련한 놈아?"

남자가 한껏 상기된 목소리로 그렇게 말했다. 이에 진우도 뒷걸음질 치지 않았다. 소원이 겨우 고개에 힘을 줘서 진우의 얼굴을 바라봤다. 그는 살아생전 때와 같이 여전히 선한 인상을 풍기고 있었다.

"소원이 때문에 제가 이렇게 된 건 아니에요. 저 친구는 잘못 없습니다."

"어이구야, 아직도 정신 못 차렸네. 언제 정신 차릴래? 사람 목숨 잡아먹는 고얀 계집 주제에 그래도 남자 새끼 후리는 재능은 있었나 보다. 같잖다, 같잖어."

"말조심하세요."

진우의 경고성 말에 남자가 허허거리며 웃어넘겼다. 하지만 곧이어 전과 같이 잔악상으로 고쳐 잡았다.

"말조심하기 싫다면 어쩔 건데?"

"……대꾸할 가치도 없어. 가자."

진우는 대답 대신 남자를 흘깃 노려봤다. 무시하듯 남자를 지나친 진우가 소원에게 다가왔다. 그리고 자신이 입고 있던 웃옷을 덮어 주었다. 진우가 소원을 부축하려고 팔을 잡았을 때였다.

'피해!'라는 소원의 속말과 함께 야구 방망이가 진우의 뒤통수로 날아들었다. 진우는 후두부에서 피를 뿜으며 쓰러졌다. 남자는 쓰러진 진우를 야구 방망이로 무자비하게 구타했다. 소원은 그 광경을 지켜볼 수밖에 없었다. 그렇게 얼마가 지났을까, 진우의 꿈틀대던 손가락마저 움직임을 멈췄다. 눈의 초점도 사라졌다. 소원은 진우의 숨이 끊어진 걸 확인하고 나서야 잠에서 깰 수 있었다.

"시발 진짜, 또 이 꿈이야."

소원은 악몽에서 깨자마자 욕부터 내질렀다. 이번이 몇 번째인지 모른다. 수십 번짼가, 아니면 수백 번째였던가. 잠만 들었다 하면 비슷한 악몽을 반복해서 꾼다. 병원에서 이런저런 처방도 받아 봤지만 전부 부질없었다. 수면제를 먹고 잠이 들어도 마찬가지였다. 꿈에서 '그 남자'가 계속해서 나타난다. 점점 더 일그러진 표정으로. 점점 더 원망 서린 눈빛으로. 소원은 악몽을 피하는 방법은 단 두 가지뿐이라는 걸 깨달았다. 최대한으로 잠을 허용하지 않는 것, 그리고 자살.

소원이 전자시계로 눈을 맞췄다. 현재 시각 새벽 4시쯤. 새벽 1시 30분쯤에 잠들었으니 두 시간 30분밖에 못 자고 악몽 때문에 깬 셈이다. 그나마도 악몽을 꾸기 싫어서 이를 갈며 참고 버티다 이틀 만에 취하는 수면이었다. 하지만 그녀는 다시 몸을 누이지 않았다. 악몽을 꿔 버린 이상 이대로 다시 잠들긴 힘들 것 같았다.

창문을 열었다. 고요한 시골 밤거리에 내려앉은 어둠, 그리고 냉랭한 공기가 그녀를 맞이했다. 밤공기 덕에 잠시나마 머리가 시원해지는 느낌을 받았다. 그러나 단 5분을 못 버티고 언제 그랬냐는 듯이 다시금 부정적인 것들이 몰려오기 시작했다.

소원은 진우가 죽은 후부터 온갖 부정적인 망상에 파묻히기 시작했다. 시간이 지날수록 점점 잠식돼 가고 있었다. 아무리 벗어나려고 발버둥 쳐도 도저히 떨쳐 낼 수가 없었다. 자신이 가진 빈약한 정신 상태로는 무리였다. 이놈의 부정적인 망상은 눈을 감거나 어떤 생각을 시작할 때면 늘 슬그머니 찾아와서 숨통을 조인다.

그것들은 처음에는 몸집이 작지만 시간이 지날수록 점차 크기가 부풀어 오른다. 잠깐 방심한 사이에 야금야금 정신을 지배해 버린다. 그리고 마침내 소원보다 덩치가 커졌을 때, 그녀를 집어삼키기 위해 입을 쩍 하고 벌린다.

인생의 시작점인 어린 시절, 부모님의 폭력, 가족들과 빚쟁이들로부터 도망 다니던 기억, 자살 시도를 했다가 실패했던 기억, 모든 인간관계의 연을 끊고 홀로 방황했던 기억, 집창촌에서 몸을 팔았던 기억, 살인을 저질렀던 기억 등등. 그것들은 끝도 없이 쇄도했다. 그리고 후엔 늘 이런 의문이 잇따랐다.

'어디서부터지? 어디서부터 잘못된 거지? 어렵사리 모은 돈을 주식에 꼴아박았다가 깡그리 날려 먹었을 때부터? 아님, 알코올에 중독됐을 때부터? 아님, 사채에 손을 댔을 때부터? 아님, 양

아치들이랑 어울려 다녔을 때부터? 그것도 아니면 살인을…… 저질렀을 때부터? 혹 그것도 아니라면…… 태어났을 때부터? 부모를 잘못 만났으니까?'

도저히 감이 잡히지 않았다. 뒤집어 보면 나름 최선을 다해 살아왔다고 생각했는데 그게 아니었다. 그 반대였다. 멀리서 보니 자신이 생각하는 최악의 인생을 살아온 것이다.

'왜 일찍 알아채지 못했을까. 그때는 왜 멀리서 내 모습을 보지 못했을까.'

소원은 다시금 우울감과 자괴감에 빠져들었다. 소원은 심호흡을 하며 침착해지려 애썼다. 이러한 자기혐오가 증폭돼 결국 폭발하게 되면 걷잡을 길이 없어지기 때문이다. 그녀에겐 이미 몇 번이고 '그것들'이 폭발한 경험이 있었다. 그때는 이렇게 된다. 부정적인 것들이 모여 분노의 응집 덩어리를 만들고, 그 분노가 결국 '충동'으로 뒤바뀌어 버리는 것이다.

그 충동의 질주 본능이 정신을 지배하는 순간, 현실과 가상이 뒤엉켜 버린다. 시공간에 갇혀 버린다. 그 공황 상태와 편집증에서 벗어나려면 역시 두 가지 방법밖에는 없다. 첫 번째 방법은 혼란을 딛고 '살아 있음'을 자각하는 것이다. 자발적으로 스스로를 해하는 행위, 즉 자해를 의미했다. 두 번째 방법은 간단명료하다. 자살.

단 몇 년뿐이지만 소원도 나름대로 자신의 인생에 만족하며 보다 나은 미래를 꿈꾼 적이 있었다. 곁에 진우라는 남자를 두고, 늙어 죽을 때까지 지지고 볶으며 살아갈 예정이었다. 진우는 소원에게 이따금 '넌 나한테 꼭 필요한 사람'이라는 말을 하곤 했다. 소원은 진우가 그 말을 할 때면 입에 사탕이라도 문 듯 달콤했다.

여태껏 만나 왔던 다른 남자들은 그녀를 동정하고 도와주고 싶어 했었다. 반면에 진우는 달랐다. 그는 소원을 '꼭 필요한 사람'으로 만들어 주었다. 다른 남자들이 씨불였던 이유 없는 사랑? 소원은 그딴 개소리를 믿지 않았다. 생전 그러한 것들을 경험해 본 적도 없었고, 그게 가식이고 거짓말이라는 것쯤은 알고 있었기 때문이다.

소원과 진우는 편의점에서 처음 만났다. 당시 소원은 알코올 중독에다 유흥, 주식에까지 손을 대서 근근이 모아 온 쌈짓돈까지 탕진한 상태였다. 그래서 도망치듯 이 촌구석으로 내려와 편의점에서 아르바이트를 하며 하루하루 연명하고 있었다.

진우는 편의점 근처 원룸에서 살고 있었다. 그는 아침마다 편의점에 들러 캔 커피를 사 가곤 했다. 첫인상은 그저 그랬다. 온순해 보였고 말주변이 없어 보였다. 먹고살 만한지 1+1 행사를 하는 커피를 사고도 한 개만 가져가길 고집했다. 그래서 늘 남은 한 개는 소원이 그냥 마셔 버렸다.

진우와 처음으로 대화를 주고받았던 때가 떠올랐다. 비가 추적추적 내리는 아침이었다. 평소보다 이른 시간에 진우가 따뜻한 캔 커피를 가지고 계산대로 왔다. 그 커피는 1+1 행사 상품이었다. 소원은 이번에도 당연히 진우가 나머지 하나의 커피를 사양할 것으로 여겼다. 습관처럼 말이다. 그래서 1+1 행사 상품이라는 것을 알리지 않았다. 진우도 그대로 캔 커피 하나만을 들곤 편의점을 나서는 모습이었다.

그런데 약 5분 뒤 진우가 편의점 문을 박차고 들어왔다. 그는 다짜고짜 소원에게 성질을 부렸다. 어째서 1+1 상품인 걸 알리지 않았느냐며 따져 댔다. 다른 때 같았으면 웃는 얼굴에 친절한 말투였던 진우였다. 소원은 갑자기 돌변한 그의 태도에 당혹스러움을 감추지 못했다. 그래서 처음에는 "평소에 안 가져가시기에 그랬어요. 실례했네요. 변상해 드리겠습니다." 식으로 대응했다. 하지만 그래도 진우가 따지는 말을 멈추지 않자 소원도 똑같이 언성을 높이기 시작했다.

그렇게 한창 실랑이를 벌이는데 어느 순간 진우가 말을 멈췄다. 소원이 "오늘 뭐 안 좋은 일 있었어요?"라고 묻자 진우가 말을 멈춘 것이다. 진우는 뚫어져라 소원의 얼굴을 쳐다보기만 했다. 소원은 재차 "뭔 일인데요. 한번 말해 봐요."라고 말했다. 진우는 그제야 표정을 풀더니 이런저런 말을 털어놓기 시작했다.

진우는 먼저 자신을 초등학교 선생이라고 소개했다. 이어서 오늘 자신이 담당하던 반 애들 중 한 명이 부모를 잃었다고 했다. 그래서 자기도 모르게 괜한 곳에서 화풀이를 한 것 같다고, 미안하다며 사과했다.

소원은 이해할 수 없었다. 진우의 말을 이해하지 못했던 게 아니었다. 그의 표정을 이해할 수 없었다. 그저 남의 일일 뿐이지 않은가. '어째서 울먹이는 표정 같은 걸 짓고 있는 거지.'라고 생각했다. 한편으론 거짓말이거나 가식이지 않을까, 의심도 품었다.

하지만 그의 표정을 자세히 뜯어보니 그게 아닌 것 같았다. 그는 진심으로 슬퍼하고 있었다. 남의 일을 마치 자신의 일처럼 아파하고 있었다. 소원은 어릴 적 부모님에게 학대당하던 때가 떠올랐다. 아무도 자신을 도와주지 않았다. 자신의 처지를 슬퍼해 주지도 않았다. 그녀는 돌연 궁금해졌다. 자신의 사연을 이 남자에게 털어놓는다면 그때도 이 남자가 이 같은 표정을 지어 줄지. 동정 따위를 바라는 게 아니었다. 마음을 터놓는 인간관계가 필요한 것도 아니었다. 단지 저 남자의 반응이 궁금했다. 그래서 소원이 한마디 건넸다. "저녁에 술 한잔 사 줄까요?"라고.

그 후로 두 사람은 급속도로 친해졌다. 일주일에 한두 번씩 술자리도 했고, 운동 겸 산책을 하기도 했다. 또 그러다 보니 진우의 소개로 그의 친구가 운영하는 빵집에 소원이 취직하기도 했다. 두 사람은 셜록 홈스와 왓슨 박사처럼 서로에게 끌렸다. 하나부터 열까지, 공통된 취향도 일절 없었지만 그래서 더욱 서로를 보충해 줬다. 두 사람은 만난 지 몇 달 만에 쿵짝이 잘 맞는 파트너가 돼 있었다. 그렇게 누가 '사귀자' 식의 말도 안 꺼냈는데 어느새 연인 사이가 돼 버렸다.

소원은 지금 당장 진우가 보고 싶었다. 그의 자상한 말투, 행동 하나하나에서 묻어나는 선함, 가끔씩 튀어나오는 온기, 온갖 진실과 진심으로 무장한 따뜻한 말 한마디, 그리고 욱하는 성격까지. 그가 그리웠다. 하지만 사진 몇 장만을 달랑 남겨 놓곤 그는 이미 세상을 등졌다. 그 말인즉, 영원히 그의 얼굴을 볼 수 없다는 뜻이다.

버스 사고가 있었다. 사고가 난 버스 안에 진우가 탑승 중이었다. 경찰은 진우의 사인을 이렇게 추정했다. 버스 사고 당시에 숨은 붙어 있었지만 부상 때문에 몸을 움직일 수 없었고, 버스 화재로 발생한 연기에 질식사한 것. 경찰이 말하길, 진우의 사체를 찾았을 때 그의 품 안에는 한 살배기 영아가 안겨 있었다고 했다. 진우는 숨구멍이 막혀 오는 상황에서도 스스로를 내팽개치고 남을 보호하고 있었던 것이다.

당시에 진우는 버스를 타고 소원에게로 오는 길이었다. 평소 같았으면 자가용을 타고 왔을 텐데 그날은 승용차를 카센터에 맡겨 놓은 상황이었다. 전날 소원이 운전 연습을 하다 전봇대에 차를 박아 버리는 바람에 앞 범퍼가 찌그러진 것이다.

진우의 죽음에 소원이 직접적으로 원인을 제공한 건 아니었지만 그렇다고 스스로에게 면죄부를 줄 순 없었다. 자신이 운전 연습만 하지 않았더라면, 혹은 진우 대신 자신이 진우에게로 갔었더라면, 진우는 그 버스를 탈 일이 없었을 테니까. 그리고 그 생각의 고리는 마지노선까지 연결됐다. '선은 항상 악을 부른다.' 진우가 애초에 자신과 같은 여자를 만나지만 않았더라면, 자신과 같은 사람이 이 세상에 나오지만 않았더라면, 그는 지금도 멀쩡히 살아 있을 거라는 확신.

소원은 진우의 장례식에도 참석하지 않았다. 진우의 부모님이 소원을 못마땅하게 여겼기에 썩 내키지 않았다. 게다가 그 당시의 소원은 장례식에 별 의미조차 두지 않았다. 지금과는 다르게, 그때의 그녀는 '죽으면 그걸로 끝'이라고 믿었다. 그래서 죽은 사람을 기리는 일은 무의미한 시간 낭비라고 치부해 버렸다.

소원은 노트북을 켜서 인터넷에 접속했다. 인터넷 주소창에 흔히 '딥웹'이라 불리는 불법 사이트 주소를 적었다. 그리고 딥웹 사이트 검색창에 '고통 없이 죽는 방법'이라는 검색어를 찍어 넣었다. 그녀는 요 며칠간 자살에 대해 관심이 많아졌다. 일주일 전에는 수면제를 한 움큼 입 안에 부어 넣고 침대에 누워 진우의 발자취를 따라가는 상상을 했었다. 영화 같은 데서 보면 고통 없이 죽는 방법으로 그와 같은 방법을 택하는 장면들이 자주 나온다. 그걸 따라 해 봤다. 그러나 현실은 영화와 달랐다.

자신의 몸에는 수면제가 맞지 않았던 탓일까. 아니면 어떤 다른 이유 때문일까. 수면제를 집어삼킨 직후 한 다섯 시간 동안 기절만 했을 뿐 그녀는 죽지 않았다. 대신, 이틀 동안 수시로 화장실을 들락거리며 구토를 해야 했고 위경련의 고통을 참아야 했다. 잠은 또 어찌나 잘 오던지 하루 열두 시간을 악몽으로 보냈다. 긴 악몽 덕에 잠에서 깨어나도 개운치 않은 악순환이 잇따랐고, 급격히 초췌해진 기분을 맛봐야만 했다.

앞뒤 없는 논리겠지만 소원이 자살을 시도했던 건 죽고 싶어서가 아니었다. 소원은 죽고 싶지 않았다. 그녀가 원한 건 그저 이 세상에서 사라지는 거였다. 마치 애초부터 없었던 것처럼 말이다. 세상과 아주 긴 거리를 두고 싶었다. 태어난 게 원망스러울 뿐이었다. 견디기 힘들었다. 벗어나고 싶었다. 그래서 '자살'이라는 것을 시도했던 것이다.

'죽음이 두렵지 않나요?'라고 누군가가 물어 온다면 소원은 두렵다고 대답했을 것이다. 하지만 그녀가 생각하는 죽음이 두려운 이유는 평범한 사람들의 생각과는 차이가 있었다. 평범한 사람이라면 자의식이 사라진 '무'의 상태가 두렵겠지만 그녀는 그렇지는 않았다. 그녀가 죽음을 두려워하는 이유는 이승보다 저승이 더 피곤하진 않을까, 걱정됐기 때문이다.

진우가 죽기 전까지만 해도 자타 공인 '귀신'은 물론이고 그 어떤 '영'적인 존재도 믿지 않았다. 하나 진우가 죽은 후로는 생각에 변화가 생겼다. 죽음 뒤에 무언가 존재한다는 확신이 들었다. 그녀가 그런 확고함을 가지게 된 이유는 간단했다. 지금도 그녀의 눈에는 죽은 자의 간악한 미소가 보이고, 그녀의 귀로는 죽은 자의 소름 끼치는 목소리가 들려오니까.

"그만 좀 웃어 줄래?"

소원이 빈 의자를 번뜩 노려보며 혼잣말을 했다.

'아이, 왜 이러실까. 우리 사이에.'

죽은 자가 대답했다.

"우리가 무슨 사인데?"

'우리 사이로 말할 것 같으면, 깊은 애정의 관계? 정도? 이봐, 너 지금 말하는 본새가 영 그렇다? 우리가 아무런 사이도 아니라는 듯이 말하는 것 같잖아. 그거 되게 섭섭한 말인 거 알지? 네가 나를 죽이지만 않았어도 우린 그저 평생 볼일 없는 남남일 뿐이었어. 네가 나를 이 지경으로 만들었잖아, 안 그래? 야, 이 시발아. 한데 이제 와서 나를 모른 척한다고? 뒈지게 처맞을래?'

"……."

소원은 대답을 삼갔다.

'그래, 계속 그딴 식으로 모른 척해 봐라. 어찌 되나 함 보자. 어차피 난 상관없어. 난 네 꿈에도 계속 나타날 거고, 네가 지금처럼 꿈꾸는 게 싫어서 잠을 안 자면 이렇게 환영으로도 나타날 거야. 네가 아무리……. 어라, 이 시간에 누구지?'

죽은 자가 말을 멈췄다. 현관문 두드리는 소리가 들려왔기 때문이다. 깊은 한밤중 누가 문을 두드리는 걸까. 찾아올 사람이 남아 있던가.

소원이 현관문 앞으로 다가갔다.

"누구시죠."

"안녕하세요. 저는 강복희라 합니다."

"그러니까 누구냐고요. 누가 이름 물어봤어요?"

"저는…… 버스 사고로 목숨을 잃은 희생자의 엄마이자 외할머니 되는 사람입니다."

"……."

소원이 현관문을 열었다. 문 앞에 복희가 서 있었다.

"안녕하세요."

복희가 인사했다.

"뭔데요."

"혹시, 또 자살 같은 걸 생각 중이신가요?"

소원은 복희의 말에 짜증이 팍 올라왔다.

"……야밤에 갑자기 뭔 헛소리를 지껄이는 거야, 이 아줌마가. 당신 나 알아? 아줌마 미쳤어?"

"미치진 않았어요."

"뭐래, 이 미친 아줌마가."

소원이 신경질적으로 현관문을 닫으려 할 때였다. 복희가 급히 현관 안으로 몸통을 집어넣더니 소원의 앞을 막아섰다. 소원은 화들짝 놀라며 뒤로 내뺐다.

"뭐야, 아줌마 강도야? 강도면 번지수 잘못 찾은 거야."

"강도 아닙니다. 소원 씨한테 두 가지만 확인하고자 이렇게 무례를 무릅쓰고 새벽에 찾아왔습니다."

"내 이름은 어떻게 알았어? 아줌마 스토커야?"

"스토커도 아닙니다. 소원 씨, 만약에 당신의 소중한 사람이 누군가의 잘못으로 인해서 목숨을 잃게 됐다면 어떻게 하실 거죠?"

"뭔 귀신 씻나락 까먹는 소리야. 당장 나가. 안 나가? 경찰에 신고하겠……."

"예를 들어, 그 사람의 잘못 때문에 진우 씨가 죽은 거라면요."

복희의 입에서 '진우'라는 이름이 나오자 소원의 눈꺼풀이 저릿하게 경련을 일으켰다. 소원이 게슴츠레한 눈으로 복희를 노려봤다.

"뭔데, 당신. 누군데?"

"아까 말했잖아요, 버스 사고로 가족을 잃은 사람이라고. 다시 물을게요. 만약에 당신의 소중……."

"당연히 복수해야지."

복희의 말이 채 끝나기도 전에 소원의 입에서 당연한 듯 대답이 흘러나왔다.

"그럼, 이제 이걸 물어봐야겠군요. 복수를 하기 위해선 남아 있는 삶의 많은 부분을 포기해야 될 텐데, 어디까지 포기가 가능하신지요."

"……뭐야. 당신은 그러니까, 진우 씨가 사고로 죽은 게 아니고 누군가가 진우 씨를 죽였다, 지금 이 말이 하고 싶은 거야? 아줌마, 지금 무슨 착각을 하고 있나 본데, 진우 씨는 사고로……."

"그 대답은 당신의 대답을 먼저 듣고 나서 해 주겠습니다."

"대답이라……. 난…… 상관없을 것 같은데?"

"상관없다니, 그게 무슨 뜻이죠?"

"뭐든 다 포기해도 될 것 같다고. 이놈의 좆 같은 이승엔 더 이상 관심 없거든."

§

15평 남짓한 거실에 세 사람이 마주 선 자세로 있다. 형광등이 세 사람의 머리 위를 비추고 있었지만 어두운 기운은 가시지 않았다. 세 사람이 만들어 낸 짙은 어둠은 빛으로써 밝힐 수 있는 물질적인 개념이 아니었다. 단순히 빛이 있다 뿐이지, 분위기 자체는 캄캄하다 못해 암울할 정도였다. 한기 서린 겨울 공기가 세 사람 주위를 감돌았다. 하지만 세 사람 중 춥다는 표현을 내비치는 이는 없었다.

세 사람은 침묵을 지키며 방바닥만 쳐다볼 뿐이었다. 거실에는 먼지가 뿌옇게 쌓인 소파와 TV, 나무 액자가 위치해 있었다.

나무 액자엔 성경 말씀이 적혀 있었다. 거실 중앙은 휑했다. 어디선가 냉랭한 공기가 시시각각 들어와 바닥을 차갑게 물들이고 있었다. 집 안 광경은 전체적으로 지저분했다. 특히 모서리에 모아 둔 깨진 소주병 잔해와 담배꽁초, 정체불명의 붉은색 액체가 너저분하게 말라 있는 광경이 눈에 밟혔다. 세 사람은 모두 신발을 신은 채였다. 복희와 경철은 어색한 자세로 멀뚱히 서 있었다. 운택은 벽에 등을 기댄 채 팔짱을 끼고 있었다.

10분 정도 흘렀을까, 현관문 열리는 소리와 함께 소원이 거실로 들어섰다. 소원은 들어오자마자 어색한 듯 자신을 쳐다보는 세 사람에게 "뭘 그렇게 쳐다봐요?"라며 신경질적으로 반응했다. 복희가 "어서 오세요."라고 인사했지만 소원은 복희의 인사를 무시해 버렸다. 그녀는 경철 옆에 자리를 잡고 벽에 등을 기댔다. 복희가 말했다.

"다들 모이셨군요. 저는……."

복희가 말을 시작하자마자 소원이 끼어들었다.

"본론으로 바로 들어가시죠. 저를 여기에 왜 불렀죠? 저희 외에 또 다른 사람이 있을 거란 건 말씀하신 적 없으셨잖아요."

복희가 주춤하는 사이 경철이 말했다.

"뭐, 서로 같은 처지라는 건 알겠는데, 같이…… 슬픔이라도 나누자는, 그런 쓸데없는 짓 하려고 모인 거라면 전 그만 가 보겠습니다."

경철의 말을 이어서 소원이 말했다. 그녀의 시선은 나무 액자에 적힌 글귀로 향해 있었다.

"아줌마, 복수고 나발이고, 혹시 진짜 계획은 이거 아니야? 이참에 우리 예수쟁이로 꼬드겨 보려고. 그거 당신네들 취미잖아. 심적으로 힘든 사람 살살 꼬아서 예수쟁이 만드는 거. 근데, 나도 그렇게 할 수 있을 거라고 생각한다면 착각이야. 그리고 꼬드겨 봤자 얻어 갈 것도 없을 거고."

소원의 말에 운택이 보란 듯이 실소를 했다. 복희가 운택을 노려봤다. 경철이 헛기침을 한 후 말했다.

"같은 처지라고 해서 이렇게 모일 필요까지 있습니까? 피해자 유가족회? 그런 거라도 만들려고요? 아니면, 옆에 여자 말대로 정말로 예수님 말씀 전하려고 모이라 한 겁니까? 정말로 그런 이유로 이 오밤중에 저를 불러내신 거라면 저에게 무례를 범하시는 겁니다. 덕분에 제가 시간 낭비하는 거니까요. 전 그런 거에는 코딱지만큼도 관심이 없거든요."

그제야 복희가 입을 열었다.

"그런 청승이나 떨자고 여러분을 뵙고자 한 게 아닙니다. 우선, 여기 이 사람은 제 아들입니다."

복희가 운택을 쳐다보자 운택이 귀찮다는 듯이 "이운택입니다."라며 자신을 소개했다.

"저는 강복희라고 합니다. 사실, 저희는 당신들을 한동안 지켜

봐 왔습니다. 당신들뿐…….”

“우리를 지켜봤다고? 지금 우릴 스토킹했다고 말씀하고 계신 건가요?”

언성을 높이던 경철이 이내, 헛웃음 소리를 흘렸다. 소원은 의심 어린 눈초리로 복희와 운택을 번갈아 쏘아봤다. 복희가 입맛을 다신 후 말을 이었다.

“여러분을 몰래 지켜봐 왔던 부분은 진심으로 사과드리겠습니다. 하지만 스토킹도 아니었고 두 분에게 어떠한 피해를 줄 목적도 없었습니다. 저희는 두 분뿐만 아니라 버스 사고로 가족을 잃거나 사랑하는 이를 잃은 모든 분들을 지켜봐 왔습니다.”

“그러니까 왜? 왜 우릴 지켜봤냐고.”

경철이 물었다.

“소원 씨에겐 이미 말씀드렸지만, 우리와 함께 모의를 할 만한 사람을 포섭하기 위해서였습니다.”

“무슨 모의요?”

경철이 물음을 이었다.

“무슨 모의냐면요…… 일단은, 영상부터 보시는 게 나을 것 같네요. 영상을 본 후에 차차 설명드리도록 하겠습니다.”

복희가 운택에게 눈신호를 주자 운택이 바지 호주머니에서 스마트폰을 꺼냈다. 그는 TV를 켜더니 자신의 스마트폰과 TV를 블루투스로 연결시켰다. 그리고 TV로 영상 하나를 띄웠다. 이 영상은 버스 사고 당시 버스 안에 설치돼 있던 블랙박스 영상이었다.

영상 내용은 이랬다. 버스가 갑자기 골목에서 튀어나오는 오토바이를 피하려다 중앙선을 넘어 버렸고, 마침 맞은편에서 달려오던 승용차를 오른쪽 앞 범퍼로 들이박았다. 승용차와의 충돌로 방향이 꺾인 버스는 그대로 가드레일을 뚫고 아래로 추락해 버렸다. 추락의 충격으로 블랙박스는 깨진 유리창 밖으로 튀어나가 어디론가 떨어져 버렸다. 이후로 블랙박스 영상에서는 어두운 화면만 보였고 간간이 비명 소리만 들려올 뿐이었다.

비명이 들리기 시작하자 복희가 급히 영상을 중단했다. 그녀는 긴 한숨과 함께 천천히 입을 뗐다.

"보시는 바와 같이……."

"시발, 이게 다 뭐야. 저 새끼……."

복희가 말을 하던 도중이었다. 분을 억제하지 못한 소원이 불쑥 욕설을 내뱉었다.

"경찰은 저런 말 없었는데…… 저 오토바이 새끼는 뭡니까."

경철도 참지 못하고 덩달아 울분을 터뜨렸다.

"자자, 다들 잠시 화를 좀 가라앉혀 보세요. 아직 끝난 게 아니니까요."

운택이 두 사람 앞으로 한 걸음 다가가 두 손바닥을 펼쳤다.

"아니, 뭐 이런 시발 거! 이걸 보고 침착하라고?"

운택의 만류에 경철은 심호흡을 하며 화를 가라앉히려 노력하는 듯 보였다. 하지만 소원의 경우는 여전히 분을 삭이지 못했다.

"……좀 정숙해 달라고요. 아직 당신들이 알아야 할 게 더 있으니까."

복희가 이내 목에 힘을 주며 한 소리 했다. 순간 방 안에 적막이 깔렸다. 복희가 소원을 따갑게 쳐다봤다.

"이 영상, 지인이 경찰이라서 겨우 구할 수 있었습니다. 그것도 3천만 원이나 쥐여 주고 구했죠. 그리고 영상에 대해 언급하거나 영상을 퍼뜨리지 않겠다는 약속도 했고요."

이후 복희가 입을 닫고 다음으로 무슨 말을 이을지 고민하자 경철이 끼어들었다.

"경찰들은 분명히 버스 기사 잘못이라고, 저한테 그렇게 말했었는데. 영상을 보니까 왜 경찰이 우리한테 거짓말했는지 조금은 이해가 가네요."

경철의 말이 끝나자 소원은 욱하는 표정이 됐다. 그녀는 경철에게 무슨 말을 하려다 주춤하더니 가슴을 쓸어내렸다.

"소원 씨, 화나시는 건 이해하겠는데, 지금은 잠시 참아 주세요."

복희가 소원을 타이른 뒤 경철에게로 고개를 돌렸다.

"이해가 간다니, 뭣 때문이라고 생각하시죠."

경철이 손을 턱에 괸 채 대답했다.

"아까 보니까 그 오토바이…… 번호판이 없었습니다. 철가방이 뒤에 실려 있는 걸 보니 중국집 배달원인 것 같던데. 철가방에 적혀 있는 글자도 흐릿하고 영상이 흔들려서 분간이 안 되더라고요. 그래도 사실상 녀석을 찾는 건 식은 죽 먹기일 겁니다. 이 조그마한 동네에 중국집이 몇백 개가 있는 건 아니니까요. 하지만 관건은, 경찰은 확실한 답을 원한다는 거죠. 경찰의 목적은 죄를 저지른 사람을 잡는 게 아닙니다. 법을 잘 알지 못하는 실수를 저질렀거나 증거를 남기는 실수를 저지른 사람을 잡는 게 목적이죠. 그래야 '법적인 책임'을 물어 처벌이 가능하니까요. 만약 저 녀석을 찾아서 잡았다 칩시다. 경찰 입장에서는 곤란할 일이 한둘이 아니겠죠. 녀석과 버스 기사 중 누구의 잘못이 더 크며, 누가 이 사건의 원흉인가를 우선적으로 따져야 할 테니까요. 우리가 보기에는 당연히 오토바이 잘못처럼 보이지만, 법이라는 게 또 안 그렇거든요. 버스 수리 상태, 바퀴 상태, 버스 운전자의 심리 상태 등등도 따져야 할 테고. 더군다나 이게 미디어나 언론에 새어 나갔다간 이런 결과나 저런 결과나 경찰뿐 아니라 여럿 난처한 상황에 처하겠죠. 이 동영상을 본 사람들은 전부 오토바이 잘못이라고 보겠지만, 법대로 한다면 버스 기사의 잘못일 확률이 더 높으니까요. 게다가 오토바이 저 녀석을 잡는다고 해도, 녀석이 아니라고 잡아뗄 수도 있는 거고요. 영상으로는 녀석의 얼굴을 확인하기 힘든 데다, 이미 겁을 먹고 다른 곳으로 내뺐을 수도 있겠죠. 오토바이를 없애 버린 다음에요."

경철의 말이 끝나자 복희가 한쪽 입술을 씩 올리며 말했다.

"경철 씨 말씀도 어느 정도 일리는 있어요. 근데 경찰을 너무 안 좋게만 보시는 것 같군요. 저는 오히려 경찰이 여러분과 피해자 유가족들에게 블랙박스 영상을 공개하지 않았던 부분에 대해서 감사하게 여기고 있어요. 영상을 공개한다고 해서 죽은 사람이 돌아오는 것도 아닌 데다, 저한테는…… 천만다행인 일이죠."

"아줌마, 그건 또 뭔 소린데. 지금 이게 뭐가 다행이라는 거야. 누가 봐도 저 오토바이 잘못이잖아. 까놓고 말해서 버스 기사가 무슨 잘못인데? 저렇게 갑자기 끼어드는데 핸들 안 꺾을 사람이 몇이나 되냐고. 아줌마는 저 상황에서 핸들 안 꺾을 것 같아?"

소원이 주먹을 쥐며 쏟아 내듯이 말했다. 복희가 소원 쪽으로 다가갔다.

"저 사람이 이 일로 처벌을 받는다고 해도 형량이 얼마나 나올 것 같아요? 아까 경철 씨가 말씀하셨던 대로 우리의 생각과 법의 해석은 달라요. 끽해 봐야 징역 1-2년 나올까 말까일 겁니다. 그리고…… 만약 사형을 선고받는다고 해도 그게 그에 합당한 처벌이 될 수나 있을까요?"

"그럼 이러면 되겠네. 당신들은 저 녀석 찾아 주기만 해. 내가 대표해서 저 녀석 죽여 줄게. 어차피 난 더 이상 삶에 티끌만큼도 미련 없어. 당신들도 원하던 바잖아?"

"아니요."

복희가 고개를 저었다. 그녀는 비웃듯이 입술 끝을 쭉 찢었다.

"복수치곤 그건…… 너무 약과 아닌가요? 죽이고 끝? 그럼 우리가 느꼈던 이 고통, 저 사람은 느낄 수가 없잖아요. 복수의 궁극적인 목표가 뭐죠? 정신 승리인가요? 자기만족인가요? 복수를 하려면 제대로 해야죠."

"어쩌자고 그러면."

소원이 얼굴을 붉히며 대꾸하자 복희가 갑자기 이상 행동을 하기 시작했다. 옷소매로 얼굴을 마구 비비더니 입고 있던 상의의 팔을 걷어 올렸다. 화장이 지워진 그녀의 얼굴과 걷어 올린 팔에는 붉게 달아오른 두드러기가 '다다닥' 징그럽게 붙어 있었다.

"보이시나요. 그날 이후 평생 없던 두드러기가 온몸에서 나기 시작하더군요. 잘하는 피부과를 찾아서 서울까지도 가 봤지만 누구도 확실한 원인을 찾질 못하더라고요. 이런저런 약도 복용해 봤지만 죄다 소용없었고요. 전 지금도 이 두드러기 때문에 온몸이 가렵습니다. 특히 잠들기 전에 유난히 두드러기가 심해져서 잠도 잘 못 이루죠. 덕분에 어젯밤도 꼴딱 샜습니다. 그뿐만 아닙니다. 잠을 잔다고 해도 매일같이 악몽을 꾸죠. 뭘 해도 손에 잡히질 않고, 눈을 감고 어둠의 광경을 바라보고 있노라면 불쌍한 우리 딸 얼굴이 아른거려요. 식욕도 없고, 무기력함이 불길처럼 번져서 아무것도 할 수가 없습니다. 사실 전 스스로 생을 마감하려고까지 마음을 먹었었습니다. 더 이상 살고 싶지가 않았거든요. 우리 아들한테는 미안한 말이지만, 사는 게 너무 고통스러워서 그런 생각까지 하고 말았습니다. 그날이 있기 전만 하더라도 자살은…… 남의 일인 줄만 알았는데 말이죠. 여러분들은 어떠십니까."

"……."

운택과 경철은 대답 대신 고개를 푹 숙였다.

"나도 그래."

소원이 울먹임을 삼키며 말했다.

"하지만 여러분, 저는 이제 자살 같은 거 생각하지 않습니다. 손녀가 죽고 난 후론 아무것도 할 수가 없었는데, 유일하게 집중해서 할 수 있는 일이 생겼거든요."

경철과 소원의 지긋한 시선이 복희를 향했다. 방금 전까지 두 사람이 내비치던 냉랭한 눈초리는 온데간데없었다.

"여러분도 그렇게 생각하시죠, 버스 사고는 저 오토바이가 저지른 일이라고. 제 생각도 마찬가집니다. 제 아들도 그렇게 생각하고 있고요. 아무리 따지고 봐도 이 모든 건 오토바이 운전자 때문에 벌어진 일입니다. 그리고 저 오토바이 말입니다…… 사고를 목격하고도 자기가 사고를 만들어 놓고도! 119에 신고조차 하지 않았습니다. 신고만 했었어도 우리의 가족 중 일부는 살아남았을 수도 있었겠죠. 경찰은 사고가 일어나고 7~10분이 지나서야 최초 신고가 들어왔다고 했어요. 그리고 버스에 폭발이 일어난 건 최초 목격자가 신고 후에 사람을 구하러 버스로 다가갔을 때라고 했고요. 저는 인정하긴 싫지만 진실을 받아들이기로 했습니다. 이건 사고가 아닙니다. 명백한 살인입니다. 해서, 저는 복수를 하기로 마음을 먹었습니다."

복희가 말끝에 숨을 가다듬자 경철이 끼어들었다.

"방금 전에 당신이 그랬잖아요, 복수할 방법이 없다고. 법적인 처벌을 받는다 해도 현재 우리나라 법으론 합당한 처벌이 불가능할 거고, 그럴 일도 없겠지만 설사 사형이 선고된다 해도 합당한 처벌이 될 순 없을 거라고요. 그리고 가서 때려죽인다고 해도…… 피해자들이 당한 것만큼의 고통을 돌려주진 못하겠죠."

"맞아요. 그래서 저는 결심했습니다. 우리가 당한 것과 같이…… 오토바이의 가족을 죽이자고."

복희의 말에 소원과 경철은 선불리 대답을 잇지 못했다. 복희가 두 사람의 표정을 곁눈질하더니 말을 이었다.

"하지만…… 그럴 수가 없더군요. 제가 사람을 시켜서 그 오토바이를 찾아냈는데, 가족이 없었습니다. 친구도 아무도 없는 것 같았고요. 그래서 한동안 고민에 빠져 있었죠. 정말로 복수를 할 수 있는 방법이 없을까. 정말로 내가 당한 고통의 일부분이라도 돌려줄 수 있는 방법이 없는 걸까, 하고요. 그렇게 한참을 고민하다 보니 한 가지 답이 나오더군요. 그 사람에게 가족이 없어서 복수를 할 수 없다면 먼저 가족을 만들어 주자고요. 그것도 아주

소중한 가족을요. 가족을 먼저 만들어 준 후에, 그 가족을 죽이는 겁니다. 이게 제가 생각해 낸 계획이고, 이 계획 때문에 두 분을 모신 겁니다. 제가 조금 전에 경찰이 오토바이를 잡아가지 않아서 다행이라고 말했던 이유도 이 계획 때문이고요. 그 사람이 이곳을 떠나거나 감옥에라도 가게 되면 그 사람에게 가족을 만들어 주는 데에 어려움이 생길 테니까요."

운택이 한몫 거들었다.

"솔직히 그 개자식은 당해도 싼 놈이지, 안 그래요? 그 죽일 놈 때문에…… 전 여동생과 조카를 잃었습니다."

운택의 말이 끝을 맺자 복희가 경철과 소원의 눈치를 살폈다. 경철은 입을 꾹 다문 채 눈썹만 들썩이고 있었다. 소원은 무언가 골똘히 고민하는 듯 인상을 찌푸리고 있었다. 경철이 먼저 말을 꺼냈다.

"말 그대로 그 녀석을 사육하자는 거군요. 가축을 잡아먹기 전에 먼저 먹이를 주고 길들이듯이, 녀석에게 보다 큰 정신적인 고통을 안겨 주기 위해 선행적으로 가족을 만들어 주고, 행복을 만들어 주자는 거니까요."

복희가 고개를 끄덕였다.

"듣고 보니 틀린 말은 아닌 것 같군요. 맞습니다. 그 비슷한 발상입니다. 소원 씨는 어떻게 생각하시나요? 소원 씨라면 당연히 우리와 함께할 줄 알았는데요."

소원은 고민하는 표정을 풀더니 문득 방 안에 걸려 있는 나무 액자를 바라봤다. 그녀는 나무 액자에 적혀 있는 성경 말씀을 읊더니 복희의 목덜미 쪽으로 시선을 고정시켰다.

“아줌마, 십자가 목걸이 목에 매달고서 지금 우리더러 함께 복수를 하자는 거야? 한쪽 뺨 맞으면 반대편 뺨도 같이 맞아라. 이따위 것들이 당신네들 신념 아니었나?”

소원의 도발에 복희는 아니꼬운 표정으로 답했다.

“뺨을 맞은 게 아니잖아요? 뺨이라면 얼마든 내줄 수 있어요.”

소원이 “쯥.” 하고 입술을 튕기더니 말했다.

“그냥 한번 물어봤어요. 좀 이상해서요.”

“뭐가요?”

“그렇잖아요, 그래도 종교를 믿는다는 사람이 복수라니…….”

“전혀 이상할 것 없어요. 저희가 신은 아니잖아요? 한낱 인간일 뿐이죠. 인간이니까 성경의 말씀처럼 살 순 없죠. 노력이야 하겠지만요. 저도 오랫동안 성경 말씀을 지키려고 노력하며 살아왔지만, 여러 목사님들을 포함해서 지금껏 한 번도 그런 사람은 본 적이 없어요. 성경 말씀을 하나도 빠짐없이 평생토록 완벽하게 지키면서 살아가는 사람은요.”

소원이 피식 웃었다.

“저희 계획에 동참하실 생각들이 있으신가요?”

복희가 재차 묻자 경철이 다른 물음으로 답했다.

"말씀하신 계획의 세부적인 사항은 어떻게 됩니까. 먼저 좀 듣고 싶은데요. 무작정 할 수 있는 일이 아니잖아요."

경철과 소원의 시선이 복희의 입으로 쏠렸다.

"지금으로선 말씀드릴 수 있는 내용은…… 이 정도겠네요. 그 사람에게 인간관계를 만들어 준 후 행복을 증명할 겁니다. 그리고 그 사람의 가족을 죽일 겁니다. 이 이상은 저희와 함께하겠다는 확답이 선행되어야 말씀드릴 수 있습니다."

"……."

경철과 소원은 다시금 고민하는 표정이 됐다. 방 안에 어스름한 침묵이 흐르자 운택이 입을 열었다.

"함께하실 의향이 없으시다면 그만 돌아가 주세요. 시간 낭비……."

기다리다 지친 운택이 입을 뗀 찰나, 소원이 그의 말을 끊으며 끼어들었다.

"전 할게요. 가서 때려죽이는 것과 가족을 죽여서 정신적인 고통을 안겨 주는 거, 둘 중 어느 쪽이 더 고통스러울까 잠시 고민하느라 대답이 늦었네요. 하겠습니다, 저는."

이제 세 사람의 이목은 경철에게로 집중됐다. 경철은 말을 삼가고 고민을 이어 가는 듯했다. 세 사람은 그를 재촉하지 않았다. 그렇게 5분 정도 시간이 흐른 후에야 경철이 입을 뗐다.

"대신 저에게도 한 가지 조건이 있습니다."

"아씨, 그냥 이 남자 빼고 해요."

경철의 대답이 불만족스러웠는지 소원이 격앙된 목소리로 말했다.

"소원 씨, 잠시만요. 말씀해 보세요."

복희가 소원을 타이른 후 경철에게 말했다.

"저를 이 계획에 넣고 싶으시다면 모두들 이거 한 가지는 꼭 지켜 주셔야 될 겁니다. 저희 외에 제3의 피해자는 없어야 합니다. 제삼자가 피해를 입는다면 그건 복수가 아니니까요. 그건 야만적인 폭력일 뿐이고, 미치광이 짓거리일 뿐입니다."

소원이 코웃음을 치며 말했다.

"이봐요, 잘생긴 남정네. 방금 못 들었어? 가족을 만들어 줘야 한다잖아. 그럼 제3의 피해자가 당연히 생길 수밖에는……."

"아니요, 그럴 필요 없습니다."

복희가 소원의 말을 잘랐다. 그리고 다시 경철에게로 시선을 돌렸다.

"왜 그런 조건이 필요한지 이유를 알 수 있을까요."

"아까 말씀드렸잖습니까. 제3의 피해자가 생긴다면 그건 복수가 아니라 그냥 미친 짓거리일 뿐이라고요."

"그러니까, 그게 왜 미친 짓거리일 뿐이죠?"

복희의 반복된 물음에 경철이 오만상을 찌푸리며 답했다.

"복수란 말 그대로 당한 만큼 돌려주는 행위, 그 이상 그 이하도 아닙니다. 복수와 무관한 제삼자가 피해를 입는다면 원수를 갚는다는 '복수'라는 명분을 잃어버리게 되는 거죠. 그건 복수라는 틀에서 벗어난 행위니까요. 그리고 명분 없는 폭력은 또 다른 갈등을 유발하게 만들죠. 저희 같은 피해자를 또 만드실 작정이십니까?"

"아니요, 저 또한 뜻 없이 희생자를 만들고 싶진 않습니다. 경철 씨의 조건을 수락합니다. 그리고 어차피 제 계획에도 제3의 피해자는 없었습니다."

소원이 의문의 눈초리로 복희를 쳐다봤다. 복희는 소원의 눈을 피하지 않고 대면하며 경직된 얼굴로 말을 이었다.

"우리가 직접 그 사람의 가족이 돼 줄 겁니다. 여러분들은 그 사람의 가족으로 지내다, 때를 맞춰서 홀연히 사라져 주시기만 하면 될 것 같습니다. 그 사람에게 마지막으로 가족을 잃은 슬픔을 안겨 줄 사람은 접니다. 아, 정말로 죽는다는 말은 아닙니다. 사고사로 위장할 겁니다. 그리고 저도 감쪽같이 종적을 감출 겁니다. 그 후에는 바다 한가운데 고립된 외딴섬 같은 데서 죽을 때까지 유령처럼 살아갈 생각입니다."

"아줌마, 그럴 필요 없이 내가 죽어 줄게. 실제로 죽는 거, 그게 더 낫지 않겠어?"

"……소원 씨, 소원 씨는 아직 젊어요. 그런 사람 때문에 목숨을 낭비하기엔 아까워요. 소원 씨의 그 마음가짐이 필요한 상황이 있긴 합니다만, 어디까지나 본 계획이 틀어졌을 때 일입니다. 그 사람이 저를 정말 가족으로 생각하는지, 그걸 증명하기 위한 시도를 할 예정입니다. 예를 들어 말씀드리겠습니다. 제가 치매에 걸렸다는 설정을 잡은 뒤 그 사람이 어떤 결정을 내릴지 살펴보고 판단하는 거죠. 저를 정말로 어미라 생각한다면 치매에 걸렸다고 해서 모른 체할 순 없을 테죠. 반대로 저를 어미라 생각하지 않는다면 애써 모른 척하려 들 거고요. 만약 제가 증명에 실패하고 그 사람의 어머니가 되는 걸 실패한다면, 그때는 소원 씨가…….”

“아줌마, 뭘 그렇게 복잡하게 계획을 짜. 그냥 내가 하고 싶다는데.”

“……일단, 그럼 알겠습니다. 그 부분은 다 같이 검토해 봅시다. 경철 씨, 그래서 어떻게 하시겠어요. 동참하시겠어요?”

경철이 마침내 대답을 내놓았다.

“좋습니다. 저도 동참하는 걸로 하겠습니다. 그런데…… 왜 우리가 필요한 거죠? 방금 말씀하신 게 계획이시라면 아주머니랑 아드님만으로도 가능한 거 아닌가요?”

“아니요, 우리 둘만으론 좀 어렵다고 판단했습니다. 그 사람이 저를 끝까지 어머니로 받아들이지 않을 가능성도 있고, 제가 아무리 그 사람의 어머니가 되어 준다고 한들, 제가 죽었다고 해서 그 사람이 고통스러울지는 미지수죠. 그러니까 보험이라는 게 필요한 겁니다. 그 사람을 주기적으로 만나며 일거수일투족을 감시해 줄 인원도 필요하고요. 우선은 그 사람에게 어머니, 친구, 여자 친구, 직장 동료, 이렇게 만들어 줄 계획입니다. 저의 정체가 탄로 난다든지, 제가 죽어도 그 사람이 슬퍼하지 않을 것 같다든지, 그런 상황이 발생한다면 여러분 중 누군가가 총대를 대신 메셔야 할 수도 있습니다. 물론, 이건 어디까지나 보험입니다. 어머니 역할인 제가 '죽는 사람'으로 선택되는 게 맞겠죠. 그게 우선적인 계획이니, 이는 만약에 그 계획이 틀어졌을 때 다시 생각해 보면 될 것 같습니다."

복희가 세 사람의 얼굴을 번갈아 훑어봤다.

"지금부터 제가 계획한 내용을 요약해서 말씀드리도록 하겠습니다."

이후로 복희는 계획에 대해서 설명을 이어 갔다. 그녀의 말이 어느 정도 신뢰감을 얻자 나머지 세 사람도 한마디씩 거들며 계획을 재정비하기도 했다. 그렇게 네 사람의 난상 토론은 중간에 끊김 없이 쭉 이어졌고, 30분이라는 시간이 훌쩍 지나갔다. 이내 다들 어느 정도 할 말을 마쳤는지 방 안에 침묵의 시간이 찾아왔다. 복희가 경철과 소원의 눈치를 살피다 입을 열었다.

"오늘은 여기까지 하시죠. 대략적인 이야기는 마무리된 것 같으니 세세한 이야기는 다음번에 이어 하도록 합시다. 어차피 앞으로 대화 나눌 시간은 충분하니까요. 그리고…… 택아."

복희가 운택에게 눈신호를 보내자 운택이 안방으로 가 비닐 봉투 하나를 들고 나왔다. 그는 비닐 봉투에서 폴더 형식의 핸드폰을 꺼내 경철과 소원에게 각각 나눠 주었다. 복희가 설명을 보탰다.

"대포폰입니다. 오늘은 첫날이라 어쩔 수 없이 이렇게 새벽이 아닌 시간대에 만났지만, 앞으로는 조심해서 만날 필요가 있을 것 같아서 준비했습니다. 모임의 목적을 누군가에게 들켜서는 안 되니까요. 그럼 일주일 뒤 새벽 2시에 이곳에서 다시 모이도록 합시다. 급하게 할 말이 있으시거나 알려 주셔야 할 내용이 있으시다면 이 핸드폰으로 저희에게 단체 문자를 보내세요. 내용은 적지 마시고, '1'이라고만 적어 주세요. 번호는 모두 저장해 두었습니다. 그리고……."

복희와 운택이 다시 눈신호를 주고받았다. 운택이 손바닥만 한 메모장 하나씩을 경철과 소원에게 건넸다.

"이건 나중에 우리가 그 사람 가족이 됐을 때를 대비해서 미리 계획해 둔 겁니다. 그때도 우리가 이런 식으로 만났다간 그에게 의심을 살 수도 있으니까요. 우리가 그의 가족이 된 이후론 이곳에서 만나 모의를 하게 될 겁니다. 방글라데시인가 미얀마인가 잘 모르겠는데, 해외 온라인 게임 서버입니다. 뒷장을 넘겨 보시면 게임에 접속하는 방법, 게임을 다운로드하는 방법, 그리고 한글 패치를 받는 법도 전부 적혀 있습니다. 참고하시면 될 것 같습니다. 이 게임을 이용해서 얘기를 주고받는다면 일이 틀어지더라도 경찰에서 우리가 나누었던 대화 내용은 알 수 없을 겁니다. 서버가 한 달에 한 번씩 리셋되는 시스템인 데다 경찰이 우리의 해외 사이트 접속 이력을 뒤지게 되더라도 우리가 인터넷 검색 목록을 삭제하고 컴퓨터를 폐기시킨다면 증거인 대화 목록을 찾을 수 있는 방도는 없을 테니까요. 그리고 이 계획을 실현시키는 데 소요되는 금전적인 부분에 대해서는 제가 전부 감당하겠습니다. 이후 계획을 실천하는 데에 어떠한 비용이 발생하거든 우리가 새로 모의를 할 때 알려 주시면 되겠습니다. 우리 딸이…… 죽고 나서 나온 보험금이 있습니다. 어차피 다른 곳에는 쓰지도 못할 것 같습니다. 미안해서요."

말을 마친 복희가 급작스레 눈시울을 붉혔다. 그런 복희를 경철이 측은한 눈으로 쳐다봤다.

"따님이 남겨 주시고 간 돈은 본인을 위해 쓰도록 하세요. 따님도 그러길 바라실 겁니다. 비용 부분은 제가 감당토록 하겠습니다. 더 이상 돈이란 게 있어 봤자 저한테는 별 의미가 없거든요. 함께 미래를 꿈꾸던 사람이 사라졌으니까요."

경철의 말을 끝으로, 소원과 경철은 간단한 인사치레를 한 후 현관문으로 다가섰다. 경철이 집 밖으로 나가고, 이어서 소원도 발걸음을 옮기려 할 때였다. 운택이 그녀의 뒤에다 대고 말했다.

"저기요, 한 한 달 후부터 출근해야 되는데 가능하시겠어요?"

"어딜요?"

소원이 물었다.

"저기, 산 중턱에 위치한 동물원이요. 그 녀석이 입사하기 전에 소원 씨부터 입사시켜 놓으려고요. 같이 일하면서 친해지는 것도 나쁘지 않잖아요? 그러면서 자연스레 연애도 하고요. 한데 같이 입사시키기엔 모양새도 좀 그렇고, 그땐 또 자리가 남아 있을지도 알 수 없거든요."

"알겠어요. 근데 아무나 막 입사할 수 있는 건가요. 동물원이면 사육사? 동물 조련사? 그런 일은 아무나 할 수 있는 일이 아닐 텐데요."

"그건 걱정 마세요. 싼 땅값 노리고 촌구석에 지은 사설 동물원이라, 입사하는 게 그리 까다롭진 않아요. 경영진 자체가 다 초보라서 사육사에 대해서 아는 것도 없고요. 그나마 가장 중요하게 보는 게 면접인데, 제가 질문 목록하고 무슨 대답을 해야 될지 미리 알려 드릴게요. 자격증이나 알바 경력, 이런 가산점 요인들은 엄마가 준비해 주실 겁니다. 서류 위조 쪽으로 아는 전문가가 있으시다네요."

"그래요. 다음번에 다시 모일 때 제가 알아야 할 걸 알려 주세요. 어디 적어 주시든가요."

이내 대답을 마친 소원도 경철을 뒤따라 현관문을 열었다.

응보

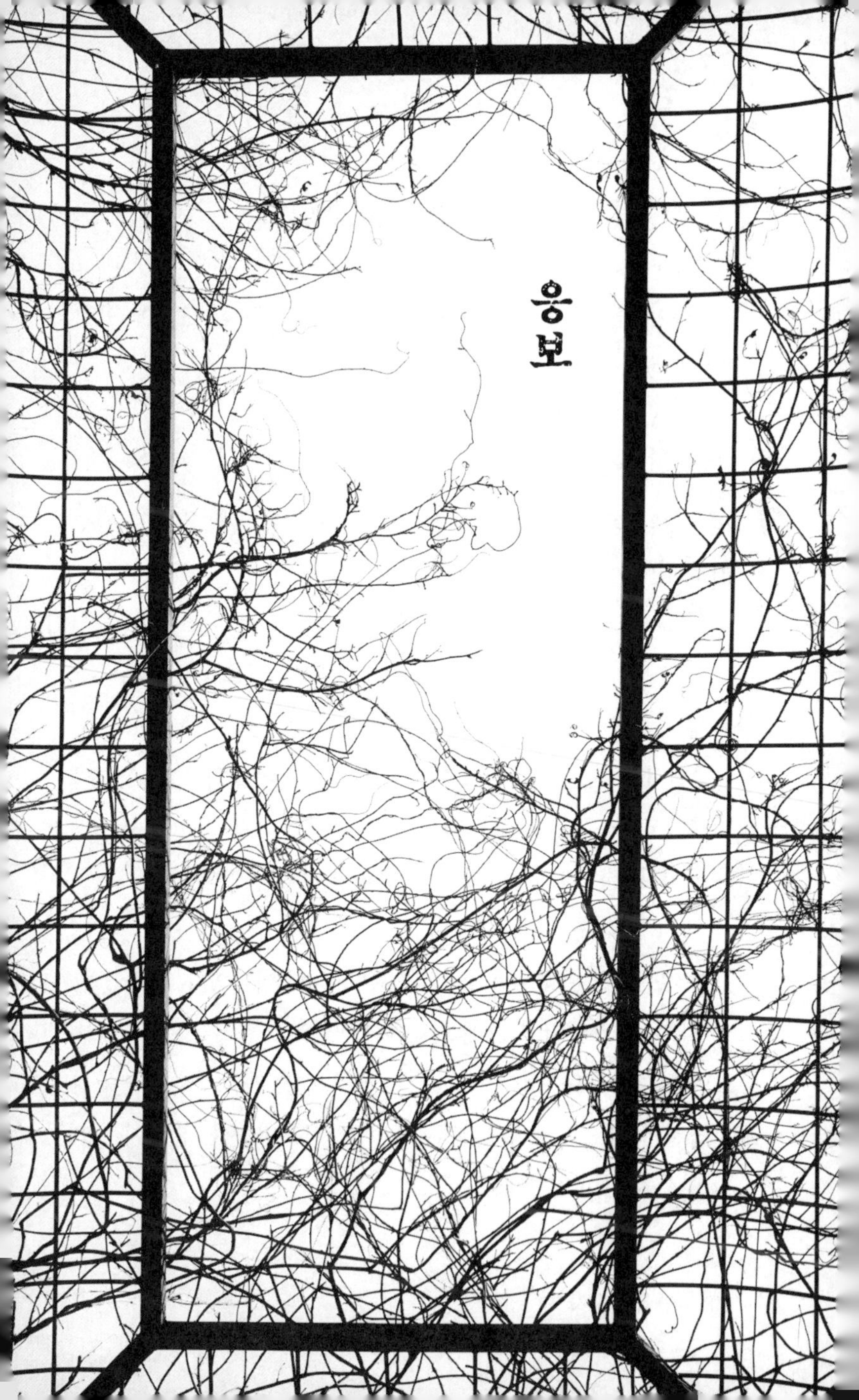

2017년 5월 20일

경철이 카운터에 서서 마우스를 딸깍이고 있다. 오전에 팔린 진열대 품목을 계산하는 중이다.

"사장님, 저 점심 먹고 올게요."

직원이 말했다.

"시간이 벌써 그리됐나요. 아, 맞다. 요 앞에 국밥집 새로 생겼던데, 민아 씨 국밥 좋아하시잖아요."

"안 그래도 거기 가 보려고요."

"갔다 와서 먹을 만한지 알려 주세요."

"옙."

직원이 애견 숍에서 나갔다. 그녀가 나가자 출입구 문 상단에서 종소리가 울렸다. 종소리가 차츰 작아질 때쯤 다시금 종소리가 커졌다. 손님이 온 줄 알았던 경철이 입을 열었다.

"어서 오세……."

하지만 애견 숍에 발을 들인 사람은 손님이 아니었다. 복희였다.

"강 선생님이 이 시간에 여긴 어쩐 일로 오셨는지…… 도수가 보면 어쩌려고요."

경철은 저도 모르게 거북한 표정을 짓고 있었다. 복희가 슬며시 미소를 띠며 답했다.

"도수가 본다고 문제될 게 있나요. 우리가 모르는 사이도 아니고. 시내에 볼일이 있어서 나왔다가 생각나서 잠깐 들렀습니다. 놀라신 표정이네요?"

"놀랐다기보단…… 좀 급작스러운 감이 있긴 하네요."

"제가 실례라도 한 건지요? 식사 시간인데 방해한 건가요?"

"……그런 건 아닙니다. 앉으세요. 커피 드시겠어요?"

경철은 당혹스러운 표정을 애써 다잡으며 복희에게 커피를 권했다. 복희는 "아뇨, 괜찮습니다." 하며 커피를 사양했다. 그녀는 머쓱한 웃음기를 머금더니 애견 숍 중앙에 배치된 테이블 의자에 앉았다.

"요즘 커피를 너무 자주 마시는 것 같아서요."

"그러신가요. 그럼…… 유자차라도 드시겠어요? 마침 저도 한잔하려고 포트기에 물을 올려놨거든요."

"유자차 좋네요. 경철 씨 것 타는 김에 저도 한잔 같이 부탁해요."

복희가 두리번거리는 눈으로 애견 숍 내부를 구경하는 동안 경철은 유자차를 탔다.

"맞은편에도 애견 숍이 하나 있던데, 거기보다 경철 씨 가게가 손님이 더 많은 것 같더라고요?"

복희가 불쑥 말을 꺼냈다.

"그런가요."

"예, 그런 것 같아요."

"……."

경철의 단답형 대답 때문인지 대화가 싹둑 끊겨 버렸다. 복희는 다시 말을 꺼내 보려다 관뒀다. 대신 겸연쩍은 미소를 흘렸다. 경철이 머그 컵 두 잔을 들고 테이블로 와서 앉았다.

"잘 마실게요."

복희가 유자차를 한 모금 머금자 경철이 입을 열었다.

"무슨 일로 여기까지 오셨는지요."

"음…… 경철 씨가 일하는 모습이 궁금하기도 했고, 개인적으로 부탁할 것도 좀 있어서요."

"평소에 그렇게 은근슬쩍 만나자 강조를 하시더니 이렇게나 불쑥 찾아오시고, 솔직히 좀 의아하네요."

"경철 씨 말씀 들어 보니까 그동안 제가 너무 각박하게 살았나 봐요."

"그런 뜻으로 한 말은 아닌데……. 근데 부탁할 게 뭐죠?"

"경철 씨는 이 일을 끝마친 후에 어쩔 생각이세요?"

경철이 '부탁'에 대해서 물었건만 복희는 다른 얘기를 꺼내 들었다.

"글쎄요, 그때가 돼 봐야 알겠지만 지금으로선 이곳 생활을 정리하고 해외로 갈 계획을 가지고 있습니다."

"해외라……. 굳이 외국으로 가지 않으셔도 될 텐데요. 경철 씨랑 운택이가 입만 잘 맞춘다면요. 아시겠지만 도수는 경찰에게 아무것도 말하지 못할 겁니다. 그랬다간 본인만 살인자로 몰리는 꼴이 될 테니까요. 도수에게 그 점을 명확히 인식시켜 주면 될 것 같은데요."

"저도 그 생각을 안 해 본 건 아닙니다. 다만 찝찝해서요. 아싸리 그 녀석을 죽인다면 모를까, 그게 아니라면 그 찝찝한 기분을 안고 평생을 살아가야 하잖아요. 녀석이 술에 취해서든 실수로든, 겪었던 일을 누군가에게 털어놓았다 생각해 보세요. 자칫 잘못했다간 언론의 귀에까지 들어갈 수도 있다고 봐요. 우리가 했던 일이…… 아시다시피 흔한 일은 아니잖아요. 정말 영화에나 나올 법한 일들이죠. 아니지, 전 영화에서도 우리 같은 사람들은 본 적이 없네요. 경찰이 저와 운택이 형에 대한 직접적인 증거를 찾지는 못하겠지만, 그렇다고 안심할 수도 없죠. 언론에 도수의 얘기가 퍼지게 되면 이야기의 파급력 때문에 여론이 집중될 수도 있다고 봅니다. 그렇게 되면 그다음은 뻔하죠. 자극적인 스토리와 정황상의 의심, 그리고 일관된 진술. 이 정도만 있으면 저와 운택이 형은 이 나라에서 평생을 죄인으로 살아야 할 겁니다. 사람들은 기정사실화시키는 걸 좋아하거든요. 그때가 되면 법도 태도를 바꾸겠죠. 솔로몬 흉내 내는 괴벨스 같은 것들이 득실대는 게 그쪽 판 아닙니까. 증거가 있든 없든, 그냥 넘어가진 않을 겁니다."

"……그렇게나 깊게 생각하고 계실 줄은 몰랐네요."

"강 선생님께서 저에게 실망할지도 모르지만, 솔직히 말씀드릴게요. 처음에는 그런 거야 아무래도 상관없었는데 슬슬 마지막 날이 다가와서 그런지 그 이후를 걱정하지 않을 수 없더라고요. 선생님이랑 운택이 형은 이 일을 끝내고서 어떻게 하실 예정이신가요."

"운택이는 아마…… 제가 물려주고 간 돈으로 새로운 사업을 시작할 것 같네요. 잘될 것 같진 않지만요."

"물려주고 간 돈이요?"

"가진 집이랑 땅이랑 정리하면 그래도 한…… 5억쯤은 될 겁니다."

"……."

경철이 복희를 빤히 쳐다봤다. 복희는 미소를 머금고 있었으나 한편으론 수심이 가득 차 보였다.

"저 위암 말기 선고받았습니다. 이미 폐까지 전이가 끝난 상태고, 길어야 몇 개월을 채 버티기 힘들 것 같다 하더군요."

경철의 눈이 동그랗게 커졌다. 그가 놀란 표정을 수습하고 입을 열었다.

"언제 아신 거죠?"

"암에 걸린 거요?"

"예."

"안 지 좀 됐어요. 식욕이 너무 없어서 약 타러 동네 병원에 들렸는데 의사가 큰 병원에 한번 가 보라고 하더군요. 그래서 가 봤더니 종합 암 검진을 받아 보자 하더라고요. 그랬더니 암이 나와 버렸네요? 소원 씨에게는 일부러 알리지 않았어요. 제가 암에 걸린 걸 알게 되면 일을 서두르자 할까 봐서요. 일을 서두르다가는 실수를 범할 수도 있는 법이죠."

"……."

경철이 침묵을 지키자 복희가 다시 입을 열었다.

"그래서 말인데요……. 이참에 제 남은 몇 달을 소원 씨처럼 복수를 위해 바치고자 합니다. 저는 가족에게 죄를 범한 인간입니다. 아마 주님께서 제게 기회를 주신 거 같아요. 죄를 씻을 기회요."

"가족에게 죄를 범하셨다라……. 돌아가신 따님에게 뭔가 잘못한 게 있으신 건가요?"

"아니요, 딸에게 지은 죄는 없어요."

"……."

복희가 말을 끝내고 유자차를 한 모금 마셨다. 그녀의 표정에는 쓸쓸함이 번져 있었다. 경철이 천천히 말을 이었다.

"제가 선생님 상황이었어도 선생님과 같은 결정을 내릴 것 같아서 뭐라고 말씀은 못 드리겠지만…… 마음이 좀 불편하네요. 근데, 그럼 계획에 차질이 생기는 건가요? 위장 계획 부분이요."

"차질……이라고 하기엔 뭐하고요. 당연히 일부분 변경은 돼야겠죠. 운택이가 가짜 칼로 저를 찌른 후 저를 업고서 맹수 격리실을 빠져나가는 부분, 이 부분은 전체적으로 변경이 필요하겠네요. 두 사람 중 한 분이 저를 진짜로 죽이는 걸로요. 그건 그렇고, 안 그래도 계획 변경에 대해서 드릴 말씀이 있어요. 부탁 하나만 들어주실 수 있으실까요."

"어떤 부탁이죠."

"운택이가 저를 칼로 찌르는 건…… 좀 아니라는 생각이 들어서요. 억지로 시킨다고 해도 운택이는 못 할 거예요. 애가 모질지 못하거든요. 저도 운택이 손에 끝을 맞이하고 싶진 않고요. 떠나는 마당에 그런 짐을 자식에게 안겨 주긴 싫습니다. 그래서 말인데요…… 경철 씨가 대신해 주시면 안 되겠습니까?"

"제가……요? 아…… 그건…… 저도 좀, 고려를 해 봐야 될 것 같은데요. 그건 진짜 살인이잖아요."

"아니요, 전 살인이라고 보지 않아요. 물론 법적으로 따진다면 살인이 맞겠지만…… 법을 생각했으면 애초에 이런 모임을 만들지도 않았겠죠. 전 의도가 중요하다 봐요. 경철 씨는 저를 죽일 마음이 전혀 없는 거잖아요. 그저 저의 간곡한 부탁을 들어주는 것일 뿐이죠. 전 도리어 선행이라고 생각합니다만."

"그래도…… 좀 더 생각을 거쳐 봐야 할 것 같습니다. 운택이 형은 선생님이 죽는…… 아니, 계획 변경에 선뜻 동의하던가요?"

"처음에는 절대로 안 된다고 하더군요. 하지만 전 운택이에 대해서 잘 알아요. 곧 마음을 바꿀 줄 알고 있었죠. 아니나 다를까, 저번 주에 말을 바꾸더군요. 운택이도 동의했어요. 어디까지나 저의 최후를 경철 씨가 책임져 주는 한에서요."

"운택이 형은 뭐 때문에 갑자기 마음을 바꿨는데요? 저라면…… 끝까지 반대했을 것 같은데……."

"돈 때문이죠, 뭐."

"돈이요?"

"예."

복희가 한숨을 내쉬곤 말을 이었다.

"잘 생각해 보니 제가 죽으면 자기 손에 몇억이 덜컥 들어오거든요? 단지 그게 탐이 났던 거죠. 물론, 제가 암에 걸려서 어차피 죽을 목숨이니까…… 그 부분도 고려를 했겠지만요."

"……."

경철은 대꾸할 가치도 없다는 듯이 못마땅한 표정을 지었다. 어미 앞에서 자식 욕을 할 수 없어 말 대신 표정으로나마 자신이 느끼고 있는 감정을 표현한 것이다.

"그렇다고 운택이에 대해서 너무 나쁘게 생각하진 마세요. 제가 암에 걸리지 않았더라면 운택이도 끝까지 반대했을 테니까요. 그러고 보니까 경철 씨에게 감사 인사도 못 드렸네요. 언젠가 해야지 해야지 생각만 하다가 죽을병에 걸리고 보니까 미루지 말고 지금 해야겠다, 싶네요."

"감사 인사라……. 강 선생님께서 저에게 감사할 부분이 어디에 있죠?"

"처음 저희와 함께하기로 하셨을 때부터 지금까지 별문제 없이 잘 동참해 주신 거, 고맙게 생각하고 있습니다. 아시잖아요, 운택이나 소원 씨나…… 한 성깔 하는 거. 경철 씨가 없었더라면 저희 모임은 진즉에 싸움판이 됐을 겁니다. 그리고 금전적인 부분에 대해서도 고맙게 생각하고 있고요."

"그렇게 생각해 주시니 제가 더 감사하네요. 그러고 보니 저도 감사의 말을 전해야겠군요. 바바를 살려 주자는 제 의견에 동의해 줘서 감사합니다. 소원 씨랑 운택이 형은 버스 사고 당시에 강아지도 세 마리 죽었으니 반려견을 잃은 기분도 돌려줘야 한다며, 그깟 개 한 마리가 뭐라고 살려 주느냐고, 죽이자고 난리도 아니었었죠. 다행이라고 해야 할지 모르겠지만, 예상치 못하게 바바가 집을 나가 버리는 바람에…… 지금은 죽었는지 살아 있는지 알 길이 없지만 그래도 선생님까지 제 의견에 반대하셨더라면 달리 도리가 없었을 거예요. 전 바바를 꼭 살리고 싶었거든요."

"애견 숍 주인다운 말씀이시네요. 저도 바바 좋아했어요. 솔직히 지금도 걱정되고요. 살아 있으면 좋으련만. 그런데 경철 씨."

"예."

"일전에 경철 씨가 말했던 조건 말이에요."

"예."

"경철 씨가 판단하시기에, 그 제삼자에 바바도 포함이었던 건가요?"

"저의 개인적인 판단으론 그래야 한다고 봤습니다."

"바바도 포함이라……. 그때 경철 씨가 이런 말도 했었잖아요. 그 조건만은 꼭 지켜 주셔야 할 거라고. 아니면 함께할 수 없을 거라고."

"그랬었죠."

"만약에 그때 바바를 죽이기로 결정이 났었다면 중간에 모임에서 나갈 작정이셨나요?"

"아마도요."

"그랬군요. 그러면 사자는 어떻게 생각하세요? 도수가 애지중지 키우던 드라군인가 하는 사자 말이에요. 우리의 계획 때문에 목숨을 잃었잖아요."

경철은 곧바로 대답했다.

"사자는…… 사자죠. 사자니까 스스로 자신을 지켜야죠. 사자는 반려동물이 아니잖아요?"

"……."

복희는 말없이 고개만 끄덕였다.

"저도 궁금한 게 하나 있는데요."

경철이 말했다.

"뭐죠?"

"모임방에서도 비슷한 걸 한번 여쭤봤었는데…… 만약에 우리 중 누군가가 계획을 틀어 버리거나 경찰에게 이 일을 일러바친다면 신체적인 보복도 마다하지 않겠다고 하셨잖아요. 어떠한 신체적인 보복까지 생각하고 계셨던 건가요? 혹, 저희를…… 죽일 생각까지 하고 계셨던 건가요."

"때에 따라서 다르겠지만…… 계획을 망치려고 든다면 사생결단의 각오도 하고 있었습니다. 지금도 그 생각에는 변함이 없고요. 딸이 세상을 등지고, 이어서 손녀까지 잃은 후로…… 저는 자살까지 생각했습니다. 하루하루가 너무도 지옥 같아서 더 이상 버틸 수가 없겠더라고요. 그런데 복수를 계획하면서부터 다시 살고자 하는 욕구가 생겨나기 시작했습니다. 복수를 향한 일념이 저에게 새 생명을 불어넣어 준 셈이죠. 저는 그걸 어떻게 해서든 지켜 내고 싶었습니다. 지금도 마찬가지고요. 누군가 제 멋대로 우리의 계획을 망치려 든다면 죽여서라도 저지할 생각입니다."

"만약 운택이 형이 일을 그르치려 든다면요?"

복희가 눈웃음을 지으며 답했다.

"그럴 일은 없겠지만, 운택이가 그런 짓을 저지른다 할지라도…… 솔직한 말로 그건 어쩔 수가 없죠. 아시다시피 제 아들이지 않습니까. 어미가 어찌 자식을 증오하겠습니까."

"그렇다면 선생님 말씀을 이렇게 해석해도 될까요? ……지금은 소원 씨도 없으니까 그 말인즉, 현재로서는 오로지 저만의 규칙이 되겠군요."

"그렇게 들리셨다면 죄송합니다만, 그건 아닙니다. 저도 거기에 포함이니까요."

"그렇다면 역시, 한 분이 더 계시군요."

"……."

순간적인 정적이 두 사람을 덮쳤다. 둘은 서로의 눈을 회피한 채 각자 유자차로 목을 적셨다. 복희가 머그 컵을 내려놓으며 말했다.

"경철 씨는 어떠신가요. 지금도 도수가 미우신가요."

경철이 복희의 얼굴을 물끄러미 쳐다봤다.

"밉다는 것보단 증오한다는 말이 더 알맞을 것 같네요. 증오 정도가 아니죠. 증오라는 단어보다 더 격한 단어가 지금 당장 떠오르지 않을 뿐입니다. 행여 제가 딴마음을 먹고 있는 건 아닌가 떠보시려고 물으신 것 같은데, 걱정 마세요. 적어도 계획했던 복수가 끝날 때까지는 그럴 일은 없을 겁니다. 얘기가 나왔으니 말인데, 아무리 생각해도…… 녀석을 그냥 죽이는 편이 낫지 않을까요. 이러면 어떻겠습니까. 버스에 타고 있던 사람들이 당했던 만큼 되갚아 주는 겁니다. 그렇게 앙갚음을 하면서 천천히 죽이는 거죠. 따지고 보면 녀석 때문에 사람들이 모두 고통 속에서 죽어 갔지 않았습니까. 민재…… 민재만 하더라도 목에 유리 파편이 박힌 채로 연기와 씨름하다 온몸에 불이 번져 끔찍하게 죽었다고요. 절망 속에서, 아주 고통스럽게요."

"경철 씨, 도수를 향한 우리의 복수는 어디까지나 우리가 느낀 고통을 되돌려주기 위한 복수여야 합니다. 그게 정당한 복수고, 우리의 복수죠. 우리가 임의대로 그들의 복수를 대신해 준다? 그건 아니라고 봐요. 만약에 그들이 복수를 원치 않는다면요? 그건 오히려 고인을 모독하는 짓이 됩니다. 고인에게 주어진 자비를 베풀 권리를 강제로 앗아 가는 셈이니까요. 전 제 딸아이와 손녀아이를 잘 압니다. 아주 순하고 착한…… 천사 같은 아이들이죠. 저 같은 사람이 낳아서 길렀다고는 도저히 믿기지 않을 정도로요. 어디까지나 저의 상상이지만 제가 딸아이에게 대신 복수해주겠다, 말했다면 딸아이는 저를 말렸을 겁니다. 괜히 대리 복수를 한답시고 나중에 저승에서 딸아이와 손녀에게 핀잔 듣긴 싫습니다."

"저랑 상이한 생각을 가지셨군요. 전 그렇게 생각합니다. 민재를 포함해서, 녀석 때문에 죽고 다친 모든 사람들의 고통, 그리고 그 피해자 유가족들의 고통까지 녀석이 고스란히 전부 떠안아야 한다고요. 왜냐면, 그건 오로지 녀석이 만들어 낸 업보니까요. 전 그게 맞다 봅니다. 정 강 선생님 생각이 그러하시다면 이러면 되겠군요. 우리의 복수 계획을 마무리한 후 제가 따로 고문하는 겁니다. 그건 오로지 제 뜻이고, 그때는 모임도 해체된 상황이니까 상관없지 않습니까."

"그렇게 되면 도수에게서 가족을 잃은 슬픔을 뺏어 가는 꼴 아닙니까. 슬픔을 느끼려면 시간이라는 게 필요합니다. 죽고 나면 시간이라는 것이 사라지고요. 그러니 소원 씨와 저, 운택이의 복수는 실패하는 셈이죠."

"운택이 형은 제 의견에 동의할 겁니다. 소원 씨도 생전에 녀석을 죽이고 싶어 했고요. 하지만 어쨌든, 그래요. 이번 복수는 동의했던 부분이니 그 부분은 존중하겠습니다. 하지만 계획이 끝나고 놈이 충분히 고통을 느꼈다고 생각되면 그때는…… 제말 진지하게 고려해 주세요. 전 그게 맞다고 봅니다."

"……알겠습니다. 경철 씨가 원하는 대답을 드릴 순 없겠지만 고민은 해 보겠습니다."

"예, 감사합니다."

이후 두 사람 사이는 급속도로 냉각됐다. 대화도 단절됐다. 좁혀지지 않는 의견 차가 서로 간의 서먹한 분위기를 만들어 냈다. 복희는 바깥 구경을 하면서 마음을 가다듬었다. 경철은 핸드폰에다 대고 손가락을 꼼지락거리며 마음을 진정시켰다. 두 사람은 전반적으로 의견 궁합이 잘 들어맞는 편이었다. 하지만 막상 이해 상충의 범위가 다를 시에는 쉽사리 합의점이 나오지 않았다. 둘 사이에 커다란 방음벽이 가로막고 있는 것만 같았다.

길었던 침묵을 깨뜨린 건 복희였다. 그녀가 표정을 풀며 입을 열었다.

"전 경철 씨가 원래의 모습을 되찾았으면 좋겠어요."

"원래의 모습이라, 뜬금없이 그게 무슨 말씀이신지."

"처음 우리가 모였을 때 기억나시는지요. 당시에 저는 복수에 대한 갈망으로 눈이 멀어 있었습니다. 심지어 주님을 원망하기까지 했습니다. 복수심에 잡아먹혀서는 이성을 상실해 버린 거죠. 제삼자의 피해자가 생기는 것도 필요하다면 주저하지 않겠다는 마음가짐이었습니다. 경철 씨가 조건을 내걸었을 때 저는 거기에 동의한다고 말했지만 속내는 달랐습니다. 경철 씨에게 거짓말을 한 셈이죠. 털어놓자면, 저의 계획은 이거였습니다. 계획했던 복수를 완성해 낸 뒤 그 후에도 도수 곁에 소중한 이가 생긴다면 내 힘이 닿는 데까지 계속해서 죽이는 거. 하지만 주님에 대한 믿음으로 말미암아 결국에는 이성을 되찾았고, 선한 믿음을 되찾았습니다."

"……."

경철에게서 아무런 대꾸가 없자 복희가 말을 이었다.

"전 그렇게 생각합니다. 죄 없는 사람을 복수의 제물로 삼는 짓, 혹은 받은 것보다 더한 고통을 돌려주는 건 사탄의 추종자들이나 하는 짓이라고요. 전 그때 복수심에 눈이 멀어 사탄이나 할 짓을 행하려고 마음먹고 있었던 겁니다. 악마의 가축이나 다름

없었죠. 하지만 곧 주님의 말씀을 곱씹고 또 곱씹었습니다. 기도하고 또 기도했습니다. 그리고 결국, 다시 본래의 모습으로 되돌아올 수 있었습니다. 이전의 선한 믿음을 가지고 있었던 저 자신의 모습으로요."

경철은 겉으론 고개를 끄덕였지만 표정은 바싹 굳어 있었다. 그의 안색에서는 복희의 말에 반감하는 뉘앙스가 대놓고 비쳤다.

"선생님께서 보시기에는, 지금 제가 악마나 할 법한 생각을 하고 있다는 건가요."

복희는 뜸을 들인 후 대답했다.

"죄송한 말씀이지만 현재로선 제가 보기엔 그렇습니다. 하지만 전 경철 씨가 악한 사람이 아니라는 걸 알고 있습니다. 지금은 증오심 때문에 선한 자신의 모습을 잃어버린 것일 뿐입니다. 예전의 저처럼요. 경철 씨, 증오심은 악마가 주님의 자식들을 유혹할 때 자주 사용하는 감정입니다. 전 경철 씨가 악마의 유혹을 이겨 내시고 회개하시어 선한 믿음을 되찾으시리라 믿습니다."

경철은 복희의 말을 진지한 표정으로 경청했다. 하지만 복희의 말이 끝나자 진 빠지는 콧바람을 날렸다.

"선한 믿음이라……."

경철은 말의 운을 떼더니 한 타이밍 늦게 다시 입을 열었다.

"중학생 때 절에서 벽화 한 점을 본 적 있습니다. 온몸이 뻘겋고 뿔이 달린 마귀들이 사람들을 솥에 넣고 끓이거나 팔다리를 자르며 고문하고 있는 그림이 그려진 벽화였죠. 이상하게 그 벽화가 눈에 띄더라고요. 그래서 계속 뚫어져라 쳐다봤죠. 그런데 때마침 지나가던 한 할아버지가 웃으면서 이런 말을 하더군요. '복날엔 역시 팔팔 끓는 가마솥에다 닭 한 마리 산 채로 잡아 넣고 푹 삶아 먹는 게 최고지.' 물론, 저한테 한 얘기는 아니었어요. 함께 온 일행에게 한 말이었겠죠. 딱히 문제될 말도 아니었고요. 정말…… 인간의 개념으론 딱히 문제가 될 말이 아니었죠. 근데, 당시의 사춘기였던 저에겐 그 말이 엄청난 충격으로 다가오더라고요. 그 말을 듣고 나니 뭐가 선이고 뭐가 악인지 도저히 구별할 수가 없었거든요. 그 전만 하더라도 분명했던 선과 악이요. 선생님은 선과 악이 정말 존재한다고 보세요? 만약에 존재한다면요, 제 생각은 그래요. '생명마다 지닌 가치가 다르다.'는 믿음을 가진 종교, 또는 생각 자체가 '악한 믿음'을 합리화하기 위해서 존재한다고요. '인간은 본래부터 악한 존재다.'라는 불가역적 진실을 감추기 위해서, '인간이 동물보다 우월하기 때문이다.' 혹은 '인간에게만 유일하게 영혼이 있고, 인간만이 신의 선택을 받았다.'는 식의 자기합리화를 하는 거니까요. 그리고 그런 종교를 믿고 있는 당신이 선한 믿음을 운운한다는 게, 전 좀 웃기기도 하네요. 그게 아니라면 '모든 생명체는 공평한 가치를 지닌다.' 이 말이 역으로 악한 믿음일까요."

"경철 씨, 그래서 인간은 모두 죄인이라는 말이 있는 겁니다. 세상에는 인간의 이해 범위를 넘어선 진실들이 존재합니다. 잡아먹고 잡아먹히는 관계, 이것은 하늘의 순리입니다. 경철 씨 말대로라면 늑대도 양을 잡아먹으니까, 늑대도 약육강식에 중독된 악한 존재입니까? 닭을 잡아먹는 살쾡이는요? 생선을 먹는 고양이는요? 진드기를 잡아먹는 무당벌레는요?"

"예, 선생님 말씀도 옳습니다. 그래서 말인데요, 민재가 죽은 후로…… 자꾸 이런 생각이 머릿속에 맴돌더군요. 어리석은 인간들이 알아차리지 못할 뿐, 악한 존재들이 모인 이곳, 현세가 혹…… 지옥이진 않을까, 하는 생각이요. 이 세상이 지옥이라면 '모든 인간은 죄인이다.'라는 말을 종교에서 자주 쓰는 이유도 이해가 되잖아요. 우린 모두 죄를 짓고 지옥으로 떨어진 존재들인 거죠. 자기보다 약하면 잡아먹고, 복수하고, 증오하고, 질투하고, 배반하고…… 이 세상이 지옥이라면 약육강식의 최상위층인 인간은 지옥의 관리자쯤 되겠네요."

경철이 말을 끝맺자 복희가 목덜미를 긁으며 말했다.

"또 가렵기 시작하네요. 머리 아픈 얘기는 이쯤 합시다. 안 그래도 골치 아픈데. 그나저나 일이 끝나면 애견 숍도 그만둘 생각이신가요."

경철은 복희의 대답이 자신이 예상했던 것과 달라 당혹스러운 눈이 됐다.

"예? 예, 그럴 생각입니다."

"아쉬우시겠어요, 손님도 많이 늘었는데."

"아니요, 아쉽진 않습니다. 복수만 아니었더라면 진즉에 그만뒀을 일이니까요."

"아, 그러시군요."

경철은 복희가 무슨 말이라도 이을 줄 알았건만 그녀는 아무런 말도 잇지 않았다.

"차 잘 마셨습니다."

"아, 예."

이내 복희가 자리에서 일어섰다. 그녀는 모호한 미소를 짓고 있었다.

"전 이만 가 보겠습니다. 조만간 다시 만나서 마저 대화를 나누시죠."

"알겠습니다."

경철도 복희를 따라서 자리에서 일어섰다. 두 사람은 서로 가볍게 목례를 주고받았다.

2017년 5월 22일

파출소 내부에 갖춰진 소장실에서 승준이 점심 식사를 하는 중이다. 오늘의 점심 메뉴가 업무용 책상에 펼쳐져 있다. 참치김

밥 한 줄과 물에 타 먹는 초코맛 단백질 보충제, 그리고 사과 하나였다. 성인 남자의 끼니로는 다소 조촐한 감이 있었지만 승준은 이 정도면 충분하다고 생각했다. 아침 식사는 즉시 사용할 수 있는 에너지인 탄수화물 위주로 섭취해야 한다. 저녁엔 회식이 있을 수도 있고 갑자기 술이 당길 수도 있다. 그래서 그의 생활 패턴상 단백질을 보충하기엔 점심시간이 적절했다. 점심시간 때 단백질 위주의 식단을 차리는 건 그가 20년 넘게 지켜 온 식습관이었다.

참치김밥 한 쪽을 입 안에 밀어 넣고 맛을 음미했다. 마요네즈의 부드러움, 참치 살코기의 퍽퍽함, 단무지의 달짝지근하면서 아삭한 식감이 와 닿았다. 단무지의 새콤한 향이 약해질 때쯤 단백질 보충제를 들이켰다. 텁텁하면서도 달콤했다. 달콤함이 거의 가시고 쓴맛만 혀에 감돌 때 사과를 한입 베어 먹었다. 사각사각한 식감과 사과 특유의 신선한 달콤함이 느껴졌다. 질척거리는 사과 껍질만 입 안에 남아돌 때쯤 다시금 김밥 한 쪽을 입 안에 집어넣었다. 그렇게 순서대로 세 번을 반복했을 때였다. 노크 소리가 들렸다.

"식사들 하러 가."

승준이 노크 소리가 들려온 문을 주시하며 말했다. 그는 자신의 고요한 식사 시간을 방해한 훼방꾼에게 화륵 성질을 내고 싶은 충동이 들었지만 참았다. 여긴 엄연한 직장이다. 천성을 통제

해야 했다.

"소장님, 손님이 찾아오셨어요."

"누구? 내 손님?"

이번 해에 막 순경 배지를 단 김 순경이 허락도 없이 소장실 문을 슬쩍 열었다. 그리고 어깨를 반쯤 들이밀었다.

"성함이 강복희 씨라고 하시던데, 말씀드리면 아실 거라고 하더라고요. 접객실에서 기다려 달라고 했는데……."

"아, 아, 그래, 맞아. 내 아시는 분이야. 오시는 길에 들르라고 내가 그랬어. 들어오시라 그래. 김 순경은 그만 식사하러 가고."

"예, 소장님."

김 순경이 나가고 이어서 복희가 들어와 문을 닫았다. 그녀는 형식적으로 고개를 꾸벅이곤 소장실 중앙에 배치된 소파에 앉았다. 승준은 복희가 자신의 직장까지 찾아올 줄은 상상도 못 했다. 급소에 기습 공격을 당한 기분이었다. 승준은 이런 생각이 들었다. 복희가 이런 짓거리를 한 데에 있어서 그 음험한 속내엔 분명 협박의 의미를 내포하고 있을 거라고. 그리고 동시에 이런 생각도 했다. '이 여잔 내가 어떤 인간인지 아직 모르나 본데. 도발을 해?'

"안녕하세요."

복희가 인사했다.

"어서 오세요. 언질도 없이 여기까지 어쩐 일로 오셨는지?"

"지나가다 눈에 밟혀서 들렀어요. 업무 중에 제가 방해하는 건 아닌지 모르겠네요."

"괜찮습니다. 어차피 점심시간이었습니다. 이렇게 오셨는데 차는 한잔 대접해야겠지요. 커피는 없고 티백 차는 있는데 드시겠어요?"

"예, 감사합니다."

복희의 억양에서 확실히 평소와는 다른 뉘앙스가 느껴졌다. 애써 자신감을 내비치는 목소리. 이로써 승준은 지레 확신했다. 이 독종 같은 여자의 목적은 협박이라는 걸.

승준은 뜨거운 물에 티백을 돌리는 동안 무표정을 유지하려 애썼다. 하지만 하마터면 뜨거운 물을 복희의 얼굴에다 부어 버리곤 '네가 무슨 배짱으로 여기까지 왔어? 지금 무리수 둔 거 알지?'라는 말을 입 밖으로 낼 뻔했다. 승준이 복희에게 차를 건네며 자리에 앉았다.

"복희 씨가 무슨 일로 이 시간에 여길 다 오셨을까요?"

"것보다, 가발 벗으니까 보기 좋네요. 역시 사람은 본모습을 하고 있을 때가 가장 잘 어울려요."

복희가 괜스레 승준의 민머리를 올려다보며 밝은 목소리로 말했다. 하지만 승준의 입장에서는 그녀의 눈동자와 목소리 톤이 거슬릴 따름이었다. 얼핏 가시 돋친 말처럼 들리기도 했다.

"칭찬인가요? 칭찬이면 고맙습니다. 그럼, 다시 묻겠습니다.

무슨 일로 오신 거죠."

복희가 천장 구석을 살피며 말했다.

"뭐 있는 건 아니죠?"

"없으니까, 말씀하셔도 됩니다."

"그러죠. 눈치채셨겠지만 그냥 들른 건 아니고요, 긴히 드릴 말씀이 있어서 왔습니다."

"편히 말씀하세요."

"갑자기 이런 말씀 드리면 어떻게 들리실지 모르겠는데, 저…… 암에 걸렸습니다. 더 이상 손을 못 쓸 정도로 전이가 됐다 하더군요."

"……."

복희의 말이 마침표를 찍었음에도 승준은 아무런 말도 잇지 않았다.

"그래서 말인데요…… 한 가지 제안을 드리고자 합니다."

"제안이라면?"

"단도직입적으로 말씀드리겠습니다. 계획을 선회했으면 합니다."

"계획을 선회한다라……. 계획을 수정하고 싶다는 말씀이시군요. 이유가 뭐죠?"

"방금 말씀드렸다시피 전 곧 암으로 죽을 목숨입니다. 굳이 위장 죽음을 고집할 이유가 없어졌단 말이죠."

"……."

승준이 생각에 잠긴 듯 말을 않자 기다리던 복희가 톡 쏘듯 말했다.

"이러나저러나 당신에겐 이득이겠죠. 아니지, 우리 모두에게 이득이겠죠. 보다 확실한 복수가 보장되는 셈이니까요. 하지만…… 대신 조건이 있습니다."

"조건이요?"

"이 일이 끝나거든 운택이를 가만히 내버려 둔다는 약속을 해주셨으면 합니다. 제가 복수에 눈이 멀어서 잠시 판단력이 흐려졌었습니다. 오로지 복수를 해야겠다는 집념 아래, 그만 운택이를 이 일에 끌어들이고 말았죠. 뒤늦게 생각해 보니 일이 끝나거든 증거 인멸을 이유로 운택이에게 돌아올 후환이 두렵더군요. 당신이 운택이를 해할 수도 있겠다는 생각도 들고, 어떤 비인륜적인 방법으로 입막음을 시킬 것 같기도 하고요."

"제가 뭣 하러 복희 씨의 아드님에게 그런 짓을 하겠습니까. 복희 씨가 아드님에게 저의 존재를 말했다고 치더라도, 제가 운택 씨를 죽이다니요. 그런 상상도 해 본 적 없습니다. 증거 인멸이라고 하셨는데…… 제가 그런 허무맹랑한 이유를 가지고 누군가를 죽이는 미친놈이라고 할지라도, 운택 씨를 손댈 이유는 없죠. 설령 제가 그런 마음을 먹고 있다 한들, 그게 어디 말처럼 쉽겠습니까. 전 이미 한창때를 지난 몸입니다. 제가 게임이나 되겠습니까."

"예, 하지만 약속은 꼭 좀 해 주셨으면 합니다."

"……저의 약속 따위가 의미가 있을지는 모르겠지만 원하신다면 그러죠. 약속하겠습니다. 됐나요?"

"예, 됐습니다. 그리고 한 가지 조건이 더 있습니다."

"뭔가요?"

"도수를 감옥에 보내 주세요."

"그게…… 이유가 뭐죠?"

"경철 씨가 우리 몰래 다른 계획을 가지고 있었습니다. 이 일이 끝난 후 따로 도수를 죽이려는 계획을 갖고 있더군요. 그걸 막기 위해섭니다."

"……경철 씨가 그런 계획을 따로 가지고 있었군요. 정보 감사합니다. 근데 느낌 탓인가요, 복희 씨가 왜 도수를 감싸고도는 것 같죠."

"감싸는 건 아닙니다. 일말의 동정심은 들지만요. 저도 사람이니까요. 일전에 승준 씨가 저에게 강의를 늘어놓은 적 있으셨죠. 당신의 복수 철학에 대해서요. 대강 뭐…… 인간은 누구나 복수심을 가진다. 그러니 따지지 말고 복수를 행해라. 그런 뜻으로 하신 말씀이시죠. 저도 거기에 대해서 생각을 좀 해 봤는데요. 제 답은 이렇습니다. 복수심이 인간의 본능인 것처럼 자비심 또한 인간의 본능이고, 동정심 또한 인간의 본능이라고."

"무슨 말씀을 하고 싶으신 거죠?"

"그저…… 당신이 복수심을 인간의 본능이라 믿고 있듯이, 저 또한 자비심과 동정심을 인간의 본능이라고 믿고 있다는 뜻입니다."

"……."

승준은 복희의 입에서 '동정심'이라는 단어가 반복되자 이런 판단을 하게 됐다. '이 여자 지금 쇼를 하고 있구나.' 승준이 봐온 바, 강복희라는 여자는 절대로 그러한 감정을 품을 사람이 아니었다. 그렇다면 저 고약한 여자가 이런 쇼를 펼치는 이유가 뭘까. 승준은 단 몇 초가 지나기도 전에 나름대로 그녀의 속내를 해석해 냈다.

아마도 경철을 죽여 달라는 뜻일 것이다. 이유는 계획했던 일이 마무리된 후 경철이 운택에게 어떠한 해를 끼칠 가능성도 있으니까. 그렇다면 자신은? 자신도 피차 마찬가지였다. 이 여자의 목표물이 될 수도 있었다. 하지만 그 부분에 대해서 승준은 상관없었다. 복희든 운택이든, 그 누구든, 감히 자신의 적수가 되지는 못할 테니까.

승준이 잠자코 있자 복희가 말을 이었다.

"그제 경철 씨와도 대화를 나눴습니다."

"무슨 대화를요?"

"계획 변경에 관한 대화요."

승준의 얼굴에 벌건 물감이 번졌다.

"잠깐만요. 지금 복희 씨가 마음대로 벌써 계획을 변경하셨다는 말씀이신가요?"

"본래의 계획은 저를 사고사로 위장한 후 증거를 조작해서 도수가 저를 죽인 것처럼 몰아 가기로 했었죠. 바뀐 계획은 이렇습니다. 도수가 보는 앞에서 경철 씨가 저를 진짜로 죽이는 겁니다. 그리고 도수가 저를 죽인 것처럼 상황을 조작하는 거죠. 크게 달라진 건 없습니다. 단지, 저의 진짜 죽음을 도수가 직접 코앞에서 목격하게 되겠죠. 피를 흘리면서 죽어 가는 어머니의 모습을요."

"그러니까, 저는 따로 신경 쓸 부분이 없다는 말씀이시군요. 그래서 복희 씨가 임의대로 계획을 바꾼 거고요. 무슨 말인지 대충은 알겠습니다."

"한데…… 아직 확답을 듣지 못했습니다."

"확답이요?"

"도수를 감옥에 보내겠다는 확답이요."

"복희 씨, 그 부분은 아시다시피 리스크가 너무 큽니다. 도수가 어떻게 움직일지 예상할 수가 없잖아요. 어차피 감옥에 갇힐 신세라면 굳이 진실을 함구할 이유도 없고요. 물론, 그의 손에 남아 있는 증거물은 없겠지만 그래도…… 진술을 무시할 순 없죠. 게다가 이 일의 전말이 모두 밝혀지는 날엔 당신의 복수도 실패로 끝날 텐데요. 당신은 도수에게 가족을 잃은 기분을 돌려주고자 하지 않으셨습니까. 당신 말대로 했다간 도수가 알아차릴 수밖에 없습니다. 당신이 진짜 어머니가 아니라는 사실을요."

복희가 가벼운 미소를 띠었다. 한편으론 무언가를 체념한 듯 보이는 허탈의 미소 같았고, 한편으론 슬퍼 보였다.

"아니요, 도수는 이미 저를 어머니라 생각하고 있습니다. 저의 정체가 탄로 난다손 치더라도, 제가 같은 핏줄이 아니더라도, 도수는 저를 계속해서 어머니로 여길 거고, 가족을 잃은 슬픔을 똑같이 느끼게 될 겁니다. 요즘 제가 직접 느끼는 부분이지만, 가족이라는 게 그렇더라고요. 가족끼리 원수가 되지 말라는 법도 없고, 꼭 핏줄이어야 한다는 법도 없다고요. 원수임과 동시에 가족일 수도 있는 거고, 원망과 동시에 사랑을 할 수도 있는 거라고요."

"……뭔가 어려운 말이군요. 우선 이 부분은 고민을 좀 더 거친 후에 그에 대한 확답을 드리도록 하겠습니다."

"그리고…… 실례지만 부탁드릴 게 하나 더 있습니다."

"오늘 부탁할 게 좀 많으시네요."

"죄송합니다. 죽을 때가 되니 운택이가 걱정돼서요."

"알겠습니다. 말씀해 보세요."

"일이 끝난 후…… 언론에 이 일을 알려 주셨으면 합니다. 우리가 저질렀던 일들을요. 그렇게 되면 경찰 수사가 들어갈 거고, 증거는 이미 당신이 전부 준비해 뒀겠죠. 당연히 당신이 관여한 내용은 싹 제외하고서요."

"……."

승준은 말 대신 꺼림칙한 눈으로 복희를 노려봤다. 방금 전, 승준은 분명히 고민을 거친 후 확답을 내놓겠다고 말했었다. 그런데 복희는 이미 그의 확답을 들은 것처럼 이어질 상황에 대해서 말하고 있었다. 복희가 어렴풋한 웃음기를 머금은 채 말했다.

"알게 모르게 꽤나 증거를 모아 두셨을 것 같은데 제 말이 틀렸나요?"

"……아니요, 맞습니다. 퇴로는 있어야지요. 보험용으로 몇 가지 준비해 논 게 있긴 합니다. 지금 와서 숨길 필요는 없겠죠."

"또 하나 맞혀 볼까요. 우리 집은 모의할 때마다 들르셔서 상관없으셨겠지만 운택이 집과 경철 씨 집, 그리고 살아 있을 적에 소원 씨의 집은 달랐겠죠. 적어도 한…… 두세 번 정도는 몰래 들어가셔서 확인하셨겠죠. 혹여나 이 사람들이 딴마음을 먹고 있는 건 아닌지, 어떤 증거를 남기고 다니는 건 아닌지 감시하려고요."

"일도 다 끝나 가는 마당에 뭐, 복희 씨가 저를 어떻게 생각하시든 상관없습니다. 제가 아니라고 하면 믿으실 건가요?"

"글쎄요, 하지만 아니라고 하지 않으실 거란 건 압니다."

"제법 추리력이 있으시네요. 맞습니다. 주기적으로 여러분의 집 안을 감시하고 있었습니다."

"우리가 집 안에 사설 보안 시스템이라도 들여놨다면 어쩔 뻔했죠. 그리고 제가 당신의 집 안을 몰래 들어가 볼 거라곤 생각해 보신 적 없으신지요."

대놓고 훅 들어오는 복희의 공격적인 말에 승준은 입꼬리를 가볍게 올리며 대꾸했다.

"복희 씨, 자꾸 선 넘지 마세요. 오늘따라 많이 이상하시네."

"기분 나쁘셨다면 죄송합니다. 궁금해서 그랬어요. 곧 죽을 목숨이라서 그런지 겁이 없어지네요. 혼자 남을 운택이를 생각해서 최대한 자제하곤 있지만 자꾸만 필터링 없이 말이 나오네요. 앞으론 자제하겠습니다."

"그러시는 게 서로에게 좋을 것 같네요."

"그래도 이건 좀 여쭤봐야겠습니다. 저의 마지막 날에도 오실 겁니까?"

"안 갈 겁니다."

"알겠습니다. 그리고 한 가지 더 여쭙겠습니다. 역시, 혼자가 아니죠?"

"……그게 무슨 뜻이죠."

복희의 얼굴에 가련한 미소가 떠올랐다.

"이상해서요. 처음 이 복수를 설계한 건 당신인데, 뉘앙스가 마치 제3자인 것처럼 말씀하셔 가지고요. 방금도 복희 씨의 복수라고 하시지 않으셨습니까. 뭐, 이제 와서 그게 저한테 중요한 건 아니니까, 아니면 됐습니다."

승준은 그런 복희의 얼굴을 의아한 표정으로 검실검실 쳐다봤다. 복희의 입술이 제 모양을 찾자 승준이 팔짱을 끼며 말했다.

"그런가요. 저도 뭐, 복희 씨처럼 의중에 어떤 변화가 생겼나 보네요. 그나저나…… 원하시는 대로 도수를 감옥에 보내고 언론에 모임의 정체에 대해서 알린다 칩시다. 그렇게 되면 운택 씨도 처벌을 면치는 못할 텐데요."

복희가 고개를 떨어뜨리며 조곤조곤히 말했다.

"직접적으로 살인을 저지른 것도 아니거니와 살인 미수의 증거도 없어서 크게 처벌받진 않을 겁니다. 살인 누명은 도수에게 씌워져 있으니까요. 뭐, 당신이 모든 사실을 밀고해서 운택이에게 이런저런 혐의가 씌워졌다 하더라도, 길어 봤자 징역 5~6년 나오겠네요. 아무리 제 아들이라도 그 정도 죗값은 받아야 한다고 봅니다. 걱정거리는 경철 씨인데…… 그때가 온다면 경철 씨가 어떤 허위 자백을 할지…… 미지수이긴 하겠네요. 분명, 모임 중 대화 내용도 캡처를 해 뒀을 텐데, 대화 내용 중에 부분적인 것만 골라내면 누구 한 명 주범으로 모는 것도 가능할 것 같네요. 추가적으로 말씀드리자면, 경철 씨 같은 경우에는 모임과 관련된 사람 외의 인물, 즉 승준 씨와 같은 제3의 조력자가 존재한다는 사실을 눈치챈 모양이더라고요."

"저의 존재를 눈치챘다라, 그거 곤란한데요."

"경철 씨가 은근히 눈치가 빠릅니다. 저도 놀랐어요."

"그렇군요. 저도 경철 씨에 대한 생각을 고쳐 잡을 필요가 있겠네요. 복희 씨가 경철 씨 얘기를 저에게 꺼낸 이유도 알겠고요. 그건 그렇고, 사건의 파장이 커질 시에는 운택 씨도 얼굴이 팔려서 출소 후에도 평생토록 정상 생활은 힘들 겁니다. 어머니가 아들에게 마지막으로 남기는 쓰디쓴 교훈, 뭐 이런 겁니까?"

"이상하게 제 아들에 대해서 관심이 많으시네요? 대답을 드리자면, 그런 쓸모없는 교훈을 줄 생각은 없습니다. 그럴 나이도 아니고요. 다만…… 아무리 아들이라지만 솔직한 말로 소심하게나마 복수를 하고 싶은 마음은 늘 있었습니다. 아들만 아니었더라면 도수에게 했던 것처럼 똑같이 갚아 주고 싶었을 테죠. 그래서 도수에게 동정심이 든 겁니다. 고아 아닙니까."

"아들에게 복수를 하는 어미라…… 남 일 같지만은 않군요. 일단 알겠습니다. 더 하실 말씀 있으신가요?"

"없습니다. 그만 일어나야겠네요. 제가 시간을 너무 잡아먹었습니다. 식사 중이었던 것 같은데 마저 하세요."

"조만간 들르겠습니다. 그때 마저 대화를 나누시죠. 이곳에서 말고 당신의 집에서요. 그때 확답을 가지고 가겠습니다."

승준은 마지막 몇 마디에 잔뜩 힘을 주며 강조했다. 복희는 씁쓸한 웃음기를 지어 보였다.

"편하신 날 오세요. 기다리겠습니다."

복희가 자리에서 일어났을 때였다.

"아참, 바바는 찾으셨나요."

승준이 문득 물어 왔다.

"아니요, 찾지 못했습니다. 아무래도 경철이 데리고 있는 것 같습니다. 그게 아니라면 다른 누군가가 데리고 있을 가능성도 있지요. 저희랑 상관없는 3자일 가능성도 있고요."

"……."

복희가 나가자마자 꾹 눌러 담고 있던 승준의 표정이 보란 듯이 겉으로 표출됐다.

"저년이 끝끝내 완전히 선을 넘어 버리는구나."

승준은 아드레날린이 끓어올라 소파를 걷어차려다 겨우 침착함을 되새기며 참아 냈다.

승준은 퇴근 후 귀갓길에 애견 숍에 들렀다. 애견 숍 앞에 도착하니 통유리로 된 여닫이문 손잡이에 Close라는 팻말이 걸려 있었다. 승준이 유리를 통해 안을 들여다봤다. 안쪽에 형광등 불빛이 켜져 있었다. 문을 살짝 건드려 봤다. 아직 문은 열려 있었다. 승준은 조심스레 문을 열고 안으로 들어섰다. 애견 숍 안은 중앙 형광등을 제외하곤 모든 불빛이 꺼져 있는 상태였다. 이제 막 영업이 끝난 모양이었다.

"이제 퇴근하셨나 봐요."

민희가 화장실에서 막 나오며 방긋 웃어 보였다. 민희는 고무장갑을 끼고 빨건 앞치마를 두르고 있었다. 승준의 코로 락스 비린내가 비집고 들어왔다. 승준은 오감을 집중해서 그녀를 관찰했다. 그녀는 화장실 청소를 했다고 치기엔 옷매무새나 얼굴 화장 상태, 신발이 심하게 말끔했다. 하지만 그녀의 머리 상태는 달랐다. 굴뚝에 들어갔다 온 강아지처럼 헝클어져 있었다. 승준은 생각했다.

'화장실 청소했다고 거짓말 치겠지.'

"집으로 가는 길에 잠깐 들렀습니다."

승준이 말했다.

"전 이제 막 퇴근하려던 참이었는데 화장실이 좀 더러워서 이것만 청소하고 가자, 그러고 있었네요. 하마터면 헛걸음하실 뻔하셨어요."

"그렇다면 다행이네요. 시간 괜찮으신가요."

"괜찮습니다."

민희가 눈웃음을 치며 테이블 좌석을 손바닥으로 가리켰다. 승준이 자리에 앉자 민희도 고무장갑을 벗곤 착석했다.

"하실 말씀이 뭐죠?"

민희가 물어 왔다.

"예, 오늘 강복희가 저를 찾아왔습니다."

"오늘이요? 오전에 출근하셔서 지금 퇴근하신 거 아니신가요? 직장으로 찾아왔다는 말씀이세요?"

민희의 동공에 미세한 흔들림이 보였다.

"맞습니다. 그 여자, 겁대가리를 상실했는지 제 직장으로 찾아왔습니다. 제가 보기엔 반협박성으로 보이긴 하던데 확실한 속내는 잘 모르겠더군요."

"직장까지 찾아왔다라……. 협박성인 것 같긴 한데 속내는 숨기고 있고, 최후통첩이라기엔 아직 타이밍이 아니고. 이거 재밌게 흘러가는데요? 복희 씨가 찾아와서 뭐라고 하던가요?"

"자기가 암에 걸렸다고 하더군요. 말기라서 곧 죽을 목숨이랍니다. 그래서 위장이 아닌, 정말로 죽는 걸로 계획을 바꾸길 원하더군요. 아, 아닙니다. 이미 자기 임의대로 계획을 변경해서 경철과 새로운 계획까지 만들었다고 합니다."

"최종 관문을 눈앞에 두고, 상의도 없이 막무가내로 계획을 변경했다고요?"

"예. 그리고…… 경철 씨에 대한 얘기나 운택에 대한 얘기, 여도수에 관한 얘기도 했었습니다. 제 생각인데 말이죠. 그 여자, 암에 걸렸다는 말부터가 거짓말 아닐까 싶기도 합니다."

"……."

승준이 말하던 도중부터 민희의 미간은 조금씩 일그러지고 있었다. 인상을 찌푸리는 게 아니었다. 눈 밑에 어스름한 주름살을 잡고 눈알을 굴리며 무언가 추리하는 모양새였다. 그녀는 눈을 감고 손가락으로 눈썹 사이를 꾹꾹 누르며 고민하더니 입을 열었다.

"복희 씨 제법인데요? 지금 보니까, 꽤나 흥미로운 분이신 거 같네요. 음…… 이럴 줄 알았으면 처음에 복희 씨를 찾아갔어도 재밌었을 텐데. 두 분이서 하셨던 대화 내용, 저한테 다 말씀해 주세요."

"알겠습니다."

이후 승준은 자신과 복희가 파출소에서 나누었던 대화 내용을 최대한 기억나는 대로 민희에게 전해 주었다. 당시 복희의 말투, 행동, 표정과 태도까지 빠짐없이 상세하게 전달했다. 민희는 승준이 말하는 동안 입에 지퍼를 채웠다. 그녀는 승준의 말이 끝나고 나서도 아무런 말도 잇지 않았다. 눈동자만 이리저리 굴리며 정자세로 앉아 있을 뿐이었다. 승준은 대답을 재촉하지 않았다. 그는 마치 주인의 '기다려'라는 목소리를 들은 강아지처럼 익숙하다는 듯이 그녀의 대답을 기다렸다.

근 5분이 흘렀다. 마침내 민희가 입을 열었다. 그녀가 고민을 거친 후 처음으로 뱉은 말은 이랬다.

"그래서 뭐라고 대답하셨죠?"

"무턱대고 뭐라 대답을 주기가 어려워서 일단은 좀 더 생각해 보고 말해 주겠다고 했습니다. 하지만 이미 일방적으로 계획을 수정한 상태입니다. 지금으로서는 그 계획을 뒤집자고 말하기는 힘들 것 같습니다. 그녀를 처리하기엔 시기상조고, 어떻게 나올지도 알 수 없으니까요."

승준의 말이 끝을 맺자 민희의 얼굴에 꽃이 피었다. 하지만 그녀의 얼굴 꽃은 평범한 꽃과는 달랐다. 눈은 똑바로 뜨고 광대만 승천시킨 표정, 독가시가 달린 검은 꽃.

"아까 한 말 취소할게요. 처음에 복희 씨를 찾아갔어야 했단 말이요. 승준 씨 덕분에 이런 달달한 재미를 맛보네요. 어디까지나 제 생각입니다만, 복희 씨는 당신에 관한 얘기를 운택에게 일절 하지 않았을 겁니다. 한데…… 복희 씨가 아무래도 경철 씨를 길동무로 선택한 것 같군요? 이제 어쩌실 겁니까?"

"글쎄요, 아직 생각을 좀 더 해 봐야 할 것 같습니다."

승준의 대답에 민희는 갸륵한 미소를 띠었다.

"마지막 하이라이트, 기대하겠습니다."

2017년 6월 1일

도수와 경철이 단골 호프집에서 술잔을 기울이고 있다. 안주는 프라이드치킨이었지만 술은 맥주가 아닌 소주였다. 앞서 비운 소주 두 병이 테이블 측면에 놓여 있었다. 두 사람은 각자의 잔 옆에 소주 한 병씩을 갖다 놓고 따로 마시고 있었다.

도수는 근 일주일 만의 외출이었다. 그것도 경철의 연이은 설득에 마지못해 나온 것이었다. 오늘도 경철의 권유를 거절하고 싶었지만 '오늘도 안 나오면 농담 안 보태고 진짜 쳐들어갈 테니, 그렇게 알어.'라는 메시지에 억지로 끌려 나온 거나 마찬가지였다. 경철은 호숫가에서 커피나 마시자고 했지만 도수가 끝까지 술집을 고집했다. 그는 카페를 포함한, 술이 없는 장소는 어디에도 가고 싶지 않았다. 알코올의 보충이 늦어지는 날엔 어김없이 우울증이 도졌기 때문이다. 도수가 술잔을 비운 뒤 테이블 위에 올려놓았다.

"가끔은 집구석에 틀어박혀 있어야 할 때도 있는 법이야."

"야, 그 말 너 일주일 전에도 똑같이 했었어, 알아? 어머니께서 걱정이 많이 되셨는지 나한테까지 전화가 오시더라. 야, 야, 술을 마셨으면 안주도 좀 집어먹고 그래."

경철이 닭다리 부위를 골라서 도수의 앞 접시로 옮겼다. 도수는 치킨의 튀김 부분만 깨작대곤 포크를 내려놓았다. 그 모습을 지켜보던 경철이 못마땅한 듯 한숨을 내쉬었다.

"그래서 뭐, 이제 어쩌려고. 이렇게 술이나 퍼마시면서 히키코모리마냥 살다가 콱 죽어 버리려고? 언제까지 그러고 살 예정인데? 어머니 생각은 안 해? 나한테 갚아야 될 돈은? 말을 해 봐."

경철의 힐난 어린 독촉에 도수는 고민을 거친 후 입을 열었다.

"아직은…… 나도 잘 모르겠어. 뭐가 뭔지도 모르겠고. 이해도 안 돼."

"뭐가? 도대체 뭐가 그렇게 이해가 안 된다는 건데?"

"소원이 일도 그렇고…… 요 몇 달간 나한테 벌어진 일들 전부, 너무 순식간이었어. 어디서부터 잘못된 건지도 모르겠고, 어디서부터 생각을 시작해야 하는지도 모르겠어. 어떻게 안 좋은 일들이 이렇게나 한꺼번에 몰릴 수가 있지."

"안 좋은 일들이 몰렸다는 게 무슨 뜻이야. 소원 씨 일 말고 또 복잡할 게 뭔데? 어머니 치매 해프닝? 소원 씨 사채? 운택이 형이 부탁한 일? 다 잘 처리됐었잖아. 직장 다니고 가족 있는 사람들은 다 그런 일 한 번쯤은 겪고 살아. 소원 씨가…… 그렇게 된 건 슬픈 일이지만, 아니다. 너 지금 소원 씨가 어쩌다 그렇게 된 건지 궁금한 거야?"

"그것도 그렇고……."

도수가 말을 얼버무렸다. 경철이 짜증 난다는 듯이 소주를 입안에 털어 넣었다.

"미안하지만 도수야, 소원 씨는 이미 죽었어. 더 이상 이 세상 사람이 아니라고. 네가 죽을 때까지 술을 마셔도, 아무리 고민을 해도, 죽은 사람이 돌아오진 못한다고. 네가 할 일은, 소원 씨 일은 경찰한테 맡겨 두고 다시 네 삶을 사는 거야. 뭔 말인지 알겠어?"

"무슨 말인지는 알겠어. 알겠는데…… 나도 그러려고 했는데, 자꾸만 걸리는 게 있어. 뭔가를 시도하려고 해도 그게 자꾸만 마음에 걸려서 쉽사리 손에 잡히지가 않아."

"그게 뭔데?"

"그러니까…… 그게 뭐냐면."

도수는 할 말을 머릿속으로 고른 후 다시 말을 이었다.

"이상하게 들릴지 모르겠지만 소원이한테 벌어진 일, 나한테 벌어진 일, 이 모든 일들이 전부 눈에 보이지 않는 무언가와 관련이 있지 않을까 하는, 그런 느낌이 들어. 필연적으로 그런 일이 벌어진 게 아닐까 하고."

"인과응보, 업보…… 이런 거 말하고 싶은 거야? 아님 영화 시나리오에나 나올 법한, 검은 손의 세력, 이런 스토리? 뭘 그렇게 심오하게 생각하고 살아. 너 하루 종일 방 안에 틀어박혀서는 그런 머리 아픈 생각이나 하고 자빠졌던 거야? 야 인마, 정신 챙겨. 너 그러다 진짜 정신병자 돼."

"……."

도수가 침묵을 지키자 경철이 다시금 말을 이었다.

"이미 단정 지어진 결과를 가지고 뒤늦게 아무리 이유를 찾아봤자 도저히 그 이유를 찾을 수 없을 때가 있어. 왜 이유를 찾지 못하냐면 그건 그냥…… 벌어진 일이니까. 그러니까 못 찾는 거야. 세상에는 가끔 무질서하게 어떤 일이 벌어지곤 한다고. 백날 찾아 봤자 이유 같은 건 없어, 주워 담을 수도 없고, 그런 거야. 넌 지금 이유 없이 벌어진 일에 어떻게든 이유를 끼워 맞추고 싶은 거고."

"그럴지도. 어떤 해프닝일 뿐일 수도 있겠지."

경철은 속이 답답한지 다시 기다란 한숨을 내쉬었다. 그는 격한 손동작으로 잔에 술을 따라 목구멍으로 꼴딱 털어 넣었다.

"네가 얼마나 혼란스러울지 나도 알아. 나도 가족을 잃어 본 경험이 있으니까. 그런데 내 경험상 방 안에 틀어박혀 있는다고 상황이 나아지진 않더라. 더 악화되기만 할 뿐이지. 하루빨리 뭐라도 해. 우선 아침 7시에 일어나는 것부터 시작해. 그리고 삼시 세끼 챙겨 먹는 거랑 아침저녁에 샤워하는 거, 집 안 청소하는 거, 그런 것부터 시작해 봐. 그다음 일자리는 내가 알아봐 줄 테니까. 내 아는 연출을 통해서 어디라도 넣어 주든지, 정 안 되면 우리 가게에서 일을 배워도 되고."

"알겠다. 근데 경철아."

"어."

"소원이…… 말이야, 사고가 아니고 자살한 게 아닐까?"

도수의 도돌이표 말을 듣고 경철은 자기도 모르게 언성이 높아졌다.

"자살? 상식선에서 한번 생각해 봐. 소원 씨가 왜 자살을 하는데? 너랑 결혼도 생각하고 있었다며. 그리고! 너 같으면 자살할 곳으로 동물원을 택하겠냐? 그것도 사자한테 물어뜯기면서 마지막을 장식하고 싶겠냐고."

도수는 침묵을 지켰다. 그는 술잔을 들이켠 후 천천히 입을 뗐다.

"네 말이 다 맞다. 내가 지금 무슨 생각을 하고 있는 건지 나도 잘 모르겠다. 너한테는 괜히 미안하다."

"미안하긴 뭐가 미안하냐."

이후 두 사람의 대화는 잠깐의 휴식기를 맞이했다. 경철이 치킨 한 조각을 전부 씹어 삼킨 뒤에야 입을 열었다.

"나도 미안하다."

"뭐를?"

도수가 눈을 크게 뜨며 되물었다.

"바바 말이야. 찾아 준다고 그렇게 철석같이 말해 놓고선 결국 못 찾아 줬잖아. 온 동네를 다 뒤져 봐도 당최 보이질 않더라. 촌 동네라서 쉽게 찾을 수 있을 줄 알았는데 말이야. 어디 개장수 같은 사람이 끌고 간 건 아닌지 모르겠다. 운 좋으면 좋은 주인을 만났을 수도 있고. 넌 내 말만 믿고 있었을 텐데, 무책임하게 네 믿음을 배신한 것 같아서…… 미안스럽네."

"그런 걸로 미안해하지 마. 난 네가 나를 위해서 그런 노력을 해 줬다는 것만으로도 고맙게 생각하고 있어."

두 사람은 말없이 술잔을 부딪쳤다. 이 잔을 마지막으로 각자의 소주병이 비워졌다. 경철이 소주 두 병을 더 시켰다. 점원에게서 소주병을 받아 든 경철이 두 잔을 채웠다. 그는 곧바로 잔을 들어 올려 건배를 권했다. 하지만 도수는 잔을 들지 않았다. 경철은 수줍은 손을 내려놓았다. 경철이 또 왜 그러냐는 눈빛으로 도수를 쳐다봤다. 도수가 기운 빠진 목소리로 말했다.

"나, 고백할 거 있어. 지금껏 아무한테도 얘기 못 했는데, 이젠 누구한테라도 털어놔야겠어."

"무슨 고백?"

"나 말이야, 과거에 어떤…… 끔찍한 실수를 저질렀어."

"어떤 실수를 저질렀는데."

경철의 눈은 한편으론 무신경해 보였고 한편으론 차갑게도 보였다. 도수는 시선을 내리깔고 있던 터라 경철의 표정을 살피지 못했다.

"내가 직접적으로 그들에게 피해를 준 건 아니었지만, 어쨌든 나의 실수가 원인이 돼서 그 결과로 많은 사람들이 죽거나 다쳤어."

경철이 고개를 갸우뚱했다.

"살인이라도 했다는 말이야, 뭐야? 폭탄이라도 터뜨렸어?"

"아니, 내가 직접 살인을 한 건 아니야."

"그러니까 살인을 한 건 아닌데, 어쨌든 너가 한 어떤 행동이 살인 행위의 원인이 된 것 같다? 대충 이 말이야?"

"비슷해."

"그게 뭔 말인데. 확실하게 얘기해 봐."

"……한 2년 정도 전에 일인데, 내가 오토바이를 잘못 몰아서 버스가 내 오토바이를 피하려다 그만…… 사고가 나고 말았어. 하지만 법적으론 내 잘못 아니야. 아마도 아닐 거야. 아니지만…… 난 알아. 내가 그때 오토바이를 꺾지 않았더라면, 담배를 피우지 않았더라면, 내가…… 한 시간만 늦게 혹은 한 시간만 일찍 일을 시작했더라면, 버스 안에 있던 사람들, 버스 기사 아저씨, 승용차 주인 모두가 살 수 있었을 거란 걸. 그리고 지금도 각자의 자리에서 자신의 삶을 이어 가고 있겠지. 모두가 나를 원망했을 거야. 죽어 가던 사람들 모두. 아마도 난 그것 때문에 벌을 받고 있는 건지도 몰라. 엄마 말대로 정말로 신이 계신다면 날 지옥으로 보내실 거야."

경철이 오만상을 찌푸렸다. 그러더니 잔을 들이켜곤 입을 열었다.

"그쯤 해 둬. 그런 식으로 따지고 들면 끝이 없어. 간단하게 버스 기사 잘못이라고 생각해. 그게 정답이야. 법적으로도 문제없다며? 법이 뭐야. 세상 사람들의 최대한의 노력이 담긴 교과서 같은 거잖아. 법에 위배가 안 된다면 넌 죄가 없다는 뜻이야. 그리고 그게 네 탓이기 이전에 버스는 과속 안 했어? 이 촌 동네에서 과속 안 하는 차는 거의 본 적이 없는 것 같은데? 그럼, 애초에 사고가 난 길을 만들지 않았으면 사고는 없었을 테니까, 아스팔트 시공을 한 업자들이 잘못한 거야? 아니면, 네가 없었으면 사고 자체가 없었을 테니까, 널 낳은 어머니가 잘못하신 거야? 아니다, 할머니 잘못인가? 아니지, 아니지. 끝까지 따지고 들어가 보면 중력 잘못이겠네. 중력 때문에 네 오토바이랑 버스가 한 공간에 있을 수 있는 거니까, 안 그래? 너 말이야, 그때 일 때문에 네가 지금 벌 받고 있다고 생각한다면, 지금 당장 그 생각 고쳐먹어라. 그건 큰 착각이야. 또한 망상이고. 그건 그저…… 악재였을 뿐이야."

도수가 어설픈 미소를 짓더니 힘없이 고개를 끄덕거렸다. 경철이 술잔을 들고 팔을 뻗었다. 두 사람은 잔을 부딪쳤다. 잔을 비운 도수가 말했다.

"나 있잖아, 요새 자꾸 이런 의심이 들어."

"의심? 너 또 소원 씨……."

"아니, 소원이 일 말고 엄마에 관한…… 의심이야. 우리 엄마가 친엄마가 아닐 수도 있지 않을까 하는 의심. 그때는 그럴 수도 있겠다 싶었는데, 너도 엄마 입장에서 한번 생각해 봐. 잃어버린 아들이 하필 자기가 살고 있는 바로 옆 동네에 살고 있었다고? 이게 지금 엄마하고 나한테 벌어진 일인데, 이런 일이 벌어질 확률이 얼마나 될까?"

"뭘 그런 의심을 해. 그럴 수도 있지. DNA 결과가 있잖아."

"너 키메라증후군이라고 들어 봤어? 엄마가 본인의 눈으로, 자기 배에서 자식이 나오는 걸 똑똑히 지켜봤는데도 DNA 결과는 생판 남으로 나온대다. 한마디로, DNA 검사 결과도 100% 정확한 건 아니란 말이지."

"장난하냐? 그건 부모 자식 간에 결과가 다르게 나온 경우고, 남남인데 어떻게 DNA 결과가 같을 수 있냐? 말 같은 소릴 해야지. 너 행여나 그런 소리 어머니한테 하지 마라. 정 의심되면

DNA 검사를 다시 해 보든지."

"그런가……. 알겠다."

"너 있잖아, 그러지 말고 내일 시간 되면……."

경철이 말을 하는 도중이었다. 도수의 핸드폰에서 벨 소리가 울렸다. 도수는 벨 소리를 무시할 심산이었지만 경철이 "야, 전화 왔잖아. 받아."라고 말하자 핸드폰을 집어 들었다. 모르는 번호였다. 도수가 "이 시간에 전화 올 데 없는데? 누구지?"라고 혼잣말을 했다. 그러자 경철이 "혹시라도 소원 씨 일 때문에 경찰서 같은 데서 전화한 걸 수도 있으니까 일단 받아 봐. 난 잠깐 화장실 좀."이라고 말하며 자리에서 일어섰다.

도수가 전화를 받았다.

"여보세요."

[어, 그래. 도수야, 나다. 운택이 형. 요새 하도 쓸데없는 전화가 많이 와서 번호 바꿨다.]

"그러세요? 이 번호 저장할게요. 근데 무슨 일로……."

[다름이 아니고…… 너한테 할 말이 좀 있어서, 그래서 연락했다. 아무래도 네가 알아야 될 내용인 것 같아서.]

"말씀하세요."

[너한테 이 사실을 알려야 되나 말아야 되나 엄청 고민했었는데, 나 말이다, 소원이가 죽은 진짜 이유를 알고 있어.]

"예? 그게 무슨 말씀이신지. 그러니까 소원이가 죽은 이유가 따로 있다는 거예요? 사고가 아니라?"

[사고는 맞아. 맞는데…….]

운택이 말끝을 흐리자 도수가 "계속 말씀하세요."라며 재촉했다. 그럼에도 운택은 연이어 침묵을 지키다 입을 열었다.

[사고는 맞는데…… 소원이가 사고를 당한 게…… 아, 아니다. 이건 아무래도 전화로 말하기가 좀 그렇다. 나 지금 동물원이거든. 맹수 격리실. 이쪽으로 지금 좀 와라. 얼굴 보고 얘기하자.]

"지금이요? 이 시간에 동물원은……."

도수가 말하는 도중이었지만 운택은 일방적으로 전화를 끊어버렸다. 도수가 다시 전화를 걸었지만 운택은 전화를 받지 않았다. 대신 '맹수 격리실에서 기다리고 있을 테니까, 천천히 오도록 해.'라는 내용의 메시지를 보내왔다. 도수가 답장을 보냈지만 그 답장을 봤는지 못 봤는지 돌아오는 답은 없었다. 마침 경철이 화장실에 갔다가 돌아왔다.

"누군데?"

경철이 물었다.

"운택이 형이었어. 번호 바꿨다네. 아니 근데, 지금 동물원이라는데?"

"동물원? 뜬금없이 거긴 왜. 지금 장사 안 하잖아."

"모르겠어. 나보고 좀 와 달래. 할 얘기 있다고."

"왜 하필 동물원에서? 그냥 여기로 오라고 해."

"몰라. 그 후론 전화도 안 받아."

"뭔 얘기를 하고 싶다는데? 혹시 소원 씨랑 관련된 일이야?"

"경철아, 나 아무래도 그리로 지금 좀 가 봐야 될 것 같거든."

"지금? 그럼 나랑 같이 가자. 택시 부를까?"

"아니, 나 혼자 가려고."

"뭘 혼자 가. 같이 가자. 우리가 모르는 사이도 아니고. 나도 별로 할 일 없어. 간만에 운택이 형 얼굴도 볼 겸 야밤에 동물원 구경이나 좀 하지, 뭐."

"정 그렇다면야…… 알겠다. 근데 그 대신 내가 격리실서 운택이 형하고 대화 나눌 동안만 혼자 좀 있어라. 단둘이 대화하고 싶어 하는 거 같으니까."

"나 빼고 할 얘기가 뭐가 있다고. 일단 알겠다."

동물원 입구에 '영업 중단 6월 1일~7월 31일까지'라고 적힌 플래카드가 펄럭이고 있었다. 동물원 정문은 열려 있는 상태였다. 그러나 현재 도수의 신분은 사육사가 아니다. 허가받지 않고 동물원 안으로 들어가는 건 불법이었다. 도수가 운택에게 전화를 하자 운택은 전화는 받지 않고 '그냥 들어오면 돼. 나중에 이사님 잠깐 들른다고 하셨으니까 들어오면서 문은 닫지 말고.'라는 내용의 문자 메시지를 보내왔다. 도수와 경철은 운택의 메시지를 확인한 후 동물원 안으로 들어섰다.

두 사람이 뚜벅 걸음으로 격리실 앞까지 도착했다. 도수는 경철에게 잠시 기다려 달라고 이른 뒤 혼자서 맹수 격리실 안으로 들어섰다. 맹수 격리실은 동물 한 마리 없이 텅 비어 있었고, 운택이 플라스틱 의자에 앉아서 담배를 피우고 있었다.

"저 왔어요."

"어, 왔구나. 생각보다 빨리 왔네?"

운택이 담배꽁초를 질질 밟더니 자리에서 일어나 도수에게로 다가왔다.

"형님, 좀 전에 하던 말 계속……."

"커피 줄까?"

운택이 도수의 말을 반 토막 내더니 뜬금없이 커피를 권했다. 도수가 얼떨결에 커피 캔을 받아 들자 운택이 말을 꺼냈다.

"어우 야, 술 냄새. 많이 마셨냐?"

"……."

도수는 욱하고 성질이 돋았다. 술기운도 오른 데다, 소원을 들먹거리며 그녀가 변을 당한 이곳을 약속 장소로 정하다니 짜증이 솟구쳤다. 시답잖은 말만 해 대는 운택의 입을 한 대 쥐어박고 싶은 충동을 일었다.

"형님! 그러니까 소원이가 왜 죽었는지 아신다고 하셨잖아요. 여기까지 왔으니까 이제 말씀해 주세요."

도수의 언성이 높아지자 운택도 진지한 분위기를 만들었다.

"그래. 당연히 궁금하겠지. 나 같아도 그럴 거야. 근데 말이야, 도수야. 진실을 알게 되면 책임이라는 게 따르는 법이야. 모르고 지나치는 거랑 알면서도 모른 척하고 지나치는 건 천지 차이란 뜻이야. 그래서 나도 한동안 망설였어. 내가 굳이 이 사실을 알려 준다고 해서 너한테 무슨 득이 될까 싶었거든. 나 말고는 아무도 몰라. 경찰도 모르지."

"괜찮아요. 말하세요."

도수가 단답형으로 대답했다.

"알겠다."

운택은 대답과 동시에 방금까지 자신이 앉아 있던 플라스틱 의자 쪽으로 돌아갔다. 그는 의자 앞 치에 놓여 있는 낡은 자물쇠를 주워 와 도수의 발치에 떨어뜨렸다. 자물쇠는 고리 부분이 녹슬어 부러진 상태였다. 녹슨 고리의 일부분은 홈 안에 박혀 있었다. 도수가 멀뚱한 눈으로 자물쇠를 쳐다보자 운택이 말했다.

"내가 제때 잘 확인하라고 했지, 어?"

도수는 빠르게 눈을 깜빡였다.

"그러니까…… 자물쇠가 녹슬어서 드라군이…… 철장 밖으로 나왔다, 지금 이 말씀이세요? 그다음에 드라군이 소원이를 덮친 거고요?"

"아마도 그런 것 같다. 경찰이 사자를 사살한 다음에, 정신없을 때를 틈타서 내가 얼른 가져왔다. 그랬으니 망정이지, 아니면 넌 지금쯤 감옥 신세일 수도 있었을 거다."

"그…… 그럴 리가요. 형님이 전에 저한테 했던 말이랑 다르잖아요. 그리고 아무도…… 이런 일은…… 아니, 설령 이 자물쇠에 하등 문제가 있었다 해도 아래에 빗장 고리가 있잖아요."

"그래, 그랬어야지! 빗장 고리가 있었어야지! 그런데 그것도 풀려 있었으니까 문제지. 내가 너한테 매일같이 확인하라고 했어, 안 했어? 빗장 고리는 사육사들 생명 줄이라고, 몇 번이나 말했어."

"지금 뭔 소릴 하시는 거예요. 매일같이 확인했는데!"

"늬미, 매일은 얼어 죽을! 보나 마나 누군가 오다가다 발로 툭툭 건드리다 풀렸겠지! 넌 그걸 확인하지 못한 거고. 아니, 안 한 거고. 넌 드라군 담당이었고 맹수 담당자였잖아. 또, 안전 관리 쪽 팀장이었고! 네가 제때 확인했어야지!"

"진짜예요. 나름 책임감을 가지고 매일 확인했었습니다."

"뭐? 책임감? 네가 책임감이 뭔지나 아냐? 맨날 농땡이 쳤던 거 내가 모를 줄 알고?"

"아닙니다! 그리고! 엄연히 따지면 혀…… 형님도 책임이 있으시잖아요. 아닌가요? 담당 사육사가 빗장 고리랑 자물쇠 확인하는 것도 규칙이지만, 관리자인 형님도 원래대로라면 퇴근 전에 다시 다 확인했어야 하는 걸로 아는데요? 그러니까 마지막에 확인해야 될 사람은 형님이죠! 그리고 확인 관리는 엄연히 형님 책임이잖아요. 그러라고 월급도 많이 받는 거고요. 자물쇠도 그래서 몰래 숨긴 거겠죠. 저 때문이 아니라 형님을 위해서요!"

"뭐? 이 개자식이? 이 동물원에 철장 우리가 몇 갠데 그걸 매번 어떻게 다 확인해? 다 듣기 좋으라고 하는 말이지. 그걸 지금 말이라고 하고 있냐?"

"그건 형님 사정이고요. 규칙은 규칙이죠!"

"이 썩을 놈이!"

순식간이었다. 운택이 분을 참지 못하고 득달같이 달려들었다. 그는 두툼한 주먹으로 도수의 얼굴 앞면을 냅다 후려갈겼다. 도수는 바닥에 나뒹굴었다. 주먹질이 어찌나 묵직하던지 억한 소리가 절로 나왔다. 이내 도수가 삐걱거리는 턱을 움켜잡고 힘겹게 일어서려 할 때였다. 운택이 다시금 도수에게 다가가 무릎으로 복부를 찍었다. 도수는 배를 움켜잡고 쓰러졌다.

"이게 오냐오냐해 줬더니만, 어따 대고. 똥인지 된장인지도 구분 못 하고 기어올라? 하, 이 쥐 좆만 한 살인자 새끼가."

이때부터 운택의 무자비한 폭행이 시작됐다. 주먹질과 발길질이 수차례 이어졌다. 도수는 숨도 제대로 쉬지 못했다. 운택은 도수의 코피가 양 주먹에 흥건히 묻은 후에야 비로소 폭행을 멈추었다.

운택이 숨을 고르며 열을 식히는 사이, 도수는 한 손으로 배를 움켜잡고 다른 한 손으로는 핸드폰을 꺼내 들었다. 도수가 11까지 핸드폰 버튼을 눌렀을 때였다. 싸한 느낌이 들어 위를 올려다보니 운택이 눈을 부라리고 있었다. 그는 도수의 손과 핸드폰을 발뒤꿈치로 무자비하게 내려찍었다. 2차적으로 발목까지 휘저으며 짓이겼다. 도수는 손뼈가 조각나는 고통 속에서 신음 소리를 내며 바닥에 뒹굴었다. 핸드폰은 완전히 박살 나 버렸다.

"야, 이 호로 자슥아. 너 때문에 소원이가 죽었어. 그런데 그걸 숨겨 주고자 했던 내 탓을 한다고? 이 새끼 이거, 진짜……."

"도수야! 너 거기서 뭐 해? 어머! 뭐야, 이게! 너희 지금 싸우니!"

뜻밖의 상황이 벌어졌다. 격리실 안으로 경철과 복희가 들어온 것이다. 복희가 헐레벌떡 뛰어와 운택을 밀치곤 도수를 감쌌다. 운택은 짜증 난다는 듯이 머리를 박박 긁어 대며 플라스틱 의자로 가서 앉았다.

"이게 다 웬 소란이니, 어?"

"어…… 엄마, 엄마가 여길 어떻게……."

도수의 물음에 경철이 대신 대답했다.

"아까 술집에서 나 화장실 갔을 때, 어머니한테서 전화가 왔었거든. 그래서…… 너랑 술집에 있다고 했지. 어머니께서 너한테 하실 말씀이 있으시다길래 동물원으로 오는 길에 내가 어머니께 메시지를 보냈어."

"왜 나한테, 왜 말을…… 안 했어?"

이번엔 복희가 대답했다.

"나 온다고 하면 너 또 오지 말라고 했을 거잖니. 그래서 엄마가 말하지 말라 그랬어."

"아니, 그래도 어떻게 이렇게나 빨리 오셨……."

"지금 그게 중요하니!"

복희가 도수의 말을 잘랐다. 그녀는 뜬금 눈을 뾰족하게 만들더니 운택을 노려봤다.

"너 이게 뭐 하는 짓이니? 왜 사람을 두들겨 패고 그래! 너 깡패니?"

복희의 비난 어린 말에 운택은 실없이 웃기만 할 뿐이었다.

"엄마…… 일단, 112에 신고 전화부터……. 엄마!"

도수가 맞아서 부어터진 입으로 어렵사리 말을 꺼냈지만 복희는 그의 말을 들어 먹지 않았다. 그녀는 허리를 곧게 펴더니 운택에게로 성큼성큼 다가가기 시작했다.

"야, 이것아! 사내끼리 주먹다짐을 하더라도 저렇게나 때리면 어째. 적당히 해야지!"

복희가 운택의 멱살을 잡고 흔들기 시작했다. 운택이 "거참! 이거 놓으세요." 하며 몇 번이고 그녀에게 그만두라고 경고했지만 그녀는 듣지 않았다. 경철은 어쩔 줄 몰라 우물쭈물하는 행태였다. 이내 안 되겠다 싶어서, 도수가 힘겹게 몸을 일으켜 세웠다. 운택에게 걷어차일 때 무릎뼈가 나갔는지 온전한 자세로는 몸무게를 지탱할 수 없었다. 그래서 철장 사이를 차례로 짚어 가며 두 사람에게로 다가갔다.

"엄마, 이제 그만해. 경철아, 신고부터 해, 얼른."

도수가 복희를 말리며 경철에게 신고 전화를 부탁했던 찰나였다. 운택이 못 참겠다는 듯이 "시발!" 욕설을 뱉더니 복희를 밀쳤다. 복희는 그대로 나가떨어졌다. 그 광경을 본 도수는 이성을 잃고 운택에게 주먹을 휘둘렀다. 하지만 제대로 맞히지도 못하고 다시 운택에게 얻어맞는 신세가 됐다.

도수는 운택의 주먹에 다섯 차례 더 얻어맞았다. 덕분에 한쪽 눈이 부어올라 시야가 어두워졌다. 갈비뼈도 부러지는 바람에 서 있기도 힘든 상태가 됐다. 운택은 쓰러진 도수를 깔아보며 인상을 찌푸렸다. 그는 거친 숨을 몰아쉬며 침착해지려 애쓰고 있었다.

그런데 뜻밖의 상황이 전개됐다. 경철이 들고 있던 클러치 백에서 칼을 꺼내 든 것이다. 그 칼은 부엌용 식칼이 아니었다. 칼끝이 뾰족하고 길이가 꽤 되는 나이프였다. 도수의 남은 한쪽 눈이 휘둥그레졌다.

"경철아! 그냥 경찰한테 신고하라고. 칼…… 칼을 갑자기 왜 꺼낸 거야. 그런 걸 왜 들고 다녀. 그거 집어넣어! 당장!"

"호신용으로 들고 다니던 거야."

도수의 만류에도 경철은 칼을 잡아 들고 운택에게 성큼성큼 다가가기 시작했다. 운택도 무서울 것 없다는 듯이 경철을 주시하며 서 있었다.

"뭐 하는 짓이야! 진짜 그러다가 누구 하나 큰일 나! 하지 마! 운택이 형! 형도 그만해, 이제. 엄마! 경찰에 신고 좀 해, 얼른!"

계속되는 만류에도 운택과 경철은 들은 척도 하지 않았다. 이윽고 두 사람의 육탄전이 시작됐다. 운택이 칼을 든 경철의 오른쪽 팔목을 왼손으로 휘어잡고서 무릎으로 배를 가격했다. 경철도 이에 질세라 왼쪽 팔꿈치로 운택의 턱을 후려치며 반격에 나섰다.

"엄마, 어디 가? 경찰에 신고하라니까."

복희가 자리에서 일어서자 도수가 말했다.

"싸움부터 말려야지."

하지만 복희는 이번에도 도수의 말을 듣지 않았다. 그녀는 도리어 두 사람이 있는 쪽으로 다가가고 있었다.

"아, 엄마!"

도수가 뒤에다 대고 복희를 불렀지만 그녀는 도수의 부름을 무시했다. 어느새 운택과 경철, 두 사람 모두 전보다 몸동작이 느려졌다. 두 사람의 입에선 거친 숨소리가 흘러나오고 있었다. 그러나 칼을 쥔 경철의 오른손과 운택의 왼손은 아직 힘겨루기를 끝내지 못한 상황이었다. 그리고 여기에 싸움을 말리러 온 복희까지 합세했다. 세 사람은 뒤엉켜서 서로의 몸을 밀치고 잡아당겼다.

도수가 몸을 일으켜 세웠을 때였다. 돌연 세 사람 모두 움직임을 멈췄다. 도수는 남은 한쪽 눈으로 겨우 시야를 다잡고 그 광경을 관찰했다. 그러곤 다리에 힘이 풀려 풀썩 주저앉아 버렸다.

복희가 나이프에 찔려 버렸다. 경철이 실수로 복희를 찌른 것 같았다. 꽤나 긴 나이프였는데 손잡이 부분 말고는 보이는 부분이 없었다. 칼끝을 시작으로 칼날까지, 살 속으로 깊숙이 파고들어 간 것이다. 복희가 칼에 찔린 부위는 사람의 혈점 급소 중 한 군데인 명치 부위였다.

운택과 경철은 놀라 뒷걸음질 쳤다. 도수는 허를 찔린 듯 멍한 상태가 됐다. 사태의 심각성이 어느 정도인지 이성적인 판단이 불가능했다. 지금 당장 무엇을 어떻게 해야 될지 감이 서지 않았다. 침묵을 깬 사람은 운택이었다.

“잠깐…… 근데 이거, 뭔가 이상한데. 아니…… 저기, 잠깐만.”

운택이 복희에게로 다가갔다. 복희는 바닥에 등을 대고 누운 채로 피를 토해 내고 있었다. 명치에서는 붉은 피가 솟구치고 있었다. 운택이 복희의 명치 부분에 손을 가져다 대더니 소스라치게 놀라며 일어섰다.

“시발! 이거, 진짜…… 진짜로 피가 나오고…… 아니, 왜? 칼, 칼…… 가짜 칼 아니었어? 어…… 엄마. 엄마!”

뒤늦게 운택이 복희의 출혈 부분을 두 손으로 눌러 지압을 시도했으나 여의치 않았다. 복희는 더 이상 움직이지 않았다. 온몸에 힘이 빠진 채로 미동조차 못 했다. 그녀의 주변으로 검붉은 피가 고이기 시작했다. 방금 전만 하더라도 울렁이던 그녀의 아랫배도 더 이상 움직이지 않았다. 호흡을 멈춘 것이다.

"아니, 형이 우리 엄마한테 왜…… 엄마라고 하는 건데. 아니지. 어쨌든 간에 어서 119에 신고부터 해. 형! 경철아! 얼른! 야! 김경철! 내 말 안 들려? 신고하라고!"

도수가 바득바득 소리를 내질렀지만 운택과 경철은 도수를 투명 인간 취급했다. 결국 두 사람은 아무런 응급 처치도 취하지 않았다.

"이봐요, 당신 지금 연기하는 거 아니죠? 설마…… 몰랐던 겁니까?"

경철의 목소리가 들려오자 운택이 벌떡 일어섰다. 운택은 흐느끼고 있었다. 눈알이 시뻘겋게 충혈된 채 눈물범벅이 돼 있었다. 운택이 한달음에 달려들어 경철의 멱살을 쥐어 잡고 흔들었다.

"야, 이 개자식아. 이게 뭐야? 이게 뭐냐고? 너 이 새끼, 엄마를…… 엄마를! 진짜 칼로 찔렀어?"

경철은 당황한 눈치였다.

"아…… 아니, 저기요. 어머니가 돌아가신 건 유감입니다만, 저는 선생님께서…… 아니, 어머니께서 부탁했던 일을 한 것뿐입니다. 당신도 동의했다고 하셨다고요."

"그게 무슨 개소리야! 엄마가…… 칼에 찔려 죽는 걸 허락할 미친 자식 놈이 세상천지에 어디 있어! 너, 지금 거짓말하는 거지? 어? 다른 꿍꿍이가 있는 거잖아! 그래서 엄마를…… 진짜 칼로…….”

경철이 운택의 손을 뿌리치며 말했다.

“아닙니다! 제가 딴맘을 왜 먹습니까. 그리고 그럴 마음이 있었더라면 당신부터 처치했겠죠. 강 선생님이 저한테 부탁하신 겁니다. 녹취록도 있습니다. 원하신다면 들려드리겠습니다. 이 일부터 마무리하고 난 후에요.”

“……정말이냐? 정말…… 엄마가, 원한 일이야, 이게? 아들 앞에서, 자식 앞에서! 죽는 게?”

“예, 강 선생님께서…… 이런 마지막을 원하셨습니다. 당신 걱정도 많이 하셨어요.”

“…….”

“두…… 두 사람 지금 무슨 헛소리를 하는 거야. 혀…… 형! 빨리 119에 신고 좀 해 줘, 얼른!”

도수가 상기된 얼굴로 고함쳤다. 하지만 두 사람은 가만히 서 있기만 할 뿐이었다.

“왜 다들…… 그러고 있는 거야.”

이내 도수는 고함을 멈췄다.

“어…… 엄마. 엄마.”

도수는 제힘으로 몸을 일으킬 여력이 남아 있지 않아 포복 걸음으로 복희에게 다가갔다. 겨우 복희가 있는 곳까지 다다른 도수가 그녀의 팔에 자신의 손을 가져갔을 때였다. 운택이 무방비 상태인 도수의 얼굴을 축구공처럼 걷어찼다.

"그래, 이게 다 이 개자식 때문이야. 복수? 그딴 거 필요 없어. 내 손으로 직접 죽이고 말겠어."

별안간 도수는 자신의 코뼈가 빠개지고 안구 뼈가 함몰되는 소리를 들었다. 코 안에 진득한 핏물이 고여서인지 숨은 가빠 오는데 호흡하기는 버거워졌다. 도수의 정신이 혼미해졌다. 운택은 도수를 플라스틱 의자가 있는 곳까지 질질 끌고 갔다.

정신이 돌아왔다. 정신이 듦과 동시에 입에선 신음이 절로 흘러나왔다. 물리적 고통들이 한꺼번에 몰려들었다. 코, 눈, 허리, 목, 복부, 갈비뼈 어디 하나 성한 곳이 없었다. 도수가 어렴풋한 시야를 겨우 되살렸다. 희미한 시야 너머로 운택과 눈이 마주쳤다. 운택이 입을 열었다.

"너 자그마치 10분이나 기절해 있었어, 알아?"

운택은 눈물을 흘리면서도 동시에 광기 서린 미소를 짓고 있는, 기이한 얼굴을 하고 있었다. 그의 오른손에는 복희를 찌른 경철의 나이프가 쥐어져 있었다. 그리고 이상한 점이 하나 더 있었다. 운택의 뒤에서 경철이 멀뚱하게 서 있다는 점이었다.

"도대체 뭐가 어떻게 된…… 경철이는 왜…… 그리고 엄마는?

엄마는 어떻게 됐어."

도수가 이와 같이 말하자 운택은 기다렸다는 듯이 간악한 웃음소리를 냈다.

"이것 좀 봐라. 이 새끼 이거, 엄마 찾는다."

운택이 진지한 표정으로 고쳐 잡은 후 말했다.

"아직도 뭐가 뭔지 하나도 모르는 모양인데, 내가 널 여기로 유인한 거야. 엄마도 그렇고, 경철이도 이미 전부터 이런 상황이 벌어질 걸 알고 있었고. 경철아, 너도 할 말 있으면 해 봐."

"……."

경철이 침묵을 지키자 운택이 말을 이었다.

"우리 엄마의 목표는 이랬어, 너에게 가족을 잃은 슬픔을 안겨주는 거. 그런데 말이야, 내가 보기엔 그건 너무 시시하단 말이지. 너 때문에 내 동생이랑 조카가 목숨을 잃었어. 그리고 방금은 엄마까지! 네까짓 거 때문에! 그런데 너는 멀쩡히 살아 있다? 그건 내가 용납이 안 돼."

운택은 말에 제동을 걸더니 갑자기 해괴한 짓을 행했다. 잡고 있던 나이프로 자신의 허벅지를 찌른 것이다.

"아, 시발 진짜! 이게 뭔 개짓거리야. 존나 아프네. 도수야, 방금 내 허벅지는 네가 찌른 거야. 뭔 말인지 알어? 잘 들어 봐. 이런 상황인 거야. 나는 소원이를 죽인 사람이 너라는 걸 알고, 너한테 그 사실을 알리기 위해 이곳으로 불러냈어. 하지만 넌 이미 그 사실을 알고 있었던 거야. 너 때문에 소원이가 죽었다는 사실을 말이야. 그리고 넌, 그 사실을 숨기기 위해 나를 협박했지. 하지만 나는 자수하지 않는다면 경찰에 신고하겠다고 했어. 그 때문에 넌 나를 죽여야겠다고 마음을 먹게 된 거야. 그래서 칼을 들고 날 위협했고, 우리는 육탄전을 벌이다 서로 다치게 됐지. 몸싸움을 하면서 네가 칼로 내 허벅지를 찌른 거고. 무슨 말인지 알아듣겠어? 그래서 나는…… 하는 수 없이 정당방위로다가, 너의 목을 졸라서 죽여 버리게 된 거지."

말을 끝마친 운택이 만족스럽다는 듯이 고개를 끄덕였다. 그는 나이프의 손잡이를 옷소매로 닦아 내곤 천천히 바닥에 내려놨다.

"자, 지금부터 내가 할 일은 네 목을 부러뜨린 다음에 네 손에다 이 칼을 쥐어 놓고, 엄마의 시체를…… 엄마를…… 내 집에 옮겨 두면 되는 거야. 그다음엔 경찰에 신고하면 되는 거고. 간단하지? 아참, 경철이는 뒤처리만 좀 해 주고 그냥 사라져 주면 되는 것이고. 엄마는 나중에…… 사과밭에 묻어 드릴 거야. 과수원을 좋아라 하셨거든."

"자…… 잠깐, 그게……."

도수가 경악스러운 현실을 딛고 어렵사리 입을 뗐던 찰나, 운택이 도수의 목을 조르기 시작했다. 도수가 살기 위한 발악을 해봤지만 운택의 압도적인 완력을 당해 낼 재간이 없었다. 숨구멍이 점점 막혀 왔다. 산소가 뇌까지 도달하지 못하는 것 같았다. 손아귀에서는 힘이 빠져나갔다. 그리고 점차 시야가 어두워지기 시작할 때였다.

'턱' 하는 단발성 소리와 함께 운택이 흘러내리듯 쓰러졌다. 도수가 겨우 시야를 되살려 쓰러진 운택을 살폈다. 운택은 죽어 있었다. 즉사한 것이다. 그의 후두부에선 피가 뿜어져 나오고 있었다.

도수가 고개를 돌려 경철을 바라봤다. 경철의 손에 피범벅이 된 나이프가 쥐어져 있었다. 어찌 된 영문인지 경철의 손에는 장갑도 씌워져 있었다. 도수와 눈이 마주친 경철이 짜증 난다는 듯이 미간에 주름을 잡았다.

"진짜, 거 해도 해도 너무한 거 아니오, 이 무식한 운택이 형양반아. 감정 통제가 그렇게 안 돼? 거…… 잠시만 참고 있지. 그거 하나 못 참아서 그걸 다 재한테 불어 버려? 너 때문에 다 망쳤잖아, 새끼야! 하여튼 처음부터 마음에 안 들었어, 이 무자비한 새끼."

경철이 복희 쪽으로 시선을 돌렸다.

"선생님, 미안요. 어쩔 수가 없었어요. 참는다고 참았는데 도저히 안 되겠더라고요. 아니, 그러기에 그걸 왜 말을 안 해서 이 지경을 만들어요. 아니다, 선생님 혹시 일부러 그런 겁니까? 선생님이라면 저 자식 분노 조절 장애 있는 거쯤은 다 아셨을 거잖아요. 시발, 나도 이제 모르겠다. 어쨌든 선생님, 선생님 아들이 계획을 망친 거니까 나중에 제 탓하기 없깁니다. 전 선생님 말씀 따르려고 했다고요."

경철은 이어서 도수를 보며 말했다.

"처음부터 알고 있던 사실이지만, 저 녀석 참 멍청한 새끼다, 그지? 짐승 같은 새끼. 지 분에 못 이겨서 계획 망친 건 둘째 치고, 뭐? 정당방위? 내가 장담하는데 운택이 이 새끼, 이거 대한민국에서 정당방위가 어떨 때 적용되는 건지 찾아보지도 않았을 거야. 미드나 보면서 아, 정당방위가 이런 거구나 했겠지. 그래 뭐, 그건 그럴 수도 있다 치자. 괜히 신고 때렸다가 혹여나 나중에 혈액 감식에서 강 선생 혈흔이 발견되면 그땐 어떻게 설명할 건데? 아님, 선생님을 묻을 동안 죽은 도수 새끼 혈액이 굳어 버리면? 경찰이 혈액 응고 시간도 체크 안 할 것 같아? 사건 발생 직후 어째서 곧바로 경찰에 신고하지 않았냐고 추궁하겠지. 운택이 이 병신 쫄보 새끼는 겁 처먹고 술술 불어 버릴 테고. 그렇게 되면 결국 우리 계획이 들통 나게 될 건데, 그럼 나도 좆 되는 거 아니냐고. 하여튼…… 멍청한 자식이라니까. 나도 강 선생 봐서 죽이고 싶진 않았는데, 이러면 어쩔 도리가 없잖아. 그래, 어쩌면 차라리 잘된 일일 수도 있어. 저런 녀석은 살려 두면 또 어디 가서 헛짓거리할 게 뻔하지. 나까지 피해를 입게 될 거고."

"너…… 지금 혼자서 대체 무슨 소릴 하는 거야?"

도수는 자기도 모르게 목청을 떨고 있었다. 경철은 도수의 반응이 뭐가 그리도 웃긴지 이죽거리고 있었다.

"자, 내 친구 도수야, 이제부터 너한테 벌어질 시나리오를 설명해 줄게. 넌, 운택이랑 강 선생이 그동안 널 속여 왔다는 사실을 알아차린 거야. 네가 죽인 사람들이 버스 사고 피해자 유가족들이라는 사실을 알게 된 거지. 그리고 이들이 너에게 복수를 하기 위해 계획을 설계해 왔다는 사실도 알게 됐지. 그래서 운택이 너를 이곳으로 불러내자 너는 운택이 나를 죽일 목적으로 불러냈구나, 하고 지레짐작하게 된 거야. 넌 이곳에 오자마자 운택이를 먼저 살해하곤 잇따라 들어온 강 선생마저도 죽였어. 그러곤 도주했지. 아무도 찾을 수 없는 곳으로. 영원히 말이야. 너 도망치는 거 잘하잖아?"

"버스…… 피해자들이라고?"

도수가 경철에게 물음을 던졌지만 경철은 그 말을 묵살했다.

"이제 나의 계획을 말해 줄게. 내가 운택이를 찌른 이 칼에 네 지문을 남긴 뒤 여기에 두고 갈 거야. 그리고…… 네 손과 발을 포박하고 입을 틀어막을 거고. 다음으로 운택이 차로 너를 우리 집에다 데려다 놓은 후 다시 운택이 차를 이 동물원에 돌려놓을 거야. 그러곤 다시 여기로 돌아와서 발자국부터 머리카락까지, 내 흔적들을 싹 다 지우는 거지. 아니다. 발자국까지 지울 필욘 없겠네. 어차피 사육사들도 자주 들락거리는 곳이니까. 다행히도 운택이가 너를 맞이하기 위해 미리 CCTV를 전부 꺼 뒀거든. 내가 왔다 갔다 하더라도 이렇다 할 증거는 남지 않겠지. 시간도 넉넉하고 말이야. 만약에 경찰이 이것저것 이상한 흔적을 발견한다 하더라도 나한테까지 그 의심이 뻗치진 않을 거야. 나는 피해자 유가족이 아니거든."

말을 마친 경철은 클러치백에서 청 테이프를 꺼내 들었다. 그리고 도수에게 다가왔다. 경철이 도수 앞에 쪼그려 앉더니 청 테이프로 그의 다리를 휘감기 시작했다.

"도대체…… 왜 이러는 거야. 너 정체가 뭐야."

경철이 한쪽 눈썹을 치켜 올리며 말했다.

"그게 지금 너한테 중요해? 지금 너한테 중요한 건 그게 아니잖아. 너한테 중요한 건 앞으로야. 앞으로, 너한테 벌어질 일. 난 말이야, 강 선생처럼 순해 빠지지 않았어. 소원 씨나 운택이처럼 몰상식하거나 단순하지도 않고. 넌 죽을 때까지 온갖 고문을 당하게 될 거야. 가족을 잃은 슬픔? 죽음? 그런 것들론 부족해. 넌 더 당해 봐야 돼. 너 설마, 이게 전부 우리가 벌인 짓들이라고 생각하는 건 아니겠지? 이건 말이야…… 이 모든 일은! 결국엔 전부 네가 저지른 일인 거야. 네 업보라고, 알아들어?"

"……."

도수는 아무런 대꾸도 하지 못했다. 아직도 뭐가 뭔지 이해되지 않았다. 경철이 무슨 말을 하고 있는 건지도 말이다. 도수는 운택에게 얻어맞는 바람에 자신이 헛것을 보고 있는 게 아닐까, 의심을 품었다. 차라리 그편이 이해하기 편했으니까.

"조금만 참아. 나중에 차근차근 다 설명해 줄게. 앞으로 우리 함께할 시간이 많을 테니까."

도수의 다리를 속박한 경철이 다음으로 도수의 팔목을 속박하려 들 때였다.

'쿵!'

급작스레 옆문이 젖혀지면서 낯선 남자가 불쑥 튀어나왔다.

"뭐야!"

경철이 청 테이프를 놓고 칼을 집기도 전이었다. 의문의 남자가 달려들어 순식간에 경철의 목에 칼을 쑤셔 박았다. 경철은 피가 솟구치는 목을 움켜잡으며 옆으로 쓰러졌다. 그는 숨을 쉬지 못해 버둥거리다 결국엔 뜬 눈으로 죽음을 맞이했다. 도수는 자신의 눈앞에 펼쳐진 이 경악스러운 광경에 놀라 반사적으로 몸을 뒤로 내뺐다.

"도망칠 생각일랑 하시지 마세요."

남자는 머리가 시뻘겋게 물든 운택을 물끄러미 바라보더니 툭 던지듯 말했다. 당사자를 제외하면 이곳에 살아 숨 쉬는 사람은 도수뿐이었다. 남자의 시선은 딴 곳을 향해 있었지만 방금 한 말은 도수에게 한 말인 것이다.

남자가 튀어나온 곳은 늑대나 하이에나 같은, 비교적 몸집이 작은 맹수들을 따로 격리시켜 놓는 곳이었다. 그곳은 사자나 호랑이 같은 대형 맹수를 격리하는 현재의 격리실을 지나쳐야만 들어갈 수 있도록 연결된 장소였다. 그 말인즉슨, 의문의 남자는 운택이 이곳에 오기도 전부터 옆 격리실에 몰래 숨어 있었다는 뜻이 된다.

남자는 검정색 마스크에 남색 야구모를 착용하고 있었다. 수술실에서나 쓸 법한 니트릴 종류의 장갑을 손에 끼고 있었다. 등에는 검정색 백팩을 메고 있었고 발에는 비닐 덮개를 착용하고 있었다.

"다…… 당신 누구야."

도수의 물음에도 남자는 침묵을 지켰다. 그는 눈에 보이는 흉기들을 자신의 백팩에 전부 집어넣은 후에야 입을 열었다.

"제가 누군지는 알 것 없고요."

남자가 슬그머니 도수에게로 다가왔다. 그는 도수의 다리에 감겨 있는 청 테이프를 뜯어서 자신의 가방 안에 넣었다. 이후로 그는 백팩에서 새로운 나이프 하나를 빼 들었다. 그러더니 복희, 운택, 경철의 배와 목, 팔 등을 각각 두세 번씩 찌른 뒤 손수건을 꺼내 나이프의 손잡이 부분을 닦아 냈다. 그리고 이번에는 나이프 손잡이 부분을 경철의 손에 쥐게 하더니 엄지와 집게손가락으로 칼날을 잡고선 다시 빼냈다.

남자가 도수를 마주 보며 쪼그려 앉았다. 그는 도수에게 "죽기 싫으면 잡으세요."라고 협박했다. 도수가 어쩔 도리 없이 나이프를 받아 들자 남자가 일어서며 다음과 같은 말을 쏟아 냈다.

"상황은 이렇게 된 겁니다. 이 세 사람은 버스 사고 피해자 유가족들이고, 계획적으로 당신에게 접근했던 겁니다. 개인적인 원한에 의한 복수를 목적으로요. 아, 도수 씨는 잘 모를 수도 있는데, 방금 제가 한 말은 전부 사실입니다. 이 세 사람은 당신에게 복수를 행하기 위해서 오랜 기간 비밀 모임을 가져왔거든요. 어쨌든…… 당신은 얼마 전에 이 세 사람의 계획을 알아차리게 됐고, 이 세 사람은 당신에게 자신들의 정체가 탄로 난 걸 알게 된 겁니다. 그래서 결국 세 사람은 당신을 죽이려고 마음을 먹게 됐죠. 그리고 그와 동시에, 당신 또한 이 세 사람을 죽이기로 마음을 먹게 된 겁니다. 당신은 이곳에 들어오자마자 미리 준비해온 나이프로 복희를 먼저 살해하고, 다음으로 경철을 죽인 뒤, 그다음으로 운택까지 처리하게 된 겁니다. 복희와 운택은 기습공격으로 깔끔하게 죽였지만, 경철에게 칼을 뺏기는 바람에 당신도 이래저래 부상을 입게 된 거고요. 하지만 곧 경철에게서 다시 칼을 빼앗은 후 경철을 살해하셨습니다. 이해되셨죠?"

남자는 말을 멈춘 후 백팩에서 신문지에 싸인 물건들을 차례로 꺼냈다. 남자가 신문지를 풀어헤치자 손 망치와 회칼 그리고 검정색 잭나이프가 모습을 드러냈다. 남자는 죽은 운택의 손등을 잡고 망치를 쥐게 하더니 운택의 머리맡에 내려놓았다. 회칼은 복희의 손을 잡고 쥐게 하더니 그녀의 뒤편 바지 허리단에 꽂아 두었다. 잭나이프는 경철의 바지 호주머니에 집어넣었다. 남자는 경철의 왼쪽 호주머니에 잭나이프를 집어넣었다가, 잠시 고민하더니 다시 오른쪽 호주머니로 옮겼다.

그는 이후로도 멀뚱히 서서 생각을 거듭하더니 복희, 운택, 경철 순으로 옷 안 호주머니를 뒤졌다. 그들의 소지품 중에 스마트폰, MP3같이 생긴 기기(소형 녹음기), 볼펜(소형 카메라)들을 줄줄이 빼내 가방에 챙겼다. 그 후에도 손가락으로 이빨을 끌어당겨 입 안도 확인했다.

가방끈을 매듭지은 남자가 볼일을 마쳤다는 듯이 콧바람을 길게 늘어뜨렸다. 진이 빠지는 소리가 새어 나왔다. 그는 쪼그려 앉아 있던 자세를 풀고 허리를 세웠다. 그리고 불현듯 도수를 쳐다봤다. 도수는 얼빠진 얼굴을 하고 있었다. 남자는 죽은 세 사람의 피를 두 손에 흥건하게 묻히고는 도수에게 다가갔다.

도수는 소스라치게 거부 반응을 일으키며 뒤로 내뺐다. 남자는 그런 도수의 몸짓에 동요하지 않았다. 그는 마치 밭갈이하는 소와 같이 우직하게 '자기 할 일'을 행했다. 피가 묻은 손으로 도수의 손을 비비더니 이어서 도수의 옷자락 이곳저곳에도 묻혔다. 그리고 도수가 입은 옷에 붙어 있는 호주머니를 더듬었다. '자기 할 일'을 마친 남자는 장갑을 벗어 가방에 넣었다. 그가 도수에게서 두 발자국 멀어졌다.

“제가 이 사람들 호주머니에 넣은 물건들은요. 이 사람들이 당신을 죽이려고 가지고 온 흉기들입니다. 안타깝게도 이 사람들은 자기네들이 가지고 온 흉기를 미처 써 보기도 전에 당신에게 먼저 당해 버렸습니다. 저 흉기들이 나중에 당신에게 유리한 증거물이 될 겁니다. 살인이긴 하지만 살인 미수 범죄자를 죽인 셈이니, 사형은 면하겠죠. 그러니 괜히 건드리지 않는 게 좋을 겁니다. 그래 봤자 당신에게만 불리해질 테니까요. 또, 당신의 지문을 지운다거나 도망을 친다거나 하진 마세요. 도주 혐의까지 보태져서 형량만 더 무거워질 테니까요. 제가 보기엔 자수하는 게 그나마 가장 현명한 선택일 것 같네요. 음…… 자수한다 생각지 마시고, 살인 사건을 목격했으니 당연히 신고하는 거다 생각하세요. 그러면 경찰이 증거를 보고 알아서 처리해 줄 겁니다. 아, 전화기는 2구역 입구 근처에 놔뒀습니다. 슬쩍한 폰이고요. 나중에 경찰이 누구 핸드폰이냐 물으면 맹수 격리실 밖에 떨어져 있길래 썼다고 하면 될 겁니다. 동물원 내에서 분실 신고된 폰이니까 별 의심을 받진 않을 겁니다. 그리고…… 궁금하실 것 같은데, 제가 당신을 살려 준 이유는 이렇습니다. 전 당신이 죽는 게 싫습니다. 고문당하다 죽는 것도 싫고, 깔끔하게 죽는 것도 싫습니다. 전, 당신의 남은 여생을 구경하면서 즐길 예정입니다. 당신은 그저 자신이 저지른 죄를 후회하고 반성하시면 되는 겁니다.”

남자는 소귀에 경 읽기 식으로 멍이 진 도수에게 자기 할 말만 주절이 읊어 댔다. 할 말을 마친 의문의 남자는 출구 문을 열고 유유히 사려졌다.

"……."

남자의 모습이 완전히 사라질 때까지 도수는 입에 본드라도 바른 양 아무런 말도 할 수 없었다. 어떤 걸 말해야 되는 건지도 알 길이 없었다. 한계점까지 도달한 뇌 기능이 과부하에 걸려 버린 것이다. 복희와 경철의 시체가 눈앞에 떡하니 있었다. 피비린내가 진동을 했다. 억장이 무너져 내렸다.

§

승준이 열려 있던 현관문 틈 사이로 은근슬쩍 발을 집어넣었다. 그러자 기다렸다는 듯이 민희의 목소리가 들려왔다.

"들어오세요."

승준은 신발을 벗고 거실로 통하는 미닫이문을 열었다. 그가 문지방을 넘어서자 다시금 민희의 목소리가 들렸다.

"약속 시간보다 한 시간이나 일찍 오셨네요."

민희가 거실 중앙에 위치한 테이블 의자에 앉아 승준을 맞이했다. 그녀는 반듯이 접혀 있던 티셔츠 칼라를 손바닥으로 쓸어내리며 상냥한 미소를 지어 보였다. 승준은 별다른 대꾸 없이 그녀의 맞은편 자리에 앉았다.

"제가 사는 곳이 이래요."

민희가 말했다. 승준은 이번에도 말을 삼갔다. 그는 눈인사를 돌려주고 거실을 둥글게 훑었다. 집 구조가 특이했다. 실내로 발을 들이기 전, 7~8평 정도 복도처럼 길게 뻗은 타일 바닥이 있었다. 그곳에 싱크대와 세탁기, 냉장고가 위치해 있었다. 신발장은 따로 마련돼 있지 않았다. 타일 바닥 한구석에 신발들을 가지런히 모아 둔 것을 보아 겸해서 쓰는 것 같았다. 그 애매한 공간과 거실 사이에는 문턱과 미닫이문이 있었다. 거실은 10평 남짓이었다. 화장실 말고도 방 하나가 더 있었다. 좁다란 베란다도 있었다. 타일 바닥으로 된 공간을 제외하면 얼핏 투 룸과 비슷한 구조였다. 승준의 속생각을 어떻게 알아챘는지 민희가 설명을 보탰다.

"방 구조가 좀 특이하죠? 오래된 집이라 그래요. 그래도 신식 투 룸보다 10만 원이나 월세가 더 싸죠. 잠시 집 구경 좀 하고 계시겠어요? 차 한 잔 타 드릴게요."

민희가 타일 바닥에 놓인 욕실화를 신고 싱크대 쪽으로 향했다. 그녀가 차를 타는 동안 승준은 방 안을 조사했다. 옷장, 테이블, 텔레비전, 1인용 소파, 화장대 등 눈에 띄게 특별한 것은 없었다. 그가 눈을 돌렸다. 옆방 문이 반쯤 열려 있었다. 조그맣고 음침한 방이었다. 승준이 간 보는 시선으로 민희를 살폈다. 민희는 지금 차를 타느라 이쪽엔 관심을 두지 않은 것처럼 보였다. 승준은 그때서야 고개를 삐죽 내밀어 문 틈 사이로 눈도장을 찍었다. 그곳도 별반 다를 게 없었다. 그저 평범한 방 안의 광경이었다. 침대, 책상, 액자, 각종 서랍장 같은 것들이 전부였다.

“홍차에다 꿀을 좀 탔는데 입맛에 맞으실는지 모르겠네요. 개인적으로 저는 괜찮던데.”

민희가 받침 쟁반에 찻잔을 올려 테이블로 가져왔다. 그녀가 승준의 테이블 앞자리에 찻잔을 옮겨 주었다. 승준이 적갈색 빛깔의 홍차를 물끄러미 쳐다보더니 말했다.

“잘 마실게요. 근데 침대가 하나뿐이네요?”

승준의 물음에 민희가 어설프게 입술 끝을 올렸다.

“원래는 송희가 침대에서 자고, 제가 그 밑에 이불을 깔고 자거나 큰 방으로 나와서 잤었어요. 송희는 그게 미안했는지, 침대 하나 더 살 거 아니면 자기는 앞으로 침대에서 자지 않겠다고 말하곤 했었죠. 송희 대학 학비를 내느라 한 푼이 아쉬워서 그런 것도 있었지만 이 좁은 공간에서 침대 하나가 떡하니 더해지면 너무 복잡해질 것 같아서 다음에 더 큰 곳으로 이사하게 되면 그때 사자고 타이르곤 했었습니다. 그런데 지금은 본의 아니게 제가 침대 자리를 독차지하게 됐네요.”

승준이 천천히 고개를 끄덕였다.

“송희는 저의 유일한 가족이었습니다. 제가 싫어할까 봐 불평

한마디 안 하는 착한 아이였죠. 주는 대로 먹고, 시키는 대로 하고, 제가 자라고 하면 잠이 안 와도 주야장천 눈감고 누워 있는 흉내라도 내는 아이였어요. 저는 어렸을 적부터 문제투성이였습니다. 사회성이 없고 항상 누군가와 트러블을 일으키기 일쑤였죠. 그래서 아무도 제 곁에 있으려 하지 않았어요. 부모님조차도요. 하지만 송희는 달랐죠. 송희는 저를 떠난 적이 없었어요. 항상 저를 기다려 줬죠."

"그렇군요."

승준은 심드렁한 표정과 단답형 대답을 반복했다. 민희가 그의 눈치를 살피더니 말했다.

"부모님이랑 살고 있다고 거짓말했었는데, 이미 눈치채고 계셨겠죠."

"예, 알고 있었습니다. 처음부터요. 그래도 궁금하긴 하네요, 왜 그런 거짓말을 했는지."

"특별한 이유는 없어요. 명색이 애견 숍 주인인데 부모 사랑도 못 받아 보고 자란 사람으로 보이긴 싫어서 그랬어요. 당신도 어머니에 대해서 거짓말했었잖아요? 어머니께서 하울이를 사랑하셨다느니, 어머니 성씨를 붙여서 이하울로 이름을 지었다느니. 당신은 어머니를 사랑한 적도 없고, 당신 어머니는 하울이를 본 적도 없어요. 돌아가신 지도 20년이 넘었고요. 하울이 성이 왜 이씨인지 제가 한번 맞혀 볼까요? 이모부 성을 붙인 거죠? 당신은 이모부를 아버지처럼 따랐잖아요. 그런데…… 차 안 드세요? 홍차를 별로 안 좋아하셔서 그런가?"

"……."

승준이 대답을 않자 민희가 "아." 하고 가벼운 탄식 음을 냈다. 그녀는 승준의 찻잔을 가져와 자신의 찻잔에 부었다. 이어서 반대로, 섞인 차를 승준의 찻잔에다 반절 옮겼다. 민희는 승준에게 찻잔을 돌려준 후 자신의 찻잔에 입을 가져갔다. 승준은 그녀의 목 넘김을 확인하고 나서야 차를 한 모금 머금었다.

민희는 만족한 듯 미소 짓더니 자리에서 일어나 싱크대 쪽으로 갔다. 거기서 재떨이와 담배 한 개비, 라이터를 들고 왔다. 그녀가 담배에 불을 붙이며 말했다.

"담배 피워도 되죠?"

"예. 한데, 흡연자이신지는 몰랐네요."

"애견 숍에서는 흡연 금지거든요. 강아지들한테 해롭잖아요."

민희가 고개를 돌려 담배 연기를 내뿜곤 다시 고개를 가져왔다.

"우리가 이렇게 대화를 나누는 것도 이번이 마지막이 되겠군요. 더 이상 볼일이 없을 테니까요."

"그렇죠."

"뭐 한 가지 여쭤봐도 될까요?"

"말씀하세요."

"지금…… 후회하고 계신가요?"

승준은 잠시 뜸을 들이더니 콧방귀와 함께 목소리를 냈다.

"후회하고 자시고 할 게 뭐 있나요."

"무슨 뜻으로 하신 말씀이시죠?"

"아시잖아요, 무슨 뜻인지. 처음부터 저한테 선택권이란 게 있기는 했던가요?"

승준이 말을 끝맺고 2~3초 정도가 지났을 때였다. 돌연 우악스런 웃음소리가 울려 퍼졌다. 승준은 아무 말 없이 경직된 얼굴로 기다렸다. 그녀의 천박하고 역겨운 웃음소리가 그치길.

'드드득득.'

민희의 덜렁이는 가슴에 맞춰 의자가 얕게 들썩이고 있었다. 그녀는 희멀건 목살을 드러내 놓고 턱 끝을 치켜올리고 있었다. 한 손으로 입을 막고 있었지만 광대의 눈가처럼 쭈그러진 주름살은 가릴 수 없었다. 이윽고 민희의 웃음소리가 잦아들자 승준이 말을 꺼내 들었다.

"다 웃으셨나요?"

"아, 예. 실례했습니다. 갑자기 웃음보가 터져서요."

"……뭐가 그리도 웃기실까요."

"예? 음…… 보아하니 제 웃음소리가 듣기 거북하셨나 보네요."

"……."

승준은 침묵과 동시에 오만상을 찌푸렸다. 그는 속으로 생각했다.

'이 미친년이 지금 뭐라 하는 거지.'

승준의 불쾌한 침묵을 느낀 민희가 머리를 긁적이며 말했다.

"가끔 제가 이렇게, 웃음에 대한 강약 조절에 실패한답니다. 아, 그렇다고 오해하진 마세요. 당신을 비웃거나 한 건 아니니까요. 전 사실 웃길 때 웃지 않아요. 미친년처럼 보이기 싫어서 웃어야 될 타이밍을 골라, 적당한 가짜 웃음을 만들 뿐이죠. 그거 아세요? 이것도 참 어려운 일입니다. 특히 어릴 적에 힘들었죠. 웃는 거 연습하고 나면 항상 주변 사람들이 하나둘씩 떠나갔었거든요. 지금같이 강약 조절에 실패한 웃음소리 때문에요. 에이…… 그래도 요 몇 년간 잘해 왔었는데…… 아쉽네요. 저뿐만 아니에요. 사실 표정 연습하는 사람들 꽤나 많답니다. 저는 같은 과를 알아보죠. 한 가지 조언을 해 드릴게요. 모든 사람이 즐거울 때나 흥미가 있을 때, 당신과 같이 입가에 보기 흉한 주름살을 만들며 스스로를 망가뜨리진 않아요. 또, 모든 사람들이 즐거울 때 당신처럼 괴상한 소리를 내는 것도 아니고요. 그들의 얼굴을 믿지 마세요. 세상은 넓고, 보통과 거리가 먼 사람들도 많이 있으니까요. 의심, 표정뿐 아니라 아주 당연하게 생각해 왔던 모든 것, 그러니까 나 자신을 포함해서 세상의 모든 것을 의심하신다면 다시는 저 같은 사람의 장난감이 되진 않으실 겁니다."

민희의 말이 끝을 맺자 승준은 그제야 경직된 얼굴을 내려놓았다.

“공감은 못 하겠지만 무슨 말인지는…… 알 것도 같네요.”

민희가 얼굴에 ‘적당한 미소’를 그려 넣었다. 승준도 어스름한 미소를 내놓았다.

“저도 뭐 하나 여쭤봐도 될까요.”

승준이 말했다.

“그럼요, 말씀하세요.”

“당신은 줄곧 방관자의 태도를 고수했지만…… 은근히 저한테 힌트를 주시곤 했죠. 아니라고 하진 마세요. 제가 당신에게 조언을 구하러 갈 때마다 당신이 절 거부한 적도 없었고, 저는 항상 문제의 실마리를 제공받았으니까요. 도대체 운택의 돌발 행동을 어떻게 예상하신 거죠? 그리고 복희가 암에 걸린 사실을 운택에게 알리지 않았다는 걸 어떻게 추측해 내신 거죠?”

“그게 정말, 궁금하신 건가요?”

“예, 궁금합니다.”

“저는 반대로, 이렇게 여쭤보고 싶네요. 그걸 어떻게 예측하지 못할 수가 있죠?”

“…….”

승준은 한동안 말을 멈춘 뒤 짧은 헛웃음을 뱉고 나서야 다시 입을 열었다.

“뭐라 할 말이 없군요.”

“기분 상하게 할 의도는 없었습니다. 단지 저도 정말로 궁금해서 물어본 겁니다. 당신뿐 아니라 다른 사람에게도 늘 느끼는 거거든요. 어떻게 그걸 모를 수가 있지."

"예, 무슨 뜻인지 알겠습니다."

이어서 승준이 의미심장한 미소를 엿보이며 말했다.

"그건 그렇고, 이제 저만 처리하시면 증거도 증인도 하나도 남지 않는 완전 범죄가 완성되는 건가요?"

민희가 재떨이에 담배 개비를 문지르며 말했다.

"그건 그쪽도 마찬가지겠네요."

"그야 그렇죠."

승준의 대답을 마지막으로, 두 사람은 한동안 침묵을 유지했다. 두 사람 모두 눈을 상대방에게 두지 않고 각자의 생각에 몰두한 듯 보였다. 지금껏 두 사람은 상냥한 말투를 사용했었다. 하지만 대화 분위기는 상냥함과는 사뭇 거리가 있었다. 물과 기름, 혹은 초식 동물과 육식 동물 간의 분위기랄까. 상반된 이질감에서 나오는 껄끄럽고 불쾌한 긴장감이 서렸다. 눈에 보이진 않지만 마치 천장에서 냉랭한 분위기가 흩날리는 것만 같았다. 그 분위기는 연기가 내려앉듯 단시간만에 방 안 전체를 메웠다.

"뭐 하나 물어봅시다."

승준이 내리깔린 목소리로 말했다.

"뭐죠?"

"왜 저를 당신의 집, 당신의 공간으로 불렀죠. 생각해 보니까 그렇더라고요. 이제 남들 눈치 살펴 가며 긴밀한 대화를 나눌 필요는 없잖습니까.”

“그렇죠, 일도 다 끝났으니까요. 그리고 일도 다 끝났는데 저희 집에서 차 한 잔 못 할 이유도 없고요.”

민희의 대답에도 불구하고 승준은 여전히 이해가 안 간다는 표정이었다. 승준이 눈을 지그시 감았다 뜨더니 이어서 말을 꺼내 들었다. 그의 말투는 상냥함을 유지하던 전과는 다르게 상당히 차가운 투였다.

“제 생각에는…… 여기가 둘 중 하나의 끝이 될 수도 있지 않을까 싶은데……. 그런 마당에 솔직히 한번 물어봅시다. 거짓말은 이제 그만 집어치우고요.”

“편히 말씀하세요.”

민희가 인위적인 미소를 지으며 말했다.

“처음부터…… 처음, 도수의 집 앞에서 당신이 저를 찾아왔을 때부터, 결과는 이미 정해져 있었겠죠.”

“맞아요, 마지막은 이미 결정돼 있었습니다. 저는 여도수 때문에 가족, 친구, 애인, 직장 동료를 잃었습니다. 훈이는 저에게 가족이자 친구이자 애인이자 직장 동료였으니까요. 그래서 여도수 씨 또한 가족, 친구, 애인, 직장 동료를 잃은 겁니다. 사실 여도수에게 악감정은 없어요. 그냥, 받은 만큼 돌려주는 게 게임의 룰이잖아요? 솔직히 덕분에…… 한동안 즐겁기도 했어요. 어디에도 없을, 명화를 본 느낌이었습니다. 증거 인멸을 당한 그들은…… 미안하지만 그저 도구였을 뿐입니다. 불을 지피기 위한 땔감 같은 존재랄까요."

"단지 도구였다? 그럼, 왜 하필 그들을 도구로 선택한 거죠."

"그게 궁금하신 겁니까? 제 생각엔…… 것보다 당신은 이 부분이 더 궁금하실 것 같은데요? 당신 또한 '복수를 위한 도구'로 생각하고 있는지."

"……."

민희가 말에 쉼표를 찍었다. 승준에게 대답할 타이밍을 주기 위해서였다. 하지만 그는 침묵을 유지했고 민희가 이어서 말했다.

"다른 분들은 전부 도수와 깊은 인간관계를 맺었었습니다. 하지만 당신은 도수와 아무런 관계가 아니지 않습니까. 당신은 저를 만족시켰습니다. 그리고 저는 약속했죠. 저를 만족시킨다면 당신을 건드리지 않겠다고. 당신이 저를 위협하지 않는 이상은, 제가 당신에게 위협을 가하거나 할 연유는 없습니다. 아까부터, 아니 처음부터 저를 약간…… 당신에게 위협적인 존재로 생각하시는 것 같던데, 그러지 않으셨으면 좋겠네요."

"알겠습니다. 믿어 보겠습니다."

"다행이군요."

이후 승준은 차를 한 모금 머금곤 자리에서 천천히 일어섰다.

"저 잠깐 화장실 좀 다녀오겠습니다. 화장실 써도 되겠죠?"

"얼마든지요. 제 뒤에 문이 화장실 문입니다."

"잠시 실례하겠습니다."

승준은 화장실에 들어가 문을 닫은 후 등을 기댔다. 그는 짧게 심호흡을 하고 둥그런 문손잡이에 달린 잠금 버튼을 천천히 눌러 맞췄다. 그리고 세면대에 물을 틀었다.

"후……."

승준은 그때서야 몸에 덕지덕지 붙어 있던 긴장감을 일부분 털어낼 수 있었다. 그는 찬물로 세수를 하곤 초조함으로 타들어간 목구멍도 축였다.

이제 어느 정도 머릿속이 정리됐다. 승준은 곧이어 행동을 취하기 시작했다. 먼저 바지 호주머니에서 담뱃갑을 꺼내 들었다. 담뱃갑 상단을 젖히니 그 안에 얇은 와이어 줄이 들어 있었다. 그는 와이어 줄을 빼냈다. 그리고 와이어 줄 아래 깔려 있던 알약 캡슐 한 알을 입 안에 집어넣었다. 그가 먹은 것은 세로토닌 성분이 들어간 알약이었다.

그는 어떤 특이 상황과 마주하기 전에 늘 이 약을 복용한다. 이 약은 흥분을 줄이고 침착성을 높여 준다. 그리하여 '살인' 본연의 쾌감과 전율 또한 높아진다. 충동의 해소와 흥분을 쾌감이라 착각하는 삼류들은 이해치 못할 것이다. 평생을 가도 말이다. 다만, 승준은 자신을 일류라 여기고 있었다. 그리고 그에게 있어서 이 약은 일종의 조력자 같은 존재였다.

승준의 예상대로 욕조 근처에는 표백제와 락스 통이 떡하니 자리하고 있었다. 이로써 승준은 의문 중 한 가지를 풀 수 있었다. 이곳에 오기 직전까지만 해도 민희가 자신을 처리할 계략을 가지고 있을지 의문이었다. 증거 인멸이라는 목적으로 말이다. 그리고 지금 이 순간, 민희가 자신을 처리하려 한다는 것이 거의 확실시 됐다.

그러나 한 가지 의문은 그대로였다. 민희가 여동생에 대한 얘기를 왜 구구절절 읊어 댔는지 알 수 없었다. 승준은 알고 있었다. 민희라는 여자는 어떤 목적을 가지고 있지 않는 한, 남에게 자신의 얘기를 털어놓는 사람이 아니라는 것을. 게다가 민희가 말하는 동생에 관한 스토리는 전부 새빨간 거짓말이었다. 승준은 일찌감치 송희라는 여자에 대해 뒷조사를 마친 상태였다. 송희라는 여자는 대학교조차 입학한 전적이 없는 여자였다. 그렇지만 괴상하게도 민희의 말이 거짓처럼 들리진 않았다. 분명 거짓말이긴 한데, 말에서 애착이 느껴졌고 진심처럼 느껴졌다.

승준은 이런 생각이 들었다. 일찍이 자신이 송희에 대한 뒷조사를 마쳤다는 사실을 민희가 간과할 리 없었다. 그녀는 정답을 알고 있는 상대에게 대놓고 오답을 말했던 것이다. 이유가 뭘까. 목적이 뭘까. 승준은 고민에 몰두하다 이내 그만뒀다. 이곳은 적진이다. 자신은 적진에 들어온 용병이다. 힌트 따위나 주워 담을 여유는 없다. 그럴 시간도 없다. 그리고 지금에 와서 그것이 변수로 작용할 가능성은 없어 보였다. 이제부터 할 게임은 입씨름 따위가 아니니까.

승준은 마지막으로 길게 심호흡을 했다. 그는 양손으로 와이어 줄을 감아 들고 줄을 팽팽하게 끌어당겼다. 승준은 침착함을 유지했다. 최대한 조심스레 화장실 문을 열고 한 걸음 내딛었다. 민희의 뒤통수가 보였다. 다시 한 걸음 더 다가섰다. 민희의 정수리 일부분이 보였다. 이제 이 와이어 줄로 그녀의 목을 휘감을 차례였다.

"어? 이게……."

일을 실행에 옮기려던 찰나, 승준은 눈앞에 펼쳐진 너무도 뜻밖의 상황에 저도 모르게 혼잣말을 하고 말았다. 승준이 와이어 줄을 민희의 목에 걸려던 그 찰나, 민희가 흘러내리듯이 바닥으로 쓰러져 버린 것이다. 그녀는 곱게 눈을 감은 채로 기절해 있었다. 혹은, 숨을 멈춘 상태일 수도 있었다.

승준은 민희의 생사 여부를 확인할 요량으로 한 걸음 다가갔다. 그렇게 승준이 무릎과 허리를 굽혔을 때였다. 정말로, 눈만 한번 깜빡였을 뿐이었는데 자신의 오른쪽 볼이 바닥과 붙어 있었다. 억지로나마 몸을 일으키려 애써 봤지만 목, 허리, 다리, 팔 그 어느 힘줄에도 도무지 힘이 들어가지 않았다. 모든 근육들이 마비되고 푸딩처럼 물컹한 지방만 남은 느낌이었다.

몽롱한 기운이 들이닥쳤다. 어둠에 잠식되는 것처럼 점차 육체적 감각이 무뎌지기 시작했다. 그가 반쯤 정신을 잃었을 때였다. 억지로 붙잡고 있던 시야로 무언가 목격됐다. 옆방에 있던 침대 밑에서 '무언가'가 꾸역꾸역 기어 나오고 있었다. 승준은 안간힘을 다해 눈의 초점을 집중했다.

그것은 사람이었다. 얼굴이 화상으로 녹아 버린, 해골처럼 바싹 마른 여자 사람. 승준은 지금에서야 '아차' 싶었다. 하나 이미 때는 늦었다. 홍차 한 모금을 마신 대가는 컸다. 정확히 말하자면 마취약을 탄 홍차를 알아보지 못한 대가는 컸다. 눈앞의 해골 같은 여자는, 희멀건 먼지가 낀 단발머리를 하고 있었다. 그리고 헐렁거리는 병원복을 입고 있었다.

그녀는 '딸그닥'거리는 관절 소리를 내며 어기적어기적 기어 오고 있었다. 그녀는 다리를 움직이지 못했다. 왼쪽 팔과 목도 움직이지 못했다. 뺨을 바닥에 질질 끌며 눈 둘레의 시뻘건 핏줄을 적나라하게 드러내 놓고 있었다. 그런 모양새를 하고서, 유일하게 멀쩡한 오른쪽 팔꿈치 힘만으로 악을 쓰며 기어 오고 있었다. 그녀의 오른손에는 어떤 투명한 액체가 들어간 주사기가 쥐어져 있었다.

창백하게 질린 얼굴에 덕지덕지 붙어 있는 진홍색의 화상 자국. 복수심을 에너지 삼아 발악하는 팔꿈치. 빨간 신호등처럼 붉디붉게 충혈된 눈알. 떠올랐다. 어머니의 얼굴이.

그녀의 팔꿈치와 방바닥이 맞닿을 때마다 들려오는 마지막 행진곡. 승준은 이만 포기했다. 시야 너머로 아지랑이가 일었다. 의식은 점점 혼탁해져 갔다. 아무것도 행할 수 없는, 산송장이 된 이놈의 몸뚱어리는 아무짝에도 쓸모가 없었다. 이쯤에서 게임은 끝난 것이다. 사실 언젠가 게임을 멈춰야 한다는 걸 알고 있었다. 그동안 충분히 게임을 즐겼다. 이제 어머니의 품으로, 돌리의 품으로, 돌아갈 때가 된 것이다.

'턱. 턱.'

승준은 지그시 눈을 감았다. 육체를 무방비의 자리에 내려놓았다. 눈을 부라린 채로 마지막을 맞이하고 싶진 않았다. 구차한 말을 남기고 싶지도 않았다. 간혹 그런 끝맺음을 하는 동물 학대자들을 보면 꼴불견이 따로 없었다. 패잔병이 할 수 있는 건 절도 있는 마지막을 맞이하는 것뿐이다.

눈을 감으니 이런저런 잡스런 기억들이 스치듯 지나갔다. 그리고 곧, 머리가 차가워지면서 외부와 차단된 내면의 세계만이 남았다.

'도수 그 녀석을 내가 먼저 죽였어야 했는데……. 그랬으면 이런 공교로운 운명의 장난 같은 건 벌어지지 않았을 테지.'

에필로그

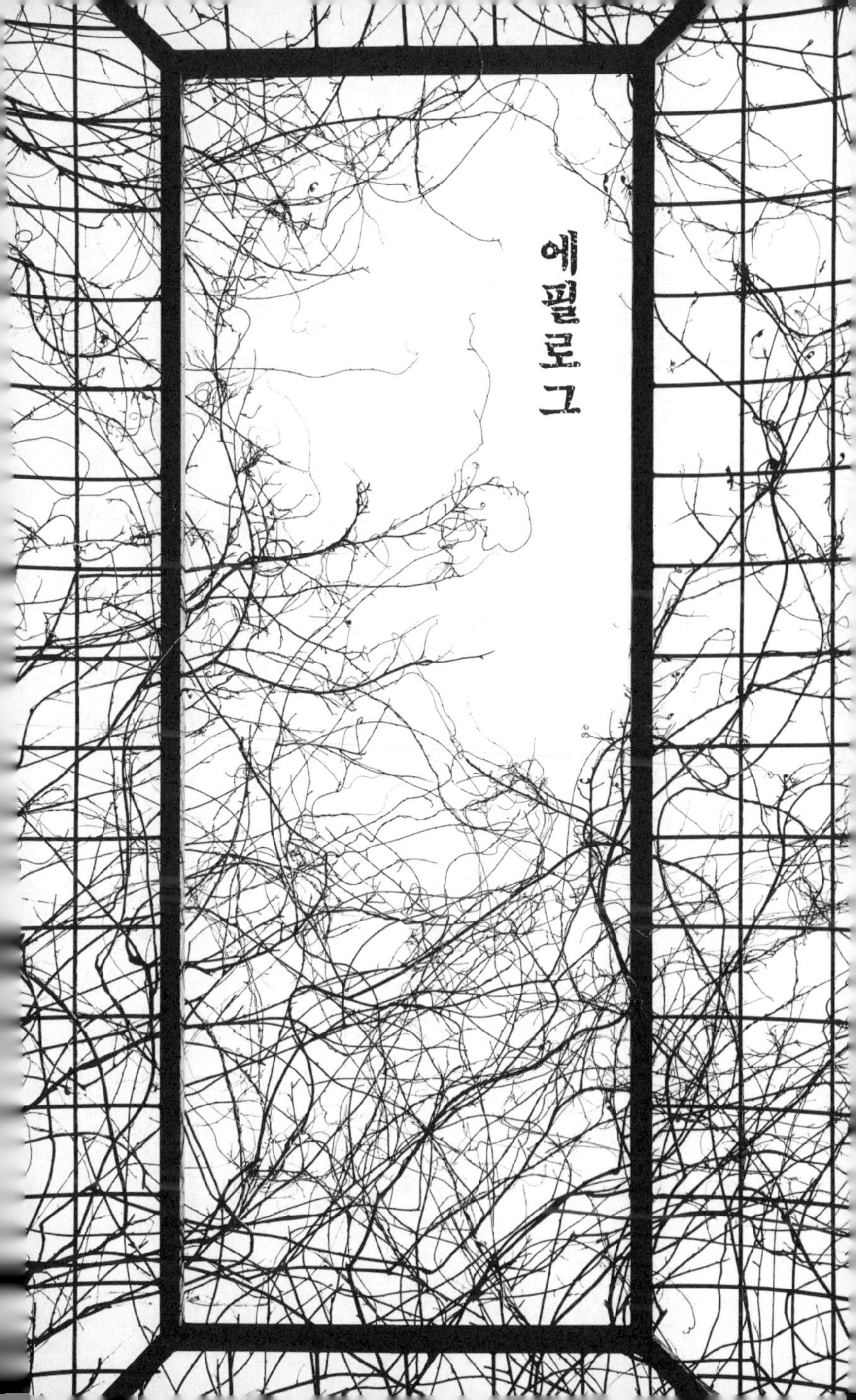

2021년 7월 5일

1558번이 좌식 책상에 라인이 그려진 공책을 올려놓고 앉아 있다. 그는 연필로 그림을 그리고 있었다. 특별한 주제 없이 손 가는 대로 그리다 보니 어느새 한 면이 채워졌다. 처음에는 흙길과 나무를 그렸다. 그리고 태양과 참새를 추가했다. 다음으로 한 중년의 여자를 그려 넣었다. 눈매가 선하고 친절한 미소가 입가에 번져 있는 여자였다.

'다음부턴 얼굴을 마지막에 그려야겠다.'

그림을 완성한 후 1558번은 이런 생각을 했다. 얼굴을 마지막까지 남겨 두고 충분한 고민을 거친 후 그리는 게 더 완성도 있는 얼굴이 나올 것 같아서였다. 웃는 표정, 슬픈 표정, 화난 표정. 이런 단순한 표정은 완성한 뒤에 성취감이 크지 않았다.

그는 복잡 미묘한 얼굴을 그리고 싶었다. 감정으로 잔뜩 뒤엉킨 얼굴이라기보다는, 그 사람의 삶이 느껴지는 얼굴을 그리고 싶었다. 사람의 얼굴이란 생물학적 관점에서 본다면 어떤 생명체의 눈코입이 달린 머리 앞면일 뿐이겠지만 인문학과 예술의 관점에서 봤을 땐 또 달랐다. 특히 예술에서의 '사람 얼굴'이란 그 사람의 본성과 천성, 감정과 이성, 표정과 마음, 사상, 관상학 등등 그 이상을 보여 줄 수 있는 최고의 소재거리였다.

젊었을 때부터 온갖 고생을 해 왔지만 지금은 먹고살 만한 사람의 얼굴, 친구에게 사기를 당해 금전적으로 힘든 시기를 보내고 있는 사람의 얼굴, 직장에서 해고당하기 일보 직전인 가장의 얼굴. 그들은 모두 빠짐없이 얼굴이란 것을 가지고 있다. 각자 다른 얼굴들을 말이다.

1558번은 지금 8평 남짓의 공간에 갇혀 있다. 창문에는 차가운 쇠창살이 막고 있어서 낮에도 햇빛을 온전히 받을 수 없었다. 일일 출타 시간과 야외에서 일할 때만 온전한 햇빛과 바깥공기가 허락된다. 그 시간은 1558번이 하루 중에 가장 소중하게 여기는 시간이다. 이 방에 있는 거라곤 일인용 로커와 캐비닛, 책상, 낡은 이불보와 베개, 문도 없이 붙어 있는 화장실, 누런 장판이 전부였다. 그나마 다행인 점은, 책은 읽고 싶은 대로 빌릴 수 있도록 해 준다는 거였다. 하지만 책을 하도 읽다 보니 부작용에 도달했다. 목에 근육통이 생기고 지겨워지기 시작한 것이다. 그래서 오늘은 그림 그리는 걸 택했다.

그의 죄수복은 하늘색이다. 이름표는 노란색이다. 이름표에는 1558이라는 명칭이 적혀 있다. 처음 몇 달 동안은 이곳에 적응하지 못해 여러모로 힘들었었다. 마치 살아 있는 고깃덩이가 된 기분이었다. 깨어나는 시간과 잠자는 시간, 입는 옷, 식사 메뉴, 인간관계 등, 삶의 많은 부분이 바뀌었기 때문이다. 하지만 지금은 이곳에 적응했다. 오히려 지금 당장 밖으로 나가는 상상을 하면 무엇을 먼저 해야 할지 감이 오지 않았다.

1558번은 홀로 폐쇄된 독방에 갇혀 있다. 그렇다고 독방이 싫진 않았다. 처음 이 교도소에 왔을 때는 세 명의 재소자와 함께 한방을 썼었는데 여간 성가신 일이 아니었다. 어떻게 친엄마랑 가짜 엄마도 구별하지 못 하냐는 둥, 어떻게 그렇게 많은 사람을 죽이고도 사형을 면했냐는 둥, 여자 친구는 정말 네가 죽인 거 아니냐는 둥. 때로는 그들의 애매한 눈빛에 짜증이 몰려왔다. 때로는 그들의 말 한마디에 수치심이 느껴지기도 했다. 자신이 동물원 우리에 갇힌 원숭이 꼴이 된 것 같아 견딜 수가 없었다. 그들과 고작 3일만 같이 있었는데도 머리가 돌아 버릴 지경에 이르렀다.

그렇다고 다른 재소자들이 1558번을 직접적으로 건드리거나 하는 일은 없었다. 구태여 정신 나간 살인마를 건드리지 않아도 이곳엔 항상 괴롭힐 상대가 넉넉하게 대기하고 있기 때문일 것이다.

1558번은 자진해서 독방에 갇히겠다고 요청했다. 하지만 그의 요청은 곧이곧대로 받아들여지지 않았다. 결국 1558번은 특단의 조치로 한 놈을 두들겨 패 버렸다. 이후로 그가 원하는 대로 독방에 갇힐 수 있게 되었다.

독방에 들어가기 위해 1558번이 구타한 그놈은, "야, 야, 버스 사고로 죽은 사람 중엔 애기도 있었다는데, 시발 도망을 갔어?"라며 죄의식을 강요했었다. 1558번은 그 죄수를 이렇게 떠올렸다. '파란색 이름표에 빼빼 마른 놈.' 그 죄수는 마약과 관련된 범죄를 저질렀다. 그는 이곳에서 2년간 살다 출소했다. 그 빼빼 마른 놈은 출소 직전까지도, '비록 같은 철장에 갇힌 신세지만 나를 당신 같은 인간과 동급 취급하진 마.' 식의 태도를 고수했다.

'그림은 이쯤 하고 팔굽혀펴기나 할까.' 싶을 때였다. 철문 상단에 있는 조그마한 공간으로 최 과장이 그를 불렀다.

"1558."

"예?"

"그 새초롬한 여자, 또 면회 왔어. 이번이 벌써 스무 번짼가 그래. 오늘도 그냥 돌려보내려고? 달래든지 해서 다음부턴 찾아오지 말라고 하든가. 내가 다 속 시끄럽네."

최 과장의 푸념에 1558번은 미안하다는 듯이 씩 웃어 보였다.

"죄송합니다."

"그래, 알겠다."

최 과장이 등을 돌려 열 발자국쯤 멀어졌을 때였다.

"과장님!"

1558번이 급히 그를 불러 세웠다.

"왜?"

최 과장이 돌아와 문 앞에 섰다.

"면회하겠습니다."

"웬일이냐."

"궁금해서요. 어떤 얼굴 표정을 하고 있을지."

"얼굴? 얼굴은 그냥저냥 반반한……."

"아니요. 무슨 말을 하고 싶은지, 그게 궁금해서요."

"……."

재소자 면회실에는 민희가 앉아 있었다. 그녀가 눈앞에 있는 통유리 너머를 훑었다. 한 교도관이 구석에 배치된 책상에 앉아 재소자를 기다리고 있었다. 교도관이 하품을 하면서 일어서더니 기지개를 켰다. 면회 중 대화 내용을 적는 대화 기록 일지는 펼쳐 놓지도 않았다. 오늘도 역시 도수가 모습을 보이지 않을 거라 예상하는 것 같았다. 하지만 교도관의 예상은 틀렸다. 오늘은 도수가 모습을 드러냈다. 교도관은 다소 놀란 표정을 짓더니 책상 의자에 착석해 대화 기록 일지를 펼쳤다.

두 사람 사이에서 냉각 기류가 일었다. 민희가 빤한 눈으로 도수를 쳐다보다 말했다. 그녀가 한 말은 방음 통유리를 중간에 두고, 천장으로 연결된 스피커를 통해 도수에게 전달됐다.

"소식 들었어요. 사형은 면하셨더라고요. 자수를 했다는 점과 정당 방위성 행위임이 일부 인정된다는 점이 판결에 영향을 끼친 것 같더군요. 축하드립니다?"

"……."

도수에게서 돌아오는 대답이 없자 민희가 말을 이었다.

"근데…… 절대로 안 만나 주실 것 같더니 오늘은 오셨네요."

"대체 저한테 무슨 할 말이 있어서 이토록 끈질기게 찾아오시는 걸까, 궁금해서요. 그리고 저도 할 말이 있고요. 저에게 하실 말씀이 뭐죠?"

도수가 말했다.

"아니요. 그쪽에서 하실 말씀 있다는 거, 그거 먼저 말씀해 주세요. 저한테 할 말이 뭔지 궁금하네요."

"……."

도수는 한동안 침묵을 지키며 민희의 눈을 뚫어져라 쳐다보더니 천천히 목소리를 냈다.

"당신도 그들과 한패인가요?"

"한패라뇨? 누구랑요?"

"죽은 네 사람만 언론에 밝혀졌지만 실제로는 다른 사람이 더 존재한다는 거, 저 다 알고 있습니다."

"예? 그러면…… 뉴스에 나온 네 명 말고도 복수를 계획했던 사람이 더 있었다는 말씀이신가요?"

"어험."

두 사람의 대화 내용을 기록 일지에 적고 있던 교도관이 고의로 헛기침을 했다. 도수가 고개를 돌려 교도관과 눈을 마주쳤다. 그리고 다시 민희의 얼굴 쪽으로 시선을 되돌렸다.

"아니란 말씀이시군요. 이제 그쪽에서 말씀해 보세요. 왜 절 찾아오시는 거죠."

"……당신에게 알려 드릴 게 있어서요."

"그게 뭐죠?"

"제 동생에 관한 얘깁니다. 아시다시피 전 버스 사고 피해자 유가족입니다. 당신 때문에 내 동생이 어떻게 됐는지 꼭 알려 드리고 싶었어요."

"……들어 드릴게요. 말씀해 보세요."

"제 동생은 버스 사고로 뇌와 척추를 다쳤습니다. 오른쪽 팔을 제외하곤 온몸에 마비가 번졌죠. 말도 할 수 없었고 제대로 들을 수도 없었습니다. 누군가 옆에서 늘 대소변을 치워 줘야 했고 음식물을 삼키지도 못했었죠. 그런데 더 슬픈 건, 정신은 멀쩡했다는 겁니다. 온전한 정신으로 그렇게 살을 에는 고통을 받다가…… 재작년에 숨을 거두고 말았습니다. 그리고 이건…… 제 동생이 죽기 전에 당신에게 남긴 말입니다. 당신을 용서하겠습니다. 제 동생은 당신을 용서하겠답니다."

도수는 일순간 울컥하는 감정이 목전까지 차올랐지만 애써 집어삼켰다. 그가 볼 낯이 없다는 듯이 고개를 숙이며 말했다.

"동생분께서…… 제게 그런 말을 남기셨군요. 제가 뭐라 드릴 말씀이 없네요, 죄송하다는 말밖에는."

"착각하진 마세요. 동생이 당신을 용서한 건, 당신의 죄책감 따위를 줄여 주기 위함이 아니었으니까요. 동생은…… 스스로를 위해 당신을 용서한 겁니다. 살날도 얼마 안 남았는데, 남은 시간을 증오로 불태우며 보내고 싶지 않았던 거죠. 당신에게 물어보고 싶은 말이 있습니다."

도수가 고개를 들어 민희를 마주했다. 그런데 그녀의 표정이 기괴망측했다. 미소를 띠고 있었다. 볼살에서는 경련이 일어나고 있었고, 한쪽 눈썹은 찌그러져 있었다. 도수는 다소 놀란 표정이 됐다. 이 사람의 얼굴을 전혀 이해할 수가 없었다. 이 사람은 어떤 삶을 산 것인가. '사람의 얼굴'로써 무엇을 표현하고 싶은 건가. 민희가 지켜 왔던 절제된 격조를 버리고 또 하나의 자아를 봉인 해제시켰다.

"내가 헷갈려서 그러는데…… 당신 말이야, 고의로 사고 낸 게 아니라고 할지라도 왜 그렇게 그냥 도망간 거야?"

"죄송합니다. 나중에 범인으로 몰릴까 봐 무서워서…… 그래서 도망갔습니다."

"아니, 당신 바보야? 나중에 범인으로 몰릴까 봐 무서워서 그랬다면, 그래서 자기 핸드폰으로 신고할 수 없었다면, 승용차 차주의 핸드폰으로 신고하고 도망갔어도 됐잖아. 안 그래?"

"맞는 말씀입니다. 저도…… 뒤늦게 그 생각을 했지만…… 사고 당시에는…… 당황해서, 미처 그 생각을 하지 못했습니다. 정말 미안합니다."

"당황? 당황하면 그 정도의 판단도 어려워지나? 아니, 애초부터 당황이라는 게 뭔데. 그딴 걸 대체 왜 하는 건데."

민희는 비꼬인 말투를 쓰고 있었다. 콧구멍에선 같잖은 콧방귀가 새어 나왔다. 하지만 표정은 달랐다. 그녀는 비웃음의 미소를 짓고 있지 않았다. 도수가 민희의 얼굴을 흘끗 살핀 뒤 말했다.

"당신은 지금, 저를 죽이고 싶을 만큼 미우시겠죠. 다 압니다. 죄송합니다."

도수가 다음과 같이 말하자 교도관이 슬쩍 일어나 도수의 얼굴을 확인했다. 도수의 얼굴은 방금 전 자신이 했던 말과는 어울리지 않게 신기할 정도로 무감정해 보였다. 교도관은 "씁." 입맛을 다시며 다시 책상 의자에 착석했다. 민희가 말이 없자 도수가 말을 이었다.

"사랑하는 누군가를 잃은 슬픔, 저도 어느 정도 알고 있기에 그래서 더 미안합니다. 지금 이런 거 물어보기 뭐하지만 혹시…… 교회를 다니시는지요."

"아니요."

민희가 대답했다.

"주님의 말씀을 듣는다면 아마 큰 도움이 되실 겁니다."

이윽고 민희의 표정이 또 180도 돌변했다. 그녀는 비아냥거리는, 일명 썩은 미소를 보란 듯이 지어 보였다. 그런 그녀의 표정에도 도수는 아랑곳 않고 말을 이었다.

"세상의 모든 일은 언제나 주님의 뜻으로써 말미암아 생겨나고 이루어집니다. 그걸 하루빨리 인정하시고, 회개하는 마음으로 살아가신다면 영혼과 마음이 맑아지실 겁니다. 동생분의 죽음으로써 당신이 겪고 있는 그 고통과 슬픔 또한 주님께서 거두어 가 주실 겁니다."

"그렇단 말이지? 그럼 언제가 될진 모르겠지만 당신이 출소하는 날, 내가 당신을 때려죽여도 그것도 주님의 뜻이 되는 건가?"

"설령 그런 일이 벌어진다 한들, 전 당신을 용서할 겁니다."

"당신이 날 용서한다고? 그게 가당키나 해?"

지금껏 잘 견뎌 왔던 민희의 언성이 서서히 높아지기 시작했다. 그에 반해 도수의 얼굴은 여전히 무표정이었다.

"세상에서 벌어지는 모든 일들은 주님의 계획대로 이루어집니다. 우리가 할 일은 그저 그 사실을 받아들이고 용서를 구하는 것뿐입니다."

"1558. 종교 얘기 그만해. 한 번만 더하면 면회 끝이다."

교도관이 부랴부랴 한마디 던졌다. 하지만 두 사람을 떼어 놓진 않았다. 아직 그 정도까진 아니라고 판단한 모양이었다. 민희가 전보다 침착해진 목소리로 말했다.

"당신 같은 사람이 고고한 척 그런 가증스러운 소릴 해 대다니, 웃기지도 않네요."

"제 말은, 당신이 저를 죽인다고 하더라도 그 또한 주님의 뜻이고, 전 당신을 용서할 거란 말이었습니다. 기분 나쁘게 들리셨다면 죄송합니다. 방금 한 말은…… 비단, 당신이 교회를 다녔으면 하는 바람에서 드린 말이었습니다. 당신을 위해서요. 인간이 감히 주님의 뜻을 헤아리진 못하겠지만 그래도 주님의 뜻을 믿고 따를 순 있지요."

"인간은 신의 뜻을 헤아릴 수 없다. 인간에게 벌어진 모든 일들은 전부 신의 계획일 뿐이다. 웃긴 게 뭔지 알아? 신이 제멋대로 내 인과율을 주무른다면, 만약에 그렇다면, 대들어야 되는 거 아닌가? 나는…… 죽었으면 죽었지, 맞서 싸우겠어. 사육당하는 가축이 되긴 싫으니까. 편한 의자에 앉아서 마우스만 깔딱대는 플레이어의 게임 캐릭터가 되긴 싫으니까. 그런데 당신 말이야…… 여태껏 그런 말로 자기 위로를 해 왔던 건가?"

"자기 위로가 아닙니다."

"그렇겠지. 근데 이거 너무 예상 밖이잖아. 도대체 어쩌다 종교를 맹신하게 된 거야? 사는 게 힘들어서?"

"전 종교를 믿는 게 아닙니다. 그저 인간으로서 당연하게 주님을 따를 뿐이지요. 그게 인간이 빚어진 이유고, 걸어가야 할 유일한 길이니까요. 제가 처음 주님을 모시게 된 계기는, 맞습니다. 너무 힘들어서였습니다. 하지만 지금은 아니죠."

"당신, 정말 신이 있다고 생각하는 거야? 아님, 쇼하는 거야?"

"전 직접 느껴 봤습니다."

민희가 고개를 절레절레 저었다.

"무적 논리 나오네."

"무적 논리라……. 그렇게 생각하신다니 안타까울 따름입니다. 직접 느껴 보신 적이 없으시니 그렇게 생각하시는 거겠지요. 세상엔 말로 표현할 수 없는 것들이 무수히도 많습니다. 그래서 당신에게 교회를 권하는 겁니다. 눈에 보이지 않는 그 자비로움을 느끼셨으면 해서요. 그러지 말고 저와 함께 주님께 용서를 빕시다."

"당신이 신을 직접 느껴 봤다고 하니까, 내 하나 물어봅시다."

"예, 그러시죠."

"예전부터 궁금하더라고. 신이라는 그 존재는 인간을 사육하는 존재인 거야? 아니면, 방관하는 존재인 거야?"

"두 물음 다 틀렸습니다. 주님은, 인간을 사육하지도 방관하지도 않습니다."

"그러면?"

"주님은 항상, 어리석인 인간을 구원하십니다."

"……."

구원.

순리, 사랑, 자연의 이치 등과 더불어, 본뜻을 희미하게 만들어서 말을 얼버무릴 때나 말장난 칠 때 쓰기 딱 좋은 단어. 사이비 종교의 이중 잣대 교리에 밥 먹듯이 튀어나오는 단어.

이후 민희는 말을 잇지 않았다. 그녀는 지그시 눈을 감을 뿐이었다.

"1558번 그만 일어나."

두 사람 모두 아무런 말도 하지 않자 교도관이 다가와 도수의 몸을 일으켜 세웠다. 두 사람의 대화가 이쯤에서 끝났다고 여기는 것 같았다. 민희는 그제야 눈을 떴다. 그리고 도수를 따라 자리에서 일어서며 말했다.

"바바는 내가 잘 돌볼게. 너무 걱정하지 마."

"뭐? 잠깐만요."

민희는 도수의 마지막 말을 차단한 채 면회실 출입구를 열고 나가 버렸다. 교도소를 나온 민희는 곧장 버스 정류소를 향해 걸었다. 교도소와 멀어지는 동안 뒤를 돌아보진 않았다. 웃긴 상황이 아닌데 자꾸 헛웃음이 나왔다. 참으려고 해도 이상하리만치 참아지지 않았다.

도수가 신의 계획을 들먹였던 것이 떠올랐다. 하지만 그것 때문에 웃음이 나오는 건 아니었다. 이어서 도수가 신을 느꼈다며 헛소리를 해 대던 기억이 떠올랐다. 그러나 그것도 웃음의 이유는 아니었다. 그녀의 목에서 자꾸 헛웃음이 올라오는 이유는, 당최 이놈의 것이 머릿속에서 떠나질 않아서였다.

'왜 이리 불쌍해 보이지.'

8인의 사육사

초판 1쇄 인쇄 2021년 10월 25일
초판 1쇄 발행 2021년 10월 25일

지은이 김남겸
편집 주자덕
윤문 및 교정 김미숙
발행인 주자덕
인쇄 미래피엔피
펴낸 곳 아프로스미디어
출판등록 제 2016-000073호
주소 서울특별시 성동구 금호로 173, 101동 904호
전화 02-6352-5133
팩스 02-6455-5891
홈페이지 www.aphrosmedia.com
전자우편 spitz70@aphrosmedia.com
ISBN 979-11-89770-18-1 (03810)